ALTRI ROMANZI

Small Change

Heart and Soul

Intimates

Lynn Rodolico

Two Seas

Due Mari

Traduzione di
Antonino Rodolico

Eccolo Editions

Un ringraziamento sincero per il permesso di pubblicare materiale stampato precedentemente: estratti da "In Memoriam" e "Flower in the Cran-
nied-Wall" di Alfred, Lord Tennyson; "The Children's Hour" di Henry
Longworth Longfellow; "Ithaca" di C.P. Cavafy (traduzione di Edmund
Keeley); "Blackbird" di Paul McCartney, la parte finale del poesia di Hannah Senesh; "A Case of You" di Joni Mitchell e "Anyone lived in a pretty
how town" di e.e.cummings.

Published by Eccolo Editions
www.eccoloeditions.com
ISBN: 978-88-906986-7-5
Epub ISBN: 978-88-906986-3-7

per Antonino

L.R.

Un grande e sincero ringraziamento a Luigi Giannitrapani per il suo costante aiuto. La nostra riconoscenza agli amici Gioacchino e Franca Indelicato, Peppe Occhipinti e Silvia Vertemati che, con passione ed affetto, hanno collaborato al perfezionamento della traduzione.

A.R.

Il mondo è tutto di fronte a me con un cuore
Allegro, non timoroso della propria libertà
Mi guardo attorno; e sarà la guida scelta
Niente di meglio che un'errante nuvola,
Non posso sbagliare strada

Preludio – William Wordsworth

CAPITOLO UNO

Un anno fa, dopo una lunga e spesso tormentata ricerca, Kate e suo marito Niccolò trovarono finalmente una casa da comprare in Sicilia.

In una piccola FIAT 500 presa a noleggio, seguivano l'auto di un mediatore giù per una lunga, isolata e ventosa strada che minacciava di franare in più di un punto. Alla fine arrivarono alle rovine di quello che era stato, una volta, un grande baglio, ridotto ora a una montagna di pietre; solo qualche raro muro stava ancora resistendo agli agenti atmosferici.

"C'è un pozzo?" chiede Niccolò al mediatore mentre scruta l'orizzonte per cercare pali della luce, "Elettricità?"

"C'è il pozzo, ma non l'elettricità", risponde il mediatore che li ha accompagnati fino a lì. E' un uomo di corporatura particolare, a Kate ricorda Stenterello: alto, magrolino, con lunghe braccia e spalle strette.

"Dimensioni?"

"Sono seicento metri quadrati".

Kate sospetta che il mediatore abbia un problema di glicemia perché mastica qualcosa che estrae di nascosto dalle sue tasche: noccioline o uva passita. E' quasi l'ora di colazione e quell'uomo le fa venire fame. Trasforma velocemente i metri nella sua misura più abituale: *feet*. Poco meno di 6500 *feet* che è molto di più del necessario per una casa destinata alle vacanze. "600 metri quadrati sono troppi", fa notare.

"Tutto questo andrebbe demolito e poi ricostruito" pensa Niccolò ad alta voce. "Non c'è niente da recuperare!"

Il prezzo è esorbitante. Glielo hanno appena comunicato: più di un milione di dollari. "E per che cosa? Per il piacere di spenderne un ulteriore mezzo milione per ricostruire!" Dice Niccolò "Se non di più."

"I confini sono tracciati male" Niccolò precisa, come se avesse bisogno di un'ulteriore riprova. La rete di recinzione della Forestale inizia a un paio di metri al di là dalla strada; era terra confiscata ai proprietari che non l'avevano coltivata per molti anni.

"Dovete ammettere che la vista è bella" dice Electra, la loro figlia diciannovenne.

Kate annuisce. "Per dire la verità, la vista è spettacolare, *esattamente* quello che stiamo cercando."

Davanti ai loro occhi una vasta distesa di mare. Il contrasto fra la sabbia bianca lungo la costa e il blu, dove le acque sono più profonde, è impressionante. E nel bel mezzo di quello splendore si erge una ripida montagna.

"Se volto le spalle a questo rudere e riesco a dimenticarmi del prezzo, concentrandomi solo sulla vista", dice Niccolò, "avete ragione; questo è proprio quello che stiamo cercando."

"Quello è Monte Cofano" si fa avanti l'altro mediatore.

"Straordinario."

Il secondo mediatore rappresentava il proprietario di quelle rovine e fino a quel momento era stato ad ascoltare Niccolò con attenzione. Una volta certo che i due non fossero interessati all'acquisto di quella proprietà, propone: "Avrei un'altra casa che vi potrebbe interessare. E' abitabile da subito."

"Com'è la vista?"

"*Effettivamente* ha la stessa vista e costa molto meno di questa."

"Bene, diamole un'occhiata."

Il mediatore porge la mano a ognuno di loro. "Sono Rosario Manzo."

Niccolò, Kate ed Electra salutano Stenterello e seguono il nuovo mediatore allontanandosi dal rudere.

Percorrono di nuovo la strada principale e si dirigono verso Erice, misteriosa e mitica città, proprio in cima alla montagna che sovrasta Trapani. Si dice che Psiche conobbe Amore a Erice.

Mentre Niccolò si concentra ad affrontare quei tornanti impegnando la FIAT 500 su quella salita che è teatro di una corsa automobilistica, lei continua a guardare, rivolta all'indietro, Monte Cofano che le mostra i suoi differenti aspetti. Raggiunta quasi la cima della montagna, la vista a est di Monte Cofano e di San Vito Lo Capo è sostituita da quella della città di Trapani che si distende nella vallata verso ovest. Le costruzioni di color granito contrastano con il mare luccicante e scuro. Più lontano, guardando verso l'orizzonte, sotto un cielo plumbeo, tre isole richiamano l'attenzione come fossero sirene. Tornante dopo tornante la vista che si alterna fra Trapani e Monte Cofano è egualmente spettacolare ma totalmente diversa: una costruita dall'uomo sullo sfondo della natura, l'altra invece è un ambiente completamente incontaminato e puro.

Il mediatore di colpo svolta a sinistra, lascia la strada principale ed entra in una stradina molto stretta. Lo seguono. Proprio davanti a loro c'è un altro rudere, resti di un castello che non era visibile dalla strada principale. Monte Cofano fa mostra di sé, immobile, sullo sfondo. Da questa posizione la vista è ancora più panoramica di quella che hanno ammirato dal baglio più sotto, assieme all'altro mediatore.

La piccola strada scende ripidamente. Sono costretti a mettere la prima marcia.

"No!" implora Niccolò temendo di perdere il panorama. "Non scendere ancora, per favore!" Mentre loro continuano a scendere l'ombrello di due alti pini mediterranei mostra le verdi chiome variegate. Quando ormai non è più possibile scorgere neanche un angolo del Monte Cofano o del mare, l'auto del mediatore si ferma in una rientranza della strada. Uno spazio appena sufficiente per due auto, scavato in un macigno di granito nero imperiosamente sovrastante. Attraversano la strada passando all'ombra dei due straordinari pini che s'inchinano sopra un cancello di ferro battuto. Attraverso l'inferriata s'intravvede un giardino ben curato che si allunga nella direzione di una piccola e attraente casetta a due piani. Sono davanti al cancello di una cartolina illustrata!

Il vialetto d'ingresso è pavimentato con pietre larghe e piatte. Una balaustra di legno più che stagionato, del tipo usato per i recinti dei cavalli, separa il giardino da un campo sottostante. Dopo qualche centinaio di metri di un prato invernale eccezionalmente verde, riappare il panorama. Monte Cofano si staglia davanti frontalmente: una montagna a baratro sul mare. Se fosse un'opera lirica, Cofano sarebbe incontestabilmente la prima donna.

"*Effettivamente* quella fila di canne è il confine." Dice il mediatore.

"Quelle due palme laggiù sono di questa proprietà?" chiede Niccolò.

"No, appartengono al vostro vicino, Edoardo Olivero."

L'uso del pronome *vostro* implica il loro immediato senso di proprietà. Kate inizia a comprendere la professionalità di quest'uomo. Per la prima volta ne osserva le fattezze: la fronte a civetta, sulla faccia gli occhi larghi si aprono e chiudono dietro la luce riflessa dalle lenti come fossero colpiti da troppa luminosità.

"Signora, mi scusi, ma lei non è italiana." Il suo aspetto severo è reso un po' più dolce da un impercettibile arrotondamento delle spalle.

"Sono americana."

Se non fosse per il suo accento o per eventuali errori nel parlare, la sua altezza comunque la tradisce. Nonostante il tempo vissuto in Italia, è stata a Firenze per quasi un quarto di secolo, non potrà mai essere confusa con un'italiana. Anche le figlie, a causa della statura e degli zigomi alti, sono considerate straniere nonostante siano nate a Firenze ed il loro italiano sia senza difetti.

"Cosa l'ha spinta a venire in Italia?" le sue sottili labbra rialzate in segno d'incoraggiamento. "Dove vi siete conosciuti?"

Questa è una domanda che suscita in Kate un tenero e familiare ricordo.

"Io non capisco perché tu abbia la necessità di andare addirittura in Italia" le disse sua madre. "Accadrà che ti sposerai e che avrai dei bambini italiani"

"Che c'è di male ad avere bambini italiani?"

"Niente, solo che sarebbero troppo lontani per poterli vedere spesso."

"Stai ripetendo esattamente quello che hai detto quando dalla California sono andata a vivere a Manhattan. Non ti ho dato nipotini di New York!"

"Avrei preferito! New York è molto più vicina dell'Italia."

"Stai andando troppo in fretta, Mamma. Prima di tutto non ho intenzione di sposare un italiano, hanno tutti qualche amante. Secondo, non avevamo fatto un accordo che tu non mi avresti fatto alcuna pressione sul matrimonio?"

"Lo so, è vero. Sono stata molto brava, devi ammetterlo"

"Sei stata bravissima."

"L'accordo era che io non avrei parlato di matrimonio finché non avresti compiuto trenta anni."

"Sei stata molto brava, Mamma. Grazie!"

"Ora ne hai trentuno! Che cosa hai contro il matrimonio?"

"Niente, assolutamente niente. E ti prometto che, se e quando incontrerò la persona giusta, l'uomo con il quale potrò immaginare di vivere il resto della mia vita, lo sposerò senza problemi. Non voglio sposarmi solo per sposarmi. Devi accettarlo."

"Ripetimi ancora, perché stai andando in Italia quando hai un lavoro qui che ti rende bene?"

Era una domanda sensata, allora e adesso.

"Sono venuta in Italia per fotografare la Toscana" lei risponde a Rosario.

Era questa la risposta che aveva dato a sua madre e ai suoi amici. Ad ogni modo, la ragione vera, quella di cui non parlava nemmeno con se stessa, era che lei stava cercando un qualcosa che non aveva ancora trovato né in California, né a New York né in nessun altro posto. Era un qualcosa che aveva percepito in ogni fotografia che aveva scattato, in ogni posto dove aveva vissuto quel tanto sufficiente per sapere che era lì, ma che lei non aveva potuto trattenere a lungo e che mai aveva definitivamente posseduto. Andare a vivere in Italia per un anno, non era tanto per lavoro, ma per la sua costante ricerca del significato nascosto dentro ogni immagine.

La carriera di Kate è un esempio di come la vita ti prenda e ti trascini con sé, portandoti in posti che non avresti mai immaginato di raggiungere.

Era seduta sulla spiaggia di Malibu e cercava di immaginare cosa avrebbe fatto una volta lasciato il suo lavoro di docente all'Università di Santa Cruz. Si rendeva conto di aver tolto il piede dal primo gradino di una scala che lei stessa pensava di salire per tutta la vita. L'unica cosa che riuscì a distrarla dalla profonda incertezza del suo futuro fu un branco di gabbiani che giocava con la risacca del mare. Carrie, l'amica d'infanzia, le aveva chiesto di abitare in sua assenza a casa sua per accudire il gatto e annaffiare le piante. Un mese intero di tregua dalla realtà, prima di dover necessariamente prendere una decisione. Mise giù il libro che non stava leggendo e prese la macchina fotografica per riprendere gli uccelli.

Due bambine facevano chiasso sulla spiaggia, altrimenti deserta, e facevano ondeggiare le loro braccia paffute come per prendere gli uccelli al volo. All'inizio era disturbata dal rumore, dall'intrusione dei vicini. Avrebbe desiderato che Megan, la madre delle bambine che stava osservando la scena dalla veranda, uscisse a richiamarle restituendola alla sua solitudine. Lo sforzo delle bambine di afferrare i gabbiani era così impossibile e allegro che non potette resistere dal fotografarle. La loro gioia era contagiosa nonostante tutti gli anticorpi di Kate.

Passò quella notte nella camera oscura, che aveva improvvisato nel bagno di Carrie, a sviluppare la pellicola e a stampare le foto migliori. Il giorno seguente le portò a far vedere alla sua vicina Megan che ne fu entusiasta. Mentre erano sulla spiaggia a guardare le foto, una delle bambine, Janie, volle arrampicarsi sulle braccia della madre e le appoggiò la testa di riccioli biondi sulle spalle. Con lo sfondo dell'oceano Pacifico che per una volta, come si addice al suo nome era calmo e tranquillo, e con un cielo egualmente sereno di un blu come il manto della Madonna, tirò fuori la sua macchina fotografica e catturò la loro intima comunione.

Per farla breve, la madre della seconda bambina era l'incantevole attrice Natalie Wood la quale, dopo aver visto le foto con i gabbiani, chiese a Kate di fotografare anche sua figlia. Quando poi vide le foto di Janie in braccio a Megan, richiese anche un ritratto madre-figlia. In meno di un anno il suo portafoglio crebbe grazie a dozzine di attrici di Hollywood ritratte con i loro figli. Tre anni dopo anche una pop star chiese di essere ritratta, seguita dalla moglie di un senatore. Sembrò che niente potesse fermare la sua fiorente carriera, fin quando, una notte, nella camera oscura, mentre un'altra madre famosa e la sua adorabile figlia emergevano dal vassoio degli acidi, comprese che si era annoiata della routine di quel lavoro.

Ciò che inizialmente aveva attratto la sua attenzione, la purezza della natura in armonia con l'elemento umano, era in gran parte assente dal suo attuale lavoro. Per quanto insistesse che i suoi soggetti dovessero essere fotografati all'aperto, in pose spontanee, tutti pretendevano invece di posare nelle loro belle dimore, circondati da splendidi oggetti, come se la loro bellezza naturale non fosse sufficiente.

Per un anno ancora continuò a raccogliere le sue migliori foto di "Dive e Figli" in una prima collana di libri di lusso.

Il suo cuore e il suo tempo libero erano sempre più impegnati all'aperto a fotografare la natura, per creare un repertorio delle stagioni e alla fine persuase il suo editore a prenderlo in considerazione. Nell, il suo editore, nonostante non ne fosse convinto, accettò che dodici foto della nuova serie fossero raccolte in un calendario alla condizione che avrebbe prodotto altri tre libri di foto "Dive e Figli". Un impegno che lei aveva assolto prima che le dodici pagine fossero state girate. Dato che il calendario naturalistico ebbe un discreto successo commerciale, Nell le concesse di passare un anno in Toscana per fotografare le stagioni. Questo nuovo progetto non le avrebbe dato la possibilità di guadagnare molto, ma lei sperava che l'avrebbe arricchita in ben altri e più importanti modi.

Trasferirsi in Italia era un rischio, un mondo sconosciuto. Non conosceva nessuno e nemmeno la lingua. Sarebbe potuto andare tutto male e in quel caso avrebbe dovuto trasferirsi in qualche altro posto per la ricerca di quella silenziosa, piccola voce.

Come poteva aspettarsi che sua madre comprendesse qualcosa che persino lei percepiva con difficoltà in se stessa? La vibrazione di un'intuizione più che un progetto concreto. Sua madre le aveva dato un eccellente esempio di sé. Le aveva trasmesso solidi principi e valori grazie ai quali lei procedeva nella sua vita; un regalo che non aveva mai sottostimato. Per quanto buona e costante sua madre fosse stata, aveva una scarsa propensione a percepire quelle cose della vita che non si possono toccare, non riusciva a vedere o ad ascoltare le immagini della poesia, non poteva comprendere una metafora in un romanzo o in una foto. Considerava queste cose superflue.

"Lo so, sembra che io stia abbandonando una carriera di successo" disse a sua madre nel momento in cui stava per partire.

"Per la seconda volta! Non ho ancora capito perché hai lasciato l'insegnamento. Era molto più sicuro."

Non provò neanche a spiegarle perché aveva lasciato l'insegnamento: era una ferita ancora troppo aperta per toccarla.

"Non posso stare in casa seduta in giardino perché è sicuro" le aveva risposto, sperando che ciò sarebbe stato sufficiente al posto della spiegazione che lei non avrebbe potuto darle.

Non l'avrebbe mai confidato a Rosario ma ironia volle che, nel suo primo giorno a Firenze, l'uomo con il quale avrebbe trascorso il resto della sua vita passò proprio dal suo giardino.

Forse perché non poteva comprendere le parole—il portiere le aveva consegnato il mazzo di chiavi della casa, l'ottantaseienne cameriera Maria le spiegava, Kate supponeva, che le avrebbe lasciato la cena in cucina prima di ritirarsi per la notte—, forse proprio perché non poteva fare affidamento sulla lingua come abitualmente accade, gli altri sensi furono costretti a venirle in soccorso per interpretare la scena attorno a lei. Qualunque fosse la ragione, l'effetto fu che la sua vista divenne chiarissima, come se le avessero fornito gli occhiali, non sapendo di averne necessità.

Nonostante non lo cercasse, lei lo vide.

Nonostante non parlassero la stessa lingua, furono capaci di comunicare. Si dà anche il caso che lei era seduta in giardino, nel suo primo giorno in Italia, e che, nonostante la difficoltà di esprimersi, si intesero perfettamente.

Furono necessari tre anni —dodici stagioni— per terminare il calendario che l'aveva portata a Firenze, anche se le immagini vennero facilmente, in modo naturale e arricchite da una nuova luce. Il completamento del libro fu prima sospeso dal matrimonio con Niccolò, un anno dopo il loro incontro nel giardino della villa a Fiesole, ed in seguito dalla nascita delle loro due figlie: Elizabeth e poi, venti mesi dopo, Electra. Sua madre aveva ragione: l'unico problema del felice matrimonio italiano di sua figlia era che le nipotine vivevano troppo lontano.

"Dove vi siete incontrati?" Rosario stava ancora aspettando con curiosità la risposta.

"A Firenze. Ventiquattro anni fa." Questo è quanto della loro felice storia lei era disposta a condividere.

La casa alla quale si stanno ora avvicinando è incantevole. Era stata recentemente ricostruita da un rudere, spiega il mediatore, rispettando lo stile tradizionale di Erice. Alcune pietre sono state disposte a eguale distanza sul tetto per tenere ferme le tegole. Le larghe finestre, la porta d'ingresso e quella della terrazza sono incorniciate da grosse pietre grezze. Kate e Niccolò osservano la tecnica della stesura dell'intonaco che ha lasciato segni circolari. Incastonato nella parete del fronte della casa c'è un antico anello di pietra.

Elettra esclama: "Il posto perfetto per legare il mio cavallo!"

"Se e quando ne avrai uno!"

Rosario sta armeggiando con la chiave nella porta principale; la gira diverse volte e alla fine la toglie. "La chiave che i proprietari mi hanno dato sembra che non apra questa porta" dice, accompagnandoli poi verso la parte laterale della casa. Arrivano a una terrazza coperta e chiusa solo su un lato, con pilastri di solida pietra che dividono le vedute: a nord ovest il rudere del castello che avevano notato dall'alto, posto su un precipizio. A nord est il campo con, in fondo, le palme a sentinella. Come in un quadro dipinto con maestria, la loro attenzione viene guidata verso Monte Cofano e poi verso il mare prima di ritornare alle palme e alla campagna.

"C'è il pericolo che quelle rocce possano precipitare?" L'attenzione di Niccolò si è fermata sul baratro con in cima il rudere del castello.

"Non è mai successo in centinaia d'anni."

"Questa non è una zona di terremoti?"

"No. Anche se una capra facesse ruzzolare un paio di rocce, ci sono perlomeno cento di metri tra la base del costone e casa vostra. La vegetazione e gli alberi le fermerebbero."

"Capre?"

"Quelle di Gaetano" poi indica la collina dalla parte opposta, quella sopra al luogo in cui avevano parcheggiato le auto. "L'altro vostro confinante. Quella è la sua proprietà. Non dovrebbe permettere agli animali di andare a brucare al castello" dice, facendo ruotare il suo indice di nuovo verso le rocce dove, alla fine, Kate riesce a mettere a fuoco due, poi tre, poi quattro caprette di differenti colori: nere, grigie e bianche che si confondono con il colore delle rocce stratificate. "Quella non è la sua proprietà, ma le capre scappano. Amano i precipizi!"

"Non restano mai bloccate lassù?" La più piccola stava scendendo verso una macchia di fiori di campo gialli proprio sul bordo del precipizio.

"Molto spesso, e Gaetano deve riportarle in salvo."

Spettacolo di capre. Kate resterebbe a guardarle tutto il giorno se riuscisse a trattenere il respiro così a lungo per la paura che qualcuna possa cadere.

"A che altezza siamo sul livello del mare?"

"A circa 400 metri"

Un altro requisito soddisfatto. Loro cercano la vista del mare, l'aria fresca dal mare, ma non il caldo e la confusione estiva di una casa molto vicina alla costa. Una casa che sia fresca nei mesi estivi. Le capre sono un regalo inatteso.

La terrazza alla quale sono giunti è larga abbastanza da contenere un tavolo per sei persone e qualche pianta in vaso, forse anche un barbecue.

Kate s'immagina i breakfasts, le colazioni e i pranzi lì fuori, avvolti in pesanti golf in inverno— la Sicilia è molto più fredda di quanto si aspettassero—ma sempre all'aperto. Adiacente alla terrazza un'antica pila fatta di solida pietra non levigata. E' abbastanza spaziosa da lavarci il cane, sciacquare la sabbia di dosso a un eventuale nipotino. Un posto perfetto dove lavorare con le piante da trapiantare. I rubinetti sono dei grifoni di bronzo e dalle loro bocche sgorga l'acqua.

Niccolò e Kate cercano di non mostrare quanto siano felici di aver trovato questa casa.

Ci sono le zanzariere alle porte e alle finestre, una cosa insolita nelle case italiane. "Ci sono molte zanzare?" Questa è una domanda importante perché in terrazza in Toscana, dove il delicato e dolce odore delle piante di gelsomino è in competizione con l'odore acre delle candele di citronella, i pranzi sono rovinati dalle zanzare.

"Mai" risponde, arricciando il suo piccolo adunco naso. "Forse a Trapani, se c'è un periodo senza vento, ma quassù mai."

"C'è molto vento a Trapani?"

Il mediatore la guarda come se lei avesse chiesto in quale pianeta stessero vivendo; per un attimo il suo sguardo smarrito è rivolto al cielo.

Niccolò interviene salvandolo da un'imbarazzante e ovvia risposta. "Ricordi i mulini a vento che abbiamo visto stamani?"

"Ahhh, sì, sì, certamente!" Per dire la verità non aveva collegato la realtà del vento con i mulini sparsi su tutta la costa trapanese. Aveva appena chiesto a un olandese se in Olanda c'era vento! Per forza quello era arrossito, imbarazzato dalla sua ignoranza.

Rosario apre la porta della terrazza e finalmente entrano in casa dalla cucina. E' una piccola stanza, senza tanta luce, dominata da una cucina economica, un'enorme stufa a legna adatta sia a cucinare sia a riscaldare la stanza. I mobili sono costituiti da pezzi a sé stanti, con dei mattoni infilati sotto qualche gamba, ma nonostante ciò non c'è un piano alla stessa altezza. Ogni parete è occupata da differenti tipi di pensili e i ripiani sono stracolmi. In breve, un disastro!

Non è difficile trovare inefficienza nella disposizione di una cucina italiana. Kate ricorda quando entrò per la prima volta nella cucina di sua suocera e fu sorpresa dalla completa mancanza di razionalità, per dirla gentilmente, in una casa che altrimenti era molto ben arredata. In quella generazione chiunque avesse potuto permettersi un cuoco e delle persone di servizio difficilmente si sarebbe curato della cucina e, di conseguenza, i mobili e la loro disposizione non erano organizzati con criterio. Oggi in Italia le cose sono cambiate sia perché le persone di servizio sono diventate sempre più rare sia perché la nuova generazione ama cucinare e preferisce la privacy all'aiuto. Le moderne cucine italiane fanno spesso mostra di sé. Questa non è proprio una di quelle. Comunque, a parte l'ammasso di cose del tipo 'non buttiamolo un giorno potrebbe essere utile', le pareti hanno delle piacevoli piastrelle fatte a mano, di un colore chiaro, semplice e pulito. Il corridoio, tra la cucina e il salotto, è reso stretto per colpa di un mobiletto infilato lì. Ci sono due porte nella parte destra del corridoio. La prima è un bagno, pieno stracolmo di scatole di guanti da giardino lavati e mezzi rotti, di raccolte di giornali e di sacchetti di cartone, ordinatamente ripiegati e legati con lo spago, appoggiati sopra una lavatrice arrugginita. Un vero centro di riciclaggio.

"Questa stanza sicuramente ha bisogno di essere rifatta. Forse anche la cucina."

"Almeno c'è una doccia." Electra li segue da vicino.

Il salotto è piccolo ma piacevole; andrebbe bene perché non cercano una casa grande. Quella di Firenze è un insieme di spazi larghi e irrazionali. Antica anche rispetto agli standard europei. E' difficile da pulire, con molte scale. Il loro obbiettivo in Sicilia è confort e semplicità.

Il salotto, come tutte le altre stanze, è stracolmo di cose. C'è un bel caminetto in un angolo, ma la parte superiore è coperta da un vasto assortimento di oggetti sia religiosi sia profani ottimi raccoglitori di polvere. Uno gnomo di cera colorato è spalla a spalla con un'anoressica Vergine Maria e un Cristo sulla croce si appoggia a un asino che contiene dei fiammiferi nei suoi due cesti laterali.

Le scale sono larghe e spaziose, un po' troppo per quella casa modesta. Il marmo è stato usato abbondantemente; anche i ripiani in cucina sono di marmo.

C'è uno strano contrasto tra il disegno architettonico, il materiale usato e i mobili. Ciò la incuriosisce sul carattere dei proprietari della casa.

Al piano superiore c'è una grande stanza da letto con una finestra che incornicia una splendida vista di Monte Cofano. Alla fine del corridoio una cameretta per bambini con una finestra sui pini mediterranei e sull'ingresso.

In mezzo a queste due camere un bagno spazioso.

"E' molto carina," sussurra Kate a Niccolò con il cuore pieno di tristezza "ma è troppo piccola."

Sarebbe potuta andar bene quando le loro figlie erano bambine. Avrebbero potuto dividersi la cameretta. Anni fa avrebbero potuto condividere anche il bagno. Ora sono cresciute e hanno bisogno della loro privacy così come lei e Niccolò sono abituati alla loro. Entrambe, Elizabeth ed Electra, vivono fuori casa per frequentare l'università ma tornano sempre per le vacanze. Per complicare ancora di più le cose, Elizabeth, la maggiore, che è iscritta alla facoltà di medicina in Inghilterra, torna a casa con Stephen, il suo ragazzo inglese.

"Non c'è modo di stare tutti insieme in questa casa." Kate dice con dispiacere a Niccolò.

Lui annuisce con disappunto, dando l'ultima occhiata dalla finestra del corridoio, scorrendo e apprezzando con la sua mano il legno scuro e levigato che incornicia quella veduta.

Scendono le scale senza entusiasmo, tristi e delusi. Tutto il resto era proprio ciò che avevano desiderato. Forse avrebbero potuto comprarla solo per se stessi? Siamo in Italia. I figli crescono, ma non abbandonano la casa. Anche quando hanno la loro vita, il loro appartamento, anche dopo sposati e aver avuto figli, ritornano sempre a casa per qualche fine settimana o per le vacanze. Le loro figlie sono più indipendenti, avendo anche sangue americano, da qui la decisione di studiare all'estero, ma il sangue italiano pulsa per seguire la tradizione e ciò comporta che tornino a casa ad ogni festività.

"Forse potremmo comprare anche quella casetta abbandonata là sulla collina. In tal caso ci entreremmo tutti."

"Rosario, ha detto che è in vendita?"

"No."

Il loro disappunto cresce quando passano ancora dal salotto e ammirano di nuovo l'arco che lo divide dalla stanza d'ingresso. Apprezzano l'elegante legno delle finestre e degli scuri, l'accostamento fra ferro battuto e pomelli di bronzo che richiama il dettaglio del corrimano della scala. "Sarebbe stata perfetta" Kate ripete, nel caso che Niccolò non l'avesse sentita la prima volta.

Rosario apre una porta nel corridoio al piano terra, "Diamo un'occhiata al seminterrato. Signora stia attenta alla testa." Questo è un suggerimento che è solita ricevere, un avvertimento che è diretto sempre e solo a lei anche se Niccolò le sta accanto ed è alto quasi come lei.

Le scale che portano al seminterrato sono di marmo. Il corrimano è dello stesso legno abbinato al ferro battuto come al piano superiore, levigato e solido sotto la mano. Il soffitto è un po' basso, ma stando in piedi ci sono altri venti centimetri sopra la testa. Tre paia di finestre strette e lunghe danno luce alle stanze e una sensazione di aereazione. Non si ha l'impressione di essere in un seminterrato, a parte che è più caldo rispetto ai piani superiori, il che significa che sarà più fresco in estate.

Naturalmente le stanze sono stracolme. Sono ancora più stipate che ai piani superiori, come se a queste fosse stato concesso il permesso di arrendersi alle masserizie. Nonostante il sovraffollamento di oggetti lo spazio è lo stesso di quello del piano terra: una larga stanza equivalente al salotto più la sala da pranzo e un'alcova che corrisponde all'ingresso.

"La luce è sufficiente," dice Niccolò.

"Non è umido."

"Il soffitto è basso, ma non eccessivamente."

"Non mi dispiacerebbe avere il seminterrato per me," esclama Electra.

Le soluzioni stavano arrivando: Elizabeth e Stephen potrebbero usare la cameretta al primo piano dove c'è uno spazio sufficiente per collocarci il letto. Electra potrebbe dormire nell'alcova dell'interrato; si potrebbe inserire una coppia di divani nella parte più larga della stanza per i loro amici o cugine, o utilizzarla come stanza da lettura estiva con aria condizionata naturale.

Rosario apre un'altra porta ed entrano in un'ulteriore stanza piena di strumenti per il giardino: stivali, una carriola e una culla piena di legna tagliata per il caminetto.

"*Effettivamente*, questo è il ga-rà-ge." Una parola inglese italianizzata pronunciata con tre sillabe: ga-rà-ge.

Rosario, con un certo sforzo, tira su la saracinesca e tutti sono nuovamente fuori davanti al dirupo e al rudere del castello. Una ripida stradina asfaltata, dietro la terrazza, riporta nel posto da dove sono entrati all'interno della casa.

Niccolò dice: "Forse si può anche far entrare una macchina in questo garage, ma non si riuscirebbe mai a uscirne."

"No! No! Tenevano sempre qui la macchina." Rosario insiste, mostrando una macchia di olio sul pavimento.

"La salita è troppo ripida. Dopo un paio di volte si brucia la frizione!"

Quando escono si fermano per orientarsi meglio. "Dove è il confine da questa parte?" chiede Kate.

Rosario indica una macchia di alloro abbastanza distante. C'è un vecchio muro di pietre che in qualche parte è franato sopraffatto dai cactus. "Quelle rocce invece delimitano il confine a nord."

"C'è un pozzo?"

"Ce ne sono due, uno nel campo" indica nella direzione di una struttura circolare di pietra visibile sopra l'erba, "e uno più piccolo, meno profondo, credo, qui, vicino alla casa." Addita un piccolo pozzo di pietra scolpita, macchiata dai licheni, mezzo sepolto nell'erba alta.

"I pozzi sono vuoti in estate?"

"Non credo, ma può chiederlo ai proprietari. Comunque la casa è rifornita di acqua dal Comune e questa è abbondante."

"Pensavo che in Sicilia l'acqua fosse scarsa."

"In estate a Trapani a volte manca l'acqua. Il razionamento può iniziare anche a metà luglio, ma a Erice c'è sempre."

"Perché Erice non dà l'acqua a Trapani?" chiede Electra. Era sempre stata occupata a scattare fotografie, ma evidentemente aveva seguito la conversazione.

"Ah!" lui replica come se lei lo avesse colpito alla mascella. "Loro vorrebbero utilizzare la nostra, ma *effettivamente...* possono dissalare l'acqua del mare." Si possono udire secoli di rivalità, un'altra Pisa-Firenze che manifesta il proprio antagonismo nelle partite di calcio a livello regionale. Niccolò si domanda se anche Erice abbia una squadra di calcio.

Niccolò e Rosario stanno parlando di idraulica, della profondità e della larghezza degli anelli del pozzo. Lei fotografa Monte Cofano mentre i suoi colori cambiano di nuovo, da luminoso e assolato a morbido e affascinante, seduttivamente sensuale più che sfacciatamente attraente.

Electra indica tre cavalli sulla collina oltre il cancello. Mentre li sta guardando un hi-hoo testimonia la presenza di un asino curioso ma anche schivo. Furtivamente emerge dalla collina subito sopra le auto, appena fuori dal cancello, mentre cerca di scoprire l'inaspettata attività pur nascondendosi dietro le fronde di una palma nana.

"Mamma! Avremmo cavalli per vicini!"

"Anche un asino."

Electra è entusiasta come sua madre. "Penso sarebbe meglio che io tornassi a parlare con il mediatore," le dice Kate. "Non sappiamo ancora quanto costa questo gioiellino."

Niccolò sta già chiedendo il prezzo.

Rosario risponde indicando la cifra.

Ce la facciamo, pensa, anche se è molto più di quanto avessero preventivato di spendere. Una casa al mare in Toscana, di questa dimensione, costerebbe il doppio senza terreno attorno, se non un piccolo giardinetto con i vicini sui quattro lati. Cerca lo sguardo di Niccolò, ma lui evita di guardarla.

"Per sfortuna," Rosario aggiunge, "i proprietari hanno già firmato il compromesso per una casa in costruzione a San Vito. A questo punto devono vendere questa in fretta."

Come possono venderla, lei si chiede. E' un sogno. Comunque per non far lievitare il prezzo si guarda bene dal mostrare troppo entusiasmo. Poi chiede: "Dove vivranno in attesa che la nuova casa sia terminata?"

"Non hanno mai vissuto qui, Signora. Hanno un appartamento a Trapani. Venivano solo d'estate per lavorare in giardino."

Un posto per conservare la roba vecchia che non vogliono buttare via, pensa senza alcuna compassione, e poi si ricorda che vivere in campagna non è considerato di moda specialmente se si hanno ascendenti che in un passato non tanto remoto lavoravano la terra. Negli anni '60 c'è stato un esodo dall'agricoltura alle fabbriche e, nonostante qualcuno abbia conservato l'amore per la terra e abbia continuato a coltivare un campicello, il fatto di vivere solamente in campagna senza possedere una residenza in città era ritenuto una sorta di regressione sociale.

"Quanti ettari sono?" chiede Kate.

"Quasi quattro."

Bene. Quattro ettari sono gestibili. A Firenze possiedono un oliveto di ventiquattro ettari, veramente eccessivo per due persone. Corrono sempre per terminare dei lavori che avrebbero dovuto finire il mese prima. Non è possibile potare tutti gli alberi in un solo anno e appena finiscono è la volta di rincominciare a potare di nuovo. La sindrome del Duomo: appena finita di pulire una parte c'è la necessità di iniziare di nuovo con l'altra.

"Il proprietario," dice Rosario, "ha avuto un attacco di cuore e ora per lui è troppo impegnativo coltivare tutta questa terra. Perciò immagino che se offrirete qualche decina di migliaia di euro in meno possano accettare."

Niccolò continua a rifiutarsi di guardarla. Sta invece guardando in basso, una spaccatura nel pavimento. La calpesta distrattamente. "E' una bella proprietà," dice finalmente, "ma temo che ci siano dei problemi con le fondazioni."

Solleva una lastra di metallo corrugato piazzata sopra una finestra del seminterrato e scopre altre crepe, alcune anche di notevoli dimensioni. Niccolò cammina intorno alla casa sollevando pezzi di marmo che Kate aveva supposto essere di decorazione ma che in realtà hanno lo scopo di coprire le pecche.

Nel retro della casa Niccolò nota una crepa al piano superiore. "Occorrerà capire quanto siano importanti queste lesioni," dice a Rosario. "C'è un geologo cui si possa chiedere?"

La vista mozzafiato ha perso la sua importanza ora che le fondamenta della casa sono state messe in discussione.

"Siete interessati a incontrare i proprietari?" Rosario tenta di recuperare, le sue labbra sono serrate e pallide.

Trattiene il respiro mentre aspetta la risposta di Niccolò. Lei sarebbe disposta a comprare la casa a occhi chiusi. Come può qualche crepa creare problemi in confronto al panorama?

"Possiamo incontrare il proprietario domani mattina per chiedere qualche informazione? Potrebbe portare anche il muratore che ha gettato le fondazioni?"

"Fisserò un appuntamento." Rosario è visibilmente sollevato. Si inumidisce le labbra. "Mi dia il numero del suo cellulare ed io la chiamerò se ci sono problemi. Altrimenti ci incontreremo qui alle undici."

Si stringono la mano e si salutano. Mentre stanno girando l'auto per ritornare sulla salita lei domanda: "Ti piace?"

"Mi piace da morire, è perfetta!" Risponde Niccolò, "Offrirò cinquantamila meno di quello che chiedono, anche se sono disposto a pagare il prezzo intero."

CAPITOLO
DUE

"**D**addy?" dice Electra seduta sul sedile posteriore. "Non pensi che sia un errore comprare la prima casa che abbiamo visto?"

"La prima casa che abbiamo visto?" Niccolò e Kate fanno una risata. "Abbiamo esaminato così tante proprietà che eravamo pronti a rinunciare."

"In questa zona?"

A maggio, in questa parte della Sicilia, avevano visto più di trenta case, ognuna in condizioni peggiori della precedente. Quelle che una volta erano belle abitazioni, abbandonate da tempo, sono in rovina ed hanno giardini ormai diventati boschi. I terreni che avevano intorno sono stati venduti senza logica, cosicché ora la cementificazione incombe da tre lati. Il mediatore era il signor Toma e, per qualche ragione sconosciuta, quando stavano per lasciare l'ufficio e iniziare il giro, anche il padre, il signor Toma senior, si era seduto sul sedile anteriore della FIAT Punto. La sorella, signorina Toma, bionda e con i tacchi a spillo, si era offerta di occupare il posto sui sedili posteriori nella posizione più scomoda, tra Niccolò e Kate. Il signor Toma senior, con spruzzi di forfora sulle spalle della sua maglietta scura, andava decantando durante il loro giro ogni casa che aveva fatto acquistare o vendere negli ultimi trenta anni.

Alla fine di ogni inutile visita la sorella del mediatore chiedeva: "Vi è piaciuta?"

"Era carina" Kate le rispondeva educatamente, "ma non è quello che stiamo cercando."

"Che cosa precisamente state cercando?" domandava di nuovo ogni volta.

"Una vista spettacolare del mare. Una casa con molta privacy, isolata dalle altre."

"Allora la prossima vi piacerà moltissimo" era la costante promessa quando rientravano nell'auto stipata.

Evidentemente ognuno ha un modo differente di concepire "una vista spettacolare del mare". Una casa, per esempio, avrebbe avuto una considerevole vista se il proprietario, trenta anni fa, non avesse piantato una foresta di cipressi e di pini tra questa e il mare impedendone completamente la vista! "Li può tagliare" aveva suggerito il mediatore Toma.

"Si potrebbe" aveva risposto Niccolò, "ma quell'idea evidentemente deve esser piaciuta tanto al suo confinante perché pure lui ha piantato alcune centinaia di alberi che non sarebbe certo lecito tagliare."

L'ultima proprietà che avevano visitato, in Contrada Misericordia, aveva una vista spettacolare del mare, senza alberi davanti, con una sola villetta alle spalle.

"Perché non ci avete mostrato questa all'inizio?" aveva chiesto Niccolò.

Il mediatore aveva sorriso senza rispondere.

"Come mai questa casa non è stata ultimata?"

"Il proprietario aveva finito i soldi." Toma si tira su i pantaloni e poi li lascia di nuovo scendere giù sul bacino.

"La concessione edilizia è valida ancora per nove mesi. I disegni sono da un architetto, a Valderice, se li volete esaminare."

"Quanto chiedono?"

Toma dice la cifra.

"Flessibili?"

"Qualcosa in meno è possibile."

"Ci pensiamo e domani le faremo sapere."

Il pomeriggio stesso Niccolò e Kate erano tornati da soli per rivederla, avevano superato la recinzione e si erano seduti sulla struttura di cemento armato per discuterne.

"Se i permessi scadono tra nove mesi bisognerebbe iniziare i lavori subito. Questo ci metterebbe un po' in tensione."

"Emotivamente e finanziariamente. Quanto pensi potrebbe costare completare questa costruzione?"

"Parecchio."

Una macchina si era avvicinata e loro erano scattati in piedi.

"Perlomeno si potrà chiedere al vicino che ne pensa del fatto che una casa stia per esser costruita davanti al suo panorama."

"Non vogliamo nemici."

"Scusi!" Niccolò aveva esclamato ad alta voce. "Ci scusi, saremmo interessati alla proprietà vicina. Possiamo chiederle qualche informazione?"

"Certo." Il vicino aveva tirato fuori un pacchetto di sigarette e fatto il gesto di offrirle prima di accendere la sua. "Per essere sincero, preferirei avere davanti una casa e un bel giardino piuttosto che questo scheletro abbandonato."

"Da quanto tempo è in queste condizioni?"

"Da anni, perlomeno da due." Lui aveva inalato fumo mentre pensava. Le sue orecchie, illuminate da dietro dagli ultimi raggi di sole, stavano diventando rosa. "Forse di più."

"Lei conosce il proprietario?"

"Abbastanza da salutarlo se l'incontro per la strada." Il suo accento era del nord, le frasi erano scandite con un accento milanese. "E' un insegnante di matematica al liceo."

"Sa perché ha deciso di vendere?"

"Si dice che contava su un'eredità che poi non è arrivata."

"Hmmm. Allora potrebbe accettare...?" Niccolò aveva accennato alla cifra. L'uomo aveva ridacchiato. "Penso che ne sarebbe più che felice. L'ultima cifra di cui parlavano era quarantamila meno di quella che sta dicendo lei."

Questo non era tanto divertente per Niccolò quanto invece lo era per il vicino.

"Sembra che il mediatore abbia pensato di aver trovato un pollo."

"Ho avuto lo stesso problema anch'io quando stavo cercando casa." aveva aggiunto. "Sentono un accento settentrionale e pensano di aver trovato una miniera d'oro."

"Con noi sentono due accenti, uno del nord e uno straniero."

"Bene, metteteli alla prova!"

Il mediatore, signor Toma, aveva risposto che non si sarebbe neanche scomodato a comunicare quest'offerta al venditore.

No Electra, non stiamo comprando la prima casa che abbiamo visto.

C'era voluto un po' di tempo prima di riprendersi dalla delusione ma negli ultimi quattro mesi avevano accelerato i loro sforzi ed erano arrivati vicini, per due volte, a comprare una proprietà sulla costa tra Messina e Palermo, nei pressi di Gioiosa Marea.

La prima era un rudere con concessione edilizia, due ettari di terreno e la vista del mare. Purtroppo l'architetto, che era anche il mediatore, quando andò a prenderli all'aeroporto per firmare il contratto di acquisto, scusandosi, annunciò che pochi giorni prima era stata venduta al cugino del proprietario. Il secondo quasi-acquisto fu trovato dallo stesso architetto come rimedio alla proprietà venduta appena prima del loro atterraggio. La proprietà era ancora più bella della precedente, ma sfortunatamente anche questa volta finì nel nulla all'ultimo momento, dopo che avevano già prenotato volo e albergo.

"Ormai usiamo il biglietto per Trapani." Niccolò aveva detto. "Si guarderà cosa altro c'è in vendita; forza, non ti arrendere!"

Kate si era data per vinta. Era completamente scoraggiata. Lei, che era andata a letto tutte le sere disegnando la loro futura casa in modo tale che la finestra della stanza per la prima colazione avrebbe ricevuto la luce dell'alba, la sala da pranzo quella del tramonto, e quelle delle camere, al piano superiore, avrebbero goduto di entrambe, non poteva credere che un altro sogno si fosse dissolto nel nulla. Abitualmente era ottimista, ma troppe delusioni alla fine l'avevano demoralizzata.

Niccolò aveva telefonato a suo cugino, a Palermo, e comunicato la sua delusione. Tra le molte altre qualità, il cugino di Niccolò, che si chiama anche lui Niccolò Aragona, ama risolvere i problemi della gente. Se può, realizza i desideri degli altri. "Penso che sarebbe meglio che tu comprassi una casa vicino a quella che era dei tuoi antenati." Aveva detto. "Telefonerò a qualche mio conoscente di Trapani e spiegherò cosa stai cercando."

Kate fu d'accordo di tornare in Sicilia, non perché immaginasse di trovare un'altra casa, ma come Niccolò aveva detto, avevano già la prenotazione del volo. L'altra ragione per non stare in casa era che la loro figlia maggiore Elizabeth, tornata in Italia solo per una parte delle sue vacanze, sarebbe partita il ventiquattro di dicembre per trascorrere il Natale con il suo fidanzato in Inghilterra. L'anno precedente lo avevano passato in Italia e quest'anno toccava alla famiglia di Stephen avere il piacere della loro compagnia. Alla fine aveva acconsentito ad andare in Sicilia per non sentire troppo la mancanza di Elizabeth.

Niccolò, Kate ed Electra fecero i turisti per tutto il 26 dicembre. Electra era voluta andare al mare così avevano passato la mattinata alla vecchia tonnara, a Bonagia, dove Kate aveva fotografato i relitti di vecchie barche usate per la pesca dei tonni e le grandi ancore arrugginite. Elettra invece si era arrampicata sugli scogli e aveva immerso i piedi nell'acqua del mare. Prima del tramonto erano andati ad ammirare le saline ed i mulini a vento vicini all'isola di Mozia. Da là avevano visto un enorme sole, quasi africano, immergersi nel mare tra le isole Egadi. Avevano poi mangiato in una piccola trattoria nella quale lo chef/proprietario li aveva straviziati con uno straordinario pesce, vino e altre specialità locali. Dopo la cena, completamente soddisfatti, con un venticello che si alzava e un cielo smagliante di stelle, erano stati a passeggiare fino alla Torre di Ligny, il punto più occidentale di Trapani. Percorrendo lo stretto camminamento lungo il muro posteriore della Torre, quella sul mare, dove il Tirreno s'incontra spumeggiando con il Canale di Sicilia, Kate lanciò una preghiera nell'oscurità di questo posto misterioso e la lasciò a galleggiare tra i due mari.

Quella notte dormirono profondamente. La mattina seguente avevano un appuntamento per vedere la proprietà dove avevano incontrato Rosario, il mediatore che poi li condusse alla casa dei loro sogni.

Una strada porta a un'altra e, nonostante qualche deviazione, alla fine si trovarono sulla strada di casa.

Il giorno dopo arrivano in anticipo al loro appuntamento. I proprietari e il mediatore Rosario Manzo sono già lì. Una coppia di anziani: Concetta è quella più energica, Carmelo quello remissivo. Si comprende dal loro modo di stringere la mano: quella di lui moscia, ne porge solo le dita, mentre lei la stringe interamente. La sua stretta attraversa la pelle, giù fino alle ossa, come se volesse fermare il sangue che scorre nelle vene.

C'è anche il loro figlio Marco che la guarda direttamente negli occhi, ma mantiene lo sguardo e la mano qualche secondo di troppo. I suoi occhi sono l'unica cosa ferma in un corpo pieno di tic nervosi. Potrebbe esser considerato di bell'aspetto, alto, ben fatto, ma ha la testa completamente rasata che, purtroppo per lui, ha la forma di un proiettile, mentre le sue orecchie sono sproporzionatamente piccole. Prende la mano di Electra con l'intenzione di non lasciarla e dice "Oh mio Dio, sei bellissima." Electra riceve il suo complimento con la stessa indifferenza con cui riceve tutti i complimenti. E' sospettosa dei superlativi: "Abbastanza carina" è come lei si definirebbe. Bellissima è per un'altra categoria di donne, quelle che portano tacchi a spillo e che mostrano il seno. Electra toglie con compostezza la sua mano dalla stretta insistente di Marco.

I proprietari sono felici di conoscere Kate e Niccolò e li invitano a entrare in casa che è un po' più calda oggi rispetto a ieri. La cucina economica accesa ha tolto il freddo pungente dalla stanza. Le giacche che hanno acquistato ieri pomeriggio li proteggono dall'umidità. Il caminetto nel salotto è acceso. Un ceppo di legno è già consumato, ridotto ormai a cenere. Un nuovo ceppo di legno è stato posto sopra al primo; la sua corteccia brucia con fiamme scintillanti. Piccole nuvole di fumo sono spinte dentro la stanza quando il vento fuori tira più forte.

Concetta apre una finestra che permette al fumo di disperdersi insieme al calore finora accumulato e poi la conduce a vedere ogni stanza della casa, muovendosi così velocemente che lei deve fare in fretta per mantenere il suo passo. Il pavimento è ricoperto con piastrelle larghe e quadrate con discontinue ombreggiature di color cannella, sabbia, pesca e grigio celeste. Insolite ma belle. Sono volutamente macchiate, striate con tonalità di marrone. *Facili da pulire,* pensa.

Con una velocità stupefacente Concetta termina il tour di tutti e tre i piani. L'orgoglio scorre nelle sue descrizioni, non si scusa per il disordine, ma non le lascia il tempo di fare delle domande. Sono arrivate al ga-rà-ge quando di colpo si ferma per raccontarle una lunga storia della culla dove ora è conservato il legno da ardere, che fu, non sorprendentemente, il lettino di Marco. Prima che inizi anche con la storia di Marco, Kate chiede della credenza nel seminterrato. E' l'unico mobile della casa che le piace; per Concetta non è importante, ma è un punto di partenza per un tour di tutti i mobili della casa.

Concetta ha due velocità: di corsa o ferma. La prima per gli oggetti, la seconda per i legami sentimentali.

"Questo tavolo apparteneva a un vicino che lasciò la Sicilia quando sua figlia si sposò. Lui portò con sé la maggior parte dei mobili quando andò a vivere a Torino ma la figlia non aveva posto nel suo appartamento per questo tavolo, così lo prendemmo noi." Le altre storie erano ugualmente interessanti. E' annoiata e, quando arrivano in cucina, non ascolta più. "Quest'armadietto apparteneva a mio zio. Era troppo basso per la cucina così Carmelo l'ha alzato." Concetta apre uno sportello e Kate vede quello che, deve ammettere, era un ingegnoso adattamento; ma l'armadietto è di truciolato ricoperto di fòrmica e non comprende perché qualcuno abbia perso tempo a modificarlo.

In terrazza Concetta dice: "Mio padre ha costruito questo tavolo" e alza una tovaglia di plastica affinché Kate ammiri il lavoro artigianale, anche questo di bassa qualità. "Se vuole, posso lasciarglielo."

"Grazie, abbiamo già i mobili per la terrazza, anzi per tutta la casa. Per favore lo tenga lei, tenga tutto!"

Parlano come se avessero già concordato il prezzo, come se il contratto fosse stato firmato.

Quando finalmente si libera per andare a cercare Niccolò, lui, Rosario e Carmelo stanno parlando con Mimmo Morano, l'uomo che aveva gettato le fondamenta. Gesticolando esageratamente e spruzzando attraverso lo spazio tra i suoi denti frontali, Mimmo Morano sta giustificando le crepe. Non gli dà importanza, le ritiene insignificanti. Kate percepisce un immediato senso di sfiducia per quest'uomo e intuisce che anche Niccolò, che sta con le braccia conserte sul petto, non lo apprezza per niente.

Concetta le afferra il braccio, come se fosse entrata per sbaglio nel bagno per uomini, e la porta nel giardino davanti alla casa. "Questo è finocchio selvatico" le dice, "ottimo con le sarde. E questa è 'gira', deliziosa con l'aglio!" Le sue dita stringono il braccio di Kate come se si aspettasse resistenza, ma sbaglia, perché lei è felice di imparare a conoscere tutte le piante del giardino. "Questo fiore sembra un dente di leone, vero?" Non aspetta la risposta. "Guardi da vicino i petali sono così lucidi come se fossero dipinti con lo smalto. I denti di leone si strappano e si danno da mangiare alle galline dei vicini ma questi piccoli fiori li abbiamo trovati sulle colline di Erice e li abbiamo trapiantati nel nostro giardino." Procede e Kate dietro. "Questo è alloro." Finalmente qualcosa di familiare. "Questo invece è crescione dei prati che serve per rafforzare i capelli. Lei non ne ha proprio bisogno, ma funziona." Kate guarda i capelli fini e delicati di Concetta e si domanda se l'ha già usato. "Questa è borragine, molto buona quando è giovane, ma non ci pensi nemmeno di mangiarla tra due mesi, se non vuole riempirsi la bocca di spine! Ah!"

Concetta nella parte sinistra della faccia ha un grosso neo. Indossa occhiali larghi con delle lenti leggermente rosa che lo coprono, ma li alza a ripetizione tutte le volte che vuole identificare una pianta. Bardana, buona per curare problemi di pelle; Luppolo, buono per tutto, sembra, dal mal di stomaco al mal di testa. Kate ha bisogno di un quaderno.

La lista di Concetta di piante commestibili si allunga fino ad un indistinguibile mucchio di verdure del tutto simili. L'unico sollievo è l'occasionale comparsa di quei piccoli fiori giallolaccati che non sono dente di leone. Dopo aver ispezionato tutto il giardino, la porta in un viottolo che conduce alla parte superiore. Parla incessantemente con una voce molto alta e questa cosa inizia a irritarle i nervi. Vorrebbe essere con Niccolò. Vorrebbe ascoltare la discussione con Carmelo e Rosario sulle fondamenta, invece deve affrettarsi per mantenere il passo di Concetta. Nonostante il suo desiderio di essere altrove ne ammira la vitalità, l'agilità. Dovrebbe avere ottanta anni, poi scende a settantacinque; se suo figlio ha quanto, trentacinque anni? Per quanto vecchia possa essere è veramente in forma. Non un filo di grasso, piena di energia e determinazione. Senza dubbio prepotente, se si può dire la verità.

"Cos'è questo?" Concetta si ferma di colpo ed esige una risposta.

Prova a ricordarsi. "Finocchio selvatico?"

"No. Gira." La sospinge ancora più su nel viottolo. "Questo è il finocchio selvatico. E questa pianta?"

Sta diventando un incubo: è come sostenere un esame quando non si è preparati. Non si azzarda neanche a indovinare.

Concetta non aspetta la risposta. Lei procede facendo domande e dandosi le risposte. E' orgogliosa del suo giardino e quando Kate comprende che probabilmente non sarà bocciata inizia a rilassarsi e a interessarsi a quello che le sta mostrando.

Sospetta che Concetta non ci senta bene; questo può essere il motivo per cui la sua voce è così alta e probabilmente anche il perché non aspetta una risposta. Può anche spiegare perché seguiti ad afferrarle il braccio e a tirarsela dietro.

Nella parte superiore del giardino, all'improvviso, appare Electra che si attacca al braccio della madre tirandola da una parte. Kate rischia sempre più di avere dei lividi. "Tu mi devi salvare. Questo *stalker* mi sta facendo impazzire!"

"Quale *stalker*? Marco?"

"Già. Lo chiamerei in un altro modo, ma non sarebbe molto carino."

"Sii gentile" le suggerisce.

"Mamma è ridicolo. Ha già accennato al matrimonio, mi ha detto quanti figli desidererebbe avere! Conosco l'intera storia della sua vita! Non faccio un passo senza che lui mi venga dietro."

"Sii gentile" ripete.

"Che cosa devo fare, sto diventando pazza!"

"Sorridi e sii educata. Ti prometto che non te lo farò sposare"; poi Cofano attira di nuovo la sua attenzione togliendole il fiato.

"Salvo che questo non significhi un notevole sconto nel prezzo della casa!"

"Uffa!"

Sono contenti dei nuovi giacconi; fino a quando si muovono restano caldi e in più la nebbia non penetra attraverso la parte esterna impermeabile. Invece, quando tornano in casa nel salotto a parlare di affari, il freddo penetra nelle loro ossa. E' più freddo dentro che fuori.

Concetta si accorge che sta tremando. "Venga con me."

Kate balza in piedi prima che lei la tiri su.

In cucina Concetta prende una piccola pentola di acqua che sta bollendo sulla cucina economica. Poi le dice: "Tenga questa", porgendole una bottiglia di plastica vuota. Senza utilizzare un imbuto versa l'acqua bollente nel piccolo foro d'ingresso della bottiglia di plastica. Che cosa stupida! La maggior parte dell'acqua fuoriesce sulle mani di Kate che però sono talmente gelate che quasi diventa un sollievo. A questo punto avrà una bruciatura del terzo grado oltre ai precedenti lividi sul braccio!

Quando tornano con l'improvvisata bottiglia d'acqua calda gli altri sono già in salotto. Rosario ha aggiunto più legna al camino. Adesso c'è meno fumo.

"Mamma, Marco mi accompagna su a vedere i cavalli."

E' contenta che Electra collabori mantenendo Marco occupato in modo tale che loro possano trattare l'affare.

"Finiremo tra pochissimo." Kate aggiunge per avvisare Marco e tranquillizzare Electra. Poi comunica a Niccolò: "Marco porta Electra a vedere i cavalli."

"Ti raggiungeremo tra qualche minuto."

"Ok!" dice Electra facendo un grande, luminoso sorriso a mezza bocca.

"OK" Rosario prende l'iniziativa. "Parliamo del prezzo."

Concetta le afferra il braccio. "Venga con me, ho dimenticato di farle vedere il posto dove sono i carciofi." Giura che può già sentire le sue unghie nella pelle.

"Guardiamolo dopo." Concetta dà per certo che Kate non sia interessata ai dettagli dell'affare, invece lei lo è. "Vorrei esser presente alla trattativa."

Rosario continua. "Questo è ciò che il dottor Aragona offre, naturalmente dopo che sia stato rassicurato dal geologo."

Comunica a Carmelo il prezzo. "Ti va bene Carmelo?"

C'è una conversazione senza parole tra Concetta e Carmelo, una comunicazione di soli gesti nata da anni di convivenza. "Io sarei disposto a scendere di altri venticinquemila euro dal prezzo richiesto, ma non di più." dice Carmelo dopo un po', con la bocca serrata come se avesse dimenticato i suoi denti.

Rosario fa un calcolo, "Siamo a venticinquemila euro dalla conclusione dell'affare. Si può risolvere tutto rapidamente, proprio adesso. Carmelo, se tu potessi scendere di altri quindicimila euro. Andrebbe bene per lei dottor Aragona?" Rosario è già pronto a scattare in piedi per fare le congratulazioni.

Carmelo non è soddisfatto. "Perché solo io devo scendere col prezzo?" si lamenta.

"Ho un'idea." interviene Kate.

Tutti la guardano. Va bene che sia presente anche lei, ma in silenzio. In Sicilia gli uomini fanno affari con gli uomini. Sospettosamente Rosario dice, "Lei ha un'idea Signora?"

Si rivolgono a Niccolò con il titolo di dottore che è un segno di rispetto per quelli che sono laureati, mentre lei, che ha due lauree in più di suo marito, è chiamata *La Signora*. Questa è una di quelle cose che negli Stati Uniti l'avrebbero fatta infuriare mentre qui no. Comprende che non è niente di personale. "Se si dividessero ugualmente i venticinquemila, entrambe le parti cederebbero qualcosa." dice rivolgendosi a Concetta e al marito. "Sarebbe giusto per voi?"

Rosario finalmente scatta in piedi. "Affare fatto!" Stringe per prima la mano di Niccolò poi quella di Carmelo. Carmelo sembra scioccato, la sua mano è ancora più floscia.

Kate ripete "Le sta bene Signor Beragno?"

"Penso di sì. Va bene." Lentamente la sua faccia si trasforma da una sospettosa paura a gioia. Alla fine sorride, mostrando una bocca piena di denti piccoli come semi. "Venduta!"

Concetta cerca dentro ad un armadio e prende una bottiglia polverosa. "Questo vino ha trentanove anni. Da aprire solo per speciali occasioni come matrimoni, nascite o prime comunioni. Oggi è una di quelle."

"Oh, a me piace il vino buono, specialmente se è vecchio" ammette Kate, anche se entrambi non hanno l'abitudine di bere fuori dai pasti.

Concetta non ha sentito ciò che lei ha detto e lo sta già versando. Kate fa il gesto di accettare prima di rendersi conto che la bottiglia è a metà e ha un tappo a vite. Troppo tardi! Ha già detto di sì. Concetta versa il vino dentro ad un bicchiere da acqua e glielo passa con orgoglio. E' certamente il peggior vino che lei abbia mai assaggiato, perfino peggio del dolce rosato prediletto da sua madre. Deve essere l'alto grado di alcool ciò che lo fa apprezzare. Concetta sta per riempire un bicchiere per Niccolò.

"Lui beve dal mio, grazie!" suggerisce.

"No" Concetta insiste. "Quest'occasione merita che ognuno abbia il suo bicchiere. *Cin Cin!*"

Tutti concordano di ritrovarsi l'indomani mattina, il loro ultimo giorno in Sicilia, per firmare un compromesso e lasciare un acconto.

A questo punto devono fissare una data per il contratto d'acquisto.

Carmelo suggerisce il primo di giugno.

A Niccolò va bene.

Kate non è d'accordo.

Si ritirano in cucina per discuterne privatamente.

"Giugno mi permette di avere sei mesi per accumulare i soldi per pagare la casa" Niccolò le spiega.

"Hai ragione, ma aspettando fino a giugno si perde la nostra prima primavera in Sicilia. Invece entrando, per dire, il primo marzo, saremmo qui per Pasqua. Non sarebbe meraviglioso avere Elizabeth ed Electra riunite in Sicilia per Pasqua?"

"Come al solito *La Signora* ha ragione!" Niccolò esclama quando tornano in salotto. "Sarebbe possibile prenderne possesso all'inizio di marzo?"

Concetta ha sentito perfettamente la data ma la sua preoccupazione è che forse non avrebbero il tempo sufficiente per portare via tutte le loro cose.

"Tutto gennaio e tutto febbraio." Rosario precisa. "Sono due mesi pieni."

Alla fine decidono di provare a lasciare libera la casa per il primo di marzo ma, nel caso avessero bisogno di qualche altra settimana, Kate e Niccolò, avrebbero posticipato il loro arrivo. Rosario li rassicura. Non ci vorrà troppo tempo. Se non piove, in un paio di settimane finirete il trasloco.

Kate ha i suoi dubbi, anche se conosce un metodo abbastanza rapido per fare fuori tutta quella spazzatura. Per fortuna non è lei che deve fare questo lavoro.

Rosario sale in macchina con loro quando vanno a raggiungere Electra. Li presenterà al loro vicino, Gaetano, il padrone dei cavalli, dell'asino e delle capre. Concetta e Carmelo restano in casa per iniziare a mettere qualcosa nella loro macchina.

"Ho visto che ha un asino."

"Due asini" Rosario li corregge.

"Ha anche una famiglia?"

"L'asino?" L'espressione di Rosario nello specchietto retrovisore non riflette un'alta considerazione per l'intelligenza di Kate.

"No, Gaetano."

"Ah, sì." Ora sembra sollevato. "Una moglie veramente bella e un figlio molto carino che ha quasi dieci anni. Vivono a Erice, nel centro della città."

"Non vivono qui?"

"Oh, no! Gaetano è un falegname, ma ha la passione degli animali. Ha da poco portato l'elettricità nelle stalle in modo da avere l'illuminazione in inverno, quando le giornate sono corte, per dare da mangiare ai suoi animali al rientro dal lavoro."

La proprietà di Gaetano è dall'altra parte del loro cancello d'ingresso, su per la collina, in direzione di Erice.

Il viottolo che porta alle stalle è lungo e pieno di buche, contornato da erba alta che strofina gli specchietti retrovisori al loro passaggio. Ha costruito una stalla per i cavalli e anche un recinto per i maiali. Tre di questi, piccoli e neri, grugniscono e corrono fuori per vedere chi si avvicina, poi grugniscono di nuovo e corrono indietro sotto la protezione dei loro corpulenti genitori. C'è un recinto per le capre, ma è vuoto. Non c'è una casa. Sei o sette micini accoccolati sopra un trattore arrugginito stanno distesi mollemente sopra il sedile, nella posizione delle modelle di biancheria intima. Purtroppo non stanno sufficientemente fermi per permettere a Kate di mettere a fuoco la lente della sua macchina fotografica.

Electra va incontro ai genitori, ha in mano un gattino color albicocca. "Non sembra Figaro?"

Gli assomiglia proprio. Tredici anni scompaiono come se non fossero mai esistiti; è come se vedesse per la prima volta Figaro, il loro gatto. L'avevano adottato quando Elizabeth ed Electra erano alle elementari; un gattino da coccolare per insegnar loro la responsabilità di accudire un animale, e indovina chi è ora che si prende cura di Figaro mentre le figlie studiano all'estero?

"Mamma vieni a vedere i cavalli!"

Kate segue Electra e il gattino, sperando che non le chieda di tenerlo, fino a raggiungere Marco che è vicino a tre purosangue straordinariamente belli.

C'è anche un rottweiler grande e sporco, con le zampe infangate.

Cerca di scansarlo, come prima aveva evitato Marco, ma con meno successo. Tenta di tenere Electra tra lei e il cane perché, avendo portato solo un paio di pantaloni, ha la necessità di mantenerli puliti. Poi Marco si avvicina e le dice a bassa voce: "Signora, se lei lo accarezza una volta, lui si quieta e la lascia in pace."

Kate si fa coraggio, accarezza le orecchie del cane e gli fa i complimenti per il suo sguardo così profondo.

Quando tornano alla stalla Marco le cammina accanto, in silenzio. Era anche lui così bisognoso d'affetto che quasi non aveva notato com'è carino e dolce, quanto è solare il suo animo che, come la luce riflessa da uno spicchio di luna nuova, era senza alcuna protezione.

"Zampe infangate", non sembra esser più un pericolo.

"Sì, ho compreso il tuo punto di vista." Electra accoglie la poetica versione della madre senza alcun entusiasmo. "Non devi fargli da babysitter tutto il pomeriggio, ma devi sopportarlo fino alla decima proposta di matrimonio." Lei ha un fremito di repulsione. "Il ragazzo è così insistente, così appiccicoso che ne sono respinta come da una calamita girata al contrario. Non vedo spazio per la poesia!"

Con Elettra ancora nubile tornano alla casa per salutare Concetta e Carmelo. Mentre attardano al cancello, cercando di liberarsi le mani da un'ultima stretta, sentono strani rumori provenire dalla parte alta della strada. Prima di rendersi conto di quello che sta accadendo, vedono un rumoroso gregge di pecore che sta scendendo dalla collina. E' un coro di bestie arruffate e belanti, una lamentela in contrappunto all'abbaiare di una mezza dozzina di cani che le riconducono all'ovile.

Rosario alza il braccio e dice: "Attenzione, è meglio farle passare." E' già quasi notte. "E' meglio non restare sulla strada dove passa il gregge."

Concetta e Carmelo sono silenziosi, si scambiano un'occhiata, come se temessero che loro vogliano cambiare idea. Ognuno sta in silenzio finché le pecore non sono tutte passate; a quel punto Rosario va in strada ma si scontra con una ritardataria. Nessuno sa chi sia più spaventato, se l'ultima pecora o Rosario!

Niccolò e Kate sono incantati! La loro felicità è forse ridicola, infantile, potenzialmente imbarazzante, ma loro sono così contenti di avere come vicini di casa le pecore. Prima le capre, ora le pecore. Il tintinnare di campanelle a distanza era uno dei prerequisiti per la loro casa di sogno in Sicilia.

CAPITOLO
TRE

Forse per l'eccesso di oggetti che possiedono nella casa di Firenze o perché sta emergendo una loro nuova filosofia di vita, qualunque sia la ragione hanno deciso che nella nuova casa avrebbero avuto solo il necessario. Niente di più.

A Firenze cercano tra le cose che hanno per trovare ciò che possa essere utile in Sicilia; una strategia che permette anche di eliminare parte di quanto accumulato anno dopo anno.

E' un tiro alla fune cominciato non molto tempo dopo l'inizio della loro vita insieme. Niccolò aveva un'intera stanza di armadi pieni ed era combattuto tra il desiderio di far posto ai vestiti di Kate e quello di non voler rinunciare al suo spazio.

Quando lei si accorse del conflitto, suggerì: "Potremmo mettere gli abiti che usi raramente nell'armadio al piano terra."

"Va bene."

Quando iniziarono a dividere i vestiti di Niccolò si accorse che aveva cinque smoking; ciò sul momento la divertì ma anche la confuse.

"Perché ne hai bisogno più di uno?"

"Uno per l'inverno, uno per l'estate e uno per le mezze stagioni, autunno e primavera."

"E questo?"

"Questo non è uno smoking, è un tight"

"Quando lo indossi?"

"Solo di giorno."

Stava per scoppiare in una risata. "Prima o dopo la piccola colazione?"

"Per una occasione di mattina, come un matrimonio importante prima di mezzogiorno."

Quando lo aveva conosciuto Niccolò non conosceva che qualche parola di inglese, per lo più imparata dal linguaggio dei computer, e lei non parlava per niente l'italiano. Kate imparò molto più lentamente l'italiano che non Niccolò l'inglese, anche se, dopo tanti anni il suo italiano è migliore dell'inglese del marito. In qualche modo, fin dall'inizio, nonostante queste difficoltà, erano stati capaci di intendersi anche senza l'aiuto di una lingua in comune.

"E questo?"

"Questo è un frac."

"Per un'occasione importante dopo colazione?"

"Esattamente. Un matrimonio di pomeriggio, la presentazione di un ambasciatore."

"E lo smoking?"

"Mai di giorno. Solo per la notte."

"E li metti spesso?"

"Sarai sorpresa da quanto spesso queste occasioni si manifestano. Quando ero un ragazzo, ci mettevamo lo smoking quasi tutti i venerdì e sabato. C'erano molti debutti. Ora li metto molto meno, non più di un paio di volte l'anno."

"Hai in vista qualche occasione per mettere lo smoking?"

"Alla fine del mese si sposa il mio amico Giovanni."

"Di mattina, pomeriggio o sera?"

"Mattina, alle undici", indicando l'abito con le code. "Il ricevimento è a colazione."

"Allora non hai bisogno di questi." Indica i tre smoking.

"Di questo." Indicando quello di lana leggera. "Lo metterò per il party la sera prima del matrimonio. Chiederò alla fidanzata di Giovanni se posso portarti. Sono certo che dirà di sì."

Il solo pensiero la terrizza. E' venuta in Italia per un anno a raccogliere sufficienti foto delle stagioni da inserire nel nuovo album. Ha portato con sé qualche abito estivo, pochi vestiti per l'autunno, ma nessuno adatto per ricevimenti ufficiali. Dovrà andare a fare shopping, cosa che la mette in angoscia perché andare in giro a comprare vestiti non è uno dei suoi passatempi preferiti. In più dovrà comprare anche delle scarpe. No, lei non è affascinata da questa prospettiva. Quello che era stata una piacevole, semplice coabitazione con Niccolò ora sembra carica di pericoli.

Niccolò interpreta che la sua reticenza sia dovuta al fatto di non aver ottenuto ancora nessun successo nello svuotamento dell'armadio. Apre l'altro sportello. "Tutti questi vestiti sono di una taglia inferiore alla mia attuale."

E' contenta di cambiare discorso. "Perché li tieni se sono troppo piccoli?"

"Perché sono vestiti di stile classico che passerò ai miei figli."

"E se non avrai figli maschi?"

"In questo caso li conserverò per i miei nipoti."

Sono questi i momenti in cui affiorano le differenze culturali. Si chiede se riusciranno mai a parlare la stessa lingua, in senso letterale e figurato.

"Niccolò, ho notato che ti piacciono i vestiti, ma devi sapere che io non sono particolarmente interessata alla moda." La sua sola speranza è quella di essere onesta con lui. "La sola idea di fare shopping per acquistare vestiti costosi, in più in una città che non conosco, è il mio concetto di incubo."

"Tu hai appena conquistato il mio cuore." La sua espressione di sollievo supera tutte le barriere linguistiche. "Tu sei la prima donna che io abbia mai conosciuto che non ama andare a comprare vestiti."

"Sono felice che tu lo comprenda."

"Capisco, è esattamente quello che penso io." Lui si avvicina, le accarezza la guancia gentilmente con la punta delle sue dita.

Basta questo, un tocco di un istante, per far scomparire tutto, e lei è immediatamente rassicurata. Poi, per nascondere questa inconsueta sensazione che l'ha avvolta in un velo di tranquillità, ma che l'ha lasciata anche vulnerabile, ci scherza sopra: "Non si direbbe proprio da tutti i vestiti nel tuo armadio."

Lui fa un gesto con la mano per rifiutare tale idea. "E' mia madre che ama lo shopping. Io la seguo perché è una semplice attività che possiamo fare insieme; un'ora nella quale si finge di avere una normale relazione madre-figlio. Tutto qui." Fa un profondo respiro, poi sorride. "Dovresti comprare perlomeno due vestiti per il matrimonio di Giovanni. Uno per la sera e uno per la mattina. Mi fai questo piacere?"

"Niccolò, se inizio a comprare vestiti di Valentino o simili, torno a casa molto presto. Ho avuto un modesto anticipo che deve durare almeno per un anno finché non completo il mio lavoro, ma se inizio a comprare in Viator Nabuoni... ."

"Via Tornabuoni" lui la corregge automaticamente. "Non ti preoccupare, mia madre ti porterà a fare gli acquisti. E' quello in cui lei eccelle." Lui le massaggia le braccia velocemente, come se Kate sentisse freddo e necessitasse riattivare la circolazione. "Lei sa dove andare a trovare i migliori prezzi della città."

Se avesse saputo in quel momento quanto era difficile la madre di Niccolò, non avrebbe mai avuto il coraggio di andare a fare acquisti con Fiammetta, ma non lo sapeva, e così loro due passarono un piacevole pomeriggio insieme. Kate piaceva a Fiammetta perché era alta e magra ed in più assomigliava alla moglie del fratello del suo secondo marito, che era considerata da molti la donna più bella di Firenze. Le piaceva che stesse bene con i vestiti che lei sceglieva. Era contenta che si facesse consigliare senza problemi. Così finì che acquistò vestiti che da sola non avrebbe mai comprato; con colori che lei non si sarebbe mai avventurata neanche a provare.

Kate era sinceramente grata per l'aiuto. Fiammetta conosceva quale tipo di vestito era adatto per i party che Niccolò frequentava. Risolse, anche a buon prezzo, il problema su cosa indossare al matrimonio di Giovanni e Ginevra già al secondo negozio di Via della Vigna Nuova, che è l'equivalente a Firenze della *Fifth Avenue* di New York. A Kate piaceva un vestito bianco grigio di lana leggera, ma Fiammetta gliene fece provare uno rosso attillato. "Con la tua altezza non dovresti vestirti di bianco. Ti ingrossa. Alta è bello, grossa no! Tu vesti troppo semplice. Rosso e un po' attillato è dinamico, femminile. A un matrimonio il bianco è solo per la sposa. Non lo dimenticare!"

Alla fine comprò il vestito rosso e attillato. Non si sarebbe mai sentita completamente a suo agio in quel vestito che per il suo gusto era troppo appariscente, pensava, ma poi si accorse che non aveva mai ricevuto tanti complimenti quanti ne riscosse indossando quel vestito. Fiammetta sapeva cosa piace agli italiani.

Andare a fare shopping con la sua futura suocera fu meno stressante di quanto avesse immaginato anche perché, tra un negozio e l'altro, si fermavano a prendere qualcosa. Fiammetta le permise di offrirle un cappuccino dopo il primo acquisto, ma insistette per offrire un Campari Soda che festeggiò la felice conclusione della loro ricerca in giro per la città.

Spinta dall'effetto del Campari e dalla felicità di aver trovato un bel vestito ad un prezzo ragionevole, disse: "Contessa, negli Stati Uniti le avrei dato del tu dopo un giorno come questo. Posso?"

Fiammetta rabbrividì; le sue labbra rosse, dipinte con cura, erano ora il solo elemento colorato in un volto incorniciato da biondi capelli cotonati.

Evidentemente aveva oltrepassato il limite e Fiammetta stava decidendo su come rispondere. Kate era alta, magra e bella per gli standard fiorentini, e suo figlio aveva avuto anche troppe relazioni e stava entrando nei quaranta, per cui Fiammetta, alla fine, le dette il permesso. "Penso di sì. Sì, puoi darmi del tu."

Quando più tardi, lei raccontò questa conversazione a Niccolò, lui le disse: "Lo sai che Silvio, il marito di mia sorella, non ha ancora questo onore? E sono sposati da quasi tre anni."

"Perché non glielo ha chiesto?"

"Lui non lo può chiedere. Deve aspettare finché mia madre lo inviti a dargli del tu. E' mia madre che deve permetterlo; evidentemente ancora non è disposta a farlo."

"Perché?"

"Oh, è una vecchia storia."

"Forse ora che ho rotto il ghiaccio lo permetterà anche a lui."

"Una delle cose che apprezzo in te è il tuo ottimismo!"

Alla fine decisero di trasferire nell'armadio al piano terra i vecchi vestiti di Niccolò. Le camicie attillate che gli uomini indossavano negli anni sessanta, i pantaloni con la vita bassa a zampa di elefante attentamente conservati per i figli o i nipoti. Un armadio era sufficiente per gli abiti di Kate, ma la situazione sarebbe cambiata nel corso degli anni perché le frequenti occasioni sociali le imposero di accumulare sempre più vestiti. Lei è convinta che la necessità di indossare qualcosa di diverso a ogni occasione mantiene in vita e fa prosperare l'industria della moda in Italia. E' anche arrivata al punto di tenere una parte del suo armadio per le cose che lei non indossa più, ma che potrebbero star bene a Elizabeth o a Electra quando saranno adulte. Ha un golf di cashmere con sul davanti un disegno di un gatto bianco baffuto, un regalo di Fiammetta quando era incinta della sua nipote, in cui il gatto guadagnava una terza dimensione al crescere di Elizabeth. Kate sarà felice di rimetterlo in circolazione quando le sue figlie aspetteranno i propri bambini, incinte delle loro personali tradizioni in espansione.

Per la necessità delle figlie di avere uno spazio proprio il povero Niccolò dovette cedere parte del suo armadio alle tre donne della sua vita. Dopo la nascita delle bambine lo smoking invernale, che era diventato troppo stretto in vita, ed i vestiti degli anni sessanta e settanta furono dati via. Al crescere della famiglia aumentavano anche gli oggetti, così, quando si chiesero cosa potevano portare in Sicilia si accorsero che avevano molta roba su cui contare. Due letti singoli in cantina, due sedie in più e un tavolo in terrazza. Un servizio di bicchieri, da acqua e da vino, e i piatti che Niccolò aveva ereditato da suo padre e che erano rimasti incartati. Belli, di colore crema intenso con un largo bordo d'oro, adatti all'epoca in cui i camerieri li lavavano a mano prima dell'avvento delle lavastoviglie, ma l'oro non è zecchino. Per quanto siano belli, né Niccolò né Kate sono disposti a lavarli a mano tutte le sere. Niccolò aveva chiesto alle figlie se avrebbero gradito tenerli per le loro future case spiegando però che avrebbero dovuto lavarli a mano. Si erano rifiutate. Così li adopereranno in Sicilia come piatti per tutti i giorni, come unici piatti; se poi perderanno l'oro non importa!

Nella stessa scatola, con scritto: "Da portare in Sicilia" c'è anche un servizio di tazzine da caffè, bianche con dipinte sopra delle barche a vela blu che Niccolò aveva comprato molto tempo prima di conoscerla. Le aveva acquistate nella speranza di realizzare un giorno il suo sogno di possedere una casa al mare. Incarta con gioia queste "meglio-tardi-che-mai-sogno-diventato-realtà" tazzine da caffè in un extra servizio di tovaglioli che avrebbe potuto anch'esso essere utile.

Come avrebbero trasportato tutte queste cose? Telefonano ai noleggiatori di furgoni. Si informano on-line del trasporto via mare, via treno. E' tutto troppo costoso.

"Che ne pensi se riempiamo il *Little Lord Junior*?" suggerisce Niccolò, "come facevamo quando andavamo all'Isola d'Elba?"

Nel periodo in cui le bambine sedevano ancora sugli appositi seggiolini sistemati sopra ai sedili posteriori della piccola Peugeot con la babysitter strizzata in mezzo, Niccolò aveva attaccato un carrello con sopra la piccola barca, Little Lord Junior, che era poco più lunga dell'auto stessa, e l'aveva utilizzata per trasportare all'interno tutti gli oggetti che una famiglia necessita in una casa in affitto per due settimane. All'Elba utilizzavano la barchetta per brevi escursioni in mare, ma anche in questo caso, era troppo piccola per accogliere una famiglia.

Prima di avere figli la barca era sufficiente per loro due. L'avevano usata sul fiume Serchio, a Torre del Lago Puccini e in altre zone della Toscana. Andava bene anche quando Lizzy era piccola. Una volta, Elizabeth aveva tredici mesi, a Torre del Lago, Kate la sollevò dalla barca e la depose sulla spiaggia, le disse di non muoversi, cosa che fece, mentre lei aiutava Niccolò a tirare la barca sulla spiaggia e poi sul carrello. Era giovane, forte e capace. Ma non sapeva di essere incinta. Prese un pannolino di Elizabeth. Per qualche giorno la mattina non si sentiva bene. Il dottore le disse che il risultato positivo della prova fatta a casa poteva eventualmente derivare da un eccesso di ormoni e le prescrisse un test clinico che confermò il precedente. Era incinta di due gemelli e uno si era perso sulla spiaggia del Lago Puccini.

La loro terza figlia.

"Come sai che fosse femmina invece che maschio?" Niccolò chiese una volta.

"Tutti i bambini iniziano al femminile. Questa non ha avuto la possibilità di diventare nient'altro."

Kate ovviamente apprezza gli oggetti di casa. Prova piacere a vedere come si specchia la luce nei vasi blu cobalto sulla loro credenza; quando spolvera, tiene in mano con attenzione il piatto antico di Caltagirone. Ma sente anche che le cose hanno iniziato a impadronirsi di loro, come se li tenessero in ostaggio con un riscatto troppo alto. Quando viaggiano, lui è in pensiero per i ladri, quando sono a casa, passano troppo tempo a pulirli e a spolverarli. A Erice si libereranno delle cose non strettamente necessarie. Le finestre saranno le loro cornici, la vista i loro quadri. Tutti i colori e le tonalità che loro desiderano le potranno scoprire nella natura.

Però, prima di esser liberi per iniziare questa nuova fase della loro vita, devono completare i loro impegni in campagna.

Chi coltiva le viti si ostina a dire che coltivare un oliveto è più semplice, richiede meno tempo della viticoltura. Le viti devono essere disinfettate dopo ogni pioggia in modo tale da evitare che si diffondano i batteri su per i pampini, cosa che può danneggiare la produzione dei grappoli. Questo senza dubbio è vero, ma per mantenere decentemente l'oliveto loro passano la maggior parte dei loro giorni nei campi, durante tutto l'anno, salvo che piova a dirotto o la temperatura sia sotto lo zero.

Prima della partenza per la Sicilia, il lavoro che avevano programmato era quello di tagliare l'erba lungo i margini dell'oliveto. Devono anche impedire al bosco di invaderlo. Questo include il taglio degli alberi e dei rami che superano il margine e la rimozione di piccole piante che crescono in mezzo ai campi. Dover combattere contro gli alberelli spontanei richiede una certa costanza, ma è semplice rispetto alla guerra contro i rovi, le rose selvatiche e soprattutto contro l'edera. Sono proprio questi rampicanti a rendere difficoltosa la stesa dei teli per la raccolta. Niccolò usa la sega a motore e il braccio meccanico per i primi; Kate invece, per questi ultimi, solo le sue braccia e tanta determinazione, campo dopo campo.

Alla fine di febbraio Rosario, il mediatore, chiama per comunicare la buona notizia. La casa è vuota. Possono prenderne possesso il primo marzo, come prestabilito. Concetta darà loro le chiavi alla fine della settimana quando in aereo arriveranno a Trapani per stipulare il contratto.

Partendo da Pisa è un viaggio di un'ora e dieci minuti; lo stesso tempo che impiegano dall'Antica, la loro casa di Firenze, per arrivare all'aeroporto di Pisa. Atterrano in Sicilia la notte precedente all'appuntamento col notaio. Si svegliano presto ma giungono diversi minuti in ritardo perché hanno confuso Viale Regina Margherita con Viale Regina Elena. In più, mentre cercano di affrettarsi per recuperare il tempo perduto dall'aver confuso una Regina con l'altra, sono stati adottati da un cane che li segue passo passo. Ha anche affrettato l'andatura proprio come loro. Kate è sicura che lui guarda da entrambi i lati prima di attraversare la strada e, quando incontrano una banda di cani randagi che intralcia la loro marcia, lui li caccia via permettendo di procedere velocemente.

Quando finalmente arrivano all'ingresso della banca, sono purtroppo costretti a lasciarlo fuori ed hanno la sensazione di abbandonare il proprio cane.

Una volta entrati trovano Concetta e Carmelo ansiosi e vestiti fin troppo bene. Hanno portato anche il figlio Marco e pure la cognata Anna. "Poverina," Concetta sussurra con la sua voce acuta. "Lei è vedova, a casa da sola, tanto triste, così l'abbiamo invitata a venire con noi oggi."

Kate non riesce ad immaginare come faccia a tirarsi su di morale in un paio d'ore di burocrazia da un notaio.

Se lei è perplessa Niccolò è infastidito. "Questo è un comportamento inappropriato," le dice, "E' inaccettabile."

Purtroppo non sa cosa fare per evitarlo. Il notaio chiede di portare più sedie e tutti e otto affollano un piccolo ufficio non aerato messo a disposizione dal direttore della banca. Se il notaio non si lamenta delle presenze superflue, anche Niccolò dovrà accettare la situazione.

Il notaio inizia la lettura del contratto; la sua voce è baritonale, profonda e piacevole. "Oggi, 29 febbraio, alle—"

"29 febbraio!" Marco, che era restato in piedi perché non c'era più spazio e si appoggiava alla sedia di Kate, le batte una mano sulla spalla con troppa confidenza. "Un giorno come questo capita solo ogni quattro anni!" A lei viene in mente il cane *"zampe di fango"* e cerca di essere paziente.

Il notaio alza la mano, con il gesto proprio di un giudice chiede di fare silenzio. Marco si appoggia alla porta. Indossa una camicia viola scuro e la sua cravatta, un monocromatico arcobaleno, incorpora ogni tonalità di viola dalla lavanda al lillà.

Ci sono dodici pagine a spazio singolo di descrizione dei confini, diritti di passaggio e regolamentazioni edilizie da attraversare prima di essere invitati a firmare il contratto. Deve prestare la massima attenzione perché questa non è una semplice conversazione in italiano. Marco ostentatamente stira le braccia sopra la testa cercando di attrarre la sua attenzione, fa schioccare le dita per sollecitare un sorriso. In un momento di pausa del contratto Marco approfitta della necessità del notaio di prendere un po' di respiro per fare questa dichiarazione: "Questi sono momenti di forti emozioni!"

"No Marco. Non lo sono," le sembra di sentire i pensieri di Niccolò che coincidono con i propri. *"Trovare la casa era stata un'emozione, la decisione di comprarla è stata gratificante, ma definire i confini e organizzare il pagamento è solamente una routine che deve essere fatta."*

Il notaio si schiarisce la voce e si rivolge direttamente a Marco. Il suo sguardo è sufficientemente serio da intimidirlo. "Se può aver pazienza, finiremo tra pochi minuti."

Il notaio procede, "Questo contratto è tra le seguenti parti: Concetta Vangelo, nata a Trapani il 5 gennaio—"

Concetta ha 66 anni, solo dieci in più di Kate, solo quattro in più di Niccolò? Sembra molto più vecchia. "—e Carmelo Beragno, nato a Trapani il 30 marzo—"

Anche lui ha solo tre anni più di Niccolò. Guarda i due uomini seduti l'uno accanto all'altro: Carmelo sembra vecchio, appassito, un po' come un fico secco. La faccia di Niccolò è liscia, la pelle tesa, le uniche rughe sono attorno ai suoi occhi a mandorla: rughe del sorriso. La linea dei capelli è indietreggiata negli ultimi due anni, ma sono sempre folti; sono diventati di un distinto grigio invece d'essere scuri, ma sembrano di seta, e chiedono di essere accarezzati.

"—e Katelyn Griffitts in Aragona, nata a Santa Monica, California il 1° aprile—"

Lui s'interrompe per aggiungere "Complimenti Signora, non l'avrei mai immaginato—"

Questo complimento è un rito formale, una specie di obbligo sociale. Sarebbe ingenuo credere a questo tipo di adulazioni. E' comunemente dispensato da ogni medico, infermiera, direttore di banca e ora, sembra, anche dai notai.

"—direttamente tra le parti, senza la presenza di mediatori," fa una pausa e rivolto al loro mediatore "E' così, vero Rosario? Tu non sei presente!"

"Sì, è così."

Il fatto che Rosario non sia presente ha un significato esclusivamente fiscale.

Finito di firmare il contratto di acquisto Niccolò e Kate devono firmare quello per il mutuo. Carmelo, Concetta, la cognata vedova e l'assente Rosario escono dalla stanza, ma Marco approfitta della sedia libera per sedersi alla destra di Niccolò. "Dov'è la vostra bella figlia Electra? Perché non è venuta? Mi raccomando, me la saluti tantissimo."

Il notaio chiaramente conta fino a tre e poi spiega a Marco che deve aspettare fuori con i suoi genitori quando sarà completato il contratto con la banca.

Quando Kate e Niccolò finiscono di firmare i documenti raggiungono gli altri al bar per un caffè. Il notaio va di fretta, il bar è pieno di gente, non c'è posto per sedersi, ma alla fine trovano otto sedie per strizzarsi attorno ad un tavolino per due. Ci vuole un'eternità prima che il caffè arrivi. Il notaio guarda ripetutamente l'orologio. Lei è seduta accanto alla cognata vedova. Suo marito ha avuto un infarto diciotto mesi fa ed è rimasto a letto senza la possibilità di muoversi o di parlare fino a due mesi fa. Sollevata, sì. Ma è sempre difficile. Ha due figli che vivono vicino a lei; le loro mogli vanno a trovarla ogni pomeriggio con i nipotini. Non è depressa, sta cercando un nuovo equilibrio. Stamani non sarebbe voluta venire a disturbare, ma Concetta ha insistito.

Prendere il caffè è una di quelle istituzioni che devono esser rispettate, come baciarsi sotto il vischio o pulirsi i piedi sullo stuoino prima di entrare in una casa, anche se ognuno ha già preso due caffè, anche se uno è in ritardo al prossimo appuntamento. Analogamente obbligatorio è bisticciare su chi paga il conto. Le donne sono escluse da questa competizione ed anche il notaio. Alla fine Rosario prende il sopravvento sul confronto fra Carmelo e Niccolò e offre lui. Come fosse la tassa che lui deve pagare su questa compravendita.

Concetta dà a Niccolò due mazzi di chiavi, ma ha dimenticato il terzo nell'altra borsa. "Venite a mangiare da noi, poi vi portiamo su in macchina e vi consegno l'ultimo mazzo di chiavi."

"Grazie, lei è veramente gentile, ma siamo già stati invitati a colazione dal cugino di Niccolò." Kate guarda l'orologio. "Se non ci affrettiamo, saremo in ritardo."

"Va bene se ve le portiamo a casa nel pomeriggio?"

La colazione dal cugino di Niccolò è una scusa perché Kate e Niccolò muoiono dalla voglia di vedere la loro casa da soli, con la speranza che sia anche vuota. Sono così emozionati che non possono aspettare. Niccolò, che solitamente guida con una prudenza che non rispecchia l'immagine che all'estero si ha dei guidatori italiani, ora guida come Alonso, sfruttando tutta la potenza della loro 500 a noleggio come fosse una Ferrari.

Nel momento in cui Kate gira la chiave del cancello è senza respiro. Lo spinge e poi ne blocca una parte, poi l'altra, sapendo che questa è la prima delle tante altre volte che lei lo aprirà e che ne fisserà le due parti al fermo.

La prima impressione della casa è di quanto sia spaziosa, ora che è vuota. Passano da una stanza all'altra, ammirando la lavorazione dei legni, il battiscopa in pietra, i davanzali di marmo, il disegno della ceramica del pavimento, le lampade, i disegni circolari dell'intonaco.

C'è molto meno da fare di quanto avrebbero immaginato. Le stanze sono veramente ben proporzionate. Il bagno a piano terreno, una volta svuotato, è molto carino con le piastrelle di un pallido grigio-celeste, un colore che cambia molto al variare della luce.

C'erano ancora molti oggetti fuori dalla casa perché nel camioncino con cui Carmelo e Concetta avevano portato via le loro cose non c'era più spazio. Va bene. Hanno il tempo di metter a posto anche questo.

Niccolò e Kate si siedono su i freddi scalini della terrazza per mangiare i loro panini ormai inzuppati di pomodoro e mozzarella e per bere l'acqua sgassata della bottiglia; hanno la sensazione che un vento eccezionale abbia catturato i loro sogni, poi li abbia sollevati in un coro di angeli permettendo loro di cantare il ritornello di questo miracolo. Se potessero rivivere questa felicità ogni quattro anni sarebbero sicuramente fortunati.

Niccolò dice: "La prima cosa che farò quando torneremo la prossima settimana sarà quella di tagliare questi due alberi. Ma chi può mai piantare due alberi davanti a questa vista? Appena metteranno le foglie sarà coperto anche il panorama che si vede dal piano superiore."

"Invece io, la prima cosa che farò sarà quella di togliere questo graticcio e di trapiantare i geranei rampicanti." Dice Kate indicando il traliccio di plastica bianca attaccato al muro della terrazza. "Pensi che si barricassero così per non vedere il panorama?"

Niccolò alza le spalle, poi sorride timidamente come se avesse scoperto un segreto. Le abbraccia le spalle, la avvicina; non è chiaro e non importa se per il freddo o per la gioia. Siedono insieme in silenzio, ascoltando l'inno alla loro fortuna.

Sono a casa loro.

Se non possono esser felici qui non lo saranno in nessun altro posto al mondo.

Kate non si rende conto, fino all'arrivo degli ex proprietari, che non è preparata in modo adeguato per questo appuntamento. Insieme al terzo mazzo di chiavi, Concetta porta un enorme vassoio di biscotti di pasta di mandorle, una specialità di Erice, sufficiente per innalzare la glicemia di una dozzina di ospiti. Invece Kate ha dimenticato di comprare lo champagne, il vino, oppure il caffè e non ha niente da offrire. Anche la loro acqua sgassata è per metà finita.

L'irritazione di Concetta si manifesta mentre lei circola per casa sotto forma di una valanga di avvisi e d'istruzioni:

"Non togliete questi spaghi dalle inferriate davanti alle finestre—" quelli che Niccolò aveva definito bandiere di preghiera tibetane. "—evitano che gli uccelli facciano il nido."

"Metta un piano in cucina per mangiare qui, c'è il posto se inserisce un pezzo di ferro sotto il banco. Non si aspetti che sia sempre possibile mangiare fuori." Si gratta la pelle irritata della sua mano, "perché ho lavato tanto," spiega.

C'è il problema dei Santi e dei detti popolari sulle piastrelle attaccate sui muri esterni della casa. Solo nella terrazza sono sei. Sul davanti, all'ingresso, altri otto. Il migliore riguarda la maternità, stucchevolmente dolce, ma l'immagine della Madonna è carina. Per il peggiore ci sono diversi concorrenti.

"Sappiamo che vorreste tenere queste piastrelle," Niccolò dice, tentando di essere rispettoso e facendo leva sul personale attaccamento sentimentale. "Noi però vorremmo appendere le nostre."

"Ci farebbe piacere tornare per raccogliere le fragole di bosco e le ultime fave che abbiamo piantato." Carmelo osa.

"Va bene, va bene." Niccolò però avrebbe preferito che, per il bene di tutti, non ritornassero più. Capisce come sia sempre un colpo al cuore per i vecchi proprietari vedere apportare delle modifiche in quella che era stata la loro casa. In più necessita una capacità di visione maggiore di quella che hanno Concetta e Carmelo per accorgersi che i cambiamenti sono miglioramenti piuttosto che profanazioni.

Per Niccolò e Kate è importante che loro siano liberi di fare ciò che vogliono senza avere nessun paio di occhi che controlla ogni loro mossa.

"Prendete tutto quello che volete prima del nostro ritorno la prossima settimana," dice loro.

"Potrei vendervi questa parabola per il satellite a buon prezzo. Risparmiate anche l'installazione."

"No, grazie, non abbiamo la televisione."

"Questo tavolo è buono," Concetta si riferisce al tavolo di plastica macchiato con tre gambe in mezzo ai due alberi che bloccano la vista, "è solido," aggiunge, "se lo posizionate bene."

"E questa tenda," lei tira una stuoia malmessa "ripara dal sole del pomeriggio. Sì, è un po' rotta, ma vi potreste pentire di averla tolta.". Sta parlando di una stuoia incannucciata, sciupata dal vento, che, una volta abbassata, copre la vista del rudere del castello dalla terrazza.

Kate può avvertire rammarico dietro le parole irritate di Concetta, come se fosse in ansia al pensiero che non saranno in grado di curarsi della sua casa in modo appropriato. Sicuramente non hanno idea di come tener bene una casa, visto che non hanno neanche saputo offrire nulla ai precedenti proprietari. Dopo un'ora circa, durante la quale ha dovuto sopportare le critiche di Concetta per non aver organizzato in maniera appropriata il brindisi, finalmente li accompagnano fuori in giardino.

Concetta si ferma di colpo, si blocca, rifiuta di muoversi. Kate pensa che stia assaporando l'ultimo sguardo al panorama e si immedesima in lei completamente, quando Concetta ammonisce: "Qualunque cosa facciate, non tagliate questi alberi, servono a dare ombra in estate."

"Ombra?" Niccolò si domanda una volta che sono partiti. "Il sole nasce a est, passa sulla destra e tramonta dietro di noi. Questi alberi non hanno mai fatto ombra alla casa. Il massimo che possono fare è nascondere la vista ai nostri occhi."

CAPITOLO QUATTRO

Il fatto di possedere una casa in Sicilia cambia il modo di percepire la loro casa di Firenze.

Amano la casa di Firenze, ma non ne sono proprietari. Essa appartiene alla madre di Niccolò. Fiammetta, quando si sposarono, annunciò che gliela avrebbe donata, ma non è mai successo. Qualche anno dopo suggerì che sarebbe stato giusto pagare un affitto. Non una grande somma, ma abbastanza per non fargli dimenticare che non è di loro proprietà. Questo cambio di atteggiamento fu la cosa che più li disturbò.

Un giorno Niccolò e sua sorella erediteranno questa straordinaria proprietà che in origine era una roccaforte del 1400 con una torre. Qualche secolo dopo fu costruita attorno alla torre una villa che in epoche successive è stata arricchita e migliorata.

La madre di Niccolò aveva ereditato la villa "L'Antica" dal padre. La abita per due mesi: a giugno e a settembre. Per il resto dell'anno, quando vive nel suo palazzo a Firenze, una casa sull'Arno costruita al tempo di Firenze capitale, "L'Antica" è disabitata, a parte il guardiano e la moglie.

La casa di Niccolò è in un angolo del giardino. Originariamente era destinata ai magazzini e i soffitti del piano terra, con le alte volte, rivelano la loro funzione. Nel salotto il loro tavolo è una ruota di pietra massiccia, quella che una volta era usata per pressare le olive. Il piano di mezzo e quello superiore erano utilizzati come deposito di grano, uva e olive, ma, tranne che per la forma ad arco della parte superiore delle finestre, è difficile riconoscere tale origine. La vista di Firenze, nella valle sottostante, è incantevole. La proprietà è circondata da alcune decine di ettari di oliveto con molti altri alberi di olivo delle proprietà confinanti. Niccolò e Kate vivono immersi nella campagna, a venti minuti dal centro di Firenze.

Per anni hanno risparmiato per poter un giorno restaurare L'Antica, ma col passare degli anni le condizioni della villa sono peggiorate tanto che sempre meno desiderano avviare un progetto enorme e costoso. Sono arrivati alla conclusione che i loro risparmi sarebbero stati meglio utilizzati da qualche altra parte.

Questa è un'idea che per Niccolò è sempre stata difficile da accettare. Il nonno comprò L'Antica come casa estiva e Niccolò naturalmente si è affezionato a questa proprietà. Quando Kate la osserva, si sente male per il senso di abbandono della villa. Le sembra un enorme elefante bianco, quaranta stanze attorno ad una corte interna, una costruzione che depaupererà tutte le loro riserve finanziarie e tutte le loro energie. Niccolò invece la vede in maniera diversa. Si ricorda delle feste che ha organizzato quando era ragazzo, le notti trascorse a ballare nella torre, i baci rubati. Gli sembra anche di tradire il nonno se non ripristina e salva la villa riportandola al suo stato originale. Arrendersi va contro la sua natura. Kate sospetta che in fondo ciò rifletta la speranza di ricostruire e salvare la relazione con la madre.

Niccolò ha studiato ogni aspetto del problema per trovare una soluzione. Con Kate ha trascorso ore per discutere tutte le possibilità, ma per quanto abbiano provato, non hanno trovato la risposta. Se la madre di Niccolò fosse stata incline a collaborare con il figlio, forse sarebbe stato possibile risolvere il problema, ma col passare degli anni è diventato penosamente chiaro che Fiammetta vuole che tutto resti come è.

Si lamenta delle spese per mantenere una proprietà così importante quasi come fosse una specie di testimonianza del suo status, nello stesso modo in cui le sue amiche si lamentano dei comportamenti delle persone di servizio o del peggioramento della qualità del servizio negli alberghi a cinque stelle in cui passano l'estate sulla riviera ligure.

Dall'angolo del loro giardino vedono la villa deperire sempre di più. Il giardino all'italiana che perde la sua forma elegante, l'edera che penetra nei muri, prima sotto i cornicioni e poi sotto le tegole del tetto così che, quando finalmente sarà tagliata e strappata via, le tegole saranno spostate e pioverà dentro dando a Fiammetta una nuova occasione di lamentarsi. E' un circolo vizioso.

La loro casa, che non è la loro, all'interno è molto carina. L'hanno sistemata in maniera gradevole e confortevole, è bella in una maniera inusuale e composita.
Il risultato finale non è all'italiana o all'americana, tradizionale o contemporaneo, ma una fusione dei due diversi stili. Un architetto troverebbe senza dubbio da ridire riguardo ai lampadari di

Murano, provenienti dalla casa della nonna di Niccolò, appesi al centro del loro attuale salotto che era una volta la cantina dove si spremevano le olive: la più alta espressione della raffinatezza veneziana luccicante in mezzo alla volta della rustica semplicità toscana. Forse anche a riguardo del ritratto dipinto nel periodo dei Macchiaioli: una signora raffigurata alla fine di una serata seduta su una sedia, che sembra un trono, sofferente, come se volesse togliersi le scarpe per potersi massaggiare i piedi stanchi. La noia esistenziale emerge dalle pennellate della pittura impressionista e si riversa nello spazio luminoso della loro vasta cucina. Qualunque possa essere la critica, la loro casa riflette il loro modo di essere, le loro scelte. Anche le imperfezioni fanno parte di loro: gli schizzi del caffè sul muro della cucina dove Niccolò prepara il cappuccino tutte le mattine, le macchie di resina sul pavimento intorno alla stufa a legna, la decorazione natalizia caduta dentro un vaso di terracotta, troppo difficile da afferrare anche con l'aiuto di un manico di scopa e destinata a restare nel fondo per l'eternità. Accettano queste imperfezioni con lo stesso affetto con cui apprezzano tutto il resto.

Purtroppo la facciata della loro casa è in pessime condizioni e Niccolò non ha voglia di restaurarla, sempre per lo stesso motivo. Una situazione senza via d'uscita che blocca loro le mani e il cuore e che li fa sentire disorientati e senza speranza.

Questa era la situazione fino a quando non hanno comprato la casa in Sicilia.

In Sicilia sono a casa loro e possono fare tutto quello che vogliono fino a quando saranno in grado di impedire a Concetta e Carmelo di tornare a rimproverarli.

La piccola barca ora diventa un veicolo di liberazione. Un'arca. Oppure la roulotte degli zingari, come la chiama Niccolò mentre dispone il secondo materasso sopra il primo e, dopo aver tolto il paralume, inserisce in mezzo due lampade più diversi libri, lenzuola e coperte. Sono a quaranta centimetri sopra il bordo della barca quando stendono l'ultima coperta che serve per tenere insieme gli oggetti nei 1.300 Km. di strada e di scosse tra Firenze ed Erice. Coprono la loro barca traboccante—non era Kate che aveva appena detto di volersi togliere il peso di troppa roba?—con un telo impermeabile e legano tutto incrociando le corde per evitare i danni causati dal vento e dalla pioggia.

Nell'auto mettono le valigie, i computer, il cibo per il gatto, per il cane e in più quello che lei aveva già aperto in cucina: un mezzo pacco di riso e mezzo chilo di spaghetti. Non ha senso lasciare queste cose a Firenze, si sciuperebbero. A Erice saranno utili.

Prepara un abbondante picnic perché non hanno intenzione di fermarsi per strada a mangiare. Hanno calcolato che, se partono presto la mattina, dovrebbero arrivare prima della notte. 1.300 chilometri. Tredici ore. Quattordici al massimo.

La sveglia è impostata alle cinque. Tutto è pronto per la partenza. Tutto, eccetto gli animali e il picnic. Alle sei stanno già scendendo giù per la collina con due animali narcotizzati: il cane sui suoi piedi si muove solo per riposizionarsi nello stesso cerchio testa coda; Figaro, il gatto, si addormenta rapidamente sulle sue gambe, a parte qualche occasionale indignato e demoniaco lamento.

Prima che il sole appaia, il cielo varia dal nero magico al blu cobalto. Poi, quasi impercettibilmente, appaiono le nubi; un tocco di rosa traslucido mescolato con alabastro. Anche se non lo possono ancora vedere il primo segno che il sole sta sorgendo è già stato inviato. Ha un'impercettibile sensazione che qualcuno li stia seguendo e quando dà un'occhiata si accorge di non sbagliare. La barca salterella dietro di loro, barcollando da una parte all'altra, come fosse piena degli animali di Noè.

Intorno a loro le colline; nel momento in cui gli alberi emergono dalle ombre della notte, si trasformano da un nero uniforme a un riconoscibile verde. Con poca luce sono tutti uguali ma, quando sorge il sole, appaiono le differenze: scheletri di alberi decidui in mezzo ai sempreverdi. I loro rami spettrali sollevati, pronti a ricevere la benedizione della luce, la promessa delle foglie.

Rallentati dal carico come sono, impiegano il doppio del tempo previsto per arrivare a Roma e ancora il doppio di quanto avessero calcolato per raggiungere Napoli. Arrivano così in entrambe le città nell'ora di punta. La velocità media è la metà di quella prudentemente calcolata. Kate ha una grande quantità di tempo per studiare i passeggeri del weekend che procedono lentamente in file parallele: i mariti, le mogli, gli enfatici gesti con le mani che fanno sembrare litigio ogni discussione. Osserva i ragazzini con il naso appiccicato ai finestrini che la osservano mentre lei li osserva. Bambini precariamente appollaiati sulle braccia della madre che, senza cinture di sicurezza, stanno troppo vicini al vetro contro ogni minimo senso di sicurezza. Tutti, senza eccezione, parlano al cellulare e tutti hanno fretta.

Eccetto loro.

Di questo passo arriveranno in Sicilia a Pasqua!

Non c'è altro da fare se non avanzare piano piano tenendosi sulla corsia di destra. Le gambe di Kate si sono intorpidite sotto il gatto; sembra che lui sia aumentato di peso al passare dei chilometri. Il pomeriggio diviene sera. Il cielo si fa scuro, ma più impercettibilmente di quando si era rischiarato all'alba; è come un ritorno all'indietro più che un'evoluzione in direzione della prossima luce.

Nonostante abbiano ancora più di mezza Italia da attraversare decidono di fermarsi per la notte. Non è facile trovare un albergo che ospiti un cane, un gatto e una barca. Alla fine riescono a convincere il proprietario di un hotel che i loro animali sono ben educati e ottengono una camera. Nonostante una notte agitata e interrotta più volte da un lamento del gatto completamente sveglio, trovatosi improvvisamente in un luogo sconosciuto, si alzano presto, sperando di raggiungere Erice prima di sera. Sono in ritardo di un giorno sul previsto.

Il traffico è scorrevole. E' domenica mattina e i camion non circolano in autostrada. Mantengono una velocità inferiore a quanto avevano previsto perché il carrello con la barca li obbliga ad essere prudenti. Il loro picnic è quasi esaurito. Sbocconcellano quello che resta cercando di non accorgersi che i pezzetti di carota si sono ammorbiditi, i cracker non sono più croccanti, i biscotti sono tutti sbriciolati e che le mele già tagliate sono diventate scure. L'alba è una progressione tra il nero e il grigio, nulla di speciale, tuttavia ogni chilometro che lasciano dietro di loro è uno nella giusta direzione. Cantano con la musica dei Beach Boys fino a quando il loro atteggiamento da ragazzi diventa noioso e inappropriato; alla fine viaggiano in silenzio. Fuori le nuvole si addensano e la temperatura scende.

Lateralmente alla strada si ergono montagne brulle che mostrano strati di roccia marrone e grigia. La presenza degli alberi diminuisce: una manciata di sempreverdi come frutto di semi ostinati attaccati a quella che appare come una solida roccia. Sta per chiedere a Niccolò: "Perché qui domina la roccia mentre le altre colline sono ricoperte di alberi?" Ma Niccolò è perso nei propri pensieri. Si vede che è stanco e lei decide di non interrompere qualsiasi dialogo interiore lui stia seguendo.

Senza accorgersene si sono allontanati dalla costa e si sono inoltrati nell'entroterra; sono saliti a mille metri di altezza, lontani dalla temperatura della costa. Stanno viaggiando alla stessa quota delle nuvole.

Poi inizia la neve. Prima a distanza sulle montagne più alte, poi, seguitando il viaggio verso sud, la trovano ammassata in piccoli cumuli ai lati della strada. Non nevica così forte da creare problemi per la guida. Quando percorrono le scoliotiche curve delle dorsali delle montagne, l'asfalto mostra un ininterrotto e riassicurante manto nero. Niccolò non è preoccupato.

Le piante sempreverdi sono le prime a sparire sotto il bianco; i loro rami sono rapidamente appesantiti dalla neve bagnata e pesante. Poi cedono anche i rami spogli sui quali la neve emula le foglie. Un albero senza le foglie è come una scultura senza vesti. Qualche volta la statua è più imponente nuda, altre volte con la foglia.

Alla fine scendono dai rilievi degli Appennini. Un fiume appare all'improvviso, la sua corrente è più energica del ghiaccio. Le rive gelate lo frenano, ma non lo fermano. Procede lento nel suo letto di rocce levigate con una trasparenza cristallina che fa trattenere il respiro a Kate, come se lei stessa fosse scivolata in quell'acqua ghiacciata. In un'ansa, un'isola di ghiaccio divide il fiume in due parti. Un branco di anatre sta lì, come fossero richiami. Nella parte più lontana c'è un airone, una gamba tirata su nel calore delle penne.

Quando incomincia ad abituarsi al bianco del paesaggio, questo termina di colpo, più velocemente di quanto era apparso. Il cielo è ancora scuro, pieno di nuvole massicce, ma Niccolò ferma il tergicristalli. Kate abbassa il riscaldamento. Guarda la mappa poi ha la conferma dal navigatore satellitare. Stanno facendo progressi. Si stanno avvicinando alla punta dello stivale.

A Villa San Giovanni, da dove s'imbarcano per la Sicilia, la marea sta salendo. Osservano le auto davanti a loro che stanno a cavalcioni fra il molo e la rampa del ferry boat mentre violenti spruzzi del mare bagnano il sotto della loro auto. Un uomo fa cenno di avanzare, di non aver paura, di tuffarsi! La scelta di questa parola non fa piacere a Kate, ma Niccolò pigia con decisione l'acceleratore della loro auto sovraccarica e balzano a bordo. Appena entrati, la parte posteriore del ferry si chiude e quindi percorrono, attraverso lo stretto di Messina, i sette chilometri di mare che separano il continente dalla Sicilia. Anche qui due mari s'incontrano: lo Ionio e il Tirreno. Sul Tirreno la luce brilla come milioni di diamanti mentre lo Ionio è di una tonalità più scura, più intensa. Probabilmente ciò è dovuto ai venti che soffiano dal nord perciò lo Ionio cambia colore, ma l'effetto è che i due mari sono diversi anche quando si mescolano.

Dopo trenta minuti sbarcano in Sicilia. Il morale è risalito, come se questo breve traghettare li avesse portati significativamente più vicini al loro obiettivo. Per la prima volta si sentono vicini a casa, sicuri che ormai sarebbero arrivati a destinazione. Niccolò si ferma a mettere benzina. Velocemente vanno in bagno. Mentre Niccolò fa passeggiare il cane, lei va a comprare una bottiglia di acqua e degli arancini ancora caldi. Fast food alla siciliana.

Il percorso tra Messina e Trapani è tanto rilassante quanto stressante è stato il resto del viaggio. A parte un leggero traffico nelle vicinanze delle città che superano, l'autostrada è deserta, letteralmente, con l'eccezione della loro auto e della barca; hanno l'impressione di essere gli unici abitanti dell'isola. Il sole finalmente riappare, anche se a tratti. Il mare, sempre presente alla loro destra, cambia da una luminosa celeste sinfonia di una domenica pomeriggio a una più quieta melanconica serenata del Vespro.

Non si fermano. Con la strada vuota e pavimentata di recente, con il loro appetito soddisfatto dagli arancini consumati velocemente, sfidano il destino e corrono al massimo della velocità consentita dalla barca sovraccarica che si portano dietro.

E' notte quando giungono a Palermo. Per colpa del traffico del tardo pomeriggio domenicale devono rallentare fino ad andare a passo d'uomo. L'illusione di solitudine di cui avevano goduto finora è cancellata. Tutte le persone che non erano sull'autostrada sono ora sulla strada che attraversa Palermo. Kate si sta chiedendo perché l'autostrada è interrotta da una serie interminabile di semafori quando Niccolò esclama: "Io non capisco perché una città così importante come Palermo non ha una circonvallazione che eviti di entrare nel traffico cittadino."

"E' strano, non è vero? Tutte le altre città italiane, anche le meno importanti, hanno circonvallazioni o sopraelevate che evitano al traffico autostradale di entrare in città."

Quando imboccano l'uscita per Trapani, sono sicuramente stanchi. Gli alberi di eucalipto che fiancheggiano l'ultimo tratto di autostrada danzano seducentemente al ritmo del vento riflettendo la luce gialla dei lampioni stradali. Le loro foglie argentee e luccicanti in qualche maniera la trasportano oltre la sua stanchezza, quasi la alzassero graziosamente con le loro forti braccia e la scuotessero come un tamburello.

Il difficile viaggio è alla fine. Kate copre la mano di Niccolò che era sul cambio e insieme inseriscono la terza. Tra venti minuti saranno a casa.

La strada che si arrampica su fino a Erice, con le sue erte salite e i suoi tornanti, è ancora più impegnativa con la barca al seguito. A parte qualche rara luce giù sulla costa, i panorami mozzafiato che potrebbero distrarli non si vedono al buio. Il mare stesso è nelle tenebre. Monte Cofano è in evidenza per la sua assenza. Niccolò affronta la salita piano, ma con costanza, come un corridore alla fine della maratona.

A circa metà della montagna trovano le prime folate di nebbia. Questa inizia con un leggero turbinio intorno agli alberi, poi si addensa come un fiume che si riversa sulla strada, una cascata laterale bloccata nel tempo che fuoriesce dai bordi, in maniera drammatica, come dal calderone delle streghe nel Macbeth.

Fanno fatica a vedere: è come guardare in un bicchiere di latte per vederne il fondo.

Kate si accorge che gli occhi le iniziano a bruciare. Accanto a lei Niccolò è ricurvo sullo sterzo, come se stare qualche centimetro più vicino al parabrezza aumenti la visibilità. Le sue spalle sono in tensione, le sue braccia rigide, tutto il suo corpo è concentrato.

Sanno che devono girare al primo bivio a destra, sulla strada per Trapani, ma lei non riesce a vedere niente.

Ci sono poche auto: quelle che scendono stanno procedendo con estrema cautela; i loro fari illuminano la nebbia invece di fenderla.

Poi, come un'ombra in uno specchio o qualcosa visto con la coda dell'occhio, appare la deviazione, ma è troppo tardi per girare.

"Porca miseria!"

Troppo tardi, occorre salire ancora mentre la nebbia s'infittisce. Si ricordano che ci sono un paio di luoghi di sosta su questa strada dove possono girare per fare inversione di marcia, ma non osano, sia per il traino sia perché le auto che scendono possono non accorgersi della loro manovra. Perciò seguitano ad avanzare lentamente sulla montagna.

Figaro miagola forte, come percepisse la loro crescente ansietà.

Niccolò vede quella che potrebbe essere una curva sulla strada e decide di rischiare per fare inversione di marcia. Con esperienza, senza visuale, va con la macchina in avanti, poi indietro, poi avanti ancora e, finalmente, procedono in discesa. A quel punto stanno a occhi ben aperti per non perdere di nuovo il bivio e, alla fine, quella che sembra una fessura in un muro bianco è la strada per Trapani. Proseguendo la discesa la nebbia si alza di quel tanto da consentire di scorgere la loro piccola strada prima di oltrepassarla.

Niccolò si porta completamente sulla corsia opposta e, compiendo una larga curva, riesce a girare a 180° per entrare nella stradina stretta sfiorandone entrambi i lati. Il carrello con la barca gira molto più stretto sul suo asse e dal finestrino lei vede la ruota del traino sollevarsi da terra di svariati centimetri. Infatti l'asfalto nella parte interna della curva è più basso di una trentina di centimetri rispetto a quella esterna; quel che non è un problema per l'auto, lo è per la barca che è trainata dietro.

Niccolò prende le misure sulla parte anteriore dell'auto ma non si accorge del pericolo sul lato destro. Per un istante Kate s'immagina il carrello capovolto, la barca rovesciata lateralmente, tutte le loro masserizie disseminate sulla strada, l'auto anch'essa rovesciata su un fianco. Inspira profondamente, come se questo potesse rimediare la situazione, poi trattiene il fiato finché l'auto non ha completato la curva e la barca gira regolarmente, ancora in piedi, intatta.

Quando finalmente lascia uscire il respiro Niccolò le chiede: "Che problema c'è?"

"Nessuno!" E' stato il peggior momento di tutto il viaggio.

"Resisti, siamo quasi a casa."

Sono a casa, ma così stanchi e così stressati che quasi si dimenticano di apprezzare quanto sia bello il loro giardino quando il fascio dei fari illumina, una dopo l'altra, le piante nelle aiuole, prima che la nebbia con pallide spirali attraversi il cancello per impadronirsene.

Non desiderano altro che andare a dormire. Le trenta ore circa passate in auto in questi ultimi due giorni pesano molto. Purtroppo prima che possano andare a dormire devono togliere la roba dalla barca perché i materassi, le lenzuola e le coperte, per non parlare dei pigiami e degli spazzolini da denti, sono tutti contenuti là dentro.

La casa è gelata. Lavorano in silenzio, sistematicamente, prendendosi cura degli animali per primi. Kate mette gli oggetti di cui avranno bisogno di notte vicino alle scale, gli altri in un angolo del salotto. Con le loro giacche sudano ma non riescono a scaldarsi.

"E' bello, vero?" lei dice quando hanno finito di togliere dalla barca e dall'auto tutte le loro cose. "Non posso ancora credere che sia nostra!"

Un desiderio che si avvera resta per tanto tempo una fantasia finché la mente non realizza che si è concretizzato.

"Lo è. Sarà ancora meglio domani, quando saremo riposati."

La casa vuota è spaziosa a parte la mensola del caminetto che Concetta ha lasciato coperta con oggetti che raccolgono la polvere: una ragazzina austriaca, di legno colorato, nell'atto di dare da mangiare alle oche, diversi porta cenere di ceramica, un asinello; vasi pieni di composizioni di fiori di plastica scoloriti.

Solo quando tolgono tutti gli oggetti e li mettono in una scatola da restituire a Concetta si accorgono che la mensola è realizzata con un legno pregiato di palissandro in un unico pezzo, elegante nella sua semplicità.

"Non dobbiamo mai permettere che il disordine si accumuli."

"Sono d'accordo."

Trova due pacchetti di cracker e un vasetto di sgombri, le ultime carote del viaggio, due mele avanzate e una bottiglia di acqua. Distende le scarse provviste sulla mensola sopra il caminetto spento. In piedi, con Niccolò che si appoggia al muro, la sua fronte lucida come se fosse troppo caldo, consumano la cena per festeggiare il loro arrivo con lo stesso entusiasmo come se fosse stato un banchetto opulento.

Quando vanno a letto, su due materassi a una piazza sul pavimento della loro camera, nella posizione in cui andrà un letto vero quando ne avranno uno, sono stanchi morti. Il vento si è alzato e i vetri tintinnano dentro le finestre. Non avevano ancora notato i vetri sottili, forse sufficienti d'estate, ma non con il freddo o il vento. Cercano di non esser troppo disturbati da questo rumore.

"Ricordami di comprare il silicone domani" dice Niccolò.

"Ti sembra che sia necessario ricordartelo con un vento così violento?"

"Per lo meno cercherò di eliminare il rumore finché non installeremo i doppi vetri."

Stanno distesi insieme, tremando. Perfino i pigiami hanno assorbito l'umidità dalla casa fredda. I materassi danno la sensazione di essere pieni d'acqua, i piumini di penne d'oca sono anch'essi inumiditi. Si rannicchiano più vicini per tenersi caldi, istante dopo istante i loro muscoli iniziano a rilassarsi.

La stanza è così scura che Kate non può vedere il viso di Niccolò, anche se sente sul proprio volto il suo respiro delicato e familiare. Anche fuori non ci sono luci. Le luci più vicine vengono dalla costa, piccole punture di spillo blu o gialle che appaiono e poi spariscono quando la nebbia sale a render più solida l'aureola permanente di Erice. Gli occhi di Kate iniziano a chiudersi, sta cominciando a scaldarsi, dopo tutto potrebbe anche addormentarsi quando Niccolò sussurra: "Sono andato in fibrillazione. Mi potresti prendere le medicine d'emergenza?"

Le medicine? Tasta lungo il muro per cercare l'interruttore. Medicine? Si ricorda di averle messe da qualche parte. Le medicine regolari per il cuore sono nella sua borsa, sempre a portata di mano, ma dove mai ha messo quelle d'emergenza?

Alla fine le trova. Trova una bottiglia d'acqua, trova un bicchiere.

Il resto della notte è speso a tastargli il polso, di nascosto. Il cuore pulsa come un martello pneumatico, poi si ferma per momenti che sembrano anni prima che ritorni a battere con un ritmo lento di reggae, poi si velocizza freneticamente come se dentro al cuore ci fosse una banda musicale che cerca di rompere il contenitore per essere liberata.

Anche il vento fa una gara di velocità durante tutta la notte. Ogni volta che inizia a dormire una raffica ulula come un animale disperato e fa battere forte anche il suo cuore. A un certo punto della notte inizia a piovere; un pesante acquazzone batte incessantemente sul tetto e concentra le forze, come un fiume torrenziale, nelle grondaie che devono esser situate proprio nella parte esterna del muro dove sono i letti.

Ha paura.

Lei dice a se stessa che la sua paura è irrazionale, ma la verità è che ha paura. Si mette le mani sopra le orecchie per fermare il rumore, ma funziona finché le mani non iniziano a rilassarsi; poi il rumore del vento torna a farsi sentire. Finalmente, dopo quelle che sembrano ore di un vano esercizio, tira fuori dalla borsa, posata sul pavimento accanto a lei, l'iPod di Elizabeth e si mette gli auricolari. L'interpretazione di Rachel Wood di Blackbird risuona attraverso la sua paura:

Take these broken wings and learn to fly,
All your life

You were only waiting for this moment to arrive.

A sedici anni questa canzone dei Beatles le parlava della sua necessità di libertà, ma, quaranta anni dopo, la percepisce come una preghiera per guarire.

Non ha più paura. Tutto si accomoderà. La casa è solida nonostante le crepe nelle fondamenta. Non succederà niente di male. Non saranno spazzati via e portati giù fino a Bonagia in un mucchio di macerie prima che abbiano finito di mettere a posto la loro roba. Niccolò starà meglio molto presto. Lui ce la fa sempre. Durante la notte, anche molto tempo dopo aver spento l'iPod, i Black-bird le fanno compagnia, con il vento e la pioggia relegati al ruolo di un'orchestra di sottofondo.

You were only waiting for this moment to arrive.

Quando finalmente arriva la luce del giorno, il vento e la pioggia sono stati sostituiti ancora una volta da una nebbia impenetrabile. Anche i battiti irregolari del cuore di Niccolò forse erano frutto della sua immaginazione? Nell'innaturale luce bianca che filtra attraverso i vetri delle finestre vede delle ombre scure sotto gli occhi di Niccolò, come lividi del giorno precedente. Il suo respiro è svelto, il suo alito amaro. Il vento e la pioggia erano reali la notte scorsa: la nebbia è l'attuale realtà, ma non la sola.

Lascia Niccolò che dorme e silenziosamente scende al piano terreno con una disperata necessità di un caffè. La notte precedente aveva lasciato fuori un barattolo di espresso, la macchina del caffè e il latte a lunga conservazione che avevano portato da Firenze; cose che sapeva sarebbero servite per il loro primo breakfast.

Ma il gas è chiuso.

Per forza è chiuso. Gli italiani hanno la prudente abitudine di chiudere il gas quando escono da casa. I telegiornali della sera costantemente mostrano esplosioni e persone uccise da perdite di gas. Per quanto giustificati essi siano ora non sa come risolvere questo problema. Una parte di lei vorrebbe accoccolarsi di nuovo vicino a Niccolò e dormire finché tutto non sia risolto. Un'altra parte, quella che vuole il suo caffè, la esorta a provvedere da sola. E subito! Tu puoi farlo. Non deve essere così difficile! dice a se stessa mentre le sembra di sgretolarsi in una totale impotenza.

La dipendenza dalla caffeina alla fine le dà una spinta. Se non prende un caffè lei diventerà inutile. 'Pensa!'

Una volta fuori di casa segue il tubo del gas fino al casotto dietro la cucina. Prova ad aprire la porticina. Naturalmente è chiusa a chiave. Perché ne è sorpresa? Di nuovo torna a casa e trova il cestino con tutte le chiavi sul pavimento nel salotto. Ce ne saranno centinaia! Molte naturalmente sono dei duplicati. Ne inserisce diverse prima che il lucchetto si apra. Dentro il casottino ci sono due grandi bombole di gas. Prova ad aprire la prima ma il rubinetto rifiuta di svitarsi. Prova la seconda con lo stesso risultato. Torna di nuovo a casa—sempre tenendo un orecchio aperto per sentire se Niccolò si è svegliato—trova una chiave inglese nella borsa degli attrezzi che Niccolò aveva portato in casa dalla barca e che era anch'essa sul pavimento del salotto.

Si sente di imprecare contro la sua mancanza di forza. Sta quasi per piangere per non saper fare questa semplice operazione, per essere sempre dipesa da Niccolò per questo tipo di faccende. Non ha mai pensato di appartenere a quel tipo di donne, dipendenti, ignoranti, che non hanno la forza di combattere per se stesse. Quando viveva in America non era un'incapace. Cosa le è successo?

L'incapacità è rimpiazzata da una buona dose di rabbia e finalmente apre il rubinetto arrugginito. Il gas esce con un soffio udibile, decomprimendosi al riempirsi del tubo vuoto.

Dentro casa le necessita un accendino per dare fuoco al gas. Non fumano e non hanno pensato di portarne uno. Frugando nelle cose lasciate da Concetta sulla mensola del caminetto, trova dei fiammiferi in uno dei due cesti dell'asinello. Che Dio la benedica!

Dopo aver acceso il gas, apre la macchina del caffè riempiendola di acqua, pressa il caffè nel filtro. Scalda il latte in una piccola pentola mentre annota 'microwave' e 'accendini' in una lista che crescerà di numerose pagine prima di aver finito di organizzare la casa. Quando il caffè è pronto, in punta di piedi va al piano superiore a controllare Niccolò. Sta dormendo profondamente, russa leggermente.

Il gatto è confuso. Il tranquillante ha terminato l'effetto e ora è disorientato. Figaro vorrebbe uscire, ma non può finché non avrà capito che questa è la sua casa e fino a quando non saranno sicuri che tornerà. Gli mostra il cibo; aggiunge bocconcini freschi e acqua, poi lo mette nella lettiera dalla quale lui salta fuori come se le sue zampette si fossero bruciate. Kate impreca, lui reagisce soffiando.

Il loro cane invece ha divorato il cibo quasi prima che lei potesse finire di versarlo nella sua ciotola e corre da tutte le parti. Kate fa uscire Clover. Non c'è pericolo che scappi, è un Cocker Spaniel, mai si avventurerebbe più lontano del suono delle loro voci. Dopo due intere giornate in auto desidera correre fuori. Sa che è stato bravo, paziente oltre ogni aspettativa, ma ora non può occuparsi di lui. Il suo entusiasmo sfrenato è un rimprovero allo stato d'animo di lei. In qualche modo deve evitare che abbai per non svegliare Niccolò. Sarebbe scusata se gli desse altre gocciole di tranquillante? Lui scodinzola con la sua coda mozza, ruota la testa da una parte come per dire, *va tutto bene, io sono felice*.

E' un cane meraviglioso; è soddisfatto di quel poco o tanto che gli danno, sempre felice. Il momento più lieto della sua giornata è quando la mattina Kate gli getta un pezzetto di pane secco, un avvenimento che anticipa con tanta eccitazione come se gli stesse offrendo una bistecca. Purtroppo stamani non gli può dare neanche questo, poverino! Lo porta nel giardino davanti a casa, gli getta una pigna, stando vicina alla casa nel caso Niccolò la chiami.

Sarebbe dovuta andare fuori prima. Immediatamente si sente meglio. L'aria è fredda—anche se non più di quella dentro casa—profumata, odora di pino, non intensamente come quello di una foresta ma tonificante come il mare. Sorseggia il caffè, inala il suo aroma. La caffeina inizia a produrre la sua magia, a ripristinare la sua determinazione. La nebbia è bassa, nasconde il cancello, la maggior parte del giardino, il rudere del castello sulla montagna e i campi, ma sotto, tra un gruppo di cipressi, può vedere che il porto di Bonagìa, la vecchia tonnara che loro hanno visitato in dicembre prima di trovare questa casa, è in un bagno di sole. Sono avvolti dalle nuvole mentre il resto del mondo è al sole!

Alla finestra della camera, al primo piano, vede l'ombra tremolante di Niccolò dietro ai vetri. Lui bussa. Lei lo saluta. Con i gesti delle mani chiede se vuole che lei salga. Nella sua personale versione dello stesso silente linguaggio lui risponde di no. Poi si allontana dalla finestra, la sua figura si riduce a una silhouette, poi a un'assenza. La finestra è vuota, un riflesso dei rami che sono ancora spogli: braccia senza boccioli, senza foglie.

Take these sunken eyes and learn to see
All your life,
You were only waiting for this moment to be free.

Una compagna di scuola, Dana Something, portò *White Album* dei Beatles alla lezione di arte lo stesso giorno in cui era stato pubblicato: 22 novembre 1968. I testi erano dedicati alla indipendenza, su come vedere il mondo un'unica cosa. Kate era ai primi anni del liceo e in cerca di risposte. La poesia era una parte importante di queste domande. Qualcuno dei professori più giovani proponeva e.e.cummings e Allen Ginsberg, ma il suo insegnante di Diritto era decisamente tradizionale: fece imparare a memoria *"The Children's Hour"* di Longfellow e *"Flower in the crannied Wall"* di Tennyson che i ragazzi della sua classe avevano insinuato aver una connotazione sessuale.

FLOWER in the crannied wall,
I pluck you out of the crannies;—
Hold you here, root and all, in her hand,
Little flower—but if I could understand
What you are, root and all, and all in all,
I should know what God and man is.

FIORE nel muro screpolato,
Ti strappo dalle fessure
Ed eccoti, radice e tutto, nella mia mano,
Fiorellino – ma se potessi capire cosa sei, radice e tutto,
In tutto e per tutto,
Saprei chi è Dio, saprei chi è l'uomo.

Lei memorizzò abbastanza facilmente la breve poesia e superò l'esame, ma la sua risonante domanda esistenziale andò persa in se stessa. Tutte le risposte a tutte le sue domande erano in quella semplice poesia che aveva scartato perché non era di moda. Come era cieca!

Take these sunken eyes and learn to see

La poesia *The Children's Hour* era più lunga ma facile da imparare perché aveva un filo conduttore. Nonostante i compagni si lamentassero per la terribile superficialità di queste poesie, lei vi trovò conforto e fra sé e sé fu conquistata dalle tradizionali cadenze dei giorni di Longfellow.

> *Between the dark and the daylight,*
> *When the night is beginning to lower,*
> *Comes a pause in the day's occupations,*
> *That is known as the children's hour.*

Negli anni sessanta le regole furono smantellate, ma non c'era ancora niente che le poteva sostituire. In privato avrebbe desiderato *"descending the broad hall stairs"* per passare un'ora d'affetto alla fine di una giornata con suo padre e le sorelle: *"Grave Alice and laughing Allegra, and Edith, with golden hair."* Sfortunatamente la sua realtà era differente. Due anni prima i suoi genitori avevano divorziato e i figli stavano andando alla deriva in modi differenti tra loro.

"Sapevi che Mamma e Papà stanno per divorziare?" aveva timidamente sussurrato alla sorella maggiore Annette di diciotto anni quando lei ne aveva tredici.

"Certo, stupida. Come facevi a non saperlo!"

Soffrivano tutti, anche se ognuno alla propria maniera.

Sua madre aveva ripreso a lavorare: quando Kate tornava dalla scuola i biscotti e il latte non erano più sulla tavola. La casa era vuota. *Troppo silenziosa.* Le sue amiche erano invidiose perché poteva invitare i ragazzi a casa, ma l'unica volta che aveva invitato un ragazzo, uno che aveva notato nel suo corso di spagnolo, lui le prese il suo primo adorato orsacchiotto, Timmy, e con i denti strappò uno dei suoi occhi di ambra; poi la derise perché piangeva *"per uno stupido orso riempito di stoffa"*. Piangeva come se lei fosse stata Gloucester tradito e le fosse stato strappato il suo stesso occhio.

Avrebbe preferito avere la madre a casa, anche se ciò avrebbe comportato fare più compiti di quanto lei avrebbe voluto.

Invece quando sua madre tornava a casa si distendeva sul letto ancora con il camice bianco dell'ospedale. Aveva studiato per diventare un'ematologa prima di sposare il padre di Kate, e, poiché gli studi universitari nella sua generazione servivano come un'assicurazione per le donne, il suo diploma divenne utile dopo il divorzio. Quando tornava dal lavoro non aveva mai chiesto a Kate o alle sue sorelle di mettere biscotti e latte a tavola e loro non erano state abituate all'idea che un genitore potesse aver bisogno dell'aiuto dei figli.

In qualche modo aveva intuito la necessità della madre. Si ricorda di averle massaggiato la sera le gambe stanche, anche se era imbarazzata al contatto dei peletti.

Vivere con lei le permise di conoscere le reali qualità e manchevolezze della madre, mentre il fatto di vedere il padre solo nei fine settimana le consentì di mantenere un'illusione basata su quello che lei avrebbe avuto bisogno che lui fosse. Non era stato molto presente neanche quando avevano vissuto insieme come una famiglia. Anche lui, quando tornava dal lavoro, si sdraiava sul letto; leggeva un libro dopo l'altro e l'aveva influenzata con la sua passione per la letteratura. Non aiutava le figlie a fare i compiti e non pretendeva la disciplina se non quando stavano seduti a tavola. Nessuno voleva sedersi accanto a lui. Aveva fatto installare uno specchio su una parete della sala da pranzo, 'per far sembrare più larga la stanza' diceva agli amici, in realtà in questo modo i figli, quando sedevano a tavola, potevano vedersi. Lo specchio li aiutò a imparare a mangiare a bocca chiusa, a non parlare con la bocca piena, a sedersi correttamente e a portare i cibi alla bocca invece di abbassare la testa verso le posate. Non era permesso mettere i gomiti sul tavolo. Stare seduti non correttamente comportava un segno blu e nero sulla spalla.

I fine settimana con la versione di suo padre divorziato non includevano più il modo di stare a tavola, come se lui avesse divorziato anche dall'essere genitore. I loro week-end erano un esempio di sottospecie di jet-set: volare all'isola di Catalina in un idrovolante, oppure andare fino in Messico con la sua nuova Mercedes o lungo la costa di Santa Barbara per una cena al Biltmore. Chiaramente stava provando a conquistare la sua simpatia per dimostrare che era il genitore migliore. Kate non si schierò, ma fu affascinata dal suo charme.

A casa, invece, era ben consapevole dell'improvvisa minore disponibilità di denaro. Sua madre aveva scelto di prendere una percentuale maggiore delle proprietà in comune al posto degli alimenti. Sapeva bene che sarebbe stato un problema farsi pagare mese dopo mese dal suo ex-marito e, con il divorzio, voleva troncare i rapporti, non prolungare una discussione sul denaro. Molti anni dopo le disse che al tempo del divorzio, nel 1966, lei per mantenere quattro figli aveva il suo stipendio del Santa Monica Hospital e 192 dollari nel suo conto.

Sua madre Claire era la più grande di sette figli, cresciuta nella responsabilità e nella rispettabilità proprie di una piccola comunità agricola del Kansas. La parola data era sempre una parola d'onore.

Suo padre invece, era nato a New York City, il minore di tre, il solo maschio, da genitori che da giovani erano emigrati dalla Russia. L'improvvisazione aveva rimpiazzato la verità come in qualche modo le apparenze si erano sostituite alla correttezza.

Era un'unione fra persone molto diverse.

Sua madre doveva esser stata facile da conquistare. Ingenua, fiduciosa e innocente in egual misura. Aveva voluto credere alla disinvolta e privilegiata immagine con cui lui si era presentato. Come forte doveva esser stata la tentazione di volar via dalla responsabilità quotidiana nella quale era cresciuta, dove le spese erano solo quelle strettamente necessarie e delle quali si doveva anche dar conto, ed entrare in questo mondo di sregolatezza stravagante. Incoraggiata da questo tipo di vita, distolse i suoi occhi da quelli che dovevano essere dei chiari segnali di avvertimento.

Il padre di Kate fece scoprire alla sua futura sposa la Caesar Salad da Chansen's che era il posto chic per quelli che volevano dar prova del loro stato sociale; i cocktail Mai tai da Brown Darby e, con una cospicua mancia al direttore di sala, poterono sedersi in una nicchia adiacente a quella di Glenn Ford e Rita Hayworth. Dopo ogni appuntamento le inviava mazzi di fiori, non i garofani già ricevuti, ma rare orchidee. Guidava una macchina nuova, cosa abbastanza rara nel 1946 quando il mondo era ancora sconvolto a causa della seconda guerra mondiale; ma lui si caratterizzava guidando una Hudson Commodore Brougham Covertible. Dopo molti anni, e dopo aver comprato tante altre auto nuove, Kate lo ricorda mentre raccontava la storia della Hudson Commodore a un gruppo di amici, appoggiato allo schienale del divano con le gambe incrociate in una posa sofisticata; la sigaretta tenuta come un sostegno per punteggiare il suo geniale aneddoto: "dopo che il Re di Danimarca lo vide alla guida della sua Hudson in Sunset Strip, cosa avrebbe dovuto fare se non andare a comprarne una anche lui?"

Suo padre era affascinante e convinse sua madre che insieme avrebbero potuto conquistare il mondo.

Aveva torto.

Dopo ventuno anni ammisero la loro incompatibilità di fondo. Il matrimonio finì abbastanza facilmente ma i figli restarono, senza desiderarlo, testimoni del loro errore, presi e trascinati in acque pericolose.

CAPITOLO CINQUE

Clover la riconduce al presente. Ha fatto a pezzi la pigna che lei ha gettato e un insieme di frammenti sono sparsi ai suoi piedi: è un'offerta o un rimprovero, non può saperlo. Kate ne trova un'altra vicina all'angolo dell'aiuola e la lancia più lontano che può. Lui scompare nella nebbia ma lei sente la pigna che batte contro il cancello. Un istante dopo Clover emerge come dalle nuvole, felice come un cucciolo, ha preso il suo nuovo gioco e l'ha portato da lei con estrema delicatezza. Si mette ai suoi piedi con la pigna tenuta stretta tra le sue zampe e si diverte a frantumarla pezzo per pezzo.

I tardi anni sessanta non erano stati tempi felici per Kate: troppo alta, troppo magra, con capelli mossi che si rifiutavano di esser stirati diritti.

"Troppo sensibile!" le disse sua sorella, quando i loro scherzi finivano in un pianto. Anche lei voleva divorziare!

Disperata, da una cabina telefonica della Palisades High School chiamò suo padre. "Mi devi portar via da qui!"

"Cosa succede?"

"Tutto! Mi potresti far uscire dal collegio? Ti prego!"

"Preferiresti avere un'auto invece? Ti può far sentire libera."

"No, papà. Devo andar via di qui, per favore!"

"Non ti preoccupare. Mi occuperò di questo."

Niccolò apre la porta principale della casa e la chiama. "Non vuoi rientrare? Non senti freddo?" Si è infilato il giaccone sopra il pigiama con l'idea di raggiungerla fuori, poi ci ha ripensato.

"Stai meglio?" Kate ritorna verso casa, Clover è ai suoi piedi.

Il suo aspetto è terribile, è una patetica imitazione della sua normale immagine di uomo sano.

"Pensavo che mi sarei sentito meglio in piedi, invece è meglio se torno a letto." Poi la guarda. "Anche tu sembri ridotta male come me."

"Lo sono."

"Tra poco starò bene."

"Lo so."

"Vieni in camera con me."

"Non ti senti di dormire?"

"No. Fammi compagnia. Parlami."

Niccolò torna a letto e lei stende le coperte su di lui, poi si rannicchia dalla sua parte del letto e le tira su, fino al mento. Entrambi stanno tremando. Niccolò le prende la mano e la infila sotto le sue braccia, per riscaldarla. Di colpo sente che le sue dita iniziano a intiepidirsi e il sangue a circolare.

"Parlami."

"Stavo pensando a mio padre, a quando andai via da casa."

"Raccontami"

"Non è una bella storia."

"La vorrei sentire."

Lei racconta la promessa del padre di portarla in salvo.

"Tutte le volte che uno dice 'non si preoccupi' io, automaticamente, inizio a preoccuparmi."

Lei ride. "Anche se te lo dice tuo padre?"

"Soprattutto!"

Niccolò conosce la conclusione di questa storia anche se non i dettagli.

"Il fine settimana successivo mi portò a Ojai Valley per visitare un collegio di cui aveva sentito parlare. La scuola era ben curata, delimitata da staccionate per i cavalli. "A ogni ragazzo viene affidato un cavallo da custodire durante l'anno scolastico. E' un metodo per insegnare a essere responsabili."

"Penso che qui potrei essere felice"

"Bene, problema risolto. Questa sarà la tua scuola il prossimo anno."

"Non avevi pensato che era perlomeno strano" le chiede Niccolò, "il fatto che non siate entrati nella scuola per parlare col preside o con qualche professore?"

Si è girato dalla sua parte, ha preso la mano calda di lei tra le sue. I suoi occhi sono vitrei, ma attenti. "Oppure chiedere a qualche studente se fosse soddisfatto di quella scuola?"

"Ovviamente non avevo criteri di giudizio molto esigenti. Il posto era gradevole, silenzioso e sufficientemente distante da casa. Chi si preoccupa delle condizioni dell'acqua quando la nave affonda? Lunedì tornai al Pali High determinata a fare del mio meglio fino alla fine dell'anno scolastico. Dissi a tutti i miei compagni che l'anno seguente non sarei tornata e, poiché andavo via, i rapporti che fino ad allora erano stati superficiali, istantaneamente divennero più profondi fino a trasformarsi in qualcosa che assomigliava all'amicizia che avevo sempre cercato. A giugno, quando ci salutammo per l'ultima volta, piangemmo abbracciandoci, con la promessa di restare amici per tutto il resto delle nostre vite."

They sowed their isn't, they reaped their same

"La situazione migliorò anche a casa perché presto me ne sarei andata. Era estate, mio fratello ed io passammo tutte le giornate al mare. Vidi poco le mie sorelle e mia madre fu promossa capo del laboratorio scientifico. Ebbe molta più responsabilità; aveva sotto di sé ottantacinque impiegati, ma alla fine della giornata sembrava meno stanca.

Ai primi di luglio due ragazzi vennero a stare nella casa di mia madre: Douglas Malstrom e il suo amico Mike Tompson. Doug, come mi chiese di chiamarlo, era il figlio del Pastore di Betany Church dove tutta la mia famiglia, ad eccezione di mio padre, andava regolarmente quando ero una bambina molto piccola. Me la ricordo come la chiesa dove ho fatto i miei primi passi. Mia madre rimase amica del Pastore e di sua moglie e continuò a vederli una volta l'anno, anche se mio padre non li sopportava. Lui, quando ancora abitava con noi, aveva soprannominato la signora Malstrom 'La stucchevole' nonché 'Falsa come i suoi denti'. Quando Doug volle partecipare all'allenamento del John R. Wooden football camp, che quell'estate si teneva alla Pacific Palisades High School, mia madre invitò in casa nostra il figlio della sua amica e il suo compagno."

"Ospitalità americana" Niccolò commenta.

"Furono due settimane divertenti; era quasi come avere dei fratelli senza che facessero scherzi troppo pesanti."

"E quale dei due scegliesti come boyfriend?" chiese Niccolò.

"Nessuno. Eravamo solo amici."

"Poi cosa successe?"

"Quando la signora Malstrom venne a riprendere Doug e Mike, alla fine delle due settimane, le dissi che sarei andata al Ojai Valley per il mio ultimo anno di liceo.

'E' veramente vicino alla nostra città,' disse, 'Potresti venire da noi per un weekend.'

'Potresti venire un paio di giorni prima che inizi la scuola.' Disse Doug.

Allora chiamai mio padre per sapere in che giorno iniziasse la scuola, e lui disse: 'Telefono alla scuola e ti richiamo.' Quando richiamò, fu per dirmi che la scuola era al completo, non c'era posto per me."

"No!" esclamò Niccolò immedesimandosi nella situazione.

"Mio padre aggiunse, 'non ti preoccupare, tesoro, ti comprerò una macchina'."

Guarda Niccolò come se lei avesse bisogno di spiegare. "Io non volevo una macchina. Avevo bisogno di andare via."

"Pensi che non abbia neanche presentato la domanda d'iscrizione?" chiede Niccolò.

"Se ha fatto la richiesta alla scuola? Probabilmente no. Probabilmente ha immaginato che io non ci avrei più pensato, com'era successo con qualche gioco che avevo chiesto e poi dimenticato. Solo chiacchiere. A quel tempo non lo chiesi. Non ero ancora preparata a dare colpe a mio padre, ho creduto alla storia che la scuola era completa."

Niccolò dice, "Un bambino ha bisogno che il padre sia un uomo di parola."

"Esatto! Ho basato il mio futuro sulla presunzione che mio padre si sarebbe occupato di tutto, credendo che una promessa fatta fosse valida, come già realizzata."

Stupida! la vecchia voce risuona. *Come facevi a non saperlo?*

La voce calma e turbata di Niccolò interrompe i ricordi che la imprigionano. "Che cosa hai fatto dopo?"

"Non potevo sopportare l'idea di tornare al Pali High per finire il liceo. Avevo detto a tutti che sarei andata via. Il mio orgoglio era un tutt'uno col mantenere la mia parola. Dovevo andare via da casa. Poi la madre di Doug suggerì che andassi a vivere con loro: 'Santa Ynez è una buona scuola.'

Doug si lamentò e poi disse: 'E' noiosa, non succede mai niente. La odierai. Specialmente dopo L.A.'

Ricordo che ho pensato che nessuno nato a Los Angeles l'avrebbe mai chiamata L.A. Ero così presa a pensare a questo snobismo al contrario che mi ci volle un minuto per capire l'invito della signora Malstrom: 'Perché non vieni adesso con noi, stai per un paio di giorni e poi decidi?'

Ognuno ricorda dove era e cosa stava facendo quando Neil Amstrong fece i primi passi sulla luna."

"Ero in montagna, a Serramazzoni, vicino a Modena."

"Io ero in Santa Ynez Valley e mi sentivo come se fossi arrivata nella terra promessa.

Santa Ynez era una piccola cittadina addormentata, esattamente quello che avevo desiderato. Il giorno del mio arrivo Doug mi presentò Lori, una ragazza piena di entusiasmo, con una coda di cavallo bionda, una cheerleader; un ruolo che avrei deriso quando vivevo a Los Angeles. A Sant Ynez, una città dove tutti, anche gli adulti che non avevano figli al liceo, partecipavano la notte del venerdì ai giochi di football americano, una cheerleader era rispettata, e Lori era la più gentile, la più amichevole, la più accogliente persona che io abbia mai incontrato.

Anche Doug mi piacque tanto. Era dolce di natura, non come i ragazzi che conoscevo quando vivevo a casa. Era un anno più giovane di me ma sembrava molto più immaturo, forse perché era cresciuto in una piccola città o perché era il figlio del Pastore. Stando in sua compagnia mi sembrava di essere con mio fratello minore. Mi ricordo che sedevamo assieme sul davanzale del suo salotto a guardare il libro delle foto della scuola dell'anno precedente; scherzavamo, ma diventavo curiosa quando mi indicava gli studenti che sarebbero stati in classe con me. Non ci ho pensato due volte quando mi ha chiesto di fargli un massaggio alle spalle."

"Allora la tua storia finisce bene." Niccolò conclude.

"No." Fa un profondo sospiro. A cena, quella sera, la mamma di Doug disse: "Temo che tu non possa vivere con noi, cara"

"Perché?" chiede Niccolò.

"Doug fece la stessa domanda prima che la ponessi io."

"Perché voi due" disse dando prima un'occhiata a me e poi a Douglas "siete troppo vicini d'età per essere lasciati insieme da soli."

"Temeva per la virtù del figlio o per la tua?" chiede Niccolò.

"Non lo so, non riuscivo a crederci. Mi ricordo che le ho risposto: Lei sospetta di Doug e me?"

"Non va bene" spiegò "non torno sempre subito a casa dopo la scuola."

"E' ridicolo," mi scappò detto. "Lui è un bambino. Correvamo sempre nudi tra gli spruzzi d'acqua del giardino."

"Questo ti ha fatto perdere il tuo alleato, immagino."

"Esattamente! Intendevo difendere la mia virtù invece ho offeso il mio amico. Alla fine non era importante. La signora Malstrom non ascoltava più."

"'Ti troverò un altro posto dove stare' disse, alzandosi per togliere i piatti dalla tavola."

"Lo fece?"

"Sì. Lei aveva già parlato con una donna che lavorava all'ospedale in città, una certa signora Graham, la cui figlia partiva per l'università in settembre. Aveva una stanza da affittare. Sarei tornata a Los Angeles per il resto dell'estate e poi sarei andata da lei."

"Scommetto che non eri felice di esser affidata a qualcuno che non conoscevi."

"No, ma perlomeno non dovevo tornare al Pali High."

Niccolò si è di nuovo disteso sulla schiena, la sua testa affondata sui cuscini appoggiati contro la parete.

"Sei stata bene a casa dei Graham?"

Gli sente il polso. Va piano. Irregolare. Lei desidererebbe dargli la conclusione felice che lui seguita a richiedere.

"Alla fine dell'estate andai ad abitare dalla signora Grahman. Aveva appena accompagnato sua figlia al Pomona College, che è nei pressi di Los Angeles, e mi aveva chiesto se mi sarebbe piaciuto guidare fino a Santa Ynez. Avevo sedici anni. La patente da due settimane. La signora Graham si addormentò appena arrivati alla Pacific Coast Highway e poi si risvegliò due ore dopo per dirmi di prendere il passo San Marcos da Santa Barbara a Santa Ynez. Mi ricordo che il caldo aumentava man mano che ci allontanavamo dalla costa, le strade diminuivano di larghezza e iniziavano le curve. Alla fine si saliva sulla ripida e brulla montagna Santa Ynez. Questo era veramente guidare! Sulle colline gli arbusti erano ormai secchi, ma ho pensato che il paesaggio fosse ancora più bello di quando ero passata da lì a metà luglio con Doug e sua madre.

La casa della signora Graham era in Solvang, la città che si trova dopo Santa Ynez, in una strada secondaria e ombreggiata. Era arredata in modo meticoloso, con centrini sulla spalliera dei divani e ricami fatti a mano incorniciati. Tutto quel genere di cose rafforzarono la mia sensazione che la signora fosse molto vecchia, ma non potevo spiegarmi come potesse avere Glenn, il figlio di solo nove anni.

Per dire la verità non diedi molta importanza alla signora e a suo figlio. Non m'importava neanche degli spinaci grigi, stracotti e del pezzo di carne dura o delle patate bollite senza sale. Mangiare per me era qualcosa che doveva esser fatta, non era qualcosa di piacevole. Piuttosto ero interessata ad avere il tempo di lavare e lisciare i miei capelli, scegliere fra i due nuovi vestiti che mia madre mi aveva comprato per andare a scuola, mentre immaginavo come sarebbero stati la mia classe e i miei compagni."

"Come erano?"

"Non si accorsero di me. Vidi Doug all'ora della ricreazione: lui fece un gesto di saluto con la mano ma non si fermò a parlare. Vidi anche Mike, l'amico di Doug, che mi salutò da lontano mentre passeggiava con un gruppo di ragazzi, parte della sua squadra di football, suppongo, dato che avevano lo stesso tipo di giacche. Per il resto nessuno sembrava accorgersi di me."

"Strano."

"Sembrava che fossi diventata invisibile."

"Poverina!"

"Essendo invisibile cominciai a rilassarmi. Fui libera di essere me stessa, invece di cercare di essere come tutti si aspettavano che io fossi. In un modo strano fu liberatorio.

Nell'intervallo per la colazione, mentre stavo cercando un posto dove sedermi per mangiare le mele e i biscotti che mi ero portata, notai nell'ingresso una ragazza carina con i capelli color rame che salutava tutti e che era salutata da tutti. Si fermò quando arrivò a me: 'Oh, tu devi essere la nuova ragazza di cui mi ha parlato Lori. Mi chiamo Carrie. Ti piace qui? Ti trovi bene?' Mentre lei stava parlando con me altre persone le sciamavano attorno, le toccavano il braccio, le sorridevano, le ripetevano bentornata. Evidentemente era molto conosciuta. Oltre ai libri, che cullava con un braccio pressandoli sul petto, ricordo che aveva anche un salvagente tondo di plastica verde piuttosto grande, del tipo di quelli adoperati per restare a galla quando non si sa ancora nuotare. Tutti quelli che passavano avevano un commento da fare.

'Come sta la ciambella Williams?'

'Benissimo, grazie per l'interesse.'

'La coda?'

'Tolta, grazie.' Il suo sorriso era senza alcun imbarazzo, contagioso. 'Ho avuto una piccola operazione il mese scorso,' mi confidò. 'Avevo due vertebre in più, come una coda che stava crescendo, pensa un po'. Così ho dovuto rimuoverle. Devo stare seduta su questa strana cosa per altre due settimane. Vieni con me, ti voglio presentare delle persone carine.'

I suoi amici erano cordiali, anche se più riservati di Carrie. C'era fiducia e affetto tra queste persone, ma tutti sembravano così giovani! Non per come vestivano, anche se ero l'unica a indossare una mini gonna, ma per come si comportavano. Quello era il modo in cui i miei amici ed io c'eravamo atteggiati a Los Angeles prima di iniziare a essere *cool*, prima di far finta di sapere come girava il mondo; specialmente perché non lo sapevamo. Ho anche visto un gruppo di ragazzi cercare di guardare sotto il vestito di una ragazza!

Alla fine del primo giorno, mentre mi stavo sistemando per fare i compiti su una sedia nella mia camera, pensai a Carry. Anch'io ho una vertebra in più. La differenza era che lei lo diceva a tutti, chiamandola una specie di coda, mentre io tenevo per me questo segreto vergognoso, come se io sola avessi fallito nell'evoluzione. Mentre stavo riflettendo su questa differenza, notai che le mie cose sulla scrivania erano state spostate. Aprii la scrivania: qualcuno aveva frugato nei miei cassetti. Non potevo sapere se era stata presa qualcosa, ma in tutti i casi mi sentii violata."

"No! E tu cosa hai fatto?"

"Presi sei biglietti da un dollaro dal mio portafoglio e li misi sotto i calzini da ginnastica sulla destra del primo cassetto.

Quando il secondo giorno tornai a casa da scuola, tre dei sei dollari erano spariti. Sul mio letto c'era un biglietto che diceva che Blake aveva telefonato per comunicarmi che lui e Rachel sarebbero arrivati il prossimo weekend per accamparsi al Lago di Cachuma."

"Che cosa hai fatto per i soldi mancanti? E chi era Blake?"

"Il biglietto riuscì a distogliermi dai soldi. Blake era il mio miglior amico. Si era diplomato al Pali High a giugno e stava per iniziare gli studi di filosofia all'Università UCLA di Los Angeles. Abitava in maniera semplice con la sua ragazza diciannovenne Rachel in un appartamento del tipo "materasso a terra", a Santa Monica."

"Un po' come noi" dice Niccolò tamburellando sul pavimento accanto a lui. "I suoi genitori approvavano?"

"Non so se i genitori approvassero, ma non glielo impedirono. Il padre di Blake era un ingegnere nella Hughes Corporation e sua madre un fisico nucleare a Rand. Blake e Rachel avevano scelto di essere poveri, una delle poche possibilità rimaste a quelli di noi che sono nati nel confort della classe privilegiata."

"Come ti sei comportata per il denaro mancante?"

"Quella sera stessa, mentre stavo aiutando ad apparecchiare la tavola, ho abbassato la mia voce per comunicare alla signora Graham che mi erano mancati dei dollari.

Lei smise di distribuire le carote flaccide e disse: 'Sono sicura che stai sbagliando.'

'Per dire la verità,' le dichiarai, 'ho messo sei dollari nel mio cassetto in alto, una specie di prova, dopo aver notato che qualcuno aveva rovistato la mia camera ieri.'

'Prepari le trappole, eh?'

'Volevo esserne certa prima di parlarne con lei.'

'Tre dollari non sono una gran somma.'

"Non è questo il punto." Rimarca Niccolò.

"Questo è quello che le dissi. Le dissi anche che non mi faceva piacere di aver qualcuno che rovistava nelle mie cose."

"E lei cosa disse?"

Provo a imitare l'indignazione che ho sentito nella sua voce. 'Stai accusandomi di frugare tra le tue cose?'

'Per la verità pensavo che potesse esser stato suo figlio.'

'Mio figlio non è un ladro. Sono sicura che stai sbagliando.'

"Davanti all'evidenza devi sempre negare," dice a Niccolò, "Non ho avuto altra scelta che quella di cedere." Dissi: 'Sono sicura che lei ha ragione. Spero solo che non succeda più.'

La cena quella sera fu carica di tensione e silenziosa. Giuro che potevo sentire la signora Graham che masticava e pensava venti volte per ogni boccone—ho quasi potuto vederla contare. Quando aveva inghiottito l'ultimo boccone, dopo essersi pulita le labbra col tovagliolo, si girò verso me e disse: 'Non ti posso tenere più con me. Non posso avere in casa una ragazza immorale.'

'Io sono una ragazza immorale?'

'Tu vuoi scappar via per accamparti con il tuo ragazzo al lago Cachuma.'

'Io non voglio scappar via...'

"Si riferiva al biglietto." deduce Niccolò.

'A parte tutto non è il mio ragazzo.' Provai a spiegarle. 'Lui sta andando in campeggio con la sua ragazza. Io vado a trovarli solo per la giornata.'

"Questo mi sembra normale." Dice Niccolò trattenendo uno sbadiglio.

"Lo pensavo anch'io, ma lei non ascoltava una parola di ciò che dicevo.

'A mia figlia non è mai venuto in mente di fare camping con i ragazzi. Io non voglio vivere con una ragazza immorale.'

'Ed io non posso stare con una matta,' ma non lo dissi.

Andai nella mia stanza. Provai a studiare. Dovevo leggere venti pagine di Storia Americana, ma non riuscivo a concentrarmi su niente al di fuori della mia imminente espulsione. Avrei dovuto telefonare a mia madre, ma non volevo farlo. Sapevo che mi avrebbe detto di tornare a casa.

Seguitavo a pensare, 'Che cosa ho fatto di male? Prima la Ojai Valley School era andata male, poi i Malstrom, ora di nuovo.' Non mi sembrava di essere una persona cattiva. Non mi sentivo colpevole di ciò di cui mi accusava. Però dovevo aver fatto qualcosa di sbagliato. Dal momento che c'erano tutte le prove, naturalmente ero io la colpevole."

Attende che Niccolò dica qualcosa ma lui sta in silenzio. Si avvicina e vede che si è di nuovo addormentato con la testa sprofondata nei cuscini. E' contenta che lui dorma. Il riposo lo guarirà più della sua storia, ma è dispiaciuta di non aver avuto il tempo di dargli la conclusione felice che lui stava aspettando.

In quelle prime giornate lontane da casa, la felicità non era presa in considerazione.

Il futuro di Kate sembrava oscillare tra l'impossibile e l'improbabile.

Niente era definito. Anche la lezione di storia che era così facile in classe, divenne problematica, le parole persero senso. Si ricorda che alla fine smise di studiare, si mise in pigiama e andò a dormire senza neanche lavarsi i denti. Afferrò il suo orsacchiotto, lo accostò alla faccia. Le era stato regalato dalla sua madrina, una donna che non aveva mai conosciuto perché lei e i suoi genitori avevano interrotto le relazioni poco dopo la sua nascita. Si chiese se anche questo fosse stato per colpa sua. Nondimeno era stata sempre affezionata a quest'orsacchiotto come testimonianza del fatto che qualcuno aveva pensato di festeggiare la sua nascita, nonostante lei fosse ancora un'altra femmina, la terza figlia. Le luci gialle delle lampade della strada fuori dalla sua finestra riflesse in un singolo occhio color ambra: il riflesso mancante era la testimonianza dei suoi molti limiti. Come avrebbe potuto sperare di prendersi cura di sé, vivere lontana da casa, se non era neanche riuscita a salvare Timmy, il suo orsacchiotto preferito?

CAPITOLO
SEI

Basta! Deve organizzarsi. I ricordi del liceo e del suo povero orsacchiotto con un occhio solo non fanno migliorare la situazione a Erice. Muovendosi piano per non svegliare Niccolò striscia fuori dalle coperte, scuote un piede che inizia ad avere un crampo e si alza. Alimentazione: lei ha bisogno di andare a comprare qualcosa da mangiare.

Non può prendere la macchina per fare la spesa perché è attaccata al carrello e lei non sa come staccarla.

La prossima volta farà più attenzione, si ripromette.

Kate pensa a quella curva per imboccare la loro piccola strada; ieri sera era sicura che la barca si sarebbe rovesciata. Non vuole rischiare di nuovo. Sa che le strade di Erice sono così strette che a volte anche con le auto piccole occorre far rientrare gli specchietti retrovisori per percorrerle, figurarsi con un carrello attaccato! Se fosse assolutamente necessario lo farebbe e non le importerebbe sembrare ridicola, ma lei preferisce non provare a far passare una barca vuota attraverso le strade strette di una città così antica.

Passeggia su e giù nel giardino, cercando una soluzione.

Essere tra l'incudine e il martello. Oppure come dicono i siciliani: *Stari tra l'incudini e u marteddu.*

Clover è corso via con un'altra pigna portandola sulla terrazza per farla a pezzi. Sdraiato sulla schiena in una posizione non propria dei cani, la pigna tenuta strettamente tra le zampe anteriori e senza aver nozione della sua mancanza dei pollici, la sgretola con i denti pezzo per pezzo. Kate raccoglie un'altra pigna e la osserva attentamente. E' piena di pinoli!

Le punte delle sue scarpe sono bagnate quando lascia la parte pavimentata del giardino per dirigersi verso quella più in alto, dove Carmelo aveva piantato le fave. Forse ce n'è ancora qualcuna. Sia Niccolò che lei non amano le fave, ma a questo punto va bene qualsiasi fonte di proteine.

In effetti alcune sono rimaste, ma sono troppo indurite, meglio lasciarle agli uccelli.

Spera di poter ricordare quali sono le piante commestibili del giardino. Sembrano tutte uguali. Mentre prova a distinguere un ciuffo verde da un altro, scorge una linea di germogli, come gemme di giunchiglie che emergono dal suolo. Quando scava il terreno con le dita trova un bulbo, poi un altro, una fila dopo l'altra di cipolline verdi. Corre a casa a prendere il coltello con il manico di plastica che Concetta aveva lasciato in cucina e torna lassù per tirare fuori le cipolle con così tanta energia che sembra che il sole le abbia ricaricato le batterie.

Raccoglie le cipolle immaginando quanto renderanno più buono il riso che hanno portato da Firenze quando inciampa, letteralmente, su dei broccoli: fiori color verde scuro su steli di un verde pallido in mezzo al prato. Erano nascosti dall'erba alta che dovranno tagliare quando Niccolò si sarà ristabilito e dopo che avranno comprato un taglia erba. Questi teneri broccoletti si devono esser riprodotti da soli dopo la raccolta dell'anno scorso. Li coglie con attenzione per preservare le future crescite già immaginando i pranzi a venire. Questi broccoli inaspettati sono così teneri che non c'è necessità di mondarli, ed è una fortuna perché non ha l'utensile adatto e il solo coltello affilato che ha è coperto di fango.

Una volta rientrata, riscaldata dall'aver scavato, apre la cerniera lampo del giaccone, poi mette a bollire l'acqua per il riso. E' solo metà mattina, non è l'ora di colazione, ma hanno mangiato poco la sera precedente per cui immagina che Niccolò si sentirà meglio dopo aver mangiato qualcosa. Mentre rosola le cipolle si toglie il giaccone. Quando aggiunge i broccoli con uno spruzzo di salsa di soia (salsa di soia anche sul riso perché non hanno il sale) il profumo va su per le scale e sveglia Niccolò. Kate sta mescolando gli ingredienti, buttando dentro una manciata di pinoli che era stata capace di aprire con lo schiaccianoci, quando Niccolò scende, la sua faccia è grigia, il suo corpo senza la sua solita vitalità. Siedono su due sedie da giardino portate da Firenze, nel salotto altrimenti vuoto, con i piatti in equilibrio sulle ginocchia. Lui sembra vecchio; la sua barba di due giorni rafforza questa impressione.

"Forse sopravvivo" dice dopo il terzo boccone di riso.

"Come hai fatto a trovare da mangiare?"

"Nel nostro giardino!"

Entrambi sorridono. Sembra che sia la prima volta dopo anni.

"Ti ho detto oggi che ti amo?"

"No, non con le parole."

"Ti amo. Mi spiace di essermi addormentato mentre parlavi, non ce la facevo più a stare sveglio."

"Dormire ti fa bene."

Niccolò accenna a uno sbadiglio. Kate prende il piatto e lo appoggia sopra il suo, mette le due forchette vicine l'una all'altra. "Perché non vai a dormire ancora un po'?"

"Penso che lo farò"

Porta i piatti in cucina, li sciacqua velocemente e li lascia ad asciugare sul tavolo. Poi decide che è il momento di risolvere il problema dell'approvvigionamento prima che abbiano di nuovo fame.

Niccolò torna a letto e lei va a piedi fino a Erice per comprare il pane, il sale e il latte sufficienti fino a quando non potranno fare la spesa normalmente.

E' senza fiato molto prima di arrivare. La strada lungo tutto il percorso è veramente ripida ed è più lunga a causa dei tornanti. La vista mozzafiato è a volte coperta dalle nuvole, poi appare di nuovo ed il mare è così blu che sembra nero. Ora comprende perché le popolazioni antiche adoravano il sole. A mezzogiorno il sole per se stesso non è spettacolare, ma lo sono gli oggetti che illumina: il muro bianco di una chiesa luccica come se fosse tempestato di diamanti o da secoli di fede. Anche la più semplice costruzione irradia solidità.

A metà strada i tornanti a volte nascondono la vista del Monte Cofano e appare Trapani, grigia e scura, che si allunga come un'ombra verso il mare. Più lontano le isole, i cui nomi ancora non ricorda, a parte Marettimo che è la più distante dalla costa, la seducono, invitandola a fermarsi per apprezzare le loro forme, i loro profili seducenti. Le sirene di Ulisse sono state spesso citate come situate sulle rocce della costa di Trapani e lei ne è convinta senza riguardo alla verità storica. Anche da quest'altezza, infatti, lei può sentirne i richiami.

Ha fatto bene a non portare la macchina fotografica. Si affretta anche se si vorrebbe fermare. Non è in pensiero per Niccolò. Hanno avuto questa esperienza molte volte e conosce il percorso della fibrillazione. Oggi lui sarà debole ma stanotte il suo cuore tornerà regolare. Domani starà di nuovo bene e lei dovrà ricordargli di non fare sforzi. Ha il cellulare con lei ed anche lui lo ha vicino a sé. Tuttavia affretta il passo, mantenendo lo sguardo sulle isole e studiandone la luce. Ci saranno molte occasioni per fotografare quel golfo disegnato a forma di falce che caratterizza Trapani, l'antica Drepanum, che è il nome della falce in latino. A Porta Trapani, che è la porta delle mura di Erice più in basso, la strada sale di nuovo. Sotto i piedi la pavimentazione, consumata e levigata da centinaia di anni di passaggi, è disegnata per esser d'aiuto ai carretti, ai pedoni e per far scorrere via la pioggia ma l'effetto che fa è assolutamente estetico. Le strade deserte e la nebbia rinforzano l'illusione di esser fuori dal tempo. Si potrebbe essere in ogni secolo. I negozi sono chiusi ed hanno le serrande abbassate; resteranno chiusi fino a Pasqua, quando arriveranno i primi turisti. Deve fotografare questa città prima che sia invasa dalla folla. Nella piazza principale chiede informazioni nell'unico bar aperto.

"Il lunedì mattina è tutto chiuso tranne il supermarket."

Un supermarket sembra una bella notizia! Qualcuno le indica di andare avanti per altri cinquanta metri e lì lei trova un negozietto riempito fino al soffitto con tutto quello di cui possono aver bisogno i trecento abitanti residenti a Erice. C'è un abisso in confronto ai supermercati della California o ai loro fratelli minori di Firenze, ma è così felice di trovare questo negozio come se fosse arrivata al Gelson's di Sunset!

"Avete del pane?" chiede tremante.

"Oh Signora, mi dispiace. Non il lunedì mattina." La proprietaria del negozio deve aver visto l'espressione di sofferenza sulla sua faccia e velocemente aggiunge, "Aspetti, chiamo un ristorante per vedere se hanno un filone di pane in più."

E' veloce ed efficiente quando telefona, ma nessuno risponde.

"Avete dei cracker, oppure..."

"Aspetti, chiamo mia madre, stamani è andata a Valderice. Le chiedo se ne ha un pezzo che le avanza."

Entrambe trattengono il respiro quando compone il numero.

"Sì, ce l'ha!" la proprietaria del negozio è contenta quanto Kate. "Aspetti! Giovanni vieni qua," fa un cenno con il capo a un giovane—suo fratello, il suo aiuto, il fidanzato?—vai a prenderlo." Lei deve insistere per dargli i soldi. Tre minuti dopo torna con il pane ancora caldo ed evita con un "Si figuri!" la sua gratitudine, come se fosse stata inappropriata!

Per dimostrare la sua riconoscenza compra tutto quello che può portare: un pesce San Pietro preso e congelato la settimana passata dal cognato della proprietaria, *di qualità eccellente*, le assicura. Mozzarella fresca, a treccia o tonda? Latte di mucca o di bufala? Cerca i pomodori. No Signora, ancora no. Non ci sono almeno fino a maggio. Abbiamo gli asparagi e tre tipi di lattuga: lattuga di Chiesa Nuova, la romana di Valderice e la rucola di Purgatorio.

Purgatorio? Pensa, ma non chiede. C'è molto da imparare qui. Compra le cipolle di Tropea i cui bulbi viola sono così belli che non può fare a meno di comprarne un mazzo, anche se lei ha i porri nel giardino. Alla fine non riesce a resistere e compra anche cinque chili di arance rosso sangue.

Quando arriva a casa le fanno male le braccia, che minacciano di sganciarsi dalla loro attaccatura. Le sembra che le ginocchia si siano deformate per la discesa ripida, ma quando arriva al cancello e vede la loro piccola casa, il morale si alza.

Alla fine fu Carrie che le gettò un salvagente in Santa Ynez. La incontrò nell'intervallo e, quando seppe dei suoi problemi con i Grahams, la sua abituale allegria si trasformò in serietà. "Poverina! Ci credo che tu non voglia più vivere con loro. Potresti venire a vivere con me."

"Veramente?"

"Certo! Ne parlerò ai miei genitori subito dopo la scuola. Ecco il mio numero. Stasera fai chiamare i miei genitori dai tuoi. Devo scappare. Sono in ritardo a biologia!" E se ne andò con i libri e il suo sempre presente salvagente in braccio come un cuscino.

Fu molto più semplice dire a sua madre che sarebbe andata via dai Graham avendo già un'alternativa da offrirle. Ancora una volta questa insistette che sarebbe stato meglio se fosse tornata a casa. Sarebbe potuta andare a un'altra scuola, al Santa Monica High, se preferiva. Avrebbe potuta accompagnarla in auto la mattina quando andava a lavorare.

Kate la lasciò parlare poi le dette il numero di telefono di Carrie e le fece promettere di richiamarla nel momento stesso che avesse finito di parlare con loro.

Quando la madre la chiamò, mezzora dopo, era di umore migliore. "Ho dovuto spiegare tutta la storia," disse, "dato che la tua amica Carrie si era dimenticata di dire ai suoi genitori che ti aveva invitato ad abitare con loro."

"Oops."

"Ho parlato con la signora Williams che è stata molto gentile. Ha detto che possiedono una casa piccola, che dovresti dividere la camera con Carrie, ma anche che sei molto ben accetta."

"Carrie è veramente un'amica."

"Poi ho parlato con il signor Williams. Lui è meno cordiale. E' uno sceriffo in pensione. Anche lui ha detto che va bene, ma ha aggiunto di fare attenzione perché alla prima mossa falsa tu saresti stata *buttata fuori su due piedi* per usare le sue parole. Pensi che riuscirai a rispettare le sue regole? Non hai mai vissuto con un padre autoritario."

"Lo farò, lo giuro. Mi comporterò benissimo."

"Bene, altrimenti torni a casa."

Il giorno seguente Kate conobbe la madre di Carrie quando questa andò a prenderla dalla signora Graham. Anne Williams aveva degli occhi verdi da folletto, brillavano in modo birichino mentre aiutava a mettere le due valigie nel portabagagli della macchina. Nonostante la signora Williams dovesse avere perlomeno quaranta anni, Anne—come aveva insistito di chiamarla—sembrava una ragazza giovane. Lei fu gentile e piacevole con la signora Graham fino a che si salutarono, poi, appena partite, alzò gli occhi al cielo. "Lo credo che tu sia contenta di andartene da quel vecchio biscotto inzuppato della signora Graham."

"Lo sono." Anche i secondi tre dollari erano scomparsi dal suo cassetto. "Grazie per avermi permesso di venire a stare da voi."

"Sarà divertente!"

Jack Williams era come un grande orso, alto come lei ma molto robusto. La sua voce di tenore era potente, intimidiva. Ripeté parola per parola quello che aveva detto a sua madre: "Alla prima mossa falsa ti trovi per strada sui due piedi!"

"Oh papà," disse Carrie abbracciandolo, sfregando il suo collo con la punta del naso. "La stai spaventando a morte."

"Per favore Jack!" Anne si unì alla figlia circondando con le sue lentigginose braccia l'ampia circonferenza del marito. "Smettila prima che lei pensi che sia vero."

"E' vero!" Il suo aspetto severo era ammorbidito dai profondi occhi neri con lunghe ciglia.

"Hai mai visto degli occhi più seducenti?" Anne lo prende in giro, ridacchiando.

Kate non aveva mai visto i suoi genitori darsi un bacio o abbracciarsi e neanche tenersi per mano. L'ultima volta che si rannicchiò nelle braccia del padre fu quando aveva cinque anni, quando stavano aspettando che la mamma con il nuovo fratellino uscissero dall'ospedale.

Si rese conto di vivere con persone che stavano bene insieme, si amavano e non erano in imbarazzo nel mostrarlo!

Nell'anno in cui visse con la famiglia Williams, Kate aumentò di peso. Da magra come uno stuzzicadenti e senza appetito si trasformò in una ragazza con qualche curva, non abbondanti come le sorelle, ma sufficienti per farla sentire meno insicura del suo corpo.

La stanza che Carrie e Kate dividevano era piccola. La loro intera casa poteva stare dentro la stanza da letto dei suoi genitori a Los Angeles, ma l'atmosfera dai Williams era magnifica. Carrie studiava sul suo letto. Lei sul suo, in una competizione sana e collaborativa. Iniziò a prendere voti alti. Durante la settimana Anne cucinava saporiti spezzatini ed enormi fette di manzo tenero. Carrie e Kate cantavano mentre pulivano i piatti: *He Ain't Heavy, He's your Brother*. Jack cucinava nei weekend: omelette di uova strapiene di peperoni verdi saltati, pomodori, formaggio fuso che colava nei piatti, oppure montagne di frittelle con mirtilli o fragole, a volontà, come se nutrirle fosse un piacere e non un dovere. Jack controllava che Kate fosse vestita in maniera appropriata prima di uscire per un appuntamento e la mandava in camera a cambiarsi se reputava che il suo vestito fosse inadatto. Tutti si arrabbiavano se stava troppo tempo in bagno. Lei e Carrie cantavano a squarciagola quando guidavano per andare a scuola, Simon and Garfunkel's *Bridge over Troubled Waters*; the Jackson 5; The Carpenters, The Hollies. Kate scoprì come poteva essere una famiglia. Finalmente aveva *descended the broad hall stairs*, era diventata la *laughing Allegra* di Tennyson.

Quando va a controllare Niccolò, lui dorme. E' commovente vederlo sdraiato sul materasso per terra; la sua naturale eleganza è compromessa. Le coperte sono più sul pavimento che sul letto. I vestiti di ieri sono ammucchiati, la valigia è aperta con le cose mezze fuori. Un disordine incredibile. Non quello che avevano immaginato partendo da Firenze. Si sforza di resistere alla tentazione di rimettere in ordine. E' più importante che Niccolò dorma.

Concetta aveva lasciato la casa pulita e fornita di tutto ciò di cui loro potessero aver bisogno fino a quando non si fossero sistemati: cerotti nel caso si tagliassero perché ancora non conoscevano la casa; candele, fiammiferi, carta e pigne per accendere il fuoco, due piatti per ciascuno. Anticipando così ogni loro comodità. Nella cucina tira fuori le cose acquistate al supermarket, ma non le può mettere via finché non svuota gli scaffali di tutto quello che Concetta ha lasciato per loro. Beve un secondo espresso con un po' di latte e si siede sulle scale della loro piccola terrazza. Guarda il mare di là degli alberi. Mentre scendeva da Erice si era alzato il vento, una brezza che aveva sollevato le nubi e che non aveva portato il sole, ma aveva lasciato il mare increspato.

Fa freddo, molto freddo; osserva con meraviglia le sue mani diventate blu e si chiede che cosa stiano facendo qui? Hanno sbagliato? Qui è fantastico, ma loro pur avendo viaggiato in tanti bei posti non hanno comprato ogni volta una casa. Forse avrebbero dovuto prima prenderla in affitto? Forse era questo il motivo di un prezzo così ragionevole? Il freddo di dicembre è lo stesso anche in primavera? Non aveva detto Carmelo che ci vuole un golf anche d'estate? E loro temevano il caldo siciliano! Mio Dio, cosa avevano fatto!

Le due alte palme volteggiano nel vento come eliche di un elicottero e Kate può sentire i suoi pensieri agitarsi nella mente alla stessa velocità, come ipnotizzata dal loro movimento. Attraverso i cipressi dei vicini può vedere il porto di Bonagìa che risplende sotto il sole, mentre qui è quasi buio. Stanno vivendo in una nuvola, ma non si sente una dea. Al contrario, se questo è l'Olimpo, il messaggio che stanno ricevendo non è un messaggio di luce.

A distanza sente risuonare i campanacci delle pecore, il suono dei loro belati sconsolati. A fatica le vede passare davanti al cancello, i riccioli di lana bianca, una massa indistinta nella nebbia scura. Sentirle passare è più visibile che vederle, come spiriti nella notte.

La notte passata una scatola di libri è stata sistemata nell'ingresso; lei vi rovista dentro finché non trova qualcosa da leggere. Ha già letto tutti questi libri a dir poco una volta, ma ognuno vale la pena di esser riletto. Dopo tutto non è questione di trama; è questione di linguaggio, di esser in compagnia con parole attentamente scelte. *Out of Africa* di Karen Blixen richiama la sua attenzione. Come lo fa anche Rilke.

Nella scatola c'è anche un calendario; osserva la fotografia di febbraio scattata da lei anni fa: un fiume invernale immobile e sospeso sotto un antico arco romano. La studia professionalmente. Ora quella foto l'avrebbe scattato in maniera diversa. Ci vuole un minuto prima di ricordarsi in che mese sono, poi un altro per calcolare che giorno sia. E' il 3 di marzo, lunedì. Elizabeth ed Electra arriveranno in aereo il diciassette. Hanno a disposizione esattamente due settimane per mettere la casa a posto per accoglierle. Due settimane! In questo momento sembra impossibile. Ci sono così tante cose da fare. In questo momento si sente paralizzata come il fiume della sua fotografia.

E' completamente buio, dentro e fuori di casa. L'unica luce viene da due candelabri di ceramica sulle scale che devono esser restituiti a Concetta non appena avranno trovato lampade adatte. Se a quest'ora fosse stata a casa a Firenze, si sarebbe preparata una tazza di thè; purtroppo quando era a Erice si è dimenticata di comprarlo.

Infreddolita e scomoda si siede sui gradini della scala e inizia a leggere le *Elegie di Duino* di Rilke:

Se pur gridassi, chi mi udrebbe dalle gerarchie degli angeli?

Subito arriva Clover, si siede ai suoi piedi e poi appoggia il muso sulle punte bagnate delle scarpe. Figaro, che si era nascosto in una scatola mezza vuota, viene fuori, e si accomoda sul suo grembo rannicchiandosi come per starci a lungo. Rilke scrive come se stesse indovinando i suoi pensieri, alza la sua voce in un vento dell'Italia del nord e cammina dentro una tempesta di Bora; lei invece, è vinta dallo Scirocco siciliano.

Strano quel che stretto si teneva vederlo dissolto fluttuare nello spazio.

Quale è dunque il motivo di questa tristezza? Niccolò non sta per morire. Non sta per abbandonarla. La momentanea assenza di sole non è un problema, non certo per qualcuno che ha superato i rigidi inverni del New England o di New York e le estati di San Francisco o quelle in Inghilterra. Qualunque sia la causa di questo sconforto è certamente temporaneo. Sa che può far fronte a un po' di vento e di freddo. In futuro saprà decifrare questo clima, imparerà a capire da dove soffia il vento.

E' ferma in questa posizione da più tempo di quanto sia confortevole, i suoi piedi sono intorpiditi, le sue gambe indolenzite per il peso del gatto, anche la sua mente è troppo distratta per continuare a leggere, e tutto questo perché non riesce ad alzarsi e fare qualcosa.

CAPITOLO SETTE

Il giorno seguente è meglio. Quando Kate si sveglia trova Niccolò sorridente, con i suoi occhi color Nutella che brillano di rinnovata salute come spruzzati di zucchero. Il vento si è calmato, la nebbia dissolta. Fa ancora molto freddo, ma almeno i vetri non vibrano. Mentre lei prepara il caffè Niccolò si lava, poi si rade, ma senza lo specchio, non ci sono specchi in casa! Un'altra cosa da mettere nella lista!

Radersi consuma tutta la sua energia, ma almeno non è più a letto. Siede in una sedia della terrazza, avvolto dal suo giaccone invernale, e parla con Kate che sta iniziando a mettere a posto le valigie e le scatole.

"Stavo pensando: ma tu hai qualche ricordo felice di tuo padre?"

Lei si ferma un attimo a riflettere: "Sì."

Più che mettere a posto gli oggetti, lei scrive sopra le scatole le stanze dove portarle per essere aperte più tardi perché ancora non hanno posto per la loro roba. I loro vestiti resteranno nelle valigie finché non ci saranno gli armadi. Fino a quando non avranno un mobiletto nel bagno, i pettini, gli spazzolini da denti ed il resto rimarranno nella scatola sul pavimento. Fa quello che può: appende gli asciugamani nel bagno; poi mette il sapone, lo shampoo e il balsamo per i capelli dentro la doccia. Comunque, per rispondere alla domanda di Niccolò, si sistema sull'ultimo gradino della scala che sta velocemente diventando il suo posto preferito per sedersi. "Ho due ricordi preziosi," gli risponde. "In entrambi avevo circa la stessa età, sei o sette anni. Il primo è quella volta che mia madre aveva chiamato la famiglia a tavola e sia io che mio padre arrivammo nello stesso momento in bagno per lavarci le mani. Invece di farmi aspettare, lui prese le mie mani e le lavò con le sue. Non avevo mai fatto caso a quanto le mie mani fossero piccole finché non le vidi sparire dentro le sue. Mi ricordo come ieri quanto ero felice. Era bellissimo.

Niccolò non sembra troppo impressionato. "E l'altro ricordo felice?"

"Dopo cena mio padre qualche volta andava a passeggiare e, se promettevo di stare buona, mi permetteva di accompagnarlo. Mi ricordo che passeggiavamo nel nostro isolato quando le altre famiglie erano ancora a tavola o le madri erano in cucina a lavare i piatti oppure a servire una cena tardiva ed io mi sentivo così orgogliosa di esser per strada a passeggiare con mio padre tenendogli la mano."

"Ma dovevi stare buona."

"E' vero. Mi sembra di ricordare che spesso dovevo promettere di essere molto buona se volevo stargli vicina, ma sarei diventata anche muta se me lo avesse chiesto, tutto pur di avere la sua compagnia solo per me," ride. "Di solito nel pomeriggio del sabato guardavo insieme a lui il gioco delle bocce, anche se era il programma più tedioso della televisione, solo perché mi permetteva di sedergli accanto sul divano!"

"Finché stavi buona."

"Per favore non sminuire i pochi ricordi belli che ho!"

Si alza, bacia la guancia di Niccolò che è soffice come quella di un bambino, poi abbraccia quest'uomo che ha più che compensato le deficienze di suo padre. Ora non addossa più a se stessa la colpa di non essere amata, ma all'incapacità di suo padre di amare. Ora comprende che era solo la vittima di un uomo che correva e sbandava per cercare la sua strada, con quella bambina sul sedile posteriore sbattuta qua e là nella corsa ed ignara che l'uomo al volante non sapesse né dove andare, né come guidare. Nonostante tutte le bellissime auto nuove, suo padre non scoprì mai la sua meta. Era sempre alla ricerca di qualcosa di nuovo, qualcosa di meglio, qualcosa di valore, e fece l'errore di cercarlo fuori da se stesso. E' certa che il suo matrimonio fallì principalmente perché la donna che scelse si addiceva più all'immagine che lui aveva desiderato per sé invece di cercare una moglie che avrebbe potuto apprezzare e far crescere le sue reali qualità. Una volta impossibilitato a mantenere la sua immagine fu meno in pace con se stesso e più in disaccordo con il suo ruolo nel mondo. Senza volere, aveva sposato la disapprovazione. L'immagine che aveva cercato di creare di sé, trasformandosi da figlio di emigranti nel marito di una donna di una famiglia americana da generazioni, fu più per ingannarsi che per realizzare le sue potenzialità. L'amarezza che le resta di quei primi anni sfortunati si è spostata da sé, quella bambina abbandonata non amata, a lui, un uomo che non riuscì mai a conoscersi o a comprendere le persone che avrebbero potuto amarlo dandogli questa possibilità.

Non sono le condizioni in cui siamo nati che contano, ma l'importante è quello che si fa con quello che abbiamo.

Dalle rovine del castello scendono fantasmi di nebbia immergendo la loro valle nell'oscurità, anche se è mezzogiorno e il sole è alto nel cielo da qualche altra parte. Con questo tempo non sembra proprio possibile mangiare all'aperto prima di Pasqua. Niccolò l'aiuta a portare la tavola dalla terrazza nella sala da pranzo. Al piano di sopra aggiusta le coperte sul letto, poi mette a posto la camera così da sembrare meno colpita da un uragano. Dopo mangiato entrambi vanno a riposare, abbracciati sul materasso sul pavimento. La casa è ancora insopportabilmente fredda ma stanno al caldo sotto una montagna di coperte.

Nel primo pomeriggio arriva Rosario con un vassoio di dolci di marzapane tipici di Erice.

"Perché non mi avete chiamato?" E' sorpreso che non abbiano chiesto aiuto. "Signora, sarei stato felice di portarla in città a fare la spesa," dice "sono anche sicuro di avere una coperta elettrica che vi posso prestare."

Non sa quale strano orgoglio l'abbia trattenuta dal chiamarlo. Per dire la verità non le è neanche venuta in mente l'idea che avrebbe potuto chiedere aiuto.

"Potrebbe aiutarmi a sganciare il carrello dalla macchina?" chiede a Rosario.

In un secondo è fatto. Era così facile chiedere!

Sono in giardino a guardare Monte Cofano che mette in scena la sua rappresentazione. La luce passa da scura a chiara sia sull'acqua del mare che sulla montagna. Le due palme raccolgono una brezza delicata, le loro fronde si muovono nella stessa direzione delle canne ma con un ritmo diverso perché dall'alto prendono un vento più forte. Queste palme fanno parte del paesaggio della sua gioventù, sono gli invincibili guardiani delle sue prime memorie. Facevano la guardia lungo le scogliere di Santa Monica esposte al vento che viene dell'oceano Pacifico. Quando diventò abbastanza matura da temere le onde della marea, loro le nascosero i pericoli, dandole sicurezza: durante le centinaia di anni della loro esistenza si sono piegate alla potenza del Pacifico ma non si sono mai spezzate. Dove ci sono le palme, si sente al sicuro.

Ad un certo punto Niccolò raggiunge Kate e Rosario. Ha un aspetto migliore.

"Ho notato che Concetta ci ha lasciato tutte le mattonelle," dice a Rosario.

"Vorrei sapere perché!"

"Non volevano toglierle dal muro perché temevano di sciupare l'intonaco e questo avrebbe comportato un grosso lavoro per metterlo a posto."

"Va bene lo faremo noi. Proveremo a non romperle e a non danneggiare la casa."

"Poi se si rompono, pace!"

"Esatto. Metteremo quelle che si saranno salvate in uno scatolone. Hanno lasciato anche altri oggetti, gnomi e nani in giardino; li impacchetteremo man mano che si troveranno."

Arriva una macchina e si ferma davanti al cancello.

"Permesso?" Un signore distinto chiede il permesso di entrare nel giardino. E' ben vestito, di uno stile un po' fuori moda, una figura elegante nonostante una schiena notevolmente ricurva. Diversi cani di varie taglie e razze corrono dietro di lui.

Rosario lo saluta con entusiasmo e familiarità. "Edoardo! Vieni a conoscere i tuoi nuovi vicini."

Rosario li presenta. "Questo è il vostro vicino Edoardo Oliviero. Edoardo ti presento il dottor Niccolò Aragona e sua moglie Kat-ti."

"Katelyn," Si presenta. Rosario non riesce a pronunciare il suo nome ed ha smesso di tentare, così come lei ha smesso di correggerlo. Lei non usa mai il suo nome intero, nemmeno nelle mostre o nei lavori che pubblica, ma poiché i nomi stranieri di una singola sillaba non sono facili per gli italiani, preferisce essere chiamata con il suo nome Katelyn piuttosto che Kat-ti.

Edoardo li guarda in modo sospettoso. "Ho visto i vostri cognomi sulla cassetta della posta. Da dove viene il nome Griffitts?"

"Sono americana." Non ha voglia di spiegare le sue origini a uno sconosciuto.

"Americana va bene. E lei?" indica Niccolò.

"Siciliano."

"Siciliano è un po' peggio. Da dove in Sicilia?"

"Trapani. Martogna. Mio nonno era Niccolò Aragona."

"Lo storico o il garibaldino?"

"Lo storico. Invece Francesco, il mio bisnonno, il garibaldino, fu il primo a piantare la bandiera italiana a Trapani prima che arrivasse Garibaldi in Sicilia.

Il loro vicino fa un cenno affermativo. "Mio fratello," si fa il segno della croce, "viveva in via Aragona. Sono onorato di conoscerla." Prima dà la mano a Niccolò poi prende quella di Kate e le fa il baciamano. "Mi piacciono gli americani. Benvenuti in Sicilia. Aspetti," il loro nuovo vicino va verso la sua macchina scortato dai cani e ritorna con una bottiglia avvolta in una carta marrone. "Questo vino è più vecchio di lei, Signora, ed è forte come suo marito. Io l'ho avvertita."

Lei è divertita dal fatto che lui ha aspettato di conoscerli prima di offrire il vino. Hanno sicuramente passato qualche tipo di esame. "Ha tempo per un bicchiere adesso?"

"C'è sempre il tempo di fare un brindisi con i nuovi amici."

"Vuole vedere la casa? Non abbiamo ancora i mobili, ma se vuole vederla."

"Aspetterò che l'abbiate sistemata."

"La inviterei a entrare, ma penso che dentro sia più freddo che fuori."

"Preferisco sempre stare fuori, grazie." Edoardo e Niccolò siedono sul muretto nel giardino. Diversi cani si accoccolano ai suoi piedi ma uno salta sul muretto e si siede di fianco al suo padrone—un balzo comico a causa delle gambe corte e sproporzionate rispetto al corpo—e appoggia la sua testa con le orecchie incredibilmente lunghe sulla gamba del nuovo vicino. Rosario segue Kate in cerca di bicchieri.

Una volta dentro casa Rosario si ferma. Kate immagina che stia notando la differenza dall'ultima volta che era stato lì quando la casa era stracolma. Invece sta guardando un televisore con un largo schermo piatto in un angolo del salotto. "Pensavo che non aveste un televisore!"

"Come mai lo pensava?"

"Carmelo mi ha detto che non eravate interessati a comprare il suo disco per ricevere il satellite."

"Infatti non lo usiamo come un televisore, ma come un monitor per vedere le mie foto o per guardare i film quando Elizabeth ed Electra sono a casa."

"E per vedere lo sport o i telegiornali?"

Kate scuote la testa. "Niccolò legge i giornali su internet. Io ricevo le informazioni più importanti perché lui le commenta ad alta voce." Infatti quello che perdono non guardando i telegiornali sono gli scandali, i dettagli non costruttivi o informativi ma solo sensazionali, storie che non arricchirebbero le loro vite ma che le riempirebbero di caos. In più le voci degli annunciatori sono stridule e false, superficiali e ipocrite. Il momento in cui ci sarà un annunciatore che, con gli occhi pieni di lacrime, farà un servizio sui decessi che ha provocato un terremoto, allora potrà riconsiderare la possibilità di invitare questi annunciatori nella loro casa. Nel frattempo la loro assenza è come un bel panorama senza cartelloni pubblicitari.

Lei trova i bicchieri. Rosario mantiene la porta aperta per lasciarla passare.

Niccolò, che stava conversando con il vicino, guarda in alto e sorride. "Chi è quello?"

"Dove."

"Lassù sulla collina."

Rosario e Edoardo guardano dove sta indicando Niccolò.

"Ah, quello è Gaetano."

"Il falegname?"

"Sì, è andato a recuperare le sue capre."

"Gaetano è il più famoso falegname di Erice," aggiunge il loro vicino Edoardo, "non solo per la qualità superiore del suo lavoro, ma anche per il tempo che impiega a portarlo a termine."

"E' bene saperlo. Stavo pensando di chiedergli di sostituire i vetri delle finestre. Se dedica più tempo ai suoi animali che al lavoro che ha nella bottega forse devo riconsiderare questa idea."

"Siete arrivati qua da quanto, due giorni? E già avete capito come è fatto Gaetano! Brindiamo alle capacità psicologiche dei nostri nuovi vicini!"

La bottiglia è piena ma anche in questo caso c'è un tappo a vite per cui Kate versa per Niccolò, che non dovrebbe bere per niente, e per se stessa, quel minimo che è socialmente accettabile e una quantità abbondante per Rosario e Edoardo. "Alla vostra salute!"

"Alla nostra salute!" Niccolò risponde. Lo assaggia appena, poi circonda il bicchiere con la mano in modo che non si possa vedere il livello del liquido. Kate esegue la stessa manovra.

Rosario si sporge in avanti e si versa ancora del vino mentre Edoardo cerca di scoprire le idee politiche di Niccolò. "Se ricordo bene suo nonno era un monarchico convinto. Anche lei?"

"Si vive in un regno senza un sovrano. Un buon leader sarebbe una scelta migliore rispetto a tutti questi politicanti che rubano i nostri soldi."

Edoardo alza il suo bicchiere.

Rosario fornisce il nome di un negozio di mobili a Trapani, dove si recano il pomeriggio stesso dopo che entrambi gli ospiti sono andati via.

In macchina Niccolò mette il riscaldamento al massimo e velocemente scendono dalla montagna senza avere più il problema dei sobbalzi che avrebbero potuto rovesciare il carrello. Sono al caldo e liberi; trovano il negozio dopo aver sbagliato strada solamente una volta.

E' un così grande sollievo vedere Niccolò che sta di nuovo bene. Kate dice: "*Menomale c'è tu.*"

Niccolò sorride, un sorriso enigmatico che coniuga un senso di piacere e divertimento, con l'aggiunta di qualcos'altro. Sta in silenzio per assorbire il sentimento che lei ha espresso, poi corregge il suo italiano: "*Meno male che ci sei tu.*"

Nel negozio di mobili le prime tre stanze erano dedicate allo stile barocco, mobili bianchi laccati con cornici d'oro, fiori e angeli. Nella stanza posteriore trovano una cornice di legno scuro per il letto, una semplice testiera e due comodini dello stesso stile.

"Non è male."

"Non esattamente quello che avevamo in mente, ma è possibile."

Non hanno esperienza di comprare mobili. Quasi tutti quelli della loro casa a Firenze vengono dalla famiglia di Niccolò. Le loro cose sono diverse, non erano state costruite per stare insieme; i comodini e i cassettoni, i tavoli e le sedie sono della stessa epoca, ma non dello stesso stile. Poiché tutto è antico, tutto ha qualche problema: una gamba traballante, un pomello mancante. Non sono pezzi restaurati provenienti da un antiquario, ma ereditati, passati di generazione in generazione. Infatti, quando le loro figlie avevano raggiunto l'età per invitare a casa i compagni di scuola, aveva dovuto trovare una soluzione diplomatica per chiedere loro di non mettere i piedi sulle sedie. Non avevano proprio tutti i torti: la tavola da pranzo era alta, le sedie di un'altezza giusta per un adulto; i bambini arrivavano alla tavola solo sedendosi sulle loro ginocchia con le suole delle scarpe che strofinavano contro la seta dell'imbottitura dello schienale.

"Queste sedie erano della trisnonna di Elisabetta e vorremmo tenerle in ordine e pulite per i nipotini di Elisabetta," disse a Giovanna, la prima amica del cuore di Elizabeth. "Potresti per favore toglierti le scarpe?"

Senza eccezione queste piccole amiche capirono e si conformarono all'invito, felici di correre per casa senza scarpe. Alla fine fece delle fodere che potevano essere tolte e lavate e ognuno si rilassò, persino Niccolò.

"Quella testata per il letto potrebbe andare," Lei suggerisce. Una commessa li sta seguendo. Kate chiede il prezzo.

"Questo è legno massello," risponde, anche se Kate dava per scontato che tutte le testate dovessero essere di legno massello. La commessa le dice quanto costa il letto. C'è poi da aggiungere altri 5.000 euro per tutto l'insieme che include anche due comodini, due cassettoni e un armadio. "Il materasso è a parte."

Le sembra caro e dal modo in cui Niccolò guarda da un'altra parte desume che sembra caro anche a lui. Tutto il resto è egualmente costoso. Oppure senza gusto. Oppure senza gusto e costoso!

Non vogliono mobili costosi nella loro casa in Sicilia. Vogliono poter chiudere la porta e andarsene senza la paura che gli oggetti in essa contenuti attraggano i ladri. Ciò che vogliono è qualcosa di solido e semplice, a un prezzo ragionevole. Ha controllato su internet prima di partire da Firenze per vedere se c'era un negozio IKEA nelle vicinanze ed ha trovato che uno stava per aprire a Palermo, quattro anni fa. Ma ancora non esiste! Evidentemente IKEA e le persone che controllano Palermo non sono mai arrivate a un accordo.

A proposito, tutte le volte che accenna a chiunque dei loro amici il loro progetto di andare a vivere in Sicilia la loro prima domanda è: "Come fate con la Mafia?"

La sua risposta è che loro non sono abbastanza importanti da essere disturbati dalla Mafia; se stessero aprendo un'attività, forse li riguarderebbe, ma come proprietari di una casa non sono presi in considerazione.

Veramente non sa di cosa stia parlando, ma le sembra logico.

Da quando hanno comprato la loro casa, si è sempre chiesta fra sé e sé: "Ma a Trapani c'è la Mafia?" Tutti rispondono alla stessa maniera, con un'espressione imbarazzata che le ricorda quando chiese a Rosario se c'era vento a Trapani. "Sì, c'è, ma è invisibile."

Recentemente avevano ricevuto una più elaborata risposta da un uomo che avevano incontrato a un party, un avvocato che aveva connessioni politiche. "La Mafia tradizionale non esiste più, non con l'antico spirito." La conversazione a tavola girò sul politico, come sempre accade tra il primo e il secondo piatto. "Fecero un errore enorme quando attaccarono Falcone nel 1992" spiegò l'avvocato.

"Mi ricordo quando Falcone fu ucciso."

"Quando successe, la Mafia fu incalzata e snidata. Tutti i capi sono stati catturati. Ciò che resta è la mentalità mafiosa, tanti *picciotti* che si credono Al Pacino."

"Non spacciano droga?"

"Certamente spacciano e vendono armi, ma allo stesso modo in cui ciò avviene in ogni metropoli."

Se l'approccio di quest'uomo è corretto o no, la verità della loro situazione è che loro non sono mai entrati in contatto con la Mafia. Se c'è, è sicuramente invisibile.

E' ingenua, ma non stupida. Lei sospetta che la Mafia esista in forme che loro non possono neanche immaginarsi, non solamente in Sicilia, ma in tutto il mondo, con differenti nomi e attività. Kate aveva iniziato a dire "Non sono nata ieri," o "Non sono ancora vergine", invece disse "Non sono mica nata vergine."

Alla fine, quando i nuovi amici smisero di ridere, l'avvocato poté continuare.

"La Mafia che ancora esiste è la Mafia nel senso originale: se lo Stato non provvede se ne occuperanno da soli. I siciliani sono un popolo d'Onore."

"Tutto questo sembra piuttosto serio. Che cosa significa esattamente?"

"Le faccio un esempio: se lei assume un lavoratore e gli sta sul collo controllando che non gli rubi niente, sia certa che qualcosa le mancherà. Se invece gli darà la sua fiducia, come punto d'onore lui sarà onesto.

"In altre parole, si riceverà quello che ci si aspetta dalle persone."

"Esattamente; se aspetta onestà, riceverà onestà, se aspetta disonestà, riceverà disonestà."

Escono dal negozio di mobili raccomandato da Rosario senza aver comprato niente e seguitano a cercare negozi di mobili alla loro solita maniera: esplorando, perdendosi, girando tra una strada e l'altra; nel frattempo prendono altre cose di cui necessitano: una stufa elettrica, un forno a microonde, un piccolo specchio. Trovano altre costose camere barocche e arredamenti per la sala da pranzo; lampade da soffitto così elaborate che farebbero risplendere la casa di qualsiasi sceicco. Mentre stanno cercando, si fermano anche nei piccoli negozi di generi alimentari per decidere dove vogliono fare la spesa, per comprare qualcosa, per confrontare i prezzi. Poco a poco stanno conoscendo Trapani. Non si perderanno più a ogni incrocio.

Ma non hanno ancora trovato i mobili.

Dopo diversi giorni senza risultati decidono di esplorare la Palermo della senza-IKEA e sulla strada principale, in quel tratto che interrompe l'autostrada, trovano un grande negozio che vende divani. Ne comprano due per il salotto, di pelle bianca e morbida dello stesso colore della pietra bocciardata delle loro scale; puliti e freschi, facili da mantenere, come assicura la commessa. Nello stesso negozio trovano anche un divano letto che metteranno al primo piano nella camera piccola, per Elizabeth e Stephen, quando arriveranno a Pasqua. Tra dieci giorni.

Con un colpo di fortuna poi trovano un altro grande magazzino che ha tutto quello di cui necessitano: una bella testata di ottone per il letto, comodini di legno massello con il cassettone, lampade da tavolo di ottone per la camera, materassi, tutto.

Ma non trovano un commesso per aiutarli.

Il commesso è profondamente preso da una conversazione con una ragazza attraente e vestita in modo provocante. Scusandosi molte volte con lei si allontana dalla potenziale conquista e impazientemente segna cosa vogliono comprare; poi fa la somma sul calcolatore e conclude che costerà più portarli a Trapani (che dista solo un'ora) del costo totale dell'acquisto stesso. Quando si accorge che non sono completamente scoraggiati aggiunge: "E per portarli ci vogliono almeno due mesi."

A entrambi piace comprare dove le persone sono gentili, dare lavoro a chi veramente lo vuole. Lasciano quindi gli oggetti scelti, ma non ancora comprati, per permettere al commesso di tornare al suo corteggiamento.

Però hanno ancora bisogno di letti. Di cassettoni. Una tavola da pranzo. Sedie. Scrivanie. L'orologio che non hanno ancora trovato sta già ticchettando.

"Ti devo dire qualcosa." Niccolò si confida prendendole la mano nel grande parcheggio mentre si dirigono verso l'auto. Sembra inspiegabilmente serio.

"Cosa?"

"Non posso più resistere a dormire su un materasso per terra. Pensavo di esser abbastanza flessibile, che non sarebbe stato un granché, invece mi sto deprimendo. Dormire sul pavimento mi avvilisce."

"Meno male! Pensavo che mi stessi confessando un tradimento." Lui solleva le sopracciglia, è tentato di fare uno scherzo. "Non ti preoccupare." Kate assicura. "Daremo la priorità al letto."

"Andiamo a comprare un buon materasso con una base e i piedi. La spalliera si prenderà in seguito."

Tornati a Trapani, nel tratto di strada tra il cimitero e un cinema a luci rosse, in Via Madonna di Fatima, vedono alcuni materassi a una piazza sul marciapiede, appoggiati al muro. Il proprietario è in piedi sulla porta di quello che sembra più uno scantinato che un negozio. Hanno guardato da tutte le parti, perché non cercare anche qui? Informano il proprietario di cosa stanno cercando, iniziando dal materasso. Lui li guida attraverso uno stretto passaggio a una seconda stanza dove, sotto una scala, ha decine di materassi.

"Come lo volete? Materasso di ottima qualità? Media? O di quelli che dopo tre giorni mandano via gli ospiti?"

"Vorremmo un materasso matrimoniale di ottima qualità con la rete e con i piedi più alti che avete."

Lui non ha dubbi. Con qualche sforzo tira fuori un materasso bianco e celeste avvolto da una spessa plastica, poi una semplice e robusta rete. Da una scatola, contenente due diversi tipi di piedi, sceglie quelli più lunghi. "Poi?" Non gli interessa sapere che vogliono la rete più alta perché così, stando a letto, possono vedere Monte Cofano.

Gli elencano tutte le richieste della loro lista e, una a una, mostra cosa ha nel negozio. Anche lui ha molti mobili in stile barocco, molti ghirigori, ma ha anche cassettoni semplici, robusti e a buon prezzo. Una tavola da pranzo per sei persone che una volta allungata diventa per dodici, sedie belle e decorose con gli schienali alti. Una scrivania per Kate, molto carina, con intarsiato un pannello di pelle verde scuro. A loro piace così tanto che ne comprano un'altra, appena più piccola, per Niccolò.

"Quando volete che ve li portiamo?" Il proprietario del negozio non si è presentato, non ha dato la mano, non si è neanche preoccupato di accennare a un sorriso.

"Prima possibile!"

"Va bene nel primo pomeriggio?"

"Nel pomeriggio sarebbe perfetto"

"Gabriele!" grida a piena voce sulla strada. "Vieni qui a renderti utile."

Gabriele è suo figlio, un armadio di ragazzo, imponente, probabilmente ha una trentina di anni. Lui abbassa la testa piena di riccioli neri come se si aspettasse che il padre gli desse uno scappellotto. "Gabriele vi porterà la merce nel pomeriggio. Ditegli dove abitate. Dategli anche il vostro numero di telefono. Si perde sempre!"

Dopo colazione Gabriele e il fratello Pietro trasportano i mobili in casa e dispongono ogni pezzo esattamente dove deve esser messo. Pietro ha una maglietta gialla brillante, di diverse misure troppo grande, quella di Gabriele, di colore rosso brillante, è della stessa taglia, che per lui è di diverse misure troppo piccola. Ketchup e Mostarda. La madre di qualcuno ha fatto una scorta di magliette a una liquidazione.

Una volta che sono fuori dall'esigente dominio del padre sono molto carini e spensierati. Pietro è magro e biondo con occhi appena macchiati di turchese ed è tanto diverso nell'aspetto e nel carattere dal padre e dal fratello, che è scuro e con sopracciglia folte. A Niccolò viene in mente quante volte la Sicilia sia stata conquistata; dominata nei secoli passati sia dai Normanni dagli occhi blu sia dagli Arabi con occhi neri e pelle scura.

Dopo aver finito di avvitare l'ultima maniglia di ottone dello scrittoio, Gabriele timidamente dice: "Abbiamo un armadietto che starebbe molto bene nel vostro bagno."

Misurano entrambi i bagni. Mentre sta misurando Kate gli dice che vorrebbero sostituire il lavabo quadrato di plastica nel bagno al piano terra con un vero lavandino e chiede dove lo potrebbe trovare. "Se lei viene a Trapani con me, Signora, la porto da un mio cugino. Nel suo negozio potrà trovare tutto quello che le serve."

"Va bene, se non è chiedere troppo. Prendo la giacca."

"Dopo che siamo stati là, potremmo passare dal nostro negozio per vedere se le piacciono gli armadietti per i bagni."

Niccolò sembra stanco. "Se non ti dispiace, vorrei restare qui"

"Bene, cerca di riposarti."

"Lo farò, ora che ho un letto vero!"

Gabriele diventa il suo angelo custode. Aspetta pazientemente mentre lei guarda diverse dozzine di tipi di lavandini. Il proprietario del negozio indica un prezzo, poi quando arriva Gabriele lo riduce con lo sconto che concede agli idraulici. Gabriele lo mette in macchina, sempre timido, sempre pronto a scansare un eventuale impossibile scappellotto di Kate.

Lei torna a casa con un lavandino da sostituire nel bagno di sotto e con la promessa che i due armadietti per i bagni saranno consegnati prima dell'ora di cena.

Niccolò la accoglie con un sorriso smagliante. "Non vedi niente di diverso?"

Lei tocca la sua faccia. "Ti sei rasato la barba!"

"Sì, ho anche fatto la doccia, ma non è questa la novità. Guardati attorno."

Lei se ne accorge immediatamente: l'assenza di una presenza! Ha tagliato i due alberi che impedivano la vista!

"Non hai paura che Concetta e suo marito tornino per brontolarti?"

"Per dire la verità prima ho segato diversi rami per vedere se avessi potuto salvarli, ma alla fine ho superato la mia riluttanza e li ho abbattuti."

"E' incredibile. Hai aperto l'intera vista davanti alla casa."

"Vai a vedere da dentro. Guarda dalla finestra dell'ingresso."

D'improvviso da ogni finestra, dell'ingresso, della cucina, della loro camera, della cameretta degli ospiti, Cofano è così vicino che quasi lo si può toccare. E' come se tenessero una conchiglia sugli occhi e vedessero le onde mormorare, scivolando con un fruscio contro la costa.

Lo stesso pomeriggio, quando Gabriele e Pietro portano gli altri mobili, chiede a Gabriele dove possa comprare dei piani per la cucina. Lui prende le misure di quello che Kate desidera e le dice che tornando a casa si sarebbe fermato al negozio dove tagliano i piani alla misura voluta.

"Vuole anche che glieli installi?" Non è una domanda retorica, solo cortesia.

"Potrebbe?"

"Non è il mio mestiere, ma lo so fare."

Due giorni dopo Gabriele e Pietro salgono con il loro camioncino con i due ripiani di finto marmo. L'armadietto che Carmelo aveva modificato per farlo più alto diventa la base del piano che Gabriele e suo fratello stanno montando. Gabriele, avendo anticipato il problema, aveva portato con sé quattro cassetti con cui bilanciare l'altra estremità del piano.

"Come faceva a sapere cosa portare?"

"Mia madre dice che in cucina i cassetti non sono mai troppi."

Loro non avevano cassetti, e questa è la soluzione perfetta.

Pietro ha anche procurato un rotolo di materiale di finitura per le parti laterali dei ripiani. Mentre stanno finendo, chiede di usare il ferro da stiro.

"Io non ho un ferro da stiro." Risponde Kate.

Lui ritiene che lei non abbia capito. "Un ferro da stiro, quello per stirare i vestiti." Ripete, afferrandone uno immaginario e simulando il gesto di stirare. "Stia tranquilla, non glielo sciupo!"

"Mi spiace, ma non ho il ferro da stiro!"

Pietro, incredulo, prosegue con le domande. "Signora, non ha un ferro da stiro?"

Entrambi i fratelli la guardano esterrefatti come se avesse confessato un omicidio.

"Come fa a stirare i suoi vestiti?"

"Non li stiro. Li appendo con cura appena usciti dalla lavatrice e i vestiti asciugano senza pieghe."

I due fratelli ora sono identici nella loro incredulità, uniti nella simpatia nei confronti del povero marito. Il pericolo di aver sposato una straniera si è materializzato davanti ai loro occhi. Gli avvertimenti della madre si sono confermati senza alcuna ombra di dubbio. Moglie e buoi dei paesi tuoi!

Gabriele si riprende dall'espressione sbalordita per primo e conclude: "Ne prenderemo uno noi domani, quando porteremo le seggiole da giardino che avete scelto."

Mentre stavano partendo, arriva Edoardo, questa volta con sua moglie Angelica. Lei è delicata, la faccia preoccupata, i capelli fini e grigi, ma il suo atteggiamento e i movimenti sono da ragazzina. Con incertezza offre a Kate un cesto di uova. "Tenga anche il canestro, è per lei."

A Kate questa donna piace immediatamente, sente che le entra nel cuore in maniera così naturale, in modo così discreto, come la brezza del mare che increspa i suoi capelli. "Glielo ha detto Niccolò che adoro i canestri?" è emozionata e come conseguenza Angelica sembra compiaciuta con se stessa. "Grazie." ha la sensazione di essere alla presenza di un altro angelo.

Edoardo interrompe. "Metà delle uova è di anatra, l'altra metà di gallina. Non producono molto in questo periodo, a mala pena tre uova al giorno. Quando il sole inizierà a risplendere ne avremo più del necessario."

Il canestro è pieno di uova, tutte con il guscio di colore diverso e di differente grandezza. Un autentico regalo di Pasqua.

In più Edoardo ha dato loro la promessa del sole.

CAPITOLO OTTO

Quando il 17 marzo arrivano Elizabeth ed Electra, la casa è completamente arredata. Non essendo state qui per vederne la trasformazione da vuota a funzionante, danno tutto per scontato. Non apprezzano neanche quanto è calda. Non si lamentano del freddo, ma tengono le felpe con il bavero alzato e allacciato fino al mento. Electra, che era stata presente quando avevano trovato la casa, è stupita dalla trasformazione, mentre Elizabeth, che la vede per la prima volta, è sorpresa da quanto sia grande la *piccola* casa. E' soprattutto affascinata dalla vista. "Le palme trasformano questo panorama proprio in una cartolina!"

"Vieni Lizzy" dice Electra prendendo la sua valigia e quella della sorella. "Ti faccio vedere dov'è la tua camera"

"Non la dovevo scegliere io?"

"No. Sono arrivata per prima io e l'ho scelta. Non ti preoccupare, ti ho lasciato la migliore!"

Sorelle riappacificate.

Ci sono cose ancora da fare, è logico; per esempio non hanno una libreria e i libri che hanno portato da Firenze sono ancora nelle scatole. Electra non ha un comodino, deve mettere i libri per terra ed alzarsi a spengere la luce quando va a dormire. Niccolò e Kate sono fieri dei progressi fatti. Hanno siliconato i vetri e, nonostante questi ancora vibrino, il rumore è attutito e ora assomiglia più a un campanellino per bambini che a un rantolo di morte.

Electra si è impossessata del seminterrato. Avevano messo i due materassi singoli, quelli che erano venuti da Firenze, sulle reti che avevano comprato a Trapani; uno da ogni lato dell'alcova con un cassettone in mezzo sotto la finestra. I copriletto a fiori rosa e bianchi recuperati dalla cantina a Firenze sono di Laura Ashley; erano perfetti quando le figlie erano bambine, ma erano stati messi via all'inizio della loro adolescenza. Kate ha coperto con essi i letti nell'alcova di Electra rovesciandoli così che ora sono bianchi con solo un bordo rosa. Con sorpresa e commozione aveva poi notato che Electra li aveva girati di nuovo dal lato della loro infanzia.

Il desiderio di tenersi stretta la sua infanzia, nonostante abbia vent'anni, si dimostra anche con la sua richiesta di un dolce per il suo compleanno anche se lo aveva già festeggiato la settimana prima in Olanda. Sceglie un dolce al cioccolato: a Firenze sarebbe stato uno dei dolci più facili da fare ma a Erice significa partire da zero.

Da zero perché per lei significa andare a comprare la teglia per il dolce, la carta e il termometro da forno, un timer, vaniglia, lievito, bicarbonato, cioccolato, cacao, tutto un lungo elenco. Per dire la verità, l'unica cosa che ha sono le uova!

Il dolce per il compleanno è più un simbolo dell'attenzione della madre che il piacere della pietanza in se stesso. Per coprire le mancanze Kate fonde la cioccolata amara con un po' di burro e zucchero a velo che serve a creare una glassa per mascherare i difetti. Poi compra, come ulteriore inganno, lo squisito gelato siciliano di tante varietà di sapori. Accendono venti candeline, intonano il canto del rituale augurio di compleanno, un verso in italiano e un verso in inglese. Niccolò filma la cerimonia del taglio della torta come ha fatto a ogni compleanno delle figlie, ma quest'anno nessuno protesta per fargli fretta. Non hanno da temere che il gelato si sciolga durante il primo compleanno celebrato nella loro casa nuova e fredda.

"Regali?" Electra chiede, dopo aver notato l'assenza di pacchetti sulla tavola.

Kate le passa una busta. "Questo dal tuo papà e da me."

Dentro la busta c'è un cartoncino sul quale ci sono dieci cavalli mal disegnati, tagliati e collegati insieme a fisarmonica. "Ci siamo iscritte a una scuola di disegno? Madre-figlia tempo assieme?"

"Per niente!"

"Abbiamo trovato un maneggio a Trapani," Niccolò spiega. "Il tuo regalo sono dieci lezioni!"

Electra fa un salto di gioia e dà un bacio al padre, poi bacia la madre. "Non potevate farmi un regalo più gradito!" Ha iniziato, per sua scelta, a montare a cavallo un paio d'anni fa. Sembra che per esser felice in qualsiasi città debba vivere le basti la presenza di un buon maneggio. "Non vedo l'ora di incontrare l'istruttore e di iniziare le lezioni."

"E il mio regalo per te," Elizabeth inizia.

"Non un iPod riciclato, voglio sperare!"

"Ehi! Quello era un bel regalo," dice Elizabeth. Poi si volta verso i genitori per conferma. "Lo era, vero?"

"Sì, era bello."

Una volta che si erano abituati all'idea.

Per Natale, l'anno scorso, Niccolò aprì un regalo di Elizabeth che conteneva un iPod ben conosciuto. Electra la prese in giro 'Così ora ricicliamo anche i regali per Natale?' Il commento provocò una risata, ma non giustificò perché l'iPod, che loro avevano regalato a Elizabeth quattro anni prima quando fu promossa agli esami del liceo, ora tornasse da loro come regalo di Natale. Lei spiegò: 'Stephen mi ha regalato il nuovo modello per il mio compleanno.' Lo avevano visto, era sottile come una carta di credito. 'E io desidererei che voi provaste tutta la gioia che questo iPod mi ha dato.' Loro sorrisero e la ringraziarono, ma Kate ebbe dei dubbi. Lei non poteva immaginare se stessa, o Niccolò, a camminare per strada con gli auricolari nelle orecchie. Qualcuno dei loro amici non può fare a meno dell'iPod, ma lei non ne è mai stata affascinata.

Il regalo iniziò ad avere senso quando Elizabeth, qualche giorno dopo Natale, radunò tutti i CD di famiglia e li caricò sul computer di Niccolò per poi scaricarli nel loro "nuovo" iPod. Questo lavoro le richiese qualche giorno ed eseguendolo fece intravedere come Elizabeth dovesse essere mentre studiava: a testa bassa, molto concentrata, per niente distratta dalle conversazioni che volteggiavano nella stanza. Il risultato è un album della storia musicale della loro famiglia che rievoca i tragitti tra la scuola e casa con i soliti favoriti italiani: Lucio Battisti, Vasco Rossi, Eros Ramazzotti. Una versione di Rod Stewart in smoking, che canta Cole Porter e altri americani preferiti furono acquistati dopo che le ragazze andarono via e Niccolò e Kate poterono finalmente ballare, senza dover esser presi in giro dalle figlie, al suono di una musica dolce e sentimentale mentre preparavano la cena; "A case of You" di Joni Mitchell che la paralizza con la sua musica qualsiasi cosa stia facendo. Non descrive la sua attuale situazione, per fortuna, ma le ricorda il deserto che ha attraversato per arrivare qui; canzoni napoletane di inizio secolo, emigranti legati dalla nostalgia per Santa Lucia, per il loro sole, la loro terra madre, voci che comunicano il tormento con il quale convivevano lontani dalla loro casa.

Grazie a Elizabeth questa musica di famiglia è ora facilmente accessibile e sembra che siano ancora tutti a casa a far suonare le canzoni preferite.

"Il mio regalo, Electra, è un fine settimana completamente spesato, con me a Londra, quando vuoi, durante il tuo ventesimo anno."

"Sarà bellissimo!" Lei abbraccia la sorella.

"Ed il regalo di Stephen," aggiunge Elizabeth, "è che lui starà da solo a casa così che noi possiamo passare un weekend da sole."

"Favoloso!"

"Stavo scherzando, Stephen ti darà il regalo quando arriverà qui."

"Il miglior compleanno della mia vita!" Dice Electra in modo convincente affondando il suo dito nella glassa del cioccolato rimasta alla base della torta.

Presto si accorgono che, quando arriverà Stephen, tenere Elizabeth al piano di sopra nella camera piccola non sarà possibile. La camera di Niccolò e Kate ha un muro interno che la divide dalle scale, ma l'altra camera ha il suo muro interno che la divide dal bagno. Ogni movimento di acqua è udibile come se la porta fosse aperta. A loro Stephen piace immensamente. Sono felici di averlo come ospite, ma a nessuno di loro piace questo tipo di intimità.

Electra è una ragazza che aiuta a trovare le soluzioni e qualche giorno prima che arrivi Stephen si trasferisce nella cameretta al piano superiore. Elizabeth e Niccolò spostano i due letti singoli e li mettono nella parte larga del seminterrato mettendo una sedia da entrambi i lati del letto per improvvisare due comodini. Dovranno usare il bagno vicino alla cucina, al piano superiore, ma in questo modo avranno un po' di privacy.

"Se trasformassimo il garage in una camera per gli ospiti?" Kate suggerisce una mattina durante la piccola colazione sulla terrazza.

"Mettendo una grande porta finestra all'interno della saracinesca?" Niccolò continua come se anche lui stesse considerando la stessa idea. "Potremmo tirarla giù quando andiamo via e tenerla sollevata quando abbiamo ospiti."

"Non sarebbe impegnativo."

Si erano simultaneamente alzati da tavola e, seguiti da Elizabeth ed Electra, erano scesi per la ripida stradina che termina al garage. Niccolò tira su la saracinesca. Studia se è possibile installare la porta finestra all'interno, poi osserva attorno per vedere chi potrebbe guardare dentro. "C'è abbastanza privacy."

"A parte le capre!" aggiunge Electra ridendo.

"Occorre solamente fare in modo che nessuno circoli da questa parte quando la stanza è utilizzata" consiglia Elizabeth spostando la frangia dei capelli dietro l'orecchio.

La prima sensazione che dà Elizabeth è di grazia e simpatia. Ha imparato a superare la timidezza dell'infanzia che poteva esser scambiata per freddezza; adesso le persone sono scaldate dal suo carattere solare. E' piacevole e accomodante; anche la sua postura si china in modo da non sovrastare le persone con cui sta parlando. Se si osserva Elizabeth quando non è al centro dell'attenzione, quando è davanti ai suoi libri o al computer o assiste a una lezione, quando non deve essere socialmente accomodante, la sua grazia si trasforma in una vera bellezza.

Kate è stata accusata dalle figlie di essere di parte, di perdere l'oggettività del fotografo quando le valuta, ma anche se le ama, non è cieca. E' vero, se devono esser giudicate secondo gli standard delle ragazze delle copertine dei rotocalchi, la mancanza di make-up così come la loro schiettezza le farebbe escludere immediatamente. A guardare il profilo di Elizabeth, quando la sua attenzione è rivolta altrove, si può scorgere una indiscutibile bellezza classica: una statua greca, una delle dee più importanti tornata in vita; il marmo illuminato da dentro brilla. La linea dritta, nobile, del suo naso si congiunge a una fronte liscia che esprime saggezza. Mettetela in movimento e guardate come cammina, c'è da giurare che i suoi piedi quasi non tocchino il suolo; i suoi movimenti sono così leggeri e aggraziati che sembra venire da un altro mondo. Osservate dentro la scura liquidità dei suoi occhi e troverete voi stessi a fissare la profondità dell'infinito. Ma non fatevi accorgere che la state osservando, altrimenti lei si troverà in imbarazzo: un sorriso apparirà sul suo volto e lei tornerà semplicemente carina.

"Occorrerà comprare un letto matrimoniale, altri due comodini e un altro cassettone." Kate calcola.

"Il pavimento deve essere lucidato, le pareti imbiancate." Niccolò aggiunge.

"Così avremo una camera in più."

"E tu potrai riprendere la tua camera, Electra."

"Ma dalla mia camera potrò sentirvi." Protesta Electra. Lei è l'unica a non esser convinta.

"Che ne dici se installiamo una seconda porta?" suggerisce Kate. "C'è almeno mezzo metro tra le due porte. Potremmo addirittura metterci in mezzo un palo orizzontale per attaccare gli appendiabiti. Una specie di armadio dove i vestiti attenuano i rumori. Che ne dici?"

"Vedrai Electra, sarà perfetto," la rassicura Elizabeth. "Pensate che si riesca a finire prima che arrivi Stephen?"

"Si può tentare. Forse non riusciremo ad avere la porta a vetri e l'imbiancatura completata, ma a improvvisare una camera direi che ce la faremo." dice Niccolò.

"Sarà la camera di Elizabeth?" Electra vuole sapere.

"Chiamiamola la camera degli ospiti. Elizabeth la userà quando è qui con Stephen. Sarà utile per i nostri amici quando ci verranno a trovare. Ed anche tu la potrai usare quando avrai il tuo ragazzo."

"Se." Electra borbotta.

"Quando." sottolinea Kate tirandola vicina a sé per un abbraccio.

Con la trasformazione del garage Niccolò e Kate hanno ripristinato la loro privacy. La piccola stanza vicino al bagno diventa lo studio di Niccolò. Tutti gli ospiti sono confinati nel seminterrato.

L'ingresso ora è diventato lo studio di Kate. I tempi della camera oscura sono stati oramai sostituiti dalla tecnologia delle immagini digitali. Lei ha solamente bisogno di uno spazio ordinato per concentrarsi e non lascia sulla scrivania pile di carte o di oggetti come fa di solito Niccolò. Lui ha bisogno di vedere le carte perché gli rammentano le cose da fare. Se mette i fogli dentro un cassetto è perso. Lei tiene a disposizione il suo cassetto centrale per il lavoro da fare e si ricorda periodicamente di controllare. Le uniche cose che tiene sopra la scrivania sono il suo computer, la Hassemblad e un calendario sul quale scrive gli appuntamenti. La sua scrivania è la prima cosa che si vede quando si entra in casa e il fatto che sia così vicina alla porta d'ingresso fa si che ogni volta che Kate sente il bisogno di sgranchirsi le gambe o rilassare la mente è vicina al suo giardino.

Passa i giorni tra la sua macchina fotografica, il computer, le piante del giardino e la vista del mare, in compagnia delle tre persone che lei ama di più al mondo. Se poi fa un po' freddo, poco le importa!

Ci vuole sempre un po' di tempo a riabituarsi quando le figlie tornano di nuovo a casa.

Non dipende da loro, dipende dal fatto che le dinamiche cambiano quando quattro persone invece di due occupano lo stesso spazio. Quattro personalità, quattro opinioni che danno luogo a sedici possibili risposte, a sedici reazioni diverse. Kate deve adattarsi ad essere una diversa versione di se stessa quando è nel ruolo di madre. E' se stessa quando è sola. Quando è la moglie di Niccolò è abbastanza simile, solo più socievole, più ciarliera.

Anche il ruolo di madre è cambiato col passare degli anni. E' partito da zero, ha acquistato esperienza e sicurezza ogni volta che, al crescere delle loro figlie e al manifestarsi delle loro necessità, scopriva cosa funzionasse e cosa no.

Certamente la madre che era stata con le figlie piccole non è la stessa madre delle ragazze quasi adulte che tornano a casa. Il nuovo ruolo non lascia molto spazio ai suggerimenti. Deve sempre rammentarsi che quando sono fuori di casa sono responsabili della loro vita e si prendono cura di se stesse. Lei e Niccolò sono disponibili ad aiutarle, è ovvio; un consiglio è dato solo se è richiesto e qualche volta anche se non è richiesto quando i genitori pensano sia necessario. Quando erano piccole, le indirizzava ogni giorno, le aiutava in ogni piccolo problema. Nessuna delle due gradisce questo trattamento, anche se le vecchie abitudini sono difficili da abbandonare. Ci vuole un minuto per rendersi conto che Elizabeth ed Electra sanno già tutto quello che Kate può insegnare loro.

Allora perché sono sempre a chiederle le ricette di cucina?

La presenza di Stephen, tre giorni prima di Pasqua, arricchisce e complica ancora più le loro riunioni. Né Kate né Niccolò sarebbero a loro agio a scendere in pigiama per la piccola colazione; ma in qualche modo tutti si stanno abituando ad avere una quinta persona in casa. Con la sesta sarà ancora più facile, lei s'immagina.

O no? Stephen ha già chiarito che non gli farà piacere dividere l'attenzione di Niccolò con il futuro boyfriend di Electra.

"Se." Electra ripete.

Ormai è questione di giorni.

Rosario, il mediatore, passa da loro il Venerdì Santo proprio prima di cena. Erano appena rientrati dall'aver assistito alla processione dei Misteri a Trapani. Anche se il suo ruolo di mediatore era esaurito, lui continua ad assisterli per esser sicuro che tutto proceda bene.

Spesso Kate è grata per il continuo interesse di Rosario, qualche volta, come in quest'occasione, avrebbe preferito che lui avesse telefonato prima.

"Vi siete divertiti alla processione?" chiede Rosario.

"Forse *divertiti* è la parola sbagliata, l'abbiamo trovata molto toccante." Erano sfiniti sia fisicamente sia emotivamente. Deve ancora pensare a cosa fare da mangiare e poiché ci sono Stephen e le ragazze deve preparare qualcosa di più di un semplice piatto di pasta.

E' il Venerdì Santo. Vogliono mangiare qualcosa di molto leggero.

Rosario guarda l'orologio. "Siete tornati presto."

"Abbiamo seguito la processione per—" anche Niccolò guarda l'orologio. Sono quasi le otto. "—cinque ore."

"E' stato emozionante, molto stancante!" Kate spera che abbia capito il suggerimento.

"Non se pensate che i *massari*, ossia quelli che portano le statue, continuano a trasportare per tutta la città le pesanti sculture a grandezza naturale per ventiquattro ore, tutta la notte e tutta la mattina seguente. E' un'esperienza non da poco! La folla ai lati della strada si appassiona sempre più man mano che loro percorrono le venti Stazioni della Via Crucis. Domani pomeriggio, al rientro della Madonna nella chiesa del Purgatorio, tutti saranno con le lacrime agli occhi."

Se lo può immaginare benissimo. Anche lei stava per piangere nonostante siano stati presenti solo a un quinto della processione. La musica stessa, un suono cupo, pauroso, ripetitivo, le è entrata nelle ossa e si è saldata con l'oscillare della veste scura dei portatori dal cappuccio nero. Vuole aspettare un giorno o due prima di mettere in ordine le foto che ha fatto oggi, ma lei è certa di aver catturato il vero spirito della processione. E' la prima volta dopo tanti anni che ha fotografato di nuovo le persone. La memoria della sua macchina fotografica è ricca di dettagli: il dolore dell'umanità, la gioia, la felicità e la disperazione. Un assortimento di emozioni non ammissibile nel delicato romanticismo messo a fuoco nelle sue famose fotografie; anche se il tema—Madre e Figlio—è identico.

"Ripetono questa processione tutti gli anni?" chiede Stephen in inglese, i suoi occhi di color marrone scuro diventati più torbidi con domande troppo complicate da esprimere. Stephen era il più impressionato dalla processione forse perché la sua educazione era quella più anglosassone di tutti, la meno cattolica.

Elizabeth ha tradotto e Rosario risponde. "Sono per lo meno quattrocento anni che seguitano a farla come l'avete vista oggi."

"Sempre uguale?" Electra lo mette alla prova. "Le statue sembrano del settecento, al massimo del milleottocento."

"A parte le composizioni di fiori alla base delle statue e altri minimi dettagli è esattamente la stessa di come è sempre stata."

"Rosario, vado a preparare la cena, vuole restare con noi?"

"No, no, Franca mi sta aspettando, *effettivamente*, a minuti. Mi sono fermato per portarvi la specialità di Erice per Pasqua." Consegna un pacchetto che teneva in mano ben incartato e legato con un bel nastro. Dentro, un agnello di marzapane così grande e verosimile con i suoi riccioli di glacé bianco che poteva essere confuso con un vero agnellino, il più giovane della cucciolata.

Tutti ringraziano con entusiasmo e gratitudine. Kate nota che Stephen si avvicina a Elizabeth e con la fronte quasi la sfiora. La sua invidiabile carnagione scura e i suoi capelli neri sono in un contrasto paradossale con la pelle color crema e i capelli chiari di Elizabeth, come se lui fosse l'italiano e lei l'inglese. Lui, in inglese, le sussurra: "Cosa esattamente dobbiamo fare con questo?"

"Penso che lo dovremo mangiare" lei risponde a bassa voce toccandogli con la mano il braccio.

Infatti, la mattina di Pasqua si preparano per il sacrificio.

Da dove iniziare? Sembra disumano tagliargli la coda, peggio ancora troncargli la testa. Con il coltello posizionato sopra l'innocente bestiola Electra suggerisce: "Tagliamolo nella parte centrale. Ognuno ne prenderà una fetta e poi ricongiungeremo le due estremità."

L'agnello è così dolce che tutti hanno difficoltà a finire la porzione di marzapane nel piatto. A questa velocità continueranno a mangiarlo fino alla Pasqua successiva.

Kate deve prendere qualcosa di consistente per il breakfast o sviene prima di colazione. Stephen evidentemente ha la stessa idea. "Posso tagliare del pane?"

Così trovano la soluzione per mangiare l'agnello, un piccolo pezzo di marzapane sul pane al posto della marmellata. Ogni volta che Kate attraversa la cucina trova qualcuno della famiglia che sta rubacchiando un pezzo della pancia dell'agnello.

Quando le figlie sono a casa, c'è più rumore ed anche tanti piatti in più da lavare. Kate passa molto più tempo in cucina; i pasti sono più elaborati e il tempo passato a tavola è la parte maggiore della loro giornata. A volte capita di togliere i piatti della piccola colazione poco prima di apparecchiare la tavola per il pranzo, oppure sparecchiare e dopo poco mettere i piatti per la cena. Sembra che non facciano altro che mangiare.

Mangiare è solo una scusa per interrompere le attività quotidiane e riunirsi; sedersi uno davanti all'altro serve per rendersi conto delle trasformazioni che sono avvenute durante il tempo in cui sono stati separati.

Quando Elizabeth ed Electra iniziano a prendersi in giro si può vedere il ripetersi della solita dinamica familiare. Le loro frecciate sono note e divertenti, le punte delle frecce non sono avvelenate perché sono state immerse nell'affetto. Anche le accuse a Niccolò e Kate come genitori sono tenere e consuete: "Io ancora non posso credere che vi siete dimenticati di riprendermi da scuola! Ve lo siete dimenticati, ammettetelo." L'indignazione di Electra è così palpabile come se fosse appena successo; era avvenuto più di dieci anni fa. "Come avete potuto dimenticarvi di vostra figlia?"

"Secondogenita." Elizabeth le ricorda. "Loro si sono ricordati di me. Io sono quella che conta. Non dimenticartelo mai, secondogenita!"

A questo proposito a Kate è venuto in mente un ricordo infelice: la volta che suo padre non andò a prenderla per passare insieme due settimane di vacanze estive come concordato. Leslie e Stuart, la sorella maggiore e il fratello minore erano già con lui, Annette, la più grande delle sorelle pensava di esser troppo adulta per passare ancora le sue vacanze con il padre. A lei non importava andare per ultima o da sola perché lui le aveva permesso di portare un'amica.

Quando era già passata l'ora in cui il padre doveva arrivare, la sua amica Joanie chiamò per sapere quando sarebbero venuti a prenderla. "Ho il tempo per lavarmi i capelli?" chiese.

Quattro decadi prima dell'invenzione dei telefoni cellulari non aveva modo di rintracciare il padre. Era molto imbarazzata di non avere informazioni più precise.

"Lavati i capelli," disse a Joanie. "Ti chiamo appena arriva mio padre."

Tre giorni dopo—settantadue ore di attesa e dopo una dozzina di telefonate sconcertate di Joanie—suo padre chiamò. "Mi spiace amore, ma non potrò portarti in vacanza quest'anno."

"Oh, va bene," lei mentì, sembrando di non essere dispiaciuta e chiudendo la conversazione prima che la sua voce potesse tradirla.

Senza chiedere né ottenere spiegazioni.

Guarda le figlie, sente il divertimento nelle loro voci e avverte che il ricordo allenta la presa. Col passare del tempo finalmente ha perdonato al padre tutte queste mancanze. Non era un uomo cattivo, non era duro, non ha maltrattato le figlie o non ha dato loro da mangiare, ma semplicemente non era preparato per essere padre e lei ha sofferto molto questa mancanza di esperienza. Se lo avesse conosciuto oggi, avrebbe notato un uomo che non era in pace con se stesso. Prova dispiacere per lui quasi come per quella bambina che riteneva che tutte le cose sbagliate che il padre faceva fossero colpa sua. E' vero, si era dimenticata una volta di andare a riprendere Electra da scuola, uno dei numerosi errori durante la fanciullezza della figlia, ma è sicura che Electra non ha mai pensato che fosse per colpa sua.

Guarda Niccolò che si diverte con le stupidaggini delle figlie, così orgoglioso di loro come se stessero risolvendo i problemi del mondo; grazie a Dio le figlie hanno un padre su cui contare. Certamente durante la vita avranno problemi da affrontare, come tutti, ma lui ha costruito una base di amore e di affetto che permetterà loro di andare avanti con sicurezza. Essendo un buon padre e un marito costante e affettuoso, avendo costruito per loro una vita basata su fiducia e onestà, lui l'ha aiutata a guarire le vecchie ferite. Il tremendo peso del passato nel suo cuore ha quasi completamente cessato di pesarle.

Sedersi tutti insieme a tavola è un modo di festeggiare la vita che hanno costruito insieme, raccogliere la ricompensa di tutti gli anni di lavoro a tempo pieno che hanno richiesto pazienza e perseveranza, insieme a comprensione e flessibilità.

Kate non le vorrebbe diverse dalle persone che stanno diventando, anche se le piacerebbe che si ricordassero di chiedere la brocca dell'acqua invece di sporgersi sulla tavola per prenderla.

Nel pomeriggio di Pasquetta arriva Edoardo per una breve visita con il figlio che presenta a Kate e Niccolò. Matteo ha venticinque anni ed è un ragazzo agile, di bell'aspetto, che assomiglia abbastanza al padre tanto da far intuire che anche Edoardo una volta, come aveva raccontato Rosario, era un bel giovane prima dell'incidente che gli aveva provocato la contrazione del braccio e la curvatura della spina dorsale.

"Io ti riconosco!" dice Kate.

Matteo è meravigliato. "Mi riconosce? E' sicura?"

"Ti ho visto alla processione dei Misteri del Venerdì Santo. Eri insieme ai massari che portavano la Madonna."

"Lei si ricorda di me tra migliaia di persone che erano a Trapani?"

"Certo!"

"Mia moglie ha un hard disk di 500 KB al posto della memoria. Non perde né dimentica niente."

"Mi dimentico tante cose anch'io," dice Kate, "è che lui se le scorda!"

Edoardo scoppia in una risata. Gli piace quando lei prende in giro suo marito.

"Ti ho notato perché sembravi triste come la Madonna che portavi." Lei ha sicuramente preso almeno una dozzina di primi piani di lui. "Mi chiedevo se eri veramente triste o stavi recitando una parte."

"Probabilmente era stanco!" Edoardo risponde al posto del figlio.

Matteo la guarda per vedere se è soddisfatta dalla risposta del padre o se vuole maggiori dettagli. Kate fa cenno di parlare. "Sotto il peso di quelle statue, muoversi con gli altri massari tutti insieme, all'unisono come un corpo solo, non è possibile rimanere distaccati dall'esperienza traumatizzante di Cristo. Mi sembrava proprio di trasportare la madre di Gesù per le strade di Gerusalemme."

Niccolò e Kate si danno un'occhiata. A Gerusalemme avevano percorso la strada delle stazioni della Via Crucis, ma per loro era stata una delusione, un'esperienza vuota, come se Cristo sofferente fosse stato messo in vendita dai tanti mercanti sui banchetti allineati lungo tutta la strada. Avevano trovato più caos che armonia: il messaggio della risurrezione era evaporato nel caldo di una città super affollata e disordinata.

"Il vero messaggio del Venerdì Santo non può non essere avvertito." Matteo fa una pausa. "La Madonna è senza dubbio la più addolorata di tutti per questa perdita. Cristo risorge, lui trionfa, c'è il miracolo della vita dopo la morte, ma non cambia il fatto che Maria ha perso suo figlio. Lei è il vero oggetto del nostro dolore."

Diventa rosso, ha detto più di quanto avrebbe voluto.

"E' un evento estenuante." Aggiunge Niccolò. "La musica era ossessionante."

"La musica certamente rispecchia uno stato d'animo tetro e luttuoso."

"Sono contento che Matteo abbia fatto buona impressione." aggiunge Edoardo. "Ha dormito per ventiquattro ore. Stamani a mezzogiorno lo abbiamo dovuto far risuscitare con un espresso doppio."

"Come lei ha detto, signore, è un evento estenuante."

"Per favore diamoci del tu."

Matteo osserva l'agnellino di marzapane sezionato sulla tavola da pranzo, ora è una creatura assurda composta di testa, sedere e coda.

"E' un buon metodo."

"Conosci questa specialità di Pasqua?"

Edoardo ride. "E' uno di quei regali che hai paura di ricevere più di una volta l'anno."

"Un po' come il panettone che è servito per tradizione a Natale come dessert. I professionisti ne ricevono dozzine dai clienti o dai pazienti e li riciclano ai parenti e agli amici."

"Esatto."

Matteo studia l'agnellino. "Nella nostra famiglia tiriamo fuori il marzapane dalla parte posteriore."

"Lasciando il guscio?"

"Sì."

"Il prossimo anno proveremo la tecnica dello svuotamento."

"Funziona benissimo, fino alla fine quando crolla tutto."

"Mi spiace che non abbiate incontrato Elizabeth ed Electra. Sono andate al mare con Stephen."

"Con questo freddo? E' tedesco?"

"No, inglese." Alla fine lei capisce la battuta. I tedeschi sono gli unici turisti che sono capaci di fare il bagno in Sicilia in tutte le stagioni. "Pensavano che avrebbero trovato un po' di sole a Bonagia."

"Forse." Edoardo non ne sembra certo.

"Se non sono troppo stanchi—" Matteo inizia.

"O troppo congelati—" Edoardo interrompe e racconta una lunga e complessa storia di due turisti che erano sbarcati a Favignana all'inizio dell'Ottocento.

Matteo fa un passo indietro, lascia che il padre finisca di raccontare la storia che evidentemente già conosceva, poi ritorna al punto. "Se non sono troppo stanchi, mio fratello ed io potremmo portarli fuori per un drink dopo cena, fargli vedere un po' di Trapani."

Di nuovo Edoardo interrompe il figlio con un'altra storiella che è un po' collegata. Kate inizia a sospettare che Edoardo lo stia interrompendo intenzionalmente per vedere come reagisce. Tutte le volte Matteo indietreggia. Non gradisce, ma non protesta. Rispetta suo padre anche quando fa qualcosa di sbagliato. La stima in se stesso non è messa in discussione. Edoardo, d'altro canto, è chiaramente orgoglioso di mostrare che suo figlio rispetta la sua autorità. Lei sospetta che questo è un duetto che loro hanno cantato con diverse gradazioni di eufonia per tutta la vita.

"Matteo, grazie per l'invito. Ti farò telefonare da Elizabeth o da Electra appena torneranno dal mare."

"Vi siete divertiti ieri notte con Matteo?"

"Sì!" Elizabeth sta versando dei cereali in una scodella. Ha un'intolleranza al latte per cui li mangia asciutti e questo fa sempre venire in mente a Kate un criceto. "E' così dolce e divertente."

"Anche Sergio, che è suo fratello, è molto carino." Electra sta spalmando dei pezzi dell'agnellino di marzapane su di un toast, facendo attenzione che tutti gli angoli ne siano ricoperti. "E come si chiamava quel ragazzo che studia a Bologna?"

"Non me lo ricordo, ma anche lui era molto gentile."

"Nessuno può capire perché Electra tornerà a studiare in Olanda se studia economia a Roma."

"Hai provato a spiegarglielo?" Kate chiede a Electra.

Elizabeth risponde tra una cucchiaiata di cereali e l'altra. "Ho detto che il corso dell'università di Electra è così difficile da capire come lo è Electra stessa."

"Ehi, questo non è giusto. E' semplice. Sto studiando Economics and Business a Roma alla Luiss che prevede un anno in Olanda all'Università di Utrecht. E' tanto difficile?"

"Quasi tutti erano capaci di seguirti fin qui." Elizabeth ammette. "Quando ho iniziato a spiegare che questo non è il normale programma di Economia, ma un programma sperimentale in inglese solo per una manciata di studenti—"

"Trenta."

"Non importa."

"Avevamo tutti bevuto qualche drink a quel punto." Stephen aggiunge mentre spalma un quasi invisibile strato di agnello di marzapane su una fetta di pane.

"—e che non era un programma Erasmus in Olanda, a quel punto non hanno capito più niente."

"Non è complicato per chi è abituato alle novità, ma per gli italiani è troppo insolito perché sia comprensibile."

"Comunque ci siamo divertiti tantissimo. La ragazza di Matteo è veramente bella! Non ti ricorda Angelina Jolie?"

Elizabeth annuisce, la sua bocca è piena di cereali.

"Matteo ha una ragazza?" Chiede Kate.

"Sì ed è molto sexy!"

"Chi è sexy?" Niccolò è appena entrato nella stanza. Ha in mano un cappuccino per Electra e uno per Stephen e cammina con cautela per non versarli.

"La ragazza di Matteo."

"E tu, Stephen, ti sei divertito?"

Stephen prende il suo cappuccino con riconoscenza. Lui è sempre silenzioso, ma la mattina appena svegliato lo è ancora di più. *"Yes, we had a lovely time."* "Sì, siamo stati molto bene."

"*Lovely!*" Electra gli fa il verso.

Stephen brontola qualcosa dentro il suo cappuccino. Non gli piace di esser preso in giro dalla sorella della sua ragazza. Per dire la verità non gli piace farsi prendere in giro da nessuno.

Elizabeth non gli dà molto peso. "Sì, era assolutamente piacevole." Conferma. Poi sorride a Stephen e lui s'illumina; il momento è passato.

Electra chiede a Stephen: "Sto cercando di farmi notare da Figaro, ma lui è seduto ai tuoi piedi da quando sei arrivato a fare colazione. Gli stai dando qualcosa da mangiare?"

Stephen ride.

Anche Elizabeth ride. "Ti ricordi l'olio che ci hai dato ieri sera per il piede di Stephen?" Aveva una vescica su un piede causata dalle scarpe nuove e Kate, che non aveva vitamina E, gli ha dato una capsula di olio di pesce Omega-3 di Niccolò. Stephen così ha unto la vescica. Elizabeth continua: "Mi sono svegliata nella notte e ho sentito che Stephen ridacchiava."

"Figaro era in fondo al letto occupatissimo a leccarmi le dita."

"Omega-3. Olio di pesce."

"Credo che ti sia fatto un amico per la vita."

"Purtroppo soffro il solletico."

"Ah, mi dimenticavo. Matteo e Sergio ci portano fuori anche stasera," Electra aggiunge. "Sergio deve partire questo fine settimana per prestare servizio in Libano—è un militare. Matteo sta organizzando una festa d'addio. Ci vengono a prendere non appena torno da cavallo."

"Non è da credere, abbiamo già un gruppo di amici in Sicilia e siamo arrivati solamente da? Una settimana?"

"Otto giorni."

"E anche non posso credere che devo tornare all'università domani l'altro." Dice Elizabeth. Stephen fa un gemito. Electra lo imita. "Il sole finalmente risplende. E' caldo! Non si potrebbe restare qui? Potreste mantenere tre universitari dimissionari?"

"Certamente, ma alla condizione che trasportiate il concime per il giardino, guidiate il trattore durante la raccolta, imbottigliate, mettiate le etichette e confezioniate gli ordini, cuciniate e puliate la casa e, in più facciate tutte le altre cose noiose che ci sono da fare."

"Se posso parlare per me stesso," Stephen aggiunge. "Preferirei completare la Facoltà di Medicina."

"Ci credo, tu sei così vicino alla fine. Sarai laureato l'anno prossimo in questo periodo."

"Prossimo anno e qualche mese. E' stata una lunga tirata."

Elizabeth aveva iniziato la Facoltà di Medicina a diciotto anni, infatti, come studente europeo, ha iniziato subito dopo il liceo, invece Stephen si era laureato in Biochimica prima di iscriversi a Medicina. Ora è un anno solamente avanti a Elizabeth nei cinque anni del corso di Medicina, ma ha cinque anni più di lei.

"Il prossimo agosto starà lavorando nell'ospedale." Elizabeth esclama con orgoglio.

"Ripetimelo," Electra interrompe, "nessuna vacanza in Inghilterra la prossima estate?"

Ci vuole sempre un po' di tempo ad abituarsi quando le figlie *lasciano la casa* di nuovo. Questa diventa silenziosa. Figaro gira di stanza in stanza in cerca delle tracce di attenzione da cui cercava di scappare quando Elizabeth ed Electra erano a casa. Clover porta a loro non una, ma due palle. Dal suo computer, nell'ingresso, lei manda un messaggio a Niccolò, che è al piano di sopra, alla sua scrivania: "Grazie per avermi aiutato in giardino stamani. Lo so che non è la tua passione, ma ho apprezzato le tue braccia forti e la tua buona volontà. Spero che ti piacerà il risultato."

Quando torna alla sua scrivania, dopo aver preparato una tazza di thè, trova il messaggio di risposta: "Grazie a te che mi hai fatto vedere il sole in una giornata di pioggia!"

Lavare la biancheria riempie lo spazio vuoto lasciato dall'assenza delle figlie e, nel tempo che le lenzuola e gli asciugamani sono piegati e messi via, pronti per la prossima visita, entrambi hanno recuperato il loro solitario equilibrio. Hanno anche smesso di inviarsi messaggi.

Una volta arredata la casa e risolta la maggior parte dei problemi, iniziano a comprendere l'essenza di quello che questa casa significa per loro. Non si riferisce ai mobili o al cibo e neanche alle piante del giardino. E' qualcosa di più fondamentale, come avere la possibilità di sentire di nuovo i loro pensieri. E' qualcosa che concerne l'essere quelli che loro scoprono di essere, piuttosto che quelli che sono stati, in passato, tirati o spinti ad essere. Ha qualcosa a che fare con il ricevere e il ricambiare lo spirito generoso della Sicilia. Qui ci sono lezioni da imparare e loro sono degli studenti pazienti.

"Che fate tutto il giorno?" un amico chiese una volta.

Questa è una domanda che non dovrebbe essere mai posta. I loro giorni sono pieni dalla mattina alla sera e ci sono sempre cose che vorrebbero fare che rimangono non fatte.

"Che cosa fate?"

Non è tanto quello che fanno, Kate si trova a pensare, ma lo spirito con il quale fanno le cose. Non programmano i loro giorni, ma li lasciano scorrere. Ogni mattina si compiacciono del sapore del loro caffè, ma anche della sua consistenza e del suo colore. Il disegno misterioso dove il caffè ha penetrato la schiuma del latte richiede di esser interpretato come i fondi del caffè o le figure che si vedono nelle nuvole. Si stupiscono del sapore della marmellata che avevano preparato lo scorso febbraio con le arance sanguinelle. Dovranno prepararne di più il prossimo anno perché, con la quantità che usano, sarà finita certamente prima che le arance siano di nuovo mature. Quando stanno sparecchiando la tavola della piccola colazione, sentono l'ultima chiamata di una civetta, la sua notte è il loro giorno; notano che ha spostato la sua casa dalle rocce, appena sotto le rovine del castello, e ora risiede dentro o vicino a una cava, in fondo alla loro proprietà. Quando sono in auto per andare in città a fare commissioni parlano dei libri che hanno letto, dell'indole della tragedia, dell'inclinazione al perdono; idee astratte sviluppate da esperienze personali. Quando portano in cucina le cose che hanno comprato, notano la differenza del modo di volare delle rondini da quello delle cornacchie, di come il falco maschio e la femmina si librino, immobili, sopra i dirupi, prima di gettarsi nelle fenditure per ghermire la colazione per la loro famiglia. Ogni tanto interrompono la loro quotidiana attività per contemplare il gioco di una rondine o per osservare il loro gatto che si stira pazientemente al sole, un quadro di perfetta felicità.

Il prato per se stesso è un teatro naturale. In Toscana, dove ogni campo è piantato con alberi di olivo, lo spazio vuoto è una rarità. Il fatto di avere un grande spazio vuoto davanti casa è un lusso. E loro danno a queste cose la loro piena attenzione piuttosto che correre dietro a distrazioni non importanti e insignificanti.

"Allora non fate niente tutto il giorno," l'amico conclude.

"Vi dovete annoiare da morire."

Al contrario sono in compagnia con Darwin e Shelley, Thoreau e Keats. Devono anche lavare la macchina spesso; un altro regalo che deriva dalla vicinanza degli uccelli.

CAPITOLO NOVE

Pasquale e la moglie Lucia avevano portato un bouquet di calle, due dozzine di bellissime calle dai lunghi steli, meravigliose nella loro austera semplicità.

"Grazie. Sei così gentile" E' domenica pomeriggio, due settimane dopo Pasqua. Abitavano nella casa già da più di un mese e Niccolò aveva invitato Pasquale con la moglie. "Ho anche un vaso molto alto." Dice Kate.

Qualche mese prima un certo Tommaso Aragona aveva chiesto di essere accettato da Electra come "amico" su Facebook. Dato che avevano lo stesso cognome, un cognome che non è comune in Italia, aveva accettato la sua "amicizia". Come avevano scoperto dopo, Tommaso, che risiede per lavoro in Svizzera, era nato a Trapani. Per forza erano parenti!

Electra, che ben conosceva la passione di suo padre per la storia della sua famiglia, li mise in contatto. Tommaso non sapeva molto della sua famiglia, ma quel poco che sapeva veniva dallo zio di un suo amico. Tommaso aveva messo in contatto Niccolò con Pasquale e così insieme avevano potuto ricostruire i quattrocento anni della storia degli Aragona a Trapani. On line lui era interessante e di grande aiuto e Niccolò aveva gradito moltissimo questo scambio d'informazioni.

Quando Niccolò e Kate erano arrivati a Trapani alla fine di febbraio per firmare il contratto di acquisto della casa, come avevano anticipato a Pasquale in una e-mail, lo avevano trovato ad attenderli all'aeroporto.

"Ospitalità siciliana," aveva detto. E' un uomo non tanto alto, forte; i suoi lineamenti regolari sono completamente dominati da un paio di occhiali stravaganti stile Elton John.

"Grazie, ma abbiamo affittato una macchina!" Niccolò aveva protestato imbarazzato dalla presenza inaspettata di Pasquale.

"Non avreste dovuto. Io sono a vostra completa disposizione. Abbiamo anche preparato la nostra camera per gli ospiti."

"Non avresti dovuto, abbiamo una prenotazione in un albergo in città!"

"Va bene, ditemi quale ed io vi porterò là."

Li aveva accompagnati all'albergo, aveva parlato col proprietario per ottenere che fossero trattati come dei re, poi aveva insistito per portarli a prendere un caffè facendogli fare tutto il giro della città, anche se c'era un bar proprio davanti l'albergo. Prima di liberarli si era fatto promettere che sarebbero andati a casa sua per incontrare la moglie e poi per andare a mangiare in un ristorante, un posticino che lui conosceva. Per rendere tollerabilmente breve una lunga storia, prima di congedarsi furono costretti a mangiare più del doppio di quanto avrebbero voluto o potuto per non offendere i nuovi amici. Da quel giorno decisero che non sarebbe stato possibile ripetere un'esperienza come quella.

Tuttavia ciò non escludeva la visita della domenica pomeriggio.

Lucia guarda il giardino tutto attorno. "Te lo avevo detto che avevano i fiori," ripete a suo marito. "Abitano in campagna!"

"Ma non ho le calle e mi piacciono tanto," esclama Kate. "Grazie."

"Mi dovevi dare retta." Lei non l'ascolta. "Te l'avevo detto che avevano un giardino."

Kate è in imbarazzo per il loro improvviso battibecco. Istintivamente Niccolò cerca di cambiare discorso. "Avete visto che panorama? Non è magnifico?" Indica Monte Cofano che è, infatti, ancora più bello in questa domenica pomeriggio; un po' come se si fosse agghindato per l'occasione.

"Voi siete nuovi di questi posti—" spiega Pasquale togliendosi i larghi e stravaganti occhiali e pulendoli con il bordo del maglione. "—ma noi ci siamo abituati." Fa un gesto con la mano per dire che ciò non è interessante, poi si mette letteralmente con le spalle al panorama. "Anche voi vi stancherete di guardare giorno dopo giorno quella solita vecchia roccia."

Kate può sentire cosa stia pensando Niccolò: la solita vecchia roccia? E' come chiamare il David di Michelangelo *quel vecchio pezzo di marmo* oppure il Cervino *quella vecchia montagna*.

La natura in Sicilia è costantemente in evidenza. La costa a nord è piacevole da vedere, con le sue curve dolci e le graziose insenature. Una distesa di spiagge bianche è talvolta interrotta drammaticamente da una formazione di scogli neri. Proprio al centro di questa piacevole vista s'innalza il dolomitico Monte

Cofano, come se fosse stato trasportato lì dalle Alpi per modificare lo scenario trasformando un bel panorama in un magnifico scenario in Technicolor. E' il Pan di Zucchero di Rio de Janeiro trasportato in Sicilia.

Nel momento in cui Pasquale fa il gesto per dire che non è interessante, Monte Cofano è cambiato di nuovo, passando da un realismo splendente e diretto, a un impressionismo leggermente sfocato. Un Monet che emerge per un attimo prima di frantumarsi ancora una volta in una infinità di punti del pennello di Seurat.

"Volete vedere la casa?" azzarda Kate.

"No, non particolarmente," dice Pasquale entrando senza guardare niente. "A me non interessa quello che hanno o non hanno gli altri." Si siede in mezzo al divano rendendo impossibile a chiunque sedersi vicino a lui, poi unisce le mani per iniziare a far girare i suoi due pollici.

"Lucia? Vuoi vedere la casa?"

"Sì, mi piacerebbe."

Il giro è breve, la casa è piccola, ma è felice del risultato dei loro sforzi e mostra a Lucia tutti e tre i piani. E' compiaciuta di vedere attraverso gli occhi di un'altra persona com'è graziosa ogni stanza, in modo semplice e ordinato, che rivela la personalità sua e quella di Niccolò e che riflette l'integrazione delle loro diverse ma compatibili personalità.

"Molto carina," enuncia Lucia mentre stanno tornando in salotto. "Naturalmente capisco che non è ancora finita, mancano quadri e tappeti, ancora qualche oggetto."

"Veramente abbiamo quasi finito di arredare."

"Non avete neanche un armadio!"

"Non vogliamo avere armadi."

Lucia sembra sconcertata. Le fa male la schiena per cui invece di sedersi sul divano ha scelto una sedia di legno.

Kate continua: "Si spera che i nostri vestiti non eccedano lo spazio dei due cassettoni che abbiamo. Se avessimo gli armadi finiremmo per comprare vestiti per tutte le occasioni e così terminerebbe la vita semplice che vogliamo vivere qui."

Ora Lucia si vergogna. Si è tutta agghindata per la visita della domenica pomeriggio, non troppo—non è una serata e neppure un party—ma ha scelto una bella gonna e una camicetta di seta, vari giri di perle, anelli, calze, scarpe intonate al vestito e una borsa intonata alle scarpe. A questo punto guarda com'è vestita la padrona di casa.

Kate indossa un paio di pantaloni blu, quelli che si mette sempre quando si toglie i vestiti da lavoro o quelli di casa, e un maglione bianco di cotone, che per dire la verità lei ha recuperato dal mucchio di quelli che Electra stava per donare alla Caritas. Qualcuno dei suoi vestiti preferiti viene dalle cose che Electra ed Elizabeth hanno eliminato dai loro armadi. Ha una collana di perle—regalo di Fiammetta in occasione della nascita della nipotina Elizabeth—ed orecchini dello stesso tipo, gli stessi che indossa ogni giorno, quelli che Niccolò le ha donato nell'anniversario del primo anno di matrimonio. Indossa sempre anche due soli anelli, ad eccezione di quando lava i piatti o lavora in giardino. Non perdono valore o bellezza a usarli quotidianamente.

Lucia accarezza le sue perle, nervosamente, le tocca una a una con rispetto, come se recitasse una preghiera, come se pregasse per qualcosa da dire a questa strana donna.

Pasquale sta raccontando a Niccolò le loro disavventure capitate proprio il giorno di Pasqua. "Stavamo per metterci a tavola quando andò via la luce. Poof! Non potevamo neanche finire di cuocere la pasta al forno dopo che avevo passato tutta la mattina a stenderla."

"Che delusione!"

"Ho lavorato nel settore illuminazione del Comune per quarant'anni; immagineresti che qualcuno si sia ricordato ancora di me, abbia avuto pietà di me, sia venuto a darci una mano, anche se era un giorno di festa?"

"E cosa hai fatto?"

"Ho dovuto chiamare un elettricista. Mi è costato quasi cento euro per risolvere il problema. Non è arrivato subito, naturalmente. Siamo andati a tavola alle quattro!"

"Quale era il problema?"

"Non era un granché," dice muovendo la mano come per allontanare quel fastidioso ricordo. "Qualcosa che aveva a che fare con il salvavita."

Lucia respira, profondamente assorta nei suoi ricordi del disastro di Pasqua.

"Ti posso offrire un altro bicchiere di vino?" chiede. "Un altro pezzo di dolce?" Ha imparato cosa ci si aspetti da lei in queste occasioni. Concetta ne sarebbe fiera.

"No." Lucia si sposta con un po' di fatica, lisciando le pieghe della gonna. "Non devo esagerare. Questi chili in più non mi aiutano a risolvere il problema della schiena."

"Che cosa stai facendo per risolverlo?"

"Cosa vuoi che possa fare!"

"Hai provato con il nuoto?" Il compagno di sua madre, Roy, ha lo stesso tipo di problema e si sente meglio grazie al nuoto.

"Dovrei nuotare, il dottore ha detto che mi farebbe bene, ma non è possibile."

"Perché?"

"Perché io insegno tutti i giorni fino alle quattro," dice arrabbiata, "in più la sera devo anche correggere i compiti."

"Hai tanto da fare, ma non potresti trovare un'ora o due la settimana?"

"Tu non sai niente. Credi che io torni a casa e trovi tutto fatto? Lui, ora che è in pensione, si lamenta che si annoia tutto il giorno, potrebbe almeno andare a fare la spesa. No! Devo fare tutto io quando torno dal lavoro. Sacchetti della spesa, mucchi di compiti da correggere. Tutto ciò non fa bene alla mia schiena."

"Certamente no."

"Non resta altro che soffrire." Ripete, mentre continua a toccare le perle.

Kate deve far attenzione a non essere coinvolta dal piangersi addosso di Lucia. Sarebbe felice di aiutarla se potesse esser utile a risolvere il problema, ma Lucia non vuole aiuto. Lei vuole continuare a far girare il disco della sua infelicità. Kate allora preferisce non seguirla su questa strada. Quando Lucia inizia un'arringa contro le ingiustizie della vita, imposta sul suo volto un'espressione di simpatia, ma le viene in mente Roy che non ha mai sentito lamentarsi per il suo mal di schiena. Per dire la verità non l'ha mai sentito lamentare di niente, nemmeno del tremore della bocca e della mano che lei sa che preoccupa lui, il suo dottore e sua madre.

Tocca la levigata perfezione del suo filo di perle, perla dopo perla, iniziando a comprendere il fascino del rosario: ma, non dovendo seguire le parole della preghiera, la mente è capace di meditare i misteri compresi nelle preghiere stesse. In altre parole lei lascia la sua mente vagare dove vuole.

Qualche estate fa aveva portato Electra a fare visita a sua madre in Colorado, dove, a più di ottanta anni, si era trasferita dalla California per esser vicina al fratello di Kate. Stuart, infatti, aveva lasciato Santa Monica dopo il terremoto del 1994 e da allora era vissuto felicemente sulle colline ai piedi delle Montagne Rocciose. Oltre a fare compagnia alla nonna e allo zio con tutta la sua famiglia, che era il motivo della visita, Electra aveva chiesto di andare a fare shopping in un grande outlet. Roy, cuore d'oro, si era offerto di accompagnarle. Lui conosceva il luogo.

"Ho paura che ti annoierai ad aspettarci."

"No, porterò un libro." aveva detto.

Electra stava cercando una maglietta. Il marchio non doveva essere un coccodrillo o un pony da polo, ma la maglietta doveva starle bene; ciò comportava perdere tempo per provarne diverse. In un'ora ne avevano trovate nove a metà del prezzo che avrebbero pagato a Firenze.

Roy è la pazienza personificata. Quando Electra aveva finito, le aveva raggiunte alla cassa con quattro libri e due bicchieri da vino.

"Permettimi di pagare per questi, Roy, è il minimo che possa fare. Sei stato così disponibile."

"Grazie ma preferirei pagare le mie cose, senza offesa." Roy è un bell'uomo, di cinque anni più giovane di Claire, con la testa piena di capelli bianchi e folti e con dolci occhi blu da bambino. Era cresciuto nel Missuri e non ha perso il tono nasale del Midwest nonostante abbia vissuto in California per quarantacinque anni prima di trasferirsi in Colorado.

La cassiera aveva già conteggiato i suoi libri. "Questi bicchieri sono in promozione, quattro al prezzo di due. Ne prenda ancora due."

"Capisco, ma io ne ho bisogno solo di due."

"Lei sta pagando per quattro, le conviene prenderli."

"Ho capito," Roy aveva ripetuto. "Ho bisogno solo di due."

Tornati a casa Kate aveva raccontato questo episodio a sua madre la quale aveva spiegato che Roy aveva rotto due dei bicchieri da vino e stava cercandone altri uguali per sostituirli. Bevono esattamente tre dita di vino ogni pomeriggio, alle cinque, per scandire la fine della loro giornata e l'inizio della sera. Una volta mangiavano anche delle noccioline salate ma i dottori gliele hanno tolte. Nel caso in cui superino il peso stabilito, se la cintura dovesse chiudersi al foro successivo, rinunciano al loro rituale il martedì e il giovedì. Sono entrambi asciutti e in forma anche se hanno passato gli ottanta. La disciplina che s'impongono riguardo al peso è una delle cose che ammira, ma niente rispetto alla lezione che Roy le ha dato riguardo al portare a casa solamente quello di cui si ha bisogno, anche se l'extra offerto è compreso nel prezzo.

Ha sperimentato un'alterazione del tempo oppure Lucia seguita a ripetersi? La storia è allo stesso punto di quando aveva iniziato a non ascoltare. "Non c'è niente da fare bisogna soffrire." Lucia non si è accorta della sua assenza. Niccolò invece sta avendo più successo con Pasquale. Stanno parlando degli avi, un soggetto che li accomuna. Kate cerca di trovare qualcosa in comune con Lucia, una conversazione che possa esser utile a entrambe, ma tutti gli argomenti che propone—cucina, viaggi, il mare, i loro figli, perfino il canto,—causano nuovi esempi d'infelicità della sua ospite. Decide di provare ancora a distoglierla dal suo solco di agonia e introduce il più banale soggetto che si possa immaginare: il tempo.

"E' sempre freddo a Pasqua?"

"Lo è. La gente dice di no, ma io so la verità. Ho dei parenti che vivono in Toscana e quando eravamo bambini le nostre famiglie si riunivano durante le vacanze di Pasqua, per Ognissanti e per i Morti. Novembre in Toscana è sempre freddo e deprimente mentre in Sicilia, a volte, si può ancora fare il bagno al mare. A Pasqua qui è sempre freddo—a marzo o aprile non è possibile stare sulla spiaggia—invece in Toscana probabilmente c'è il sole. La primavera in Sicilia è sempre una delusione."

Ha assolutamente ragione! Avrebbe immaginato il contrario pensando che la primavera sarebbe stata più calda in Sicilia che in Toscana per il fatto che è un migliaio di chilometri più a sud, ma non è così. Marzo a Erice è freddo come novembre in Toscana. Ha l'evidenza fotografica delle figlie con i pantaloncini corti in giardino in aprile a Firenze. E' vero che la brutta stagione non è finita, ma di solito in Toscana piove a maggio e qualche volta anche a giugno, invece marzo ed aprile di solito sono tiepidi e con il sole.

Alla fine della visita Lucia e Pasquale si alzano per salutare. Pasquale si complimenta per la bella casa e Lucia stringe con affetto la sua mano. "Grazie per il bellissimo pomeriggio. Sono anni che non stavo così bene."

Kate si chiede se ha giudicato male tutta la loro visita finché non li vede polemizzare di nuovo prima di raggiungere l'auto parcheggiata davanti al cancello.

"Dopo quaranta anni di lavoro al Comune nel settore illuminazione," Niccolò esclama, "non sa come tirare su un salvavita!" Kate sta mettendo sul fuoco la pentola per la pasta. Niccolò sta sciacquando bicchieri e piatti prima di metterli nella lavastoviglie. "Lasciamo passare del tempo prima di invitarli un'altra volta." Lui scuote la testa. "Anche i fiori erano pieni di formiche!"

"In fondo non è andata così male," Kate aggiunge prendendo una pentola per iniziare a fare la salsa di pomodoro.

"Mi prendi in giro? Non ha fatto altro che lamentarsi."

"E' vero, si lamentava parecchio e chiaramente è depressa. Eppure in mezzo a tutta la sua angoscia Lucia mi ha donato un gioiello di esperienza. Mi ha detto come organizzare il nostro calendario di primavera e autunno in modo da goderci ancora di più la Sicilia e la Toscana. Questa gemma inattesa è valsa tutto il resto della loro visita."

Primavera è meglio in Toscana. L'Autunno è meglio in Sicilia. E Niccolò ha ragione: lasciamo passare del tempo prima di invitarli un'altra volta. Come i loro armadi necessitano di non esser troppo riempiti, così anche la loro vita sociale. C'è tanto spazio per gli amici, una limitata quantità di tempo per la vita sociale ma non c'è posto per piagnucoloni e lamentosi, anche se portano straordinari bouquet di fondamentali insegnamenti pieni di formiche.

CAPITOLO DIECI

Stanno camminando sulle strette strade di Erice lastricate di pietra. Kate fotografa i dettagli della straordinaria architettura non appena la nebbia sale per svelare una furba gargolla, un elaborato arco medievale, un cortile riccamente decorato. Celati nella nebbia che ha invaso queste strade dall'inizio dei tempi, non è difficile immaginare che loro siano le uniche presenze in questa austera e mistica città e che la persona che casualmente li sfiora nella nebbia sia un fantasma di un'epoca precedente. Nonostante la stonata cacofonia delle campane che annunciano il mezzogiorno, c'è in questa città una tranquillità che non può essere disturbata, un'atmosfera più sacra di quella che Kate percepisce nelle chiese.

"Nicco! Niccolò!" Sentono chiamare il nome di Niccolò; ma non è un nome insolito in Italia, dove per tradizione generazioni dopo generazioni si ripetono i nomi dei nonni limitandone così la scelta. Niccolò si guarda attorno e vede un uomo alto, magro, che agita disperatamente un cappello di paglia davanti alla chiesa di San Giuliano.

"Lo conosci?" chiede al marito con esitazione mentre procedono verso di lui con un sorriso stampato sulle loro facce.

"Non ne ho idea. Qui non conosco nessuno all'infuori di Edoardo e Rosario."

La persona che li sta salutando evidentemente conosce Niccolò. "Tu non mi riconosci!" dice in modo modesto. "Sono Eugenio, Eugenio Nasi! Io ti avrei riconosciuto ovunque, non sei cambiato per niente."

Niccolò non è bravo a ricordarsi le facce delle persone, anche di uno così pieno di vita e particolare, ma i nomi restano fissati nella sua memoria. "Eugenio!" Si abbracciano come vecchi amici che si ritrovano, ma percepisce che Niccolò non ricorda ancora dove l'ha conosciuto. "Questa è mia moglie Kate."

"Enchanté" Si toglie il cappello per mostrare una folta chioma di un giallo pastello troppo smagliante e piega la testa per eseguire un baciamano da manuale.

Che cosa potrebbe dire per permettere a Niccolò di localizzare quest'uomo nel suo passato?

Eugenio fornisce la soluzione. "Sei restato in contatto con i Martelli? Io non li vedo da anni."

Ora Niccolò ricorda. "Credo che si siano trasferiti in Australia diversi anni fa." Poi le dice: "Eugenio era uno del gruppo di amici che partecipavano alle famose feste dei Martelli quando eravamo ragazzi."

"Le feste in smoking?"

"Esatto"

"Eravate compagni di scuola?" chiede a questo uomo pieno di vita i cui occhi finiscono con un incrocio di rughe: quelle del riso intersecate a quelle del pianto. "Grazie per il complimento gentile signora, ma io sono più vecchio di secoli del vostro amato marito." Dice toccando con le dita la falda del suo largo e morbido cappello e spostandolo senza volere.

"Le feste in smoking dei Martelli erano certamente le più belle di Firenze!"

"Lo erano, e spesso finivano in terrazza all'alba con cappuccino e brioche." Dice Niccolò rivolto a Kate.

"Non ci sono più le feste di una volta. Ora siamo ridotti a mangiare in piedi! A mangiare con le mani, per carità di Dio!" La voce si è alzata con un tono di sdegno. "Tovaglioli di carta!"

"Che cosa hai fatto in tutti questi anni?" chiede Niccolò apparentemente imperturbato. "Sono passati secoli. Hai il tempo di prendere un caffè con noi?"

"No, purtroppo ora non posso. E' una lunga storia, mio padre è morto l'anno scorso—"

"Oh mi spiace!"

"Condoglianze."

"—ed io sto rimettendo a posto la sua casa, qui a Erice. Sto aspettando il falegname a momenti. Sono appena uscito per comprare il pane. Sono arrivato ieri sera e non ho ancora niente in casa. Venite a cena stasera da me. Sarebbe bello fare quattro chiacchiere."

"Stasera è impossibile—" In realtà sono liberi, ma come si può accettare un invito da qualcuno che ti dichiara che non ha niente in casa? "No, invece vieni tu da noi domani a colazione."

"Va bene, ma venerdì sera venite a cena da me. Ho già invitato un gruppo di amici. Niente di eccezionale, cena in piedi!" ridacchia coprendosi con la mano i denti sconnessi. "Tovagliolini di carta!"

Gli amici di Eugenio—per la maggior parte siciliani— sono già in coda per i cocktail quando Niccolò precede Kate dentro il cortile interno. Ci sono torce che sfavillano lungo i muri che illuminano le facce di due dozzine di persone non conosciute. Qualsiasi vento ci sia stanotte soffia alto sopra i muri del cortile. E' contenta di aver portato uno scialle.

Un signore elegante tipo Cole Porter si avvicina a Niccolò e dice: "Quando ero giovane, ho avuto il privilegio di incontrare suo nonno." Si curva sulla mano di Kate e si presenta: "Renato Ravidà." E' un nome particolare, ma si ricorda facilmente perché c'è una strada a Trapani con lo stesso nome. Poi tira delicatamente per la manica un altro uomo e lo porta davanti a loro. "Vi presento Ettore Bassi." Danno la mano a questo signore barbuto e con gli occhi guizzanti; era quello che era giunto al party contemporaneamente a loro. "Questa è Graziella, la moglie di Ettore." Presenta una donna alta, elegante, vestita meravigliosamente che si unisce al gruppo. "La mia famiglia," Renato continua, "ha ospitato il ricevimento che ha seguito la cerimonia di conferimento della cittadinanza onoraria di Trapani a suo nonno."

"Pensavo che tuo nonno fosse nato a Trapani" Kate dice a Niccolò.

"Era nato a Trapani, poi si era trasferito a Firenze per gli studi universitari e vi è rimasto tutta la vita."

"Trapani l'ha onorato con il conferimento delle *chiavi della città*."

"Posso presentare mia moglie Diana?" Una Venere in miniatura il cui portamento fiero ed elegante la fa sembrare alta. "Anche lei ha conosciuto suo nonno."

"Non personalmente," Diana saluta Kate e poi Niccolò. "Non ho mai avuto quest'onore, ma Niccolò Aragona ha un posto speciale nella storia della nostra famiglia." I suoi occhi si inumidiscono.

"Come mai?"

"Quando la sorella di mia nonna, la zia Antonietta, era una studentessa al Collegio della Santissima Annunziata, si innamorò di suo nonno."

La Santissima Annunziata è un collegio di Firenze noto per aver ospitato le ragazze dell'aristocrazia italiana per oltre cento anni.

Niccolò è molto preso da questa storia. "Lei mi sta rivelando un mistero che non avrei mai sperato di chiarire."

"Lei sapeva della mia zia Antonietta?"

"Non ne conoscevo il nome. Ma quando ero un ragazzo, pochi anni dopo la scomparsa di mio nonno, ero solito fare visita alla sua seconda moglie e a lei una volta scappò un dettaglio."

Renato ed Ettore si avvicinano per seguire la storia più da vicino. Diana è affascinata. Il vassoio di mini salsicce è ignorato.

"Ero innamorato di una ragazza" Niccolò racconta, un po' esitante, "i suoi genitori la obbligarono a rompere il nostro fidanzamento. Ero disperato—"

"Lo credo," disse Diana.

"Una domenica ero andato a trovare la mia seconda nonna. Per tutta la mia vita la domenica pomeriggio, anche se per pochi minuti, ero passato a salutare il nonno e questa abitudine era rimasta anche quando lui non c'era più. Quella volta, al culmine della mia disperazione, confidai le ragioni del mio dolore e a lei scappò detto: 'Non ripetere lo stesso errore che fece tuo nonno, che si è sposato subito dopo per ripicca per compensare la delusione del suo Grande Amore ostacolato.'"

"Zia Antonietta!"

"Zia Antonietta."

Diana si asciuga le lacrime. "Logicamente i suoi genitori volevano che si sposasse bene. Suo nonno era uno studente, non era ancora famoso."

"Che cosa è successo a sua zia?"

"Naturalmente si è sposata," Diana ha ripreso la sua compostezza. "Non felicemente, temo. Lei ha avuto tre figlie prima di morire a meno di quaranta anni. Quanto deve aver seguito i successi di suo nonno. Nella sua scrivania personale, che ho ereditato dalla più grande delle sue figlie, ho trovato ritagli di giornale per i vari riconoscimenti a Niccolò Aragona. L'ironia della sorte è che quando lui divenne famoso il padre di zia Antonietta riconobbe il valore di suo nonno come storico e da quel momento mantennero una lunga relazione epistolare." Fa una pausa. "Spero che suo nonno sia stato più felice nel matrimonio."

"No, dopo la delusione si volle sposare subito, per ripicca, come mi aveva accennato la sua seconda moglie. Un matrimonio organizzato con una donna molto ricca, nobile, che per quei tempi aveva passato l'età del matrimonio. Anche loro hanno avuto tre figli, tre maschi di cui mio padre era il più piccolo, e anche lei morì abbastanza giovane, quando mio padre aveva circa venti anni e si era da poco fidanzato con mia madre."

"Che storia triste." L'uomo con la barba, Ettore, ha anche lui le lacrime agli occhi. "Spero che il secondo matrimonio sia andato meglio."

"Mio nonno si era sposato di nuovo un anno dopo la morte di mia nonna con una donna che era stata una sua studentessa. Questo matrimonio fu felice ma non fu ben accolto dai figli che logicamente ancora soffrivano per la perdita della madre. Sfortunatamente è una ferita che ha ancora conseguenza nella nostra famiglia."

"Zia Antonietta e suo nonno sarebbero stati felici insieme, ne sono certa." Diana sorride con sicurezza.

"E voi due sareste parenti," dice Renato.

Non esisterebbero, Kate pensa, ma ha il buon senso di non dirlo.

"Vieni," Ettore esclama. "Ti presento un nipote di zia Antonietta, il mio cugino Agostino, una delle cose buone che nasce dalla favola triste relativa a suo nonno."

"Ettore se mi presenti questa signora, vorrei tanto parlare di Shakespeare con lei" Un signore distinto dai capelli bianchi e folti attraversa la stanza e bacia la mano di Kate; poi stringe quella di Niccolò. "Lorenzo Donnacelata," si presenta. "Ho sentito dire che sua moglie è una studiosa di Shakespeare."

"Sì, è vero."

"Superficialmente," risponde Kate registrando facilmente un altro nome insolito perché, anche questo, è il nome di una strada di Trapani. "Mi sono specializzata sul Rinascimento inglese dopo la laurea—Shakespeare era la mia passione—ma questo è stato tanto tempo fa, in una vita precedente."

"Ho sentito che lei ha insegnato Shakespeare all'Università Santa Cruz in California."

Eugenio deve aver parlato. Sono tutte le informazioni che lui le aveva tirato fuori a colazione l'altro giorno. Eugenio è una persona che fa tante domande, un raccoglitore d'informazioni. Lei si chiede cosa altro Eugenio abbia raccontato ai suoi amici.

"Per lo più insegnavo il primo anno di inglese."

"Le manca l'insegnamento?" Prende una sedia per lei, poi via via Lorenzo, Kate, Niccolò ed Ettore si siedono sulle malferme seggiole di canna.

"Per niente!"

"Perché ha smesso, se non è indelicato chiedere?"

Questo è un soggetto di cui lei non parla facilmente, un argomento troppo doloroso perché sia affrontato in modo diretto—nonostante siano passati trenta anni—quasi come alzarle il vestito per mostrare la sua extra vertebra. Per qualche inspiegabile ragione sente che si può fidare di quest'uomo gentile e sente il desiderio di concedergli fiducia a prima vista.

"Ho smesso di insegnare per due ragioni. Quando ho iniziato ad affermarmi nella mia carriera, il mio *mentor* divenne il mio *tormentor* e si sentiva obbligato a distruggere tutto quello che egli stesso mi aveva incoraggiato a costruire."

"Questa non è la prima volta che sento qualcosa del genere, nell'insegnamento e in qualsiasi altro lavoro."

"A quel tempo fu devastante, ma con il senno di poi devo essergli grata. Lui si gira nella tomba se mi sente dire che mi ha fatto un favore, infatti, sono più felice ora che se fossi restata a insegnare. Quello può diventare un mondo veramente piccolo."

"Quale fu la seconda ragione?"

"Forse in parte la ragione che mi ha spinta a insegnare era per accrescere la stima in me stessa; si sa, tutti ad ascoltarmi, a prendere appunti con la velocità a cui io parlavo. Una volta sulla cattedra ho scoperto che non mi piace essere al centro dell'attenzione. Ho scoperto che questo mi mette a disagio; per dire la verità mi mette in imbarazzo. Mi sento molto meglio dietro a una macchina fotografica, a mettere a fuoco gli altri."

"E' quello che lei fa adesso? E' una fotografa?"

Kate e Niccolò rispondono nello stesso tempo.

"Sì, è una fotografa."

"Io sono in più un agricoltore!"

Niccolò e Kate ridono all'unisono.

"Agricoltore fotografo," dice Kate.

"Fotografo agricoltore," dice Niccolò allo stesso tempo.

"In Toscana," Kate prova a chiarire, "coltiviamo gli olivi della campagna di famiglia di Niccolò."

"Lei è sempre con la macchina fotografica attaccata al collo."

Kate prova a spostare la conversazione da se stessa.

"Lei è un professore?"

"No, No" Lorenzo ride. "La letteratura inglese per me è un hobby. Sono laureato in ingegneria, anche se poi nella mia vita professionale sono stato un manager per società di consulenze aziendali finché non sono andato in pensione qualche anno fa." Appoggia la schiena sulla sedia e allunga le gambe incrociandole. "Adoro il periodo del Rinascimento inglese e soprattutto Shakespeare. Ho visto una straordinaria messa in scena di *Amleto* il mese scorso, al Wyndham's Theatre a London's West End. Jude Law era Amleto. Prima avevo dei dubbi, un famoso attore cinematografico, ma è stato sorprendente. Lo paragonano all'interpretazione di Ben Kingsley diretto da Buzz Goodbody—"

"Allo Stratford Other Place! C'ero anch'io alla rappresentazione di Kingsley! Fu una delle più belle esperienze di teatro della mia vita."

"Ne sono sicuro."

"Fu la prima volta che vedevo Amleto rappresentato come un uomo matto e a pensarci bene è logico; infatti tutti gli altri personaggi lo avevano descritto così."

"L'Amleto di Judd Law era certamente fuori di sé e arrabbiato, probabilmente è l'Amleto più arrabbiato che abbia mai visto. Lo potevi immaginare veramente capace di farlo, quando ha detto: *Ora posso bere del sangue caldo.*"

"Penso che lei abbia perso sua moglie." Dice Ettore a Niccolò.

"Forse lei ha ragione."

Ettore e Niccolò si alzano insieme. "Scusateci," dice Niccolò, "Lasciamo i due entusiasti della letteratura a discutere di Shakespeare."

Ettore dice, "Venga, le presento mio cugino Agostino. E' un uomo eccezionale," Ettore continua accompagnando Niccolò dall'altra parte della stanza. "Lui produce il vino che stiamo bevendo stasera."

"E' un Grillo? Ha un retrogusto molto equilibrato."

"Sì, lo è. Se a lei e a sua moglie facesse piacere visitare l'azienda agricola dove si produce, sono certo che Agostino sarebbe molto felice di accompagnarvi," Kate sente dire prima che loro si mescolino con gli altri.

"L'unica cosa che non mi convince nell'interpretazione di Law," Lorenzo continua riprendendo la sua attenzione "è che non ha nessun senso dell'umorismo."

"E' un peccato. Amleto è forse il più spiritoso eroe tragico di Shakespeare."

"For yourself, sir, shall grow old as I am, if like a crab you could go backward."

"Con l'indicazione implicita della sua direzione! Divertente!"

"Purtroppo Judd Law parla troppo veloce,"

"E' il suo modo di fare."

"Sono certo che non è stato un problema per quelli che sono di madrelingua inglese, io per fortuna conosco bene la trama altrimenti avrei perso molte delle sue frasi."

"Il suo inglese è perfetto."

"Lei, cara signora, è molto gentile."

Al continuare della conversazione con Lorenzo, a Kate torna in mente perché lei amava Shakespeare: per ogni categoria umana c'è un carattere che ne esprime l'emozione, dalla gelosia al bisogno di rivincita, all'amore, quello ricambiato e quello non ricambiato. Tutto vive in Shakespeare. Non appena inizia a esercitare un muscolo che non aveva addestrato da trenta anni, la moglie di Lorenzo, Caterina, si unisce a loro con Graziella, la moglie di Ettore. "Non la puoi tenere per te tutta la sera, anche noi vogliamo parlare con lei."

"E' anche lei appassionata di Shakespeare?" domanda facendo spazio per queste piacevoli signore.

"Per niente!" L'idea le diverte entrambe. "Eugenio ci ha detto che abitate in Toscana, sulle colline di Firenze. Deve essere un posto meraviglioso!"

"Firenze è la più bella città d'Italia!"

"La più bella città del mondo!"

"Eugenio ci ha detto che avete comprato una casa a Erice. Vi piace vivere in Sicilia?"

"Ci piace moltissimo. E' talmente bello qui. Le persone sono così gentili, così generose."

"Mi ricordo quando Lorenzo mi portò per la prima volta a Trapani per conoscere la sua famiglia," Caterina racconta, "ci invitarono a così tante feste!"

"Avevo cinque zie," Lorenzo aggiunge, "e ognuna di loro fece una festa per presentare la mia fidanzata."

"Si dimentica delle colazioni e dei thè nel pomeriggio! Alla fine di ogni giorno, mia madre che mi accompagnava ed io, provavamo inutilmente a ricostruire chi era parente di chi. E quanti cugini hai detto che hai?" Caterina scherza flirtando con suo marito.

"Non ho mai provato a contarli tutti," ride, "ma sono tanti!"

"Tutti a esaminarmi." Ricorda Caterina.

"Sono certa che lei è passata a pieni voti." Dice Kate.

"Certamente, tutti l'hanno gradita."

"Allora lei non è siciliana?"

"No, io sono di Livorno. Ho incontrato Lorenzo quando era allievo dell'Accademia Navale." Lei sospira. "Era così bello."

Lo è ancora, ma Kate può immaginare come dovesse esser stato bello nella sua uniforme dell'Accademia. Anche Caterina è bella, il suo aspetto assomiglia in modo preoccupante alla mamma di Niccolò ma in una versione più giovane e più fresca.

"Sono partito dalla Sicilia a diciassette anni," spiega Lorenzo. "Per andare a studiare all'Accademia Navale di Livorno."

"Abbiamo vissuto a Milano per i primi anni di matrimonio—"

"—poi ci siamo trasferiti a Genova per venti anni prima che Lorenzo andasse in pensione." Aggiunge Caterina.

"Allora non avete mai vissuto in Sicilia."

"No. Veniamo tutte le estati con i nostri figli—"

"—e ora con i nipoti—"

"—e qualche volta a Pasqua, se non è ancora troppo freddo."

"Qualche giorno a novembre, per i Morti."

Si completano i discorsi a vicenda senza interrompersi o parlare allo stesso tempo, un intricato ballo two step che hanno perfezionato nel tempo: nessuno pesta i piedi dell'altro.

"La Sicilia è un posto ideale per le vacanze—"

"ma non ci vogliamo vivere tutto l'anno."

"Può diventare troppo provinciale."

Graziella che è stata in silenzio fino ad adesso aggiunge: "Molto provinciale."

La Sicilia può anche essere provinciale, ma è sempre un gran sollievo dopo aver vissuto in Toscana. Kate pensa che la forma sia una cosa necessaria: è come gli spazi vuoti nell'arte. Senza questi, i colori, le figure, tutto rischia di confondersi insieme; ma reagisce quando la forma diventa una scusa per escludere gli altri. Lei è d'accordo con il commento del nonno di Niccolò relativo alla nobiltà: vale tanti zeri quanto importante è il titolo, ma se non c'è un'unità davanti, non vale niente.

L'anno scorso, ad una cena a Firenze, si trovò seduta vicino ad una donna che lei aveva incontrato a varie feste negli ultimi venti anni ma con la quale non aveva mai parlato. Conversando domandò se avesse figli.

'Sei,' dichiarò.

'Che età hanno?'

Lei iniziò la lista che variava da trenta a nove. Quando parlò della figlia di venti anni che era appassionata di cavalli, Kate accennò che anche sua figlia della stessa età aveva la passione di cavalcare. 'Potremmo farle incontrare quando Electra torna a Firenze per Natale.'

Vide la signora fare fisicamente un salto indietro.

Poi, dato che erano sedute una davanti all'altra a tavola e lo sarebbero state finché non fosse terminata la cena, questa donna trovò quella che considerava una risposta diplomatica. 'Naturalmente.' Con il suo lungo, puntuto naso tenuto in alto, 'Se capiterà l'occasione!'

Evidentemente Kate non imparerà mai. Incontrò la stessa donna ad un altro party, proprio prima di venire in Sicilia. La salutò col nome. 'Bene,' disse la padrona di casa prendendo i loro cappotti. 'Siete amiche.'

'Conoscenti,' precisò la donna.

Secondo lei questa signora aveva perso una buona occasione di stare zitta.

Come una ventata di ossigeno, al party di Eugenio, la sincerità traspare negli occhi delle persone con cui lei parla. Niccolò va e viene, qualche volta portando con sé una nuova conoscenza, a volte solo per unirsi a lei nella conversazione. Ha trovato anche un'altra persona conosciuta, Silvia, che vive fra Firenze e Trapani. Kate si trova a suo agio, cosa che non le succede sempre in una stanza piena di gente che non conosce, ma qui non c'è altro da fare che rilassarsi, circondata com'è da un'atmosfera di affetto genuino. Renato ed Ettore le avevano raccontato della loro fattoria e della produzione di olio; le avevano anche offerto di venderglielo a buon prezzo, poi avevano riso quando avevano sentito raccontare dei loro tremila alberi di olivo a Firenze e ricevuta la proposta di acquistare il loro olio a un prezzo migliore! Renato posa la sua mano sulla spalla di Ettore, un gesto che è contemporaneamente di fratellanza e di rispetto. Kate chiede se si conoscono da tanto tempo.

"Da tutta la vita!"

"Giocavamo insieme da bambini."

"Abbiamo anche in comune che siamo partiti da qui a diciotto anni."

"I nostri genitori ci hanno mandato a frequentare l'università al nord."

"Questo non sembra un comportamento siciliano," dice Kate, "avrei immaginato che sarebbe stato importante restare qui per mandare avanti l'azienda di famiglia."

"Nel mio caso," risponde Ettore, "so quanto difficile deve esser stato per i miei genitori, specialmente per mia madre, essendo figlio unico. Nel caso di Renato direi che i genitori erano felici che se ne andasse!"

Questi due uomini erano più anziani di lei ed anche di Niccolò forse di una decina d'anni, ma non è difficile vedere al di là degli anni i due bambini che continuano a prendersi in giro a vicenda. Fratelli nel miglior significato della parola.

"E quando siete tornati a vivere in Sicilia?"

"Sono andato in pensione dieci anni fa," dice Renato. "Mia moglie ha ereditato una proprietà e voleva tornare qui."

"E lei?" Kate chiede a Ettore.

"Noi viviamo ancora a Milano, ma veniamo ogni estate. Mia moglie trova la vita qui troppo provinciale. Lei lavora ancora. Ha una clientela abbastanza ampia da seguire."

Le occorre un minuto, ma solo ora sta iniziando a collegare mariti e mogli. Graziella, moglie di Ettore, da giovane era una modella a Milano, lui le spiega, e si può vedere dal modo in cui cammina che era di casa sulle passerelle. Ovviamente è intelligente quanto bella per esser passata dal fare la modella a diventare, al primo accenno di fine della giovinezza, una disegnatrice di moda. I suoi occhi sono magnetici: un luminoso verde smeraldo contornato da lunghe e spesse ciglia che non necessitano del mascara. Diana è sposata con Renato: Kate immagina che siano i leader non ufficiali del gruppo. Tutti i loro gesti, tutti i commenti sono bene educati e raffinati, fatti per esser ascoltati dagli altri e tenuti da conto. Lorenzo e Caterina combinano raffinatezza ad abnegazione e sono cortesi per la loro totale mancanza di presuntuosità. Avverte la possibilità di una reale amicizia con loro. Silvia non è sposata, ma sembra essere imparentata con tutti i presenti. E' una professoressa di storia all'Università di Firenze ed è piena di entusiasmo per la storia della Sicilia. Aurora, la cugina di Renato che ha vissuto sempre sull'isola sembra molto dolce, ma potenzialmente noiosa. Quando le passa vicino per servirsi al buffet sente un pettegolezzo detto a bassa voce—"Poverino, non sta bene. Deve operarsi all'anca e anche se—" Kate non è incuriosita e prosegue. A parte questo, ogni persona al party di Eugenio è interessante, affettuosa e accogliente. Le loro famiglie si conoscono da generazioni e, stranamente, ognuna di queste sembra che abbia intitolata una via a Trapani.

In tutta l'Italia i nomi delle strade sono attribuiti ai cittadini più importanti: poeti, scrittori, scienziati, storici, leader politici, o santi. I nomi delle strade intitolati a cittadini celebri cercano di evitare che questi si perdano nell'oscurità. Danno un livello di cultura pedonale a chiunque sappia leggere i nomi delle strade. In fondo è logico che tutte le persone presenti alla festa abbiano una strada intestata a qualcuno della loro famiglia. Sono tutti di antiche famiglie trapanesi. I loro antenati erano gli eroi dell'unificazione dell'Italia oppure architetti famosi, fondatori di musei o di parchi pubblici. Anche la famiglia di Niccolò ha contribuito alla gloria risorgimentale italiana e ora lei comprende perché siano stati inclusi nel loro giro con tanto affetto come se fossero stati amici da sempre.

"Spero che voi verrete a casa nostra domenica," dice Ettore alla fine della serata. "Saremo quasi gli stessi, ma ci saranno anche mio figlio e qualcun altro che ancora non conoscete."

"Saremo onorati di venire, grazie!" risponde Niccolò.

"Posso portare qualcosa?" chiede.

"La vostra presenza è il miglior regalo! Alle otto e trenta. Stiamo in piazza Umberto I°. C'è un battente fatto a forma di pugno sulla porta."

"Conosco quella casa! Esclama. "Ho fotografato quel battente che è così suggestivo!"

"Kate ha fotografato tutti i dettagli di Erice." Aggiunge Niccolò. "Non si riesce a camminare in maniera normale."

"E' una piccola meravigliosa città, merita tutta la nostra attenzione."

"Finché non arriva l'invasione estiva," dice Caterina. "Quando non si può aprire la porta di casa senza rischiare di essere invasi da una comitiva di turisti."

"Loro vivono nell'ex sacrestia della chiesa di Santa Maria delle Grazie." Spiega Ettore.

"Deve essere stupenda."

"Lo è finché non desideri dormire la domenica mattina!" Dice Lorenzo.

"Faremo una piccola riunione anche noi," Caterina si confida. "Martedì della prossima settimana. Una cosa molto semplice, quattro amici. Non sono una cuoca raffinata come Graziella."

"Io non sono una brava cuoca." protesta Graziella. "Non aumentare le loro aspettative."

"Ho sentito dire che *lei* è una cuoca meravigliosa!" la moglie del cugino di Renato si avvicina al gruppo.

Il commento coglie Kate alla sprovvista.

"Veramente se ottengo qualche buon risultato in cucina è perché ho degli ingredienti ottimi con cui lavorare. Solo per questo."

"Lei è troppo modesta," insiste la cugina Aurora. "Eugenio mi ha detto che lei è una cuoca meravigliosa. Scommetto che ha tanti segreti. Che tipo di pentole usa?"

Se Aurora avesse chiesto quale macchina fotografica lei usa, che lenti preferisce, avrebbe ricevuto una completa entusiasta risposta, ma *pentole*? L'unica cosa che sa riguardo alle pentole è che il cibo necessita spazio per cuocere in maniera uniforme, specialmente in un tegame. "Quelle grandi?" lei propone scettica.

"Ah!" Questa non è la risposta che lei sperava di avere. Kate percepisce disappunto nel vuoto della risata di Aurora. L'ha delusa non rivelandole il nome di una marca. Sa che una buona pentola rende migliore il cibo, ma non ha mai fatto questo investimento; a Natale o per il suo compleanno chiede sempre che le siano regalati bulbi, non pentole. Il risultato è che può dare a questa donna un bouquet di tulipani, ma non una seria risposta sulle pentole.

"Se non avete altri progetti oltre che comprare pentole" Caterina continua, "spero che veniate alla nostra piccola riunione."

"E se ha del tempo prima di allora—" Lorenzo le porge un biglietto da visita "—se le piacesse continuare la nostra conversazione interrotta su Shakespeare, mi dichiaro il peggior cuoco di tutti i presenti."

"Non riesce a cuocere un uovo!" Caterina ride.

"—ma riesco a offrire un drink!"

"Se non si taglia cercando di aprire la bottiglia," dice Ettore.

Quando finalmente salutano i loro nuovi amici, dopo aver ringraziato Eugenio per la sua ospitalità e avergli promesso di chiamarlo il giorno dopo, Niccolò e Kate camminano in silenzio verso la loro auto, mano nella mano. I dialoghi di stasera si ripetono nella silenziosa aria della notte.

Evidentemente anche Niccolò ripensa alle conversazioni. "Non avrei mai immaginato di conoscere il nome del primo amore di mio nonno; ostacolato, come il mio!" Scuote la testa.

"E' incredibile. Hai visto? Diana aveva le lacrime agli occhi!"

"Le avevo anch'io!"

I tacchi delle loro scarpe risuonano all'unisono sul lastricato disegnato con pietre levigate che sembrano rivestite di marmo; sopra le loro teste si chiude una finestra, una persiana tirata. La nebbia turbina intorno al lampione della strada. La mezzanotte deve esser già passata.

"Non riuscirò mai a tenere a mente tutti quei nomi," si lamenta Kate.

"Non è poi tanto importante."

"Penso di no. E' come una danza, un valzer, una sala da ballo di piroettanti personalità piene di colori."

"Che ne dici di passeggiare?" propone Niccolò portandola alla sua destra. "Non mi dispiacerebbe fare quattro passi dopo tutto quello che abbiamo mangiato."

"Ed anche bevuto!" aggiunge, prendendolo sotto braccio. "Non siamo distanti dalla Torre Pepoli."

"Zia Antonietta era una Pepoli." Dice Niccolò quando salgono le scale per entrare nel giardino.

"Come lo sai?"

"Me l'ha detto Diana quando stavi parlando con Lorenzo."

All'ingresso del giardino c'è una panchina, un ampio semicerchio scavato nella pietra. "Mettiti a sedere qui," Niccolò le dice facendola sedere a un lato estremo. "Scorri un po' più in giù e tieni l'orecchio vicino a questa colonna." Lui si allontana, va all'altra estremità e si accosta alla colonna dalla sua parte.

Intimamente vicina, come se stesse sussurrando direttamente alle sue orecchie, sente la voce di Niccolò.

"Finché è bello, la mattina, risvegliarsi vicino a te."

Lei è impressionata da questa misteriosa acustica. Guarda Niccolò che è almeno a dieci metri. Lui le sta sorridendo.

Si gira di nuovo verso la colonna e sussurra, con la voce più bassa che può: "Mattina, pomeriggio, notte, tutto va bene quando ci sei tu."

"Spero che non ti sia dispiaciuto che io stasera abbia parlato tanto della mia ex."

E' come se lui fosse vicinissimo a lei, può quasi sentire il suo respiro nel suo orecchio.

Come può darle fastidio un amore che era di venti anni precedente al suo?

Sente nella voce di Niccolò il bisogno di esser rassicurato. Quest'uomo che non le ha mai dato neanche un'occasione per mettere in dubbio la sua fedeltà.

"Non ti spiace di non esser stata il mio primo Grande Amore?"

Kate fa un'esclamazione, un'inappropriata singola nota che fa allontanare di colpo Niccolò dalla colonna della panchina. Niccolò ha avuto tante relazioni prima di lei, anche se una sola era stata un Vero Grande Amore.

"*Amore*," sussurra vedendo che lui si accosta di nuovo alla colonna. "Finché sarò io il tuo ultimo Amore, il resto non conta."

CAPITOLO UNDICI

Edoardo tutti i giorni sale a metà mattina da Trapani ad Erice per recarsi nella sua proprietà di campagna. Sulla strada ha l'abitudine di fermarsi a salutarli, poi prosegue e va a casa sua dove, con la famiglia, soggiorna solamente nei mesi estivi. Sono "vicini" nel più vero significato della parola: si prestano zucchero di affetto generosamente passato attraverso una inesistente staccionata di confine.

"Quando vi trasferirete per l'estate?"

"Quando sarà troppo caldo per dormire in città."

Spesso porta un regalo: un barattolo di conserva fatta da Angelica, le amarene, oppure un sacchetto di limoni del loro giardino a Trapani. Si siedono fuori sul muretto sotto i due grandi pini in compagnia di tutti i suoi cani—cani abbandonati e mezzi morti di fame che hanno trovato il loro rifugio nel suo pezzo di terra, percependo che da lì non sarebbero stati cacciati. Si scambiano informazioni. Il tempo è sempre un argomento di conversazione. Continua a essere estremamente variabile, anche se ora è più caldo. Parlano di piante: cosa è in fiore, cosa si deve trapiantare. Edoardo ha la predilezione di coltivare le piante un tempo abbondanti nella sua giovinezza e che ora si stanno estinguendo. Kate lo segue nella sua logica, anche se a volte si tratta di alberi non proprio belli.

Uno dei suoi cani, Orecchiella, che è un maschio nonostante il nome, inizia ogni visita ai piedi di Edoardo, ma, senza che nessuno se ne accorga, finisce poi sul muretto con la testa appoggiata sulle ginocchia del suo padrone.

Orecchiella è un animale con un aspetto molto particolare: più lungo che alto, con grandi orecchie sempre alzate e tenute in allerta da un continuo stato di allarme e con un'espressione degli occhi troppo umana. Kate si avvicina per carezzargli la testa, per rasserenare la grinza di preoccupazione sulla sua fronte, ma lui va a nascondere il muso sotto il braccio di Edoardo: è un cane da un solo padrone.

Alla fine della giornata, dopo avere rimesso gli abiti da città, Edoardo si ferma di nuovo, chiudendo così in una cornice una giornata altrimenti non programmata. Porta delle uova o un mazzo di fiori—"per te *Nica*, non per lui," annuncia, stabilendo un'intimità che varia di giorno in giorno, a volte nella ammirazione sincera di un fiore che lei ha coltivato nonostante le difficoltà, a volte nella presa in giro in luogo di un rimprovero. "Niccolò, lui si che ha buon gusto, tu no Lady Kate, altrimenti non lo avresti sposato!" Lo humor non è troppo sofisticato, ma il sentimento che esprime è genuino. In tutte queste prese in giro Edoardo non supera mai il limite del buon gusto.

"Ti ricordi le uova che mi hai dato ieri?" Dice Kate "Quando ho rotto il primo, sono rimasta meravigliata della lucentezza del tuorlo. Il tuorlo di quello dopo era di un colore diverso dal primo, più piccolo e più pallido. Quello dopo ancora diverso. Di sei uova non ce n'era uno eguale all'altro."

"Per forza erano diverse, venivano da sei animali differenti!"

All'inizio i tanti regali di Edoardo li mettevano in imbarazzo. Se loro compravano qualcosa per ricambiare—gelato, cioccolatini—lui e Angelica erano *mortificati* e il giorno dopo si presentavano con ancor più regali del solito. Quando aveva chiesto ad Angelica se poteva insegnarle a fare la marmellata di amarene, lei lo aveva fatto. Dopo qualche giorno Angelica aveva portato un altro paniere di amarene e lei, che nel frattempo aveva preparato la marmellata, gliene voleva regalare un barattolo.

"Ma io ho già la marmellata," lei aveva protestato.

"Ti volevo dare qualcosa per ringraziarti delle amarene."

"Ma mi hai già detto grazie!"

Angelica è sempre in imbarazzo quando riceve regali da loro, come se non avesse senso, ed effettivamente, sono dei regali superflui.

Ad aprile, poco dopo la partenza di Elizabeth ed Electra per le rispettive università, Niccolò e Kate avevano imparato a fare il formaggio. Era una cosa che Kate desiderava saper fare da quando aveva letto *Animal Vegetable Miracle*. Non ebbero mai successo con la ricetta della mozzarella di Kingsolver, ma con un po' di pratica erano diventati bravi a produrre pecorino, ricotta e ravaggiolo.

Kate sa che ad Angelica piace la ricotta ancora calda, con molto siero. Edoardo invece ha la passione per il formaggio morbido, quello che si chiama ravaggiolo in Toscana e cagliata in Sicilia. A Matteo invece piace il pecorino: più invecchiato è, migliore è.

Due volte al mese vanno a comprare 30-40 litri di latte di pecora ancora caldo e passano un'intera giornata a fare il formaggio. Il loro scopo è di metter via diverse forme di pecorino per l'invecchiamento, così da poter avere dei regali da offrire a Natale. Il loro successo con il pecorino è diventato più grande della loro produzione perciò hanno dovuto incrementarla per metter da parte qualche forma da regalare nelle festività.

Finalmente hanno qualcosa da offrire ad Angelica e a Edoardo che viene apprezzata. Il loro formaggio è l'unico regalo che Edoardo abbia veramente richiesto.

Più accennato che esplicitamente richiesto!

"Matteo ed io abbiamo finito il pecorino." Lui fa girare la mano nell'aria, un turbine di vento ascensionale, un segno di approvazione. "E' finito in un minuto!"

"Aspetta te ne dò un altro."

"Se ne hai uno che ti avanza, non dico una bugia, era delizioso!"

"Ci fai un piacere." Dice Niccolò avendo scoperto il sistema per farglielo accettare con più facilità. "Ne abbiamo fatti troppi."

Quando Edoardo, e talvolta Angelica, alla fine della giornata avevano iniziato a fermarsi per una visita, Kate era in agitazione, impreparata. Non sapeva cosa offrire. Un bicchiere di vino? Una tazza di thè? Biscotti? non era abituata a insistere e dopo tre tentativi smetteva.

Ora Kate sa che inevitabilmente Edoardo si ferma per qualche minuto prima di andare a casa e in anticipo prepara una brocca d'infuso di verbena. Ha anche copiato l'abitudine di Angelica di mettere il caffè avanzato in una bottiglia sapendo che durante la giornata ad Edoardo piace berlo freddo. Se lui arriva accaldato e stanco gli offre un bicchiere di vino, ma se lei ha già preparata una tisana c'è un'alternativa a offrire il vino o il caffè.

Ad eccezione di quello portato come benvenuto nella nuova casa, il vino che ora Edoardo porta è leggero e facile da bere, viene dal suo vigneto di Insolia. Non è sofisticato, non è un misto di sapori, non è barricato, ma non è appesantito dai solfiti e non provoca mal di testa. Kate pensa a come dovesse essere il sapore del vino prima che arrivassero gli enologi: il sapore dell'uva dal quale proveniva.

"Un bicchiere di vino non fa sudare." Edoardo ripete sempre.

"Sembra una delle favole raccontate dalle nonne." Dice Kate.

"Lo pensavo anch'io la prima volta che me lo hanno detto, una buona scusa per bere un bicchiere di vino. Ma funziona!"

"C'è un senso se ci pensi," Niccolò sta ragionando. "L'alcool allarga le vene; incrementando la quantità di sangue in circolazione si riduce l'effetto sudorifero."

Edoardo alza gli occhi al cielo "Versati un bicchiere di vino e siediti!"

Al tempo giusto—non un minuto di più, che rischierebbe di diventare noioso o di imporsi sui suoi ospiti, non un minuto di meno, per non suscitare il dubbio che non ha gradito la compagnia ma che si è fermato solamente per un bicchiere di vino—Edoardo si alza. Rivolto a lei fa un inchino che, anche se appena accennato, è un autentico, grazioso gesto di cortesia, ma quando lo ripete rivolto a Niccolò, è quasi impercettibilmente trasformato, trasmettendo un pizzico di sarcasmo, di autoironia.

Kate va nell'altra stanza e torna con un pecorino di una settimana avvolto in carta oleata. Edoardo dice, "Un milione di grazie! Ma non devi darlo via, fallo invecchiare, è ancora più buono stagionato."

Lei torna nella dispensa, dove tengono i formaggi con la data scritta sopra, e ne prende un altro più vecchio.

Quando porge a Edoardo il pecorino più stagionato, lui le prende la mano e s'inchina profondamente. Non c'è ironia nella sua espressione di affetto e di stima.

"Ci vediamo domani Edoardo!"

"Inshallah."

A Dio piacendo!

CAPITOLO
DODICI

L'alba stamani era spettacolare.

Mentre la fotografava, si era sentita spettatrice non dell'inizio di un nuovo giorno, ma della creazione del mondo stesso. Aveva svegliato Niccolò e insistito che venisse giù, per ammirare insieme lo spettacolo dalla terrazza. Più tardi, mentre stavano facendo la piccola colazione, un'enorme massa di nuvole scendeva giù da Erice e si congiungeva al sole che ancora stava sorgendo. All'inizio sembrava che i colori avrebbero avuto il sopravvento quando le prime ondate di grigio erano vinte dal tono rosa scuro e rosa chiaro, ma alla fine, il grigio che scendeva dalla montagna aveva coperto tutti i colori e per diversi minuti sia il sole sia i colori furono oscurati. Alla fine il sole era emerso sopra i cumuli e le nuvole si erano spostate fino a stendere un manto sulle acque, facendo divenire color ardesia il blu pallido del mare. C'era un movimento nell'acqua, non onde e neppure bianche creste, ma una specie di ascesa, come se la variazione del colore avesse permeato il mare e ne avesse cambiato il corso.

Kate, che era in attesa di ricevere l'ispirazione per il suo nuovo libro di fotografie, improvvisamente realizza cosa sarà: "Nuvole". Nuvole sopra il mare. Non vede l'ora di assistere alla prossima alba, non vede l'ora di cercare tra i suoi archivi quali foto usare.

"Questo progetto piacerà parecchio al tuo editore!" Niccolò esclama con ironia. "Non avresti potuto sceglierne uno meno commerciale!"

Mentre stanno sparecchiando telefona Elizabeth. Normalmente lei non si sveglia così presto, ma Stephen è in America per terminare il suo quarto anno di medicina con un periodo facoltativo di studi allo Stony Brook Hospital in Long Island. Elizabeth, che ha appena finito gli esami del suo terzo anno, ha le valigie già pronte per raggiungerlo. Passeranno l'estate insieme viaggiando per gli Stati Uniti da costa a costa.

"Allora come sono passate queste sei settimane senza Stephen?"

"Ad eccezione dei primi giorni che ero triste, non mi è mancato troppo."

"E' un bene o un male?" chiede Kate.

"E' bene! Ti ricordi che mi hai sempre detto che una relazione sana deve essere come una **H** e non come una **A**?"

Certo che lo ricorda: due persone che stanno in piedi da sole, ma ben connesse, anziché appoggiate l'un l'altra e perciò destinate a crollare se si dissolv la connessione.

E' meravigliata che Elizabeth avesse prestato attenzione, che se ne fosse ricordata.

"Ho avuto un'illuminazione," continua Elizabeth. "Ho realizzato che Stephen ed io stiamo insieme perché insieme si vive meglio, non perché abbiamo paura di stare da soli."

"Mi fa molto piacere sentirlo."

"Sarai *tu* a mancarmi tanto questa estate!" aggiunge facendo precipitare la sua saggezza da adulta e concedendosi un momento di regressione.

"E' una scelta difficile, amore mio, diamanti o rubini!"

"Uhmmmm."

"Per fortuna non devi fare questa scelta. Venite a trovarci quando tornate dagli Stati Uniti. Avete una settimana libera prima che inizi l'università?"

"L'abbiamo, ma non possiamo raggiungervi subito, abbiamo promesso ai genitori di Stephen di andare da loro. Non li vede da prima di Pasqua."

"Va bene!" E' uno dei pochi svantaggi di un fidanzato che ha una buona relazione con i suoi genitori.

"Possiamo venire subito dopo che iniziano le lezioni, per un lungo week end."

"La prendo come una promessa!"

"Mamma, noi amiamo la Sicilia! Veniamo tutti i fine settimana se tu e Daddy ci comprate i biglietti."

Non è vero, le loro vite sono occupate dallo studio e dalle amicizie, ma è un pensiero carino.

Elizabeth passa dall'essere sentimentale a pratica senza alcuno sforzo come salta da saggia a immatura senza problemi. "L'unica cosa che ci manca in Sicilia è una piscina."

"Come sempre hai ragione, ma recentemente abbiamo avuto così tante spese e il tuo Daddy non spende soldi che non ha. Ma un giorno la faremo."

"Sì, sì...!" Lei già conosce questa storia. All'Antica hanno parlato con la mamma di Niccolò di costruire una piscina da quando Elizabeth aveva imparato a nuotare.

Anche se ne avevano discusso numerose volte con Fiammetta, anche se avevano trovato ed erano in accordo sul posto dove farla, anche se si erano offerti di pagarne la metà e poi avevano incrementato l'offerta fino a pagare tutto, nonostante tutto questo la piscina non era mai venuta alla luce.

Una piscina non è certamente una cosa essenziale nella vita, non è come le tubazioni della casa o il tetto, ma avrebbe fatto parecchia differenza tra un'estate di sofferenza—Firenze può divenire insopportabilmente calda e umida, chiusi dentro casa dalle dieci di mattina alle sette di sera—e un'estate di gioia, un posto dove il caldo è una buona scusa per passare il giorno rilassandosi nell'acqua fresca.

"Sarebbe un sensazionale sfondo per i cocktail che fai a giugno," aveva detto anni fa per convincere sua suocera.

A Fiammetta era piaciuta l'immagine hollywoodiana, lo aveva notato.

"Potrebbe essere il posto per riunire tutti gli amici di Elizabeth ed Electra nei mesi estivi."

Avrebbe dovuto fermarsi, invece era andata troppo avanti.

"I ragazzi fanno una gran confusione, poi lasciano gli accappatoi da tutte le parti, spostano tutto, mettono in disordine!"

Probabilmente aveva ragione, i ragazzi fanno confusione, specialmente quando si divertono.

Alla fine abbandonarono l'idea. Smisero di proporre la migliore ubicazione, non interpellarono più le aziende specializzate per fare dei preventivi. In fondo Fiammetta passava comunque le sue estati al mare, a cosa le sarebbe servita una piscina?

Giusto un altro modo di rammentare che le loro mani in Toscana erano legate.

"Vedrai Lizzy, quando avremo i mezzi per costruire una piscina certamente la faremo."

"Nel frattempo, stavo pensando, perché non farne una piccolissima, tipo Jacuzzi?" propone Elizabeth.

Perché no, ha ragione: se devono aspettare prima di costruirne una vera ci possono volere anni. Hanno sempre incolpato Fiammetta di esserne senza, ma ora cos'è che vieta loro di farla in Sicilia? Una piccola vasca potrebbe essere un'ottima soluzione.

"Quando arriva Electra?"

"Arriva all'aeroporto di Palermo tra dieci giorni."

"Dalle un abbraccione da parte mia."

"Lo farò."

"E se prende qualche vestito mio, dille di rimetterlo a posto prima di ripartire. Ha ancora la mia maglietta Champion che ha preso in prestito a Natale!"

"Veramente l'ho io. Electra l'ha lasciata nella cesta del bucato. Me la metto la sera. Mi tiene caldo come il tuo abbraccio."

"Allora in questo caso tienila!"

Per diversi giorni Niccolò e Kate si aggirano nella proprietà per scegliere il posto giusto per la piscina.

"Che ne dici se la facciamo tipo un laghetto?" chiede Kate fermandosi in una zona dove un masso affiorante da terra potrebbe in qualche maniera esser incorporato nel progetto della piscina.

"Se fosse una fontana?" suggerisce Niccolò dopo la visita alla fattoria di Renato a Trapani.

Scartano la Jacuzzi perché effettivamente non sono interessati ai getti di acqua ad alta pressione, ma solo ad acqua pura e pulita.

La domenica Kate ha l'abitudine di telefonare a Carrie, la sua miglior amica fin dal liceo. Carrie vive ancora in California, anche se si è trasferita al nord, vicino a San Francisco. Parlano una volta la settimana, di cose importanti o di niente; il loro scopo è mantenersi in contatto.

Niccolò in punta di piedi entra in salotto e sussurra, "Quando hai finito, ho trovato il posto per la piscina."

Copre il microfono. "Dammi cinque minuti."

Quattro minuti dopo lo raggiunge in terrazza. "Dove?"

"Là!"

Ad un lato della loro terrazza c'è una grande aiuola di circa tre metri per due. E' riempita di terra in cui crescono una grande pianta di rosmarino, una di salvia e poi sparpagliate piantine di fragola. E' il posto dove si nasconde Figaro quando vuole stare al sole senza dover temere i cani di Edoardo. Il muro esterno dell'aiuola è massiccio ed è costruito con le pietre grigie della stessa dimensione che sono state usate per costruire i pilastri della terrazza.

"*Bravo!*" Se idealmente toglie le piante, può vedere che Niccolò ha trovato il posto perfetto per la loro mini piscina. Infatti, sembra che sia stato disegnato per una piscina in miniatura che qualcuno, per errore, ha riempito con terra e piante.

E' sufficientemente grande per due persone.

E si trovava proprio davanti ai loro occhi da tutto questo tempo.

"Tutto quello che dobbiamo fare è svuotarla della terra."

"Ci godremo la nostra piscina la prossima settimana a quest'ora!"

Naturalmente ci vuole più tempo per realizzarla di quanto hanno pensato, ma già da quel pomeriggio hanno iniziato a scavare. Per prima cosa devono trovare un posto dove trapiantare il rosmarino, la salvia e le fragole. Poi devono costruire un sistema per tirare su i secchi pieni di terra che Niccolò sta scavando e che lei rovescia nella carriola e distribuisce lungo la strada.

Dopo tre giorni a spezzarsi la schiena sono ancora lì a scavare.

"Quanto profonda avevi detto che la volevi fare?" Chiede esausta e pronta per smettere.

"Profonda abbastanza per avere l'acqua fino a qui—" Lui indica il suo petto. "Quando sono in piedi!"

Devono scavarne ancora per tre quarti.

Ogni giorno svuotano un po' di terra, altri venti, trenta centimetri e poi la portano via.

Tutti i pomeriggi Edoardo si ferma sia per misurare il progresso del lavoro fatto sia per prenderli in giro per quanto procedono piano. Li deride anche per il solo fatto che loro vogliono farsi una piscina. Kate immagina che sia scettico perché il mare è a portata di mano, invece Edoardo, come molti isolani, ha una disposizione negativa nei confronti del mare. Ha ragione: in ogni famiglia c'è un pescatore annegato in un passato non troppo lontano. In tutti i casi, se a uno proprio piace l'acqua, continua il suo ragionamento, il mare è proprio vicino. Secondo Edoardo non c'è proprio alcun senso che costruiscano una piscina.

Le loro logiche sono differenti: ci sono dei giorni in cui non hanno voglia di prendere l'auto e andare al mare. Desiderano solo mezz'ora di refrigerio: un tuffo nell'acqua fresca tra un lavoro e l'altro. In agosto poi, quando ogni buon siciliano torna da ogni parte del mondo a trovare i suoi parenti, le spiagge, solitamente quasi deserte, diventano affollate. Una piscina permette di evitare la ressa dell'agosto pur concedendo il piacere dell'acqua fresca.

Si accorgono, da come Edoardo alza il mento, che non è convinto.

La visita pomeridiana di Edoardo dà loro la scusa di fermarsi per riposare. Kate ha la schiena che le duole ed anche Niccolò è stanco. Porta il vino con dei grissini per assorbire l'alcol, il thè e in più il formaggio. I cani che seguono Edoardo si fermano in fondo alle scale. "Questo è uno nuovo?" chiede avendo notato un cucciolo piccolo, magro, bianco e nero. Tiene la testa da una parte come il cane della "Voce del Padrone" sopra i dischi della sua gioventù.

"L'ho trovato in giardino stamani, aspettava il suo turno per mangiare qualsiasi cosa fosse avanzata. Ho incominciato tirandogli dietro un pezzo di legno. Ho abbastanza cani da accudire, non ho bisogno di altri, ma mi si è avvicinato con tanta speranza, come potevo scacciarlo? Vieni Nica, vieni qua!"

"Nica? Non lo puoi chiamare Nica" protesta. "Questo è il mio soprannome!"

"Va bene. Allora. Mica, vieni qua Mica!"

Salendo le scale della terrazza Mica inciampa; è felice di esser accolta dal suo *Salvatore,* senza riguardo al suo nome. Gli altri cani seguono—sei o sette, troppi da contare—per accomodarsi sotto il tavolo ai piedi del loro padrone.

Mentre si piega per accarezzare le loro teste, Kate scopre un pacchetto di sigarette che si affaccia dalla tasca. "Edoardo! Mi avevi promesso che avresti smesso."

"Ho smesso. Insomma, quasi. Non posso scendere sotto le tre al giorno." Spezza un pezzetto di grissino e lo regala a Orecchiella che nonostante lo svantaggio delle gambe corte gli era saltato in grembo. Con uno stratagemma getta i restanti pezzi di grissino giù per le scale. Dopodiché gli altri cani, che Edoardo sa che non sono ben accetti sulla terrazza, ritornano obbedienti al posto loro assegnato. Mica sta ai suoi piedi, incerta a quale classe appartenga. Quella cui è permesso stare sul suo grembo oppure quella che deve stare fuori della terrazza? "E' peggio che mai," continua "penso tutto il giorno alle sigarette, allo stesso modo in cui una volta pensavo alle donne!"

Con grande difficoltà, in seguito al loro incoraggiamento, aveva ridotto il numero delle sigarette da quaranta a trenta, venti, dieci e finalmente a tre, lottando per superare un'addizione cinquantenaria perché lui capisce che la loro preoccupazione è un modo di manifestare affetto per lui e per la sua famiglia; per un suo eventuale nipotino.

"Quante oggi?" Chiede tutte le mattine e tutte le sere.

La sua strategia e le manovre per aiutarlo a smettere di fumare le avevano fatto guadagnare il soprannome Patton, il generale americano di cui, lui specifica subito escludendo ogni possibilità di offesa, ha il massimo rispetto. Kate preferisce gli altri soprannomi con cui lui la chiama, Lady Kate oppure Nica Nica che significa piccola piccola. Data la sua altezza ci vuole un grande uomo per chiamarla piccolina senza apparire ridicolo.

"Una volta che smetti completamente, che passi una settimana senza sigarette, la nicotina non è più nel tuo corpo e tu sarai libero. Il desiderio andrà via."

Di nuovo alza il mento, non convinto. "A parte tutto, qual'è il motivo?" Si toglie un fazzoletto da una tasca interna e lo pressa sulla sua fronte per asciugare il sudore, "E' uno sforzo terribile per niente."

"Puoi recuperare molti anni di vita. Sei ancora giovane!"

Fa un cenno agitando la mano nell'aria, per non accettare il complimento.

"Che età pensi che abbia?" Le dà un'occhiata di traverso proponendole una sfida.

Dall'età dei suoi figli—venticinque e ventisei—e per l'età di Angelica, immagina 65 altrimenti senza queste informazioni e basandosi solo sulle apparenze e il modo di fare avrebbe pensato molti di più.

"Sessantacinque, sessantasei?"

"Sessantasei esatti! Qualcuno ha spifferato!"

"A sessantasei si è ancora giovani" dice Niccolò.

"E' vero. Ed ho avuto anche una buona vita. Ma non voglio smettere le tre sigarette al giorno."

"Pensa ai tuoi nipotini, hai bisogno di essere in buona salute per giocare con loro."

Lui annuisce, pensierosamente, come se considerasse il problema.

"Loro hanno bisogno del loro nonno Edoardo pieno di energia e forte."

Lui annuisce di nuovo, forse immaginando i suoi nipoti, gli scherzi che avrebbe fatto loro, l'educazione che avrebbe loro impartito.

"Puoi arrivare a 85 anni, Edoardo!"

Lui ride, interrompendo la sua contemplazione. "Nica, se io arriverò a 85, ti regalerò un diamante!"

"Se tu arrivi a 85, caro Edoardo, sarà questo il diamante donato!"

"Comunque queste non sono sigarette." Tira fuori dalla tasca della camicia un pacchetto di *Nazionali Esportazione* e fa venire fuori un pezzetto di carta di giornale ripiegato. "Questi sono semi. *Agastache Labiatae*."

"Sono quelle che crescono vicino alla tua vasca dei pesci?" Lunghe spighe con eleganti volute di fiori bianchi e foglie profumate di liquirizia. Attraggono l'assortimento più stupefacente di farfalle, varietà che non aveva più visto da quando era bambina in California.

"No, è lo stesso tipo di pianta, ma quelle vicino alla vasca sono liquirizia bianca. Queste sono liquirizia blu. Queste stanno nella parte più lontana del campo dei limoni."

I limoni nella proprietà di Kate e Niccolò sono miserelli; producono appena due o tre limoni l'anno, nonostante siano stati ben fertilizzati e ben potati. Invece i limoni di Edoardo sono splendidi, alti e larghi, le foglie lucide e sane, non arricciate dal gelo, i rami così appesantiti dai limoni che lei sente male alla schiena solo a guardarli. Il segreto di Edoardo è che, quando ereditò questa proprietà da suo padre molti anni fa, aveva piantato cipressi tutto attorno. I suoi alberi di limone ora sono protetti sia dalla bruma salata che sale dal mare sia dal freddo pungente che scende da Erice. In poche parole lui ha sacrificato la vista per avere dei bei limoni.

"Aspetta. Vorrei scrivere il nome di questi semi. Ripetilo per favore."

Lentamente lui dettaglia: "F-i-o-r-e."

"B-u-f-f-o."

C'è una scritta lungo la penna: *Scaduto Agenzia Funeraria*. Ride, poi passa la penna a Niccolò. Anche lui ride e traduce in inglese "Expired!"

"E' il nome che deriva dalla professione o la professione ha ispirato il nome?"

"Buona domanda. Sono stati necrofori da generazioni. Hanno seppellito mio nonno. Anche mio padre. Chiedo sempre una penna. E' l'unico modo che dà la certezza di riaverla quando qualcuno chiede una penna in prestito."

Kate gli restituisce la penna.

"Lei ed io," Edoardo dice a Niccolò, "facciamo miracoli nei nostri giardini. A quest'altitudine, con i cambiamenti repentini di clima, ogni bocciolo che fiorisce è un miracolo."

Si alza per andarsene, asciugandosi la fronte con il fazzoletto prima di riporlo nella tasca della giacca.

"Tu hai bisogno di un altro bicchiere di vino. Stai sudando."

Muove l'indice in segno di negazione. "Oggi neanche il vino può aiutare, è troppo caldo. Ho detto ad Angelica di preparare la nostra stanza da letto. Io stanotte dormo qui. Se lei vuole dormire da sola in città, non importa." Rimette la penna nella tasca. "Manderò su Matteo a darvi una mano con lo scavo."

"Grazie, ci vediamo dopo."

"Inshallah." Edoardo si alza, e, come in tribunale, contemporaneamente si alzano tutti i suoi cani.

Dopo che Edoardo se ne è andato, Kate dice a Niccolò, "Sarebbe carino andare a visitare il giardino di Edoardo nel pomeriggio, dargli la soddisfazione di ammirare i suoi fiori."

"Bene, subito dopo pranzo."

Matteo viene a scavare per un po' di tempo, ma, dopo che hanno riempito una carriola, loro insistono che smetta. Lui è più giovane e muscoloso di loro ed ha un gran senso del dovere, ma devono esser attenti che per aiutarli non si faccia male.

"Indovina cosa ho trovato stamani nascosto sotto la pianta di rosmarino davanti a casa?" Racconta. "Stavo annaffiando il giardino e questa palla di pelo nero ha iniziato a ringhiarmi. Quattro cuccioli!"

"I cuccioli di Sandy?" Sandy è un mezzo beagle che da quando Edoardo l'aveva adottata era stata gravida diverse volte.

"No, non sono di Sandy." Erano seduti di nuovo in terrazza, stavolta con acqua e biscotti ancora caldi di forno. "Uno dei cani del pastore."

"Ancora cani abbandonati!" Esclama Niccolò rivolto verso un pubblico di occhi neri e tristi che avevano seguito Matteo da casa sua fin qui, pronti ad afferrare un pezzettino di pane gettato, un momento di considerazione.

"Proprio quello che ci vuole in questa valle."

"Davvero!" Matteo considera anche l'altra faccia della medaglia, ma come suo padre anche lui non può negarsi ai bisogni di questi cani. Non può dire di no a un'ulteriore bocca affamata. Comunque a differenza del padre ormai in pensione e che ha il tempo di sedersi al sole e godersi la compagnia dei cani, Matteo ha il compito di preparargli il pasto. E a differenza di Kate, che compra grossi sacchi di cibo secco tritato ogni due settimane, Matteo e suo padre ogni due giorni vanno in macelleria e prendono delle carcasse di pollo che poi cuociono per i loro cani assieme a chili di pasta. Clover ha iniziato a disdegnare il suo mangiare secco per andare dal vicino e unirsi al banchetto e Niccolò ha minacciato di fare lo stesso un paio di giorni fa quando lei ha tentato di portare a tavola panini per il secondo giorno consecutivo.

La mano di Matteo è sospesa sul piatto di biscotti di mandorle con fiocchi d'avena, le sue sopracciglia alzate come per chiedere il permesso.

"Prendi pure, non devi chiedere. Quelli che non mangi li porti a casa."

La quantità che ha scavato Matteo è minima, ma loro si sentono meglio dopo che è andato via, avendo costatato che non sono i soli a sentirsi stanchi per questo pesante lavoro.

CAPITOLO TREDICI

Anche stamani l'alba era sublime con montagne di nuvole nere che erompevano sopra Custonaci; l'aurora le illuminava sorprendentemente da dietro. Il sole stesso era il punto focale di questa fotografia dell'alba, come se fosse stato la bocca di un vulcano. Kate era in piedi, alla finestra del corridoio del piano superiore, spettatrice dell'inizio della loro giornata; tremava per il freddo mentre scattava le foto, finché il cielo si era rischiarato fino a far scomparire le nuvole. Poi, con il sole che si sollevava alto nel cielo, si era persa ogni traccia del precedente miracolo; lei si era rannicchiata nuovamente al caldo sotto le coperte per rivedere la scena fino a quando non era abbastanza tardi da convincere Niccolò che era l'ora del caffè.

Togliere la terra per realizzare la piscina è un lavoro più pesante di quanto avesse immaginato e, per l'ennesima volta, si domanda se devono smettere di fare questo lavoro da soli e trovare qualcuno che li aiuti. Più profondamente scavano e più difficile è tirare fuori il secchio con la terra. Ogni secchio pesa 30 Kg. Ogni carriola riempita pesa circa 90 Kg. Tutte le volte che torna con un'altra carriola svuotata, dà un'occhiata al cancello con la speranza che qualcuno venga a far visita dando loro una scusa per riposarsi.

Quando Edoardo si ferma è quasi mezzogiorno, e la sua visita è breve. Non hanno neanche il tempo di uscire dalla loro fossa che lui se ne sta già andando.

Non appena svuotata l'aiuola per circa due metri, si fermano. "E' profonda abbastanza" Kate insiste, anche se, una volta posata la base di cemento, si sarebbe persa un po' di profondità.

"Sono tentato di riempirla subito di acqua" Niccolò confessa. "Ora come ora sarei felice anche di fare un bagno di fango!"

Martedi, liberati dallo scavo della piscina, decidono, per riposarsi, di fare il formaggio. La loro dispensa è quasi vuota.

Il telefono squilla. E' Electra. "Stiamo scaldando il latte per fare il formaggio. Posso richiamarti dopo?"

"Chiamami appena finisci."

"Ma va tutto bene?"

"Sì, ho parlato con Elizabeth."

"Come sta? Dov'è?"

"E' a Boston. Ieri è andata a guardare la migrazione delle balene."

"Beata lei!"

"Si sta divertendo un mondo! Lei e Stephen hanno visto accoppiarsi venti balene. Ha detto che di solito è difficile vederne più di un paio."

"Incredibile!"

"Ma ha detto che tu e Daddy state costruendo qualcosa e non mi ha voluto dire cosa sia."

"E' una sorpresa. Devi vederla da sola."

"Questo non mi aiuta a concentrarmi sui miei esami finali."

"Devo scappare. Il latte si scalderà troppo."

"Ciao!"

Ormai sono diventati esperti, fanno pochi errori; qualche schizzo qui, qualche schizzo là, ma il formaggio ha lo stesso sapore di quello che si compra in un buon caseificio ed ha anche la giusta densità. Tuttavia, come è successo la prima volta, hanno ancora un timore reverenziale nel sollevare il coperchio del pentolone per controllare la trasformazione del latte da liquido a solido. Questo è, secondo loro, un miracolo.

"Per essere precisi," ha precisato il loro amico Eugenio, "un miracolo è un evento che sembra esser contrario alle leggi della natura. In questo caso si tratta semplicemente di reazione chimica!"

"Grazie mister enciclopedia!"

Alcune persone quando sono a faccia a faccia con un miracolo non se ne accorgono.

A dire la verità, più ci pensa più si rende conto che sono circondati da miracoli, tutte quelle piccole cose che si danno per scontate ma che non si sa come realmente funzionino: dall'importanza del sole alla formazione di un uovo, da come un'economica radio a transistor possa ritrasmettere in modo così chiaro e così fedele il suono della *Musica sull'Acqua* di Handel. Come facciano le api a produrre il miele e come gli orsi possano scovarlo. Eugenio la prenderebbe in giro, lo sa, ma se uno trova il tempo per accorgersene è difficile non essere meravigliati da come funziona il mondo.

Poco prima di colazione prende la macchina per andare a portare ad Angelica due chili di ricotta fresca con lo strato superiore di formaggio morbido e bianco per Edoardo. Come un penitente al proprio confessore Edoardo le aveva confidato che per quanto abbondante fosse la cagliata che portavano, non poteva resistere, la finiva subito. Lei, allora, l'aveva divisa in tre contenitori. Prende sempre la macchina per andare alla casa dei vicini; la strada curva, poi curva di nuovo e si allarga un po' prima di arrivare alla loro piena di buche e difficile da percorrere. Ci sarebbe una scorciatoia attraverso i campi, ma se arriva a piedi Edoardo sicuramente insisterà per riaccompagnarla in auto.

"Entra, *assèttate!*" Edoardo le va incontro di corsa; Angelica è dietro e si asciuga le mani con un canovaccio.

"Non posso fermarmi," porge ad Angelica il vassoio dei formaggi spiegando cosa sono e a chi sono destinati. "Devo correre a casa, ma volevo portarvi i formaggi ancora caldi."

"Grazie!" Angelica tiene il regalo stretto al petto. Lei ha sempre freddo, anche in piena estate, e Kate nota che è felice del calore del formaggio. "Aspetta, t'incarto due uova."

"La prossima volta, Angelica, grazie."

"Hai visto i cuccioli?"

Kate si piega per guardare nell'oscurità sotto gli arbusti e intravede otto occhi spaventati e vivaci che la fissano. "Hai visto la madre?"

"Sì, è una dei cani del pastore. Non sono sicura quale sia. Ce ne sono due con il latte. E' qui da qualche parte, si nasconde fino a quando noi non andiamo via"

"Mi spiace ma devo proprio andare—ho lasciato Niccolò in cucina con la ricotta."

"*Mischinu*, non deve stare sempre in cucina a lavorare!" Edoardo la accompagna alla macchina passando attraverso il suo giardino. "Dovrò togliere queste margherite" dice indicando una distesa di piante sane. "Stanno soffocando i gigli. Guarda!"

Deve tornare a casa, Niccolò si lamenterà di esser stato lasciato da solo a ripulire tutto, che è la parte meno miracolosa del processo. In modo frettoloso toglie lo sguardo dalle margherite che sovrastano i gigli. Nel mezzo del verde, dove tutti i fiori sono ancora in boccio, spunta una splendida calla nera.

"Vuoi vedere la Agastache Liquorice Blue?"

"Edoardo, la prossima volta, mi piacerebbe moltissimo. Ora devo proprio tornare a casa."

Le tiene aperta la porta dell'auto, fa un cenno abbassando la testa. "Per lo meno hai visto la calla nera."

Alla prima luce del giorno c'è un fumo che sale a spirale dalla parte opposta della valle; un altro agricoltore che alzatosi presto ripulisce i campi. Ciò le ricorda che anche loro devono bruciare i rami che hanno tagliato e raccolto da una parte. La Forestale tra poco proibirà di fare fuochi per tutti i mesi estivi.

Subito dopo mangiato Niccolò in macchina va a portare il residuo siero di formaggio che piace ai cani di Edoardo.

Anche lui si ferma solo un minuto.

"Hai visto i cuccioli?" domanda Kate prendendo da Niccolò un meraviglioso dolce di pere che Angelica aveva preparato per loro.

"No. Sembra che la madre li abbia spostati di nuovo." Lui le porge il giglio nero. "Questo è per te da un tuo ammiratore segreto."

"Ah!" Il giglio è ancora chiuso, ma meno di ieri; metà chiuso, metà aperto.

"Bisogna andare a fare una visita a Edoardo e Angelica nel pomeriggio."

"Aspettiamo che sia più fresco. Porteremo una forma di pecorino appena fatto."

Kate sente mettere in moto il trattore di Edoardo. Guarda l'orologio. Sono le cinque del pomeriggio. Sarebbe stato meglio se non avesse lavorato con questo caldo, ma lei ben conosce la tentazione di tagliare l'erba per un paio d'ore, prima di sera. Porta fuori una cesta di bucato da far asciugare dietro la casa. Il sole è così forte che deve far attenzione a mettere i panni all'ombra per evitare che i colori sbiadiscano. Il bianco può ingiallire nella parte superiore in cui sono appesi al filo. Fare il bucato è un problema a Erice. In primavera non asciuga, c'è troppa umidità per quanto vento ci possa essere. D'estate i colori sbiadiscono.

Kate ride, ci sono problemi più seri di cui preoccuparsi.

Un'ora più tardi, uscendo da casa per controllare la biancheria, vede passare davanti al cancello la vecchia Renault di Matteo a gran velocità.

Non rallenta, non suona il clacson per salutarli com'è solito fare tutte le volte che passa davanti al cancello. Un'ambulanza lo segue velocemente.

"Nicco!"

Niccolò è di sopra nel suo studio.

"Niccolò! Vieni! Subito!"

In un istante è in fondo alle scale. Il suo cellulare inizia a suonare. E' Angelica, è disperata!

"Si è rovesciato il trattore! Oh Madonna! Edoardo è sotto il trattore!" Kate può sentire la sua disperazione arrivare sia tramite il telefono di Niccolò sia dalla sua viva voce, di là dal campo. La sua voce trasmette una eco, una ripetizione: "Aiuto! *Aiuto!* Edoardo! *Edoardo! Aiutatemi!*"

Niccolò afferra la mano di Kate e insieme corrono giù attraverso il grande campo, ma dopo i primi goffi passi in tandem, lui la lascia per correre più in fretta. Sta già scendendo la scarpata che divide le due proprietà quando lei ha ancora metà del campo da attraversare. Non è distante, ma la terra è stata arata di recente ed è piena di grosse zolle e lei ha i sandali. La sua lentezza la fa arrabbiare con se stessa, ma non riesce ad andare più veloce. Si vuole convincere che Edoardo sta bene. Lui starà bene. Lui è robusto. Lui è forte. Non è la prima volta che si è rovesciato con il suo trattore. Sarà un'altra avventura da raccontare.

Lui è robusto. Lui è forte. Lui starà bene.

Quando il terreno diventa piano, finalmente può correre più veloce.

Ma dove sono? Corre dietro la casa, attraverso il groviglio del giardino di Edoardo. Non si vede nessuno.

"Nicco! Angelica!"

Mentre sta arrivando al campo proprio dietro la casa di Angelica sente l'auto di Matteo e l'ambulanza che sobbalzano nella lunga strada piena di buche. Ma dove sono?

"Niccolò!"

Dietro la casa, alla sommità di un campo molto ripido dove ancora l'erba non era stata tagliata, vede Niccolò.

E' in ginocchio, accanto al trattore rovesciato.

Vede Angelica.

Per ultimo vede Edoardo.

Matteo arriva vicino al padre nello stesso momento in cui arriva Kate, e lui e Niccolò lo tirano fuori da sotto il trattore.

Edoardo non è stato schiacciato, sembra in pace, come se avesse bevuto troppo e si fosse disteso e assopito sulla sua terra ricca e scura.

Niccolò spezza l'idilliaca illusione. Preme a forza e rilascia ripetutamente il suo petto. Kate s'inginocchia per terra vicino alla sua testa, si toglie la felpa e la mette sotto il capo di Edoardo.

"Edoardo!"

Quelli dell'ambulanza finalmente arrivano. Che cosa diavolo hanno fatto finora? Ammirato il panorama? Fumato una sigaretta? Si avvicinano lentamente, trasportano un apparecchio pesante su per la salita. Uno di loro s'inginocchia sopra Edoardo e fa pressione sul cuore, ma gentilmente, in modo inefficace, senza convinzione.

Niccolò lo sposta e riprende il suo posto, ricominciando a fare il massaggio cardiaco con forza.

"Edoardo! Stai con noi! Stai con noi!"

Kate gli tiene la mano, stringe le sue dita. Non sa se è in vita oppure no. Deve esserlo. Come si fa a saperlo? Con quel poco che resta della sua forza Niccolò pompa sul cuore di Edoardo.

Kate tiene con amore la sua testa continuando a chiamarlo per nome.

Dopo quella che sembra un'eternità arriva un dottore. Fa spostare Niccolò. Gli fa un'iniezione. Adrenalina? Ciascuno parla con se stesso: il dottore, gli infermieri, Matteo, Niccolò.

"Faccia qualcosa!" Kate implora.

"Signora, è inutile. Lui non c'è più."

"Edoardo?"

Ormai è tutto inutile.

"Edoardo?"

Lui non è più con noi; è molto lontano.

Non c'è più niente da fare. Scende un pesante silenzio.

Il *frastuono della vita ritorna.* Angelica si muove in modo automatico mettendo un paio di vestiti di Edoardo dentro una valigia. Ci sono problemi da risolvere, grazie a Dio, qualcosa cui lei debba pensare al di là dell'assenza improvvisa e definitiva di Edoardo.

Angelica deve al più presto decidere dove trasportare il corpo di Edoardo. Tenerlo in questa casa oppure trasportarlo in quella di Trapani?

Lei guarda Kate perplessa come se le avesse parlato in inglese. Sembra incapace di concentrarsi sul problema per trovare una soluzione. Angelica scuote la testa; è imbarazzante vedere il suo cuoio capelluto rosa attraverso i suoi capelli fini.

"Le persone vorranno venire a salutarlo per l'ultima volta" sussurra Angelica, a un certo punto, come se stesse vivendo in un sogno.

Kate è incollata al suo fianco, le sta sufficientemente vicina da afferrarla nel caso dovesse svenire, ma a esser sinceri, l'aiuto che le può dare è insignificante. Non sa cosa si debba fare in un'occasione così. C'è sicuramente qualcosa che si deve fare in simili occasioni, ma non ne ha idea.

Si rende conto che non deve essere lei a prendere le decisioni. Le ripete le domande così che Angelica possa udirle di nuovo. "Le persone vorranno venire a salutarlo. E' meglio portarlo in casa qui o in città?

"Non lo so, ma qui c'è poco posto."

Non hanno un vero e proprio salotto qui, il piano terreno della casa è la cucina con una grande tavola e molte sedie.

Dove si può distendere il corpo? Al piano superiore ci sono due stanze, entrambe piccole con un corridoio stretto, la scala che collega i due piani è esterna.

"C'è più posto in città?" conosce la risposta, è stata molte volte in quella casa.

"Sì, in città sarebbe meglio."

C'è un problema per portare Edoardo in città: è morto a Erice, ma lui risiedeva a Trapani. L'ambulanza non è autorizzata, se non con uno speciale permesso, a trasportare un defunto tra due città diverse. In più non possono fare niente finché non arriva la polizia con il medico legale per certificare ed escludere che il decesso non sia dovuto a cause volontarie.

Sembra ridicolo, ma apparentemente è un problema.

Due problemi da risolvere.

"Niccolò, chiama il maresciallo!"

Sono in amicizia con il comandante dell'Arma dei Carabinieri di Erice, Antonio Croce. Un'amicizia che era iniziata quando un giorno tornando a casa dal mare, accaldati e pieni di sabbia, sognando una doccia e un pasto, trovarono la strada di casa chiusa per una gara ciclistica. La polizia municipale li fermò e disse che dovevano aspettare il termine della gara, circa due ore. Niccolò si accorse che c'era poco distante un maresciallo dei Carabinieri e andò da lui a spiegare la sua situazione. "Mi segua, ma non perdiamo tempo, altrimenti i corridori arrivano fino alla strada di casa sua." In questo modo furono scortati dalla macchina dei Carabinieri, a sirene spiegate, fino a casa. Da quel giorno divennero amici.

Che ricordo spensierato! Oggi sembra così fuori luogo, come se fosse successo anni fa.

Alla fine arriva il maresciallo che completa il rapporto. Niccolò firma la testimonianza che lui e Matteo hanno trovato Edoardo sotto il trattore rovesciato. Poi Matteo, con il rapporto compilato, risolve il problema dello spostamento tra i diversi comuni facendo intervenire l'impresa funebre Scaduto di cui la sua famiglia si è servita in passato.

Loro lo trasporteranno nella casa di Angelica a Trapani e lo prepareranno per l'ultimo saluto.

E' buio e freddo nella casa di Edoardo e di Angelica mentre stanno aspettando il carro funebre.

Niccolò ferma Kate mentre sta iniziando di nuovo a salire verso il campo dove è Edoardo.

"Voglio andare da lui."

"E' buio e il terreno è sconnesso."

Ha ragione. Ora è completamente buio. Cofano è presente per la sua assenza: uno spazio vuoto, dove ci dovrebbero essere le stelle.

L'umidità ha inzuppato il cuoio dei suoi sandali ed è salita dentro il suo corpo, il torso e le braccia, fino alle dita, fredde e intirizzite.

Appoggia la testa sulla spalla di Niccolò. "Non posso fare a meno di pensare a Edoardo disteso lassù nel campo, sulla terra nuda."

Lui si avvicina all'orecchio di lei e le sussurra: "Pensa: lui sta abbracciando la sua terra, quella che ha sempre amato, per l'ultima volta. Questa è l'immagine che sto tenendo con me."

"Voglio andare a trovarlo."

"Vengo con te."

"No. Stai con Angelica."

"Sei sicura?"

"Ho bisogno di rivederlo."

Edoardo non c'è più. Il suo corpo giace nella stessa posizione ma non c'è alcuna probabilità che possa essere in vita.

"Signora?" Gli infermieri dell'ambulanza stavano appoggiati a un albero. Due uomini tarchiati, forti, nessuno dei due giovane. Può vedere nel buio il rosso bagliore delle loro sigarette accese.

Era stata stupida ad aver insistito con Edoardo per cercare di farlo smettere di fumare.

"Vorrei riprendere la mia felpa."

"Questa?" Il più anziano dei due infermieri recupera un ammasso di stoffa grigia distesa alla base di un olivo.

"Sì." Anche se è buio la riconosce. L'aveva comprata per Elizabeth quando aveva tredici anni. Lei l'aveva indossata per anni—è proprio del peso giusto, sia d'estate che d'inverno—ma quando Elizabeth stava scegliendo tra le sue cose quelle necessarie per il suo nuovo periodo universitario, Electra l'aveva convinta a disfarsene. "Non ce la faccio più a vederti con quella felpa, l'hai indossata per cinque anni!" Così Elizabeth l'aveva dato via, ma da allora Kate la indossa sempre, nonostante l'irritazione di Electra.

"Avete bisogno di qualcosa?" chiede agli infermieri, legandosi la felpa alla vita. Sente freddo, ma non le sembra corretto indossarla. "Acqua? Caffè?"

"No, non abbiamo bisogno di niente." La voce del più anziano è profonda e rauca. "Stiamo qui finché non verranno quelli delle pompe funebri. Dobbiamo tenere i cani a distanza."

L'altro uomo accende una torcia e manda un fascio di luce su *Mica* e *Sandy*, *Russ* e *Orecchiella*, tutti raccolti ai piedi di Edoardo. "Non vanno via neanche a tirare sassi."

"No, non tirategli sassi. Lui era il loro benefattore. Devono a lui la loro vita."

Chi si occuperà di tutti questi cani?

Quando arrivano gli addetti dell'agenzia funebre ed è il momento di portare via dal campo il corpo di Edoardo, Kate accompagna Angelica in cucina. Matteo resta con Niccolò ad aiutare le persone che lo portano via.

Sui fornelli c'è il sugo per la pasta, un piatto di melanzane pronte per essere fritte; la preparazione di un pasto interrotto. Sulla tavola, nel posto di Edoardo, ci sono lettere aperte, un settimanale, i santini che lui collezionava, una bottiglia di Coca Cola riempita per due terzi con caffè freddo.

"Vuoi portare questo cibo con te a Trapani?"

"Sarebbe bene."

"Prendo un sacchetto, dimmi cosa vuoi che ci metta."

"Guarda se c'è qualcosa nel frigorifero che possa andare a male."

Angelica è stranamente calma.

Kate apre la porta del frigo. In un ripiano vicino a della frutta vede un contenitore con dentro la *cagliata*.

Perché lei non l'ha messa in un unico grande contenitore e non gli ha lasciato la gioia di godersela appieno? Perché cercava di forzarlo a smettere quando evidentemente adorava fumare?

Si accorge dell'inutilità della loro insistenza.

Edoardo non aveva mai pensato di vivere a lungo.

Se almeno ieri Kate avesse trovato il tempo di camminare attraverso il suo giardino, per ammirare i suoi fiori!

Per lo meno questo.

Kate ha in casa i fiori che Edoardo le aveva portato lunedì scorso: due agapanti, uno bianco e uno celeste che già avevano iniziato ad appassire, ed il giglio nero. Era appena stata fuori, vagando nel giardino, meravigliandosi di quante piante provenivano dal giardino di Edoardo.

Chi mai avrebbe ammirato i suoi fiori adesso?

Le viene in mente, con una chiarezza che le fa male, che la maggior parte del lavoro che aveva fatto nel giardino era per conquistarsi l'approvazione di Edoardo sapendo che si sarebbe fermato e che avrebbe ammirato i suoi sforzi. Ora, chi le dirà quando è il tempo giusto per trapiantare una palma, o i gigli? Ma perché non aveva scritto tutte le cose che lui le aveva insegnato?

Qui è un altro giorno bellissimo: lo spettacolo della natura continua, come se nulla fosse cambiato. Ma lei si muove piano, come fa anche Niccolò. I loro cuori hanno un grosso peso dentro.

Le ultime parole che Edoardo le aveva detto erano state: "Sono contento che almeno hai visto il giglio nero."

Kate lo ha visto, e ciò l'ha commossa profondamente.

Domani mattina glielo restituirà.

Sono in ritardo. Kate ha già chiuso casa, ma Niccolò corre di nuovo dentro. Ha dimenticato qualcosa.

"Nicco! Siamo in ritardo!"

"Vuoi che anch'io muoia di infarto? Smetti di farmi fretta!"

Sono entrambi irritabili. Il funerale inizia tra trenta minuti e questo non è un problema; lo è invece la ricerca del parcheggio, con tutta la gente che parteciperà al funerale.

Lei è in piedi sotto gli imponenti pini, tiene aperto il cancello mentre Niccolò fa marcia indietro per uscire. Appena fuori dal cancello c'è un cactus di due metri. Ha un unico boccio. Poi, come se il tempo accelerasse, si apre di colpo divenendo un grande fiore bianco, il cui pistillo si muove come se fosse appena svegliato da un lungo sonno.

"Nicco! Oh mio Dio! Guarda!"

"Sembrava che fossimo di fretta."

"Guarda! Quel fiore. Si è aperto mentre io stavo qui. E' un miracolo!"

"Vieni o vado al funerale da solo?"

Sale in macchina, sottomessa. Corrono su per la salita. Alla seconda curva sulla strada lui posa la mano sulle sue. "Scusami!"

Lei si sente venire un nodo alla gola. Se inizia a piangere è la fine. "Scusami per averti fatto fretta."

"Non mi piacciono i funerali."

"Non mi piace la morte."

La Matrice, la chiesa principale di Erice, è piena di gente. Loro si spostano attraverso la calca senza vedere nessuno, qualche mano si alza per cercare la loro, ma lei non sa di chi sia. Trovano due posti davanti, dalla parte dove abitualmente siede il coro. Da qui può vedere Angelica nella prima fila, senza più forza. Ieri, a casa sua, ricevendo le tante persone che venivano a rendere omaggio ad Edoardo, era senza lacrime, composta; l'unico segno di debolezza era la forza con cui stringeva le mani. Oggi piange a dirotto. Ad ogni persona che viene avanti per abbracciarla scoppia in un nuovo pianto. Sembra più magra del solito, come se le lacrime che versate fossero una parte di se stessa, come se la sua esistenza fosse cessata con Edoardo.

E' sorretta da entrambi i lati dai due figli, Matteo e Sergio: due colonne di forza, una illusione messa in dubbio dalle lacrime incontrollate che scendono dalle loro facce.

La cassa di Edoardo è completamente coperta da una grande, elaborata e costosa corona di fiori. Kate può immaginare il suo gesto di noncuranza e irriverenza: "Esagerato!" Oppure li avrebbe graditi? C'è sicuramente la possibilità di un'ampia varietà di reazioni. Lui aveva sempre più di una reazione, come

se recitasse tutte le parti in ogni dramma che gli era stato assegnato.

Esitante sulla propria parte in questo dramma aspetta finché la famiglia circonda Angelica così che, senza farsi notare,
può andare fino al centro della chiesa. Appoggia il giglio nero
sulla bara infilandolo dentro una maniglia. Non c'era più posto
sopra o sui lati.

Il giglio le dà un punto focale durante la cerimonia. E' certa
di vederlo muovere. Non ha la forza di guardare Matteo o Sergio, così robusti, alti, giovani e forti, così vulnerabili: colonne di
sale consumate dalla pioggia. Angelica è irriconoscibile, il vestito nero che indossa sembra di molte taglie più grande, come se
stesse assottigliandosi proprio davanti a lei. Kate ascolta e non
ascolta il prete che celebra la messa.

> Su pascoli erbosi mi fa riposare
> Ad acque tranquille mi conduce.
> Mi rinfranca, mi guida per il giusto cammino

Le preghiere e le frasi familiari che consolano gli italiani non la
confortano; restano parole, vuote di significato, anche se sono gli
stessi salmi e preghiere che la toccano così profondamente
quando sono in inglese.

> He maketh me to lie down in green pastures:
> He leadeth me beside the still waters.
> He restoreth my soul

Quando il funerale è terminato Niccolò la precede fuori dalla
chiesa. Non hanno bisogno di esprimere le condoglianze alla famiglia, dopo ci sarà tempo per parlare con loro. Fuori dalla chiesa, più lontana che può dalla folla, senza uscire dalla piazza,
Kate appoggia la sua fronte contro le antiche pietre della Matrice. Mura che sono state testimoni di ogni umana sofferenza per
più di novecento anni. Lei aggiunge il suo dolore alle loro memorie collettive.

La campana della chiesa rintocca, una triste, lenta, vuota risonanza che echeggia dentro le strette strade di Erice, che scende dalla montagna come una nebbia eterna. Otto uomini forti
trasportano fuori dalla chiesa la cassa di Edoardo; tra loro Matteo e Sergio, che tengono il tempo con il lento, vuoto rintocco.
Tutte le corone di fiori erano state rimosse e appoggiate al carro

funebre in attesa della bara, ma Sergio aveva impedito che il giglio nero fosse rimosso; restava infilato nella maniglia laterale.

Kate ricorda la prima volta che vide Matteo, pieno di dolore quando trasportava la Madonna, come se quella fosse stata una prova per la più grande pena della sua vita.

Come da tradizione, i presenti accompagnano Edoardo alla porta della città, un movimento lento, una folla disorganizzata di persone che erano state parte della vita di Edoardo.

Niccolò le mormora all'orecchio: "Ora mi rendo conto che Edoardo viveva in campagna da solo perché aveva scelto di stare in solitudine, non perché non fosse apprezzato o gli mancassero occasioni per avere compagnia."

Arrivano alla porta e salutano; un breve abbraccio a Matteo e Sergio.

Edoardo farà da solo il resto del viaggio.

Quando stanno andando via per tornare al luogo dove hanno parcheggiato, Rosario si fa strada tra la folla per raggiungerli. Dice: "Ho fissato l'appuntamento *effettivamente* con il notaio e Butterello per il 27 alle nove e trenta, come *effettivamente* avevate richiesto."

Kate sta per dire qualcosa, ma Niccolò, con voce triste, promette di chiamarlo tra qualche giorno.

Non c'è altro da fare che tornare a casa.

Scendendo dalla macchina per aprire il cancello vede che il fiore del cactus è appassito, l'unica traccia della sua breve esistenza una buccia marrone spento.

Dentro casa il suo vaso è vuoto.

CAPITOLO
QUATTORDICI

L'alba stamani era spettacolare anche se solo per la sua totale mancanza di colori. L'aurora era spoglia di profili, di contorni definiti; non larghe pennellate, ma tutti dettagli particolari. Quando il sole finalmente si alzò, accadde come se fosse stato fuori dalla scena, o nascosto dietro una tenda di nuvole; non portò colori, ma dette allo scenario una pennellata di color seppia. Era stato bello, ma come in un sogno o in una favola. Aveva osservato tutto attentamente, ma non era riuscita a superare la sua resistenza a fotografarlo.

Al culmine del loro lutto collettivo, arriva Electra: una luce splendente di salute e felicità. Alla porta degli arrivi dell'aeroporto Falcone-Borsellino di Palermo abbraccia Kate con gioia, non con tristezza, come ripetutamente erano stati abbracciati di recente. In macchina ascoltano le novità degli ultimi giorni a Utrecht, una gita in bicicletta con gli amici attraverso il parco nazionale Hoge Veluwe. Le sue acute osservazioni sulle diversità culturali tra olandesi e italiani sono intelligenti ma non scettiche. A metà strada dove Segesta ha, per un attimo, la possibilità di scorgerli dal suo alto e sacro rifugio nell'antica collina, Niccolò guarda Kate come per dire: è il momento.

"Electra, dobbiamo darti una notizia molto triste."

"Dimmi che non è Grandma Claire."

"No, la nonna sta bene." Kate sente la sua voce che si spezza in gola.

"Lizzy?"

"No Elizabeth sta bene. E' Edoardo."

"Cosa?"

"Lunedi ha avuto un incidente con il suo trattore. E' morto."

Lei non parla per un minuto. "Povera Angelica."

"Povera Angelica."

Lei sta in silenzio mentre medita la notizia: "Quando è il funerale?"

"Il funerale è stato due giorni fa."

"Sergio è a casa?"

"Sì, l'hanno fatto rientrare in aereo immediatamente."

"Povero Sergio, povero Matteo. Li posso vedere?"

"Certamente."

"Andrò giù da loro appena arriviamo a casa."

"Sono tornati in città. Era più facile per le persone recarsi a Trapani per porgere le condoglianze."

"Possiamo andarci adesso?"

"Prima andiamo a casa. Andremo a trovarli nel pomeriggio."

"Povero Edoardo."

"Sì. Povero Edoardo."

Giunti a casa Electra salta fuori dall'auto per aprire il cancello.

"Il giardino è bellissimo, Mamma. Dovete aver lavorato tanto." Si ferma alla seconda aiuola di fiori. "Mi piacciono in modo particolare questi gigli colorati. Non avevo mai visto qualcosa di simile."

"Sì. Edoardo mi aveva dato i bulbi."

"Credo che ti mancherà."

"Terribilmente." Non le dice che da quando non c'è più, lei non si preoccupa più di dare acqua al giardino. A che serve se alla fine tutto deve morire?"

"Mancherà anche a me!" Electra non ha lacrime agli occhi, si domina. Fissa in lontananza, verso il panorama, ma Kate non sa dire se sta guardando Cofano o la casa e la campagna di Edoardo.

"Allora," dice dopo un po', "qual è il grande segreto che non mi avete voluto dire al telefono?" Un fremito di panico attraversa la sua faccia, forse la morte di Edoardo era il segreto; poi si ricorda dell'entusiasmo con il quale l'avevano presa in giro e la sofferenza scompare dai suoi occhi. "Neanche Elizabeth me l'ha voluto dire. Ed io le ho offerto anche diversi soldi per corromperla."

Niccolò sta aprendo la porta della terrazza. "Devi scoprirlo da sola. Guardati attorno."

"Che cosa devo cercare?"

"Primo indizio: è fuori casa. Hai dieci possibilità di risposta."

"Mi avete comprato una macchina?"

"Nove."

Electra gira per il giardino. "Avete piantato i bulbi di tulipano che ti ho regalato per la tua festa e mi volete far vedere i primi germogli?"

"Otto."

"Aspetta, questo era uno scherzo! Non conta."

"Continua a cercare."

Electra passa davanti alla terrazza e si ferma, come nel gioco in cui si cercano le uova di Pasqua. Non ha idea delle dimensioni di quello che sta cercando. Istintivamente sale su per i gradini della terrazza e guarda al di là del muro, dentro la struttura dove loro avevano scavato.

"Sorpresa!"

Lei sorride in modo vago. "E questo cos'è?"

"Volevamo completarla prima che tu arrivassi, ma c'è voluto più tempo del previsto. Poi siamo stati interrotti."

"Che cosa è questo?"

"E' una piccola piscina."

"Oh! Carina."

"Non sarà una cosa meravigliosa?"

"Sono certa lo sarà." Deve aver notato il disappunto dei suoi genitori. Guarda ancora dentro lo scavo. "Mi spiace se non sono molto entusiasta. Penso di essere stanca."

"Vai a riposarti fino all'ora di pranzo."

"Grazie. Credo che dormirò per un'ora."

"Ti chiamo quando è pronto."

"Grazie" cerca di recuperare "la piscina sarà divertente. Veramente."

Niccolò e Kate guardano insieme dentro lo scavo. "Electra ha ragione, ancora non somiglia a una piscina!"

"Lo sarà. Ricominceremo a lavorarci." Electra non vede il risultato della loro fantasia: acqua pulita, scintillante sotto un caldo sole estivo. "Una volta terminata sarà difficile tirarla fuori dall'acqua."

"Dovremo fare i turni nella nostra piscina a due posti."

"Svegliati Electra." Kate le massaggia i piedi che fuoriescono dal copriletto bianco e rosa.

"Vieni a mangiare."

"Mamma?"

"Dimmi amore."

"Ti spiacerebbe se oggi non andiamo a Trapani da Angelica?"

"Va bene, ma perché?"

"Non lo so. Penso che domani sarà più facile per me. Non è troppo scortese?"

"Non credo che stiano con un cronometro in mano. Sanno perfettamente quanto bene volevi a Edoardo."

"Lo so, tanto." Cambia discorso, tira su le coperte, mostra due libri sul letto, dietro di lei. *The Brothers Lionheart* e *The Poisonwood Bible*, entrambi con le *orecchie,* le pagine piegate agli angoli in alto, che le fa tornare in mente la copertina di Electra da bambina della quale rimane solo un angolino masticato. "E' strano," continua "non riesco ancora a credere che Edoardo se n'è andato. Mi sento malissimo per Angelica, per Matteo, per il povero Sergio." Il suo labbro trema. "Come faranno senza di lui?"

"Non lo so." Stanno in silenzio per un momento. "Per fortuna sono una famiglia unita, che è molto di più di quanto abbiano tanti altri; hanno amici, molte persone di famiglia che staranno loro vicini."

"Noi cosa possiamo fare?"

"Mi sono posta la stessa domanda." Carezza l'altro piede della figlia che ora è apparso anch'esso da sotto le coperte. "Per il momento è sufficiente che loro sappiano che noi gli siamo vicini. Tra un po' cercheremo di offrire loro qualche distrazione."

"Potrei andare a raccogliere le more con Angelica. Potrei chiederle se m'insegna a fare la crostata."

"Esatto. Tra una settimana o due. Nel frattempo andremo per qualche visita."

"Possiamo portare dei biscotti?"

"Penso che i biscotti siano una buona idea. Li prepareremo dopo mangiato."

"Mamma?"

"Dimmi amore."

"Dopo mangiato, quando non è troppo caldo, mi faresti vedere dove è morto Edoardo?"

"Certo. Se lo desideri. Non è proprio un posto allegro."

"Lo so. Se lo vedo forse tutto mi potrà sembrare più reale."

Il caldo non è più nell'aria ma è ancorato al terreno. Kate, nonostante gli stivali, lo sente ancora bollire mentre camminano giù per i campi.

In linea d'aria il campo dove il trattore di Edoardo si è capovolto è a meno di cento metri dalla loro casa. Dopo un tentativo non riuscito di attraversare una barriera di fichi d'India prendono la strada più lunga, quella consueta. Electra quando passa nel giardino di Edoardo chiama i cani, Kate nota che le piante più piccole stanno appassendo. Mentre arrancano su per la salita Electra continua a chiamare i cani. Finalmente appare Sandy, grassa, si muove piano. "Com'è possibile che stia ancora aspettando dei cuccioli?" commenta Electra. "Era già pregna a Pasqua quando sono partita."

"Ha avuto una cucciolata e ora è incinta di nuovo!"

"Mamma bisogna farla sterilizzare."

"Questa è una cosa che potremmo fare per essere di aiuto."

Il trattore è ancora lì, ammaccato, rovesciato; il terreno sottostante scurito dal carburante fuoriuscito. Gli infermieri dell'ambulanza non avevano ripulito: c'è una bottiglia d'acqua vuota gettata sotto un albero, un paio di guanti tolti senza attenzione e velocemente buttati via, mezzi rivoltati. La coperta termica monouso che avevano usato per coprire Edoardo è stata ripiegata alla meglio e lasciata vicino alla ruota posteriore del trattore.

"Non è proprio il posto del ricordo che avrei sperato di trovare." Electra dice con aria lugubre.

Kate raccoglie via via gli oggetti abbandonati, poi s'inginocchia, cerca di prendere da sotto il trattore una seconda bottiglia di plastica; ma ritrae immediatamente la mano.

"Che cosa c'è?"

"Qualcosa mi ha ringhiato."

Electra in ginocchio guarda bene sotto il trattore. "Orecchiella! Vieni qua!"

Orecchiella li scruta con occhi che non perdonano e non si sposta. Allungano le braccia più che possono sotto il trattore. Il cane annusa il loro odore, ma sta a distanza.

Dopo alcuni minuti di convincimenti con le buone maniere Elettra prende una decisione: "Vado a casa a prendere qualcosa da mangiare."

"Il cibo di Clover è al piano interrato. C'è una seconda ciotola sotto il lavandino. Porta anche dell'acqua."

Kate sta seduta sotto un olivo mentre Electra va a casa; da questa posizione può vedere Orecchiella accucciato sotto il trattore, ma anche lui può vederla. I suoi occhi neri e spaventati sfidano la sua offerta d'interessamento, le sue orecchie sproporzionatamente lunghe ruotano via dalle sue parole di conforto.

Gli stivaletti di Edoardo sono ancora dove caddero o dove furono gettati. Li conosce bene: fanno parte della sua tenuta da lavoro a lei familiare quanto il suo vestito elegante e fuorimoda che indossava arrivando e tornando in città e l'orologio da taschino con la catena allacciata nella tasca del suo panciotto. Gli stivaletti sono di pelle robusta, con una suola spessa. Costruiti per prevenire incidenti. Li mette per benino, uno accanto all'altro dove era caduto il suo corpo: il primo passo in direzione della costruzione di un memoriale.

Elettra è tornata. La faccia è rossa e sudata. Deve aver corso. Kate vede sul viso impolverato tracce di lacrime. Versa acqua da una bottiglia in un lato della ciotola e dei croccantini nell'altro lato. Ci spruzza un po' d'acqua sopra e poi mette dentro dei pezzettini di carne.

"Spero che tu sia d'accordo, ho preso dei pezzetti di roast-beef."

"Era la cena di stasera!"

"Ne ho lasciato un po'."

Electra si sdraia per terra e avanza carponi più possibile vicino a Orecchiella con la ciotola davanti a lei.

Orecchiella ringhia.

"Orecchiella, sono io, e dai!"

"Lascia lì la ciotola. Quando avrà fame mangerà!"

"Spero che tu abbia ragione." Spinge la ciotola ancor più vicina al cane.

Orecchiella ringhia di nuovo. Non vuole esser confortato.

L'ultima volta che erano stati a casa di Angelica era piena di persone che venivano a dare l'ultimo saluto a Edoardo. Tutte le stanze erano affollate di amici e parenti. Anche gli scalini esterni erano occupati. Matteo e i suoi amici piangevano palesemente.

Oggi la casa è vuota. Kate è contenta che siano andati a trovarli. Electra abbraccia Angelica; ciò le provoca un altro singhiozzo. Electra fa un passo indietro, sorride in modo luminoso e con gli occhi ancora umidi e dice: "Lo sai che noi vi vogliamo bene, vero?"

Il corpo di Angelica si scuote per un altro singhiozzo ma non ci sono lacrime: la sorgente non ha più acqua. Accompagna Electra, Niccolò e Kate in cucina, ma dimentica di invitarli a sedere.

"Voi eravate gli amici più recenti, gli amici suoi più stretti. Lui l'ha sempre detto."

Matteo si precipita nella stanza. "Oh Electra!" Cerca di tirare su l'atmosfera.

"Fratello mio, sono così addolorata per Edoardo."

Matteo alza le spalle, irrigidendo il muscolo della sua mascella. "Sedetevi, prego!" Matteo raccoglie una pila di lettere, le mette sulla credenza vicino a un contenitore di cartone con una banda nera. "Volete qualcosa da bere?"

Kate, Niccolò ed Electra rispondono di no.

"Mamma?"

"No. Niente."

Matteo è preoccupato. "Lei non beve, mangia poco. Sta diventando troppo debole."

"Forse penso che berrò qualcosa," dice Electra. "Non avevo realizzato quanta sete avevo."

"Un bicchiere di succo di frutta lo prenderei anch'io, ora che l'hai detto." Aggiunge Niccolò.

"Sì, anch'io ne prenderei un po'." Dice Kate.

Matteo riempie i bicchieri con il succo di frutta. "Mamma?"

"Appena appena."

Come se non l'avesse ascoltata, le riempie il bicchiere fino all'orlo.

Electra tira fuori i biscotti, toglie la carta e mette la scatola al centro della tavola. Matteo si allunga sopra il tavolo ne prende uno e ne offre uno a sua madre. "Buono!" Fa schioccare le labbra nel modo in cui Kate era solita incoraggiare le figlie a provare qualche alimento nuovo.

Sergio entra nella stanza. Era a dormire. La maglietta che indossa è alla rovescia. Non l'avevano più visto da quando era tornato dal Libano, a parte al funerale.

"Sono felice di vederti a casa di nuovo!" dice Electra abbracciandolo.

"Anch'io, ma sarebbe stato meglio in altre circostanze."

"Certamente."

Sergio si siede per un minuto, poi si alza di nuovo, irrequieto. Lui s'impone fisicamente, ha una forza muscolare notevole ed è diversi centimetri più alto di loro. Oltre al suo lavoro con l'esercito, quando è di base a Trapani, lavora di notte come buttafuori. E' l'uomo alla porta del locale notturno che evita che entrino potenziali problemi, quello che chiama il taxi alla fine di una serata per quelli che hanno bevuto troppo. In generale è una presenza che intimorisce, ma con loro è dolce come un cuccioletto.

Electra ha fatto amicizia con entrambi i fratelli. Matteo è il suo gemello: entrambi amano gli animali e sono le persone più felici al mondo quando esplorano il rudere in cima alla collina o costruiscono un complicato castello di sabbia. Electra è diventata anche amica della fidanzata di Matteo, chiarendo a Tana che può stare tranquilla, lei non è in competizione.

Sergio, invece, è un don Giovanni. Edoardo certamente ha ben chiarito la situazione al figlio perché Sergio tratta Electra con il rispetto che dimostrerebbe alla sorella del suo migliore amico, il che le permette di prenderlo in giro come un fratello maggiore. Si adorano a vicenda.

Sergio lascia la stanza per andare a fumare una sigaretta ed Electra lo segue. Li vede che parlano nel piccolo giardino fuori della cucina, all'ombra degli alberi di mandarino e limone. Matteo sta a tavola con loro, riempiendo bicchieri di succo di frutta e offrendo i biscotti a sua madre. Quando si alza per rispondere al telefono Angelica confessa: "I ragazzi si danno il cambio. Non mi lasciano un attimo sola. A mala pena posso andare in bagno da sola! Matteo aspetta che torni Sergio prima di andare fuori a governare gli animali. Sergio aspetta che Matteo sia tornato prima di andare a lavorare la notte."

"E' una fortuna averli entrambi a casa. Riesci a dormire?"

"Sì, sono stanchissima. Alla fine di una giornata ho solo la forza sufficiente per entrare dentro il letto."

"E' una cosa buona che tu riesca a dormire."

"Mi hanno fatto dormire con Tana. E' così strano. Mi sveglio di notte, guardo dall'altra parte del letto e invece di Edoardo, che era quasi una montagna sotto le coperte, c'è questo piccolo fagotto di ragazzina.

L'altra notte ho avuto un sogno molto singolare!" continua. Prende un sorso di succo e rievoca. "Ho sognato che Edoardo era qui, ma non qui in città, in campagna. Era vestito con un pesante mantello nero. Non ho visto la sua faccia, ma l'ho riconosciuto sia per la voce sia per il suo modo di muoversi. L'ho chiamato. 'Edoardo! Dove vai?' 'Su, da Niccolò e Kate' mi ha risposto. 'Ma vestito così li spaventerai a morte!' Lui allora si è messo a ridere. 'E' proprio quello che voglio, mia cara.'"

CAPITOLO
QUINDICI

Più tardi, quando Kate si alza dal suo riposino pomeridiano, trova Electra sistemata comodamente in terrazza.

"Che stai leggendo?" Chiede, seduta sul bordo della piscina. E' completamente svuotata della terra. Un muratore ha gettato la base di cemento, inserito lo scarico, costruito due gradini e intonacato le pareti. Stanno aspettando che sia installata la rivestitura. E' molto caldo.

"James. *Portrait of a Lady*. Che idiota!"

"Henry James o Isabel?"

"Isabel. James. Tutti e due!" Electra non è di buon umore.

Kate ride. Si ricorda che ebbe la stessa impressione quando lo lesse la prima volta.

"Se tu fossi Isabel, saresti ancora sposata con Osmond?"

"Prima di tutto non l'avrei mai sposato!"

Isabel è un esempio esagerato del senso del dovere, a maggior ragione perché lei, prima di arrivare in Europa, era così concentrata su se stessa che travestiva il suo egoismo con la ricerca d'indipendenza. Poi quando si sposa, e si sposa sbagliando a un uomo tutta forma e nessun contenuto, passa da un eccesso all'altro. Assume il ruolo della moglie obbediente, senza alcuna possibilità di fuga, anche se il lettore sta tifando perché lei rompa il matrimonio senza senso.

"Mi fu difficile comprendere Isabel quando l'incontrai la prima volta."

"Avevi la mia età?" Electra aveva spostato la sedia in modo da mettere le gambe al sole.

"Più o meno. Ero all'inizio dell'università, ma quei tempi erano molto diversi. Erano state date alle fiamme banche, erano state messe in dubbio tutte le istituzioni compreso il matrimonio. Specialmente il matrimonio! La minima incomprensione era una causa plausibile di separazione. Allora consideravo Isabel poco intelligente per mantenere il giuramento fatto al suo matrimonio."

"Se tu avessi sposato un uomo come Osmond? Saresti rimasta sposata a lui?" chiede Electra.

"Buona domanda." Domanda difficile. Pensa alla madre di Niccolò che aveva posto fine al suo matrimonio con qualche giustificazione in più di quelle che ha Isabel per lasciare Osmond. Poi a Niccolò che aveva solo tre anni e ha ferite più profonde di quanto lei potrebbe mai esser capace di risanare. La ricerca della felicità di Fiammetta può giustificare il trauma che hanno subito due bambini? Sarebbero stati danneggiati meno se la madre delusa fosse rimasta sposata al difficile padre di Niccolò?

Come potrebbe far comprendere qualcosa del genere a Electra che non si è ancora imbattuta nelle molteplici complicazioni dell'amore?

"Ora che sono sposata," dice, parlando personalmente e cercando di non incolpare qualcuno in particolare, "sono meno critica della scelta fatta da Isabel. Rispetto i suoi valori, anche se capisco che Henry James stava descrivendo un caso limite. Questo non è il ritratto di una donna, Electra; è il ritratto di una Lady. *Portrait of a Lady.* Per quanto si possa esser fortunate nel matrimonio, ci sono momenti in cui la forma deve avere il sopravvento. La rabbia cresce; parole di collera sono pronte a venire fuori. Com'è facile dire qualcosa che fa male e di cui dopo ci si può pentire, qualcosa che resta appesa nell'aria per tanto tempo anche quando il litigio è passato!"

"Tu e Daddy vi rispettate, anche se non siete d'accordo su qualcosa."

"E' del tutto giusto avere differenti opinioni. E' normale discutere. Ma assolutamente non va bene attaccare l'altro in un punto debole, specialmente in uno di quelli confessati nei momenti d'intimità."

"Se io fossi stata Isabel avrei scelto Lord Warburton," Electra dichiara incantata. "Lui è perfetto."

"La perfezione non crea romanzi interessanti, tesoro. Ma tu hai la giusta idea per la vita reale."

Electra appare in cucina stropicciandosi gli occhi assonnati mentre stanno mettendo i piatti della piccola colazione nella lavastoviglie. "Daddy? Potresti farmi un caffè per favore?"

"Certo! Sei andata a dormire tardi?"

"Sì, leggendo James."

"Lo hai finito?" Chiede.

"Quasi. Isabel è sempre più sciocca. Lo finirò stamani."

"Se ti fa piacere, potresti venire con noi oggi."

"Non lo so. Sono stanca." Si siede pesantemente su una sedia. "Dove volete andare?"

"A Favignana." L'isola delle Egadi più vicina alla costa. "Ettore e Graziella ci hanno invitato in barca a vela."

Electra si siede meglio, diritta. "Ho il tempo per fare colazione?"

"Certamente." Niccolò le ha già preparato un espresso. Aveva comprato una *Pavoni* per Kate, diversi anni prima, ma secondo lei il regalo non era la macchina, ma il caffè che lui le faceva ogni mattina. Se capita che sia ancora a letto, quando sente il soffio del vapore per fare la schiuma nel latte, questo suono la fa alzare immediatamente. Pavlov rivisitato.

"Non troppo stanca per andare a vela?" Niccolò domanda aprendo la valvola del vapore per creare la schiuma.

"Mai."

Ettore e Graziella li vanno a prendere alle nove. Il portabagagli della loro Mercedes station wagon che tengono a Erice per tutto l'anno, viaggiano in aereo avanti e indietro da Milano, è pieno di cassette di vino e bottiglie di acqua che sbattono tra loro. Negli altri sacchetti, susine, albicocche e pesche sono appiccicate le une alle altre come non è mai successo su di un albero. Kate vede anche la punta di croccanti baguette che fanno capolino dai sacchetti e verdi gambi di ortaggi. Graziella è una cuoca fantastica, una che può preparare in pochi minuti tanti buoni piatti nel cucinino di una barca a vela!

"Spero che non vi dispiaccia se mi sono unita a voi," dice Electra.

"Siamo felici di incontrarti, finalmente." Graziella è alta quasi come Electra. Quasi sessanta anni e si muove con la grazia di una modella, non solamente indossando uno dei suoi modelli estivi in una serata elegante, ma anche da poppa a prua in alto mare su una barca a vela. Il suo corpo è abbronzato e liscio, il suo décolleté voluttuoso nel senso positivo del termine. Tiene i capelli sale e pepe corti, come i velisti, per cui sono sempre puliti e distanti dagli occhi, anche al vento.

All'attracco del molo tolgono velocemente le cose dalla macchina. Ciascuno porta equipaggiamenti e sacchetti di cibo. Ettore, che nella selezione degli attori di uno spettacolo teatrale potrebbe impersonare il ruolo del capitano, la barba brizzolata, le sopracciglia spettinate, gli occhi blu schiariti da anni di esposizione al sole e al vento, chiama e saluta qualcuno che conosce di là dal molo. "Carlino! Vieni che ti voglio presentare i miei amici."

Poggiano a terra ciò che trasportano e aspettano sotto il sole che brucia. Kate è contenta che Niccolò e lei si siano già spalmati la crema solare. Spera che anche Electra l'abbia messa.

I due uomini si abbracciano. "Questo è Carlino," Ettore presenta. "Ci conosciamo fin da quando eravamo bambini."

Sono entrambi sulla sessantina ma li può facilmente immaginare come due ragazzini che scappano da casa, dai compiti di scuola, per correre giù al porto a guardare le barche.

"Mi ha maltrattato fin da quando eravamo nella culla!" Entrambi sono molto abbronzati. Carlo ha un po' perso il suo peso forma, mentre Ettore è rimasto magro.

"Carlino, ti presento Niccolò e Kate Aragona e la loro figlia Electra."

"Carlo." Lui porge la mano. A parte i suoi vestiti troppo larghi, assomiglia a un direttore di orchestra con i capelli lunghi, pettinati all'indietro e la sua fronte alta. "Ettore è l'unico sopravvissuto che ancora mi chiama Carlino." La schiena è leggermente curva, come se per anni avesse tenuto alzata la bacchetta per dirigere l'orchestra. "Il tempo è bello. Dove pensate di andare?"

"Verso Cala Rotonda."

"C'è vento da sud. Starete meglio a Cala Rossa."

"Vuoi venire con noi?"

"Non posso." Ha un'eleganza innata e semplice. "Devo lavorare!"

"L'uomo più ricco di Trapani non può permettersi di prendere un giorno di vacanza?"

"Per questo è ricco!" aggiunge Niccolò ridendo.

"Non credete a niente di quello che vi dice." Carlo avverte mentre sta per andare via, "Ettore tende ad esagerare!"

"Lo sappiamo!"

Avevano caricato l'equipaggiamento sulla barca quando Carlo ritorna accompagnato. "Ettore conosci mio nipote Bernardo?"

"Bernardino!" Ettore esclama allungando le braccia. Di nuovo sono fatte le presentazioni e si danno le mani. "Perché non vieni con noi?"

"Mi piacerebbe, ma oggi sono venuto ad aiutare mio zio." La sua voce è così mite e delicata che Kate deve piegarsi in avanti per sentirlo. "Pensavo di dargli una mano."

Al contrario del disinteresse dello zio per l'apparenza, Bernardo è alto e con un fisico curato; la quintessenza di un cadetto di marina. I suoi capelli biondi sono tagliati con cura, i vestiti gli stanno bene addosso. Bernardo ha tutte le qualità per suscitare l'attenzione del gruppo di amici, ma sta un passo indietro, per non mettere in ombra lo zio.

"Vai pure!" Carlo appoggia la mano sulla spalla del nipote.

"Posso cavarmela da solo. Ci aggiorniamo stasera."

"Sei sicuro?"

"Certo!"

"Prendi i tuoi attrezzi, Abel Brown." Ettore scherza. "Puoi diventare il nostro mozzo!"

"Lavori anche tu nel settore imbarcazioni come tuo zio?" Kate chiede.

"No, la mia famiglia produce vino. Abbiamo un vigneto a un'ora di distanza da qui, vicino a Sambuca,"

"Uno dei sei vigneti," Ettore aggiunge, "una delle maggiori aziende che producono vino in Italia—certamente la più importante in Sicilia. Dove è quella più recente—vicino a Catania?"

"Capo Milazzo." Bernardo diventa rosso fino alla punta delle orecchie, come se avesse già passato tutto il giorno al sole senza alcuna protezione.

Niccolò offre un diversivo all'imbarazzante esuberanza di Ettore. "Se vai a bordo, ti passo questi ultimi sacchetti."

La barca di Ettore non è nuova né vistosa: ha la fama di poter affrontare qualsiasi mare. Kate preferisce navigare su una barca sicura piuttosto che su una lussuosa, e quella di Ettore è efficiente ed essenziale, un mezzo per navigare, non un gioco da mostrare.

Electra è desiderosa di imparare. Ettore impartisce gli ordini. Graziella le insegna come si fanno i nodi, come si lasciano le cime pulite pronte per esser srotolate.

Stare in barca è un test di compatibilità. Da come Ettore impartisce i comandi Kate vede un aspetto che non aveva notato prima: il germoglio di un tiranno. Alla cena cui avevano partecipato insieme aveva pensato a lui come a un fratello minore, conciliante con le personalità più forti del gruppo. Invece, come capitano della sua nave è severo, non si scherza con lui. Kate si mette in un angolo per non intralciare le manovre. Niccolò si mette a poppa, pronto a sciogliere la cima mentre Graziella ed Electra si preparano a salpare l'ancora. Ettore dà disposizioni a voce alta, ma non può udire la risposta a causa del rumore del motore e ciò aggiunge confusione. L'atmosfera a bordo non è pacifica. Ettore impartisce ad alta voce un ordine a Graziella per mettere via un cestino di vivande che sta scivolando sotto coperta, ma lei è dalla parte opposta della barca e sta mettendo a posto la catena dell'ancora che è attorno al verricello.

"Ettore, per caso tu sei figlio unico?" Chiede Elettra, uscendo da sottocoperta dove ha messo al sicuro i viveri.

"Lo sono! Come fai a saperlo?"

Tutti ridono. Metti un cappello da capitano a un figlio unico e non ci saranno dubbi.

Bernardo confessa con la sua voce timida difficilmente udibile: "Anch'io sono figlio unico."

"Tu ed io, figlio mio, dobbiamo stare incollati assieme!"

"Io sono la sorella minore." Graziella ammette prima di scomparire nella cambusa per organizzare le provviste.

"Anch'io!" esclama Electra. "Le sorelle minori sono le migliori!"

"E tu Niccolò?"

"Io sono il maggiore di due, mia sorella ed io."

"Io sono la terza" dice Kate. "Non sono la più piccola perché dopo cinque anni è nato un fratellino!"

"Vorrei iniziare una gara: Figli Unici contro Intrusi," dice Electra.

Bernardo sorride poi arrossisce.

Stanno già formando un club solo per loro.

Nel porto c'è più sole che vento. La vela cade, si sgonfia. Il motore getta in aria spiacevoli fumi, nuvole nere dentro l'acqua. Kate può vedere che Niccolò non è convinto, proprio come non lo sono le vele; sta rimpiangendo la sua decisione di passare una giornata al mare.

Appena Ettore dirige l'imbarcazione fuori dal porto, sul mare aperto, e il vento inizia a farsi valere contro le vele, ogni membro dell'equipaggio inizia a rilassarsi. Ettore, seduto al timone, dice a Niccolò che è accanto a lui: "Ho saputo che recentemente è morto il tuo vicino."

"Sì. Edoardo Oliviero."

"Era molto conosciuto e rispettato," aggiunge mettendo in funzione il pilota automatico. "Ti prego di porgere le condoglianze alla moglie".

"Certamente!"

"Aveva anche dei figli?" chiede Graziella, facendo attenzione a non battere la testa entrando sotto coperta.

"Due figli maschi," risponde Niccolò, "stanno consolando la madre e cercano anche di confortarsi a vicenda."

Bernardo annuisce. "Li conosco. Infatti credo che siamo anche lontani parenti. Ettore, ma dove stiamo andando?"

"Cala Rossa. Come raccomandato da tuo zio."

Electra chiede: "E' chiamata Cala Rossa per il colore del corallo?"

"Veramente ha preso questo nome, Cala Rossa, durante le guerre Puniche, quando l'acqua diventò rossa per il sangue versato."

"Preferisco la versione del corallo!"

Oggi l'acqua di Cala Rossa sembra che sia stata cosparsa di cristalli. Il colore del blu è trasformato dalla profondità dell'acqua e da ciò che compone il fondo marino: una distesa di sabbia bianca, un bassofondo frastagliato oppure alghe. Quando Graziella guarda verso il basso dentro le acque profonde, trasparenti e invitanti, vede che c'è uno sciame di grandi meduse viola. "Che peccato!"

"Non possiamo nuotare qui!" Electra che è già sulla scaletta con le gambe nell'acqua risale a poppa.

"Sicuro che si può!" Bernardo arriva e si ferma vicino a lei. "Io controllo mentre tu nuoti. Si fa a turno." Poi vedendo che non è per niente convinta: "Vado io per primo se tu controlli la situazione per me."

"A dritta è tutto libero!"

Bernardo si tuffa da poppa. Proprio dietro di lui, vicino come un'ombra, si tuffa Niccolò, disegnando un arco come un delfino.

Kate è meravigliata. Dice a Electra: "Non credevo che tuo padre sapesse tuffarsi!"

Niccolò riaffiora, scuote via l'acqua dai capelli e nuota sul dorso. "Tu stai attenta alle meduse, vero?"

Kate ripete: "Non credevo che tu sapessi fare i tuffi così bene." E' meravigliata di là dell'atto in se stesso. Quali altre sorprese le tiene in serbo per i prossimi anni? E' certa di aver mostrato a Niccolò tutto il suo repertorio nei primi cinque minuti.

O forse no? Il loro corteggiamento non è stato a fuochi d'artificio. Erano entrambi stanchi di cercare di stupire la controparte. Entrambi avevano adottato la filosofia che se lei/lui mi vuole, lui/lei mi prende come sono.

Qualcos'altro la stupisce riguardo al tuffo. Niccolò di solito procede nell'acqua un centimetro alla volta, si lamenta che è troppo fredda, sta sulla punta delle dita dei piedi quando questa arriva alla vita. Oggi no! Niccolò è tornato nuovamente un ragazzo, audace!

"Meduse a poppa, a ore due!"

Niccolò esce velocemente dall'acqua, sale di nuovo a bordo proprio nel momento in cui Bernardo si tuffa a prua, lontano dalle meduse. Fanno a turno tuffandosi nell'acqua blu cristallina, seguitando a controllare le meduse.

"Guarda! Stanno andando via." Dice Graziella. Come una frotta di ombre spettrali, le vedono dirigersi tutte insieme fuori dalla piccola baia.

Nuotano finché non hanno fame, mangiano finché non ne hanno più voglia. Poi ognuno va in un angolo della barca, Kate suppone, per appisolarsi. Graziella e Kate si distendono a prua. Lei sente un tuffo, poi un altro. Electra e Bernardo stanno andando a nuoto verso la spiaggia.

"Non hai paura che le si blocchi la digestione a fare il bagno dopo mangiato?"

Gli italiani preferiscono far passare diverse ore tra il pasto e il bagno ma lei ha una teoria diversa che è quella di fare il bagno prima che la digestione inizi. In più Electra nuota come un pesce ed è in compagnia.

Bernardo ed Electra stanno via per più di un'ora. Quando tornano sembrano vecchi amici. La timidezza fra di loro è scomparsa. Electra stende il suo asciugamano sulla prua ma Bernardo non si mette vicino a lei. Electra va a fare compagnia a Graziella e a sua madre. Lei e sua madre sono protette da una crema di massima protezione. Graziella, scura come una nubiana, ha cosparso un altro strato di crema per mantenere la pelle idratata. Niccolò, Ettore e Bernardo, all'ombra della vela parlano di politica, soddisfatti per avere le stesse opinioni, poiché gli italiani sono così rigidi nelle loro idee politiche che, a non esser d'accordo, si rischia di rompere un'amicizia.

Una giornata di mare in barca è più stancante di tutti i lavori che possano fare a casa, compreso lo scavo della piccola piscina. Per esprimere la loro gratitudine a Graziella e a Ettore propongono di invitarli a cena la sera stessa, ma sono segretamente risollevati quando tutti optano per un gelato invece di una cena. Ci saranno altre occasioni per contraccambiare.

A casa Niccolò dice: "Bernardo sembra essere un ragazzo carino."

"Sì, carino." Electra lo ha già definito con l'innocuo aggettivo *"nice"*.

"Gli hai dato il numero del tuo cellulare?" chiede Kate.

"No, perché?" Electra sta infilando in lavatrice il suo asciugamano da mare.

"Non ti piacerebbe vederlo di nuovo?"

Electra ci pensa un attimo e poi: "Certo, è carino." Ritorna quella poco lusinghiera classificazione. "Non ha chiesto il mio numero."

"Glielo potevi dare tu!"

Electra guarda la madre come se le avesse proposto di cancellarsi dall'università.

"Mamma, se è interessato, troverà il modo di avere il mio numero."

Niccolò concorda. "Questo è sacrosanto! Brava la mia ragazza!"

CAPITOLO SEDICI

Kate stamani ha dormito fino a tardi ed ha perso l'alba. Ieri aveva lavorato troppo a lungo in giardino, molto oltre le sue possibilità. Aveva aiutato Angelica a trapiantare un cespuglio di margherite che invadeva la strada di ingresso della sua casa. Proprio le piante che stavano soffocando i gigli di Edoardo. Normalmente, quando è nel proprio giardino, divide con Niccolò questo lavoro. Per essere onesti, ogni due palate di terra che toglie lei, lui ne toglie dieci e ognuna di queste è più profonda e data con maggior forza delle sue; alla fine valgono il doppio. Lei è più utile per fare iniziare entrambi a lavorare e poi per fermarsi a riposare. Lui smette durante il tempo in cui lei va a svuotare la carriola—che già è un lavoro stancante—così che entrambi usano tutta la loro energia fermandosi solo quando non ne possono più.

Lavorando con Angelica, Kate è la più forte delle due e quando lei si ferma, Angelica la sostituisce. Vedere i suoi inutili sforzi le spezza il cuore, probabilmente come accade a Niccolò nel vedere i suoi scarsi risultati. La forza, come del resto tutto, è una cosa relativa.

Alla fine Angelica l'aveva invitata a entrare per una tazza di thè. Avrebbe preferito tornare a casa sua per fare una doccia, ma ancora non era tornato nessuno dei due figli e così le aveva tenuto compagnia fino all'arrivo di uno dei due. Con qualche trepidazione erano tornati in campagna. E' più difficile per Matteo e Sergio le cui vite sono basate in città, ma Angelica, sorprendentemente, aveva insistito.

"Edoardo non voleva trascorrere l'estate in città."

C'è più ordine ora in casa di quando Edoardo era in vita, anche più silenzio.

Angelica aveva preparato il thè e offerto i biscotti. Aveva servito Kate ma stando in piedi, guardando intorno per qualcos'altro da mettere in tavola.

"Siediti Angelica. Abbiamo lavorato tanto."

Lei aveva riso con il suo modo buffo di ridere. "Finalmente siamo riuscite a togliere quelle piante!"

"Sì, ci siamo riuscite!"

"Non sai quanti anni sono che volevo allargare il nostro ingresso. Avevo paura di cadere, specialmente quando ho tante cose in braccio e non posso vedere dove metto i piedi."

"Non vorrei proporti un altro lavoro appena finito questo, ma stavo pensando che potremmo pulire la palma, quella vicina a dove parcheggiate la macchina."

"Quella che mi punge la testa tutte le volte che esco dalla macchina?"

"Sì, proprio quella."

"Domani?"

"Se vuoi, possiamo iniziare adesso. Vediamo quanto possiamo fare prima che tornino a casa i ragazzi."

Quando era andata a letto era fisicamente esausta. Aveva letto poche pagine di quel libro che per tutto il giorno aveva desiderato leggere. L'ultimo paragrafo non riusciva proprio a leggerlo. Annaspò per cercare il segnalibro, dette la buona notte a Niccolò e si addormentò di colpo. Mentre si stava addormentando più profondamente, sentì distintamente la voce di Niccolò: "C'è la volpe. Senti che guaisce?" No, *Amore mio*, lei non l'aveva sentita, non aveva udito niente, ma ora non sente altro se non questo richiamo. Di colpo è del tutto sveglia ad ascoltare. Sta nel letto sveglia per ore mentre Niccolò dorme pacificamente accanto a lei, senza sentire più niente.

Quando alla fine si addormenta, dorme profondamente. Invece di svegliarsi durante la notte per un raggio di luna attraverso la finestra, o di prima mattina come le succede spesso, per scattare foto all'alba, questa mattina si è svegliata tardi e in piena luce. Non più ombre evocative, non più suggestivi profili, non più toni grigi che si trasformano in tinte pastello, non più passaggio dal buio misterioso della notte al delicato risveglio del giorno. Piuttosto un salto da un'oscurità senza sogni alla piena luce del giorno, senza nulla di sublime nella transizione.

Per tutta la mattina è disorientata, come se avesse perso il più importante momento del giorno. Irrazionalmente sente che la giornata è senza significato se non è stata testimone del suo inizio. E' un'assurdità, dice a se stessa mentre Niccolò prepara il caffè e lei taglia i fichi aggiungendo mandorle, una cucchiaiata della loro marmellata di susine allo yogurt e muesli: il giorno è pieno di tante promesse quante lei gli consentirà di formulare.

Forse che il canto di un usignolo non riesce a spezzare il silenzio della notte solo perché non c'è qualcuno che ascolta? Diventa muto se lei non è sveglia per ascoltarlo? Come è presuntuoso da parte sua pensare che la natura si esibisca solo per lei.

Diverse ore dopo l'alba perduta è un mattino bellissimo, chiaro, con una luce uniforme. C'è un cumulo di nuvole basse, sospese molto lontano sul mare; sembrano riposare sopra l'orizzonte. Un ampio raggio color argento si irradia dalle nuvole alla costa, quel tipo di sentiero di luce che porta al paradiso come si vede nei dipinti del Rinascimento italiano. Cofano appare in una duplice versione: una volta puro e maestoso; ogni fenditura, ogni crepaccio in alto-rilievo in contrasto a un cielo guarnito di nuvole. La seconda è un riflesso, un'immagine speculare fluttuante in un mare liscio, come un vetro. Se sta ancora cercando il sublime che pensa di aver perso dormendo fino a tardi, eccolo, con i suoi dettagli nascosti e misteriosi come se la montagna fosse stata spinta nel mondo degli inferi da un impetuoso dio del mare. E all'improvviso, proprio quando se ne rende conto, prima che abbia il tempo di prendere la macchina fotografica e mettere a fuoco l'immagine, il riflesso è frantumato dalla scia di una flotta di piccole barche di pescatori che tornano tardi a riva. Il riflesso di Cofano trema e poi sparisce; così effimero come l'alba che può solo immaginare.

Kate ha una cesta di biancheria umida appoggiata a un fianco quando Electra entra con l'auto dal cancello. "Sembri sfinita," commenta mentre sua figlia esce dalla macchina.

"Sono rimasta bloccata fin dall'inizio della salita dietro un autobus che andava pianissimo" dice aprendo il bagagliaio e sollevando due borse della spesa. "Se vuoi mettere a posto queste cose, posso stendere io i vestiti. In fondo la maggior parte è mia."

"Come vuoi." Electra le porge le borse in cambio della cesta. "Le mollette sono sui fili!"

Kate ha posato la spesa sul ripiano della cucina quando sente Electra che ride. Si domanda con chi stia parlando, poi capisce che è al cellulare. Ora è Kate a ridere: non si è ancora abituata al fatto che le persone possano parlare da sole.

"Mamma!" Electra corre girando dalla terrazza. "Non crederai mai a ciò che ho trovato!"

Apre la porta e vede che Electra sta tenendo in braccio due cuccioli che sembrano due panda, ma come il negativo di una pellicola; tutti neri con macchie bianche attorno agli occhi e sul petto.

"Dove li hai trovati?" chiede, togliendole il peso di una palla nera e pelosa che si accomoda al sicuro dentro il palmo della sua mano.

"Non sono adorabili?"

"Ce ne sono altri due, belli come questi."

"Penso che siano i cuccioli che erano nel giardino di Edoardo." Tremando, la piccola palla di pelo avvolge con le zampine anteriori il suo pollice, lo abbraccia con lo stesso istinto con cui tutti i neonati afferrano il dito che gli si mette davanti. In quel momento sente che si sta liberando da quel velo di tristezza, quel pesante mantello che aveva addosso fin dalla morte di Edoardo.

"La madre li ha spostati nel nostro ripostiglio della legna!"

Infatti dall'angolo posteriore del ripostiglio spuntano altre due coppie di occhi curiosi.

"Non pensi che sia meglio non disturbarli? Non vorrei che la madre li abbandoni perché ha fiutato l'odore di esseri umani."

"Non credo che questa regola si applichi anche ai cani, Mamma. In più dovrebbero avere almeno sei mesi. Non sono dei tesori! Possiamo tenerli?"

Stava aspettando che Electra lo chiedesse. "Non c'è nessun problema a farli stare nella casetta della legna fino a quando non troveremo dei nuovi padroni."

"Potrei mettere qualche vecchia coperta sul pavimento?"

"Se ne abbiamo qualcuna, puoi, ma non credo sia necessario."

"Sposto un po' il legname in modo che non gli cada addosso."

"Probabilmente sono al sicuro per il momento." Mette il cucciolo nel mucchio con i suoi fratelli. "Perché non stendi i vestiti mentre io preparo da mangiare? Dopo possiamo migliorare la loro cuccia."

Controvoglia Electra aggiunge il suo cucciolo al gruppo. "Sarà bene che io mi lavi le mani prima di fare qualcosa. Abbiamo una spazzola qui, vero?"

"Sì."

"E gocce contro le pulci?"

"Anche quelle, ma questi piccoli cuccioli forse potrebbero non essere abbastanza grandi per somministrargliele. A chi possiamo chiederlo?"

Comprensibilmente la conversazione a tavola verte sui cuccioli appena trovati. Niccolò chiede a Electra che prometta di trovare loro casa prima di partire alla fine dell'estate. Anche Kate vuole delle promesse: che Electra dia loro da mangiare, che pulisca sia i residui solidi sia quella piccola chiazza di residuo liquido che è apparsa in un angolo della terrazza e in più che proverà a tenere i cuccioli fuori dalle aiuole.

"Lo farò, lo prometto!" poi abbraccia entrambi i genitori. "Anche se tra poco non ci saranno più fiori da proteggere se non li annaffi, Mamma!"

Niccolò ed Electra la mandano via dalla cucina dicendole che avrebbero messo a posto i piatti se lei avesse annaffiato il giardino.

Ma Kate non riesce a distendere il tubo per annaffiare.

Invece di fare quanto promesso va a mettersi il costume da bagno e s'immerge nell'acqua fresca della loro piccola piscina. Guardando il panorama può sentire il contrappunto delle voci provenienti dalla cucina. Electra che chiede perché il condizionatore porta via potenza al motore dell'auto e Niccolò che dà più dettagli di quanto lei probabilmente avrebbe voluto. Kate s'immerge completamente, come se l'immersione totale le schiarisse le idee, rammentandole perché dovrebbe annaffiare il giardino. Si concentra sulle bolle d'aria che salgono verso l'alto, un fluire imperturbato, una fontana alla rovescia che rompe la superficie come cristalli lucenti.

Quando riemerge, ha la sensazione che i suoi muscoli inizino a rilassarsi, come se avessero installato i getti d'acqua della Jacuzzi.

"Sono le nuvole che si riflettono sul mare colorandolo con sfumature di grigio e bianco oppure è il mare stesso che è agitato?" Si chiede.

I loro due materassini con l'uso perdono aria, per cui ne gonfia uno che era stato regalato a Elizabeth quando aveva due anni: un coccodrillo verde di due metri, sorprendentemente realistico, con gli occhi che fuoriescono dalla testa. Era stato un regalo di Alberto, il secondo marito di Fiammetta, che nonostante l'età era sempre un ragazzino. Nonostante tutta la sua propensione a eliminare dagli armadi le cose inutili sa bene che i tesori dell'infanzia delle sue figlie non si possono mai dare via. E' lieta di averlo tenuto anche nel momento in cui cerca di tenere fermo il coccodrillo, tentando di salire sulla sua schiena.

Guarda meglio lontano: "Sono le nuvole che si riflettono sul mare colorandolo con sfumature di grigio e bianco oppure è il mare stesso che è agitato?" continua a chiedersi

Purtroppo la forma del coccodrillo non è l'ideale per accogliere una persona alta e Kate ha difficoltà a togliere le gambe dall'acqua per metterle sopra la coda stretta e curva. Mentre tenta di domare la bestia, vede Electra che sale su per i campi seguita da quattro palle di pelo salterellanti. Poi la vede distendersi a prendere il sole con i cuccioli che le saltano addosso e anche sul libro che aveva portato; a quel punto capisce perché i materassini sono tutti bucati: Electra li aveva distesi sulla terra per prendere il sole. Infastidita, tira su le gambe sul coccodrillo cercando di stare in equilibrio, ma si capovolge. Prova di nuovo e di nuovo non riesce, cadendo indecorosamente nell'acqua. Monta di nuovo sul materassino, si contorce per tenere il suo corpo fermo quando solleva le gambe sulla coda. Ogni volta che pensa di esserci riuscita, che potrà rimanere distesa e indisturbata, appena recupera la sua stabilità, la coda si muove quel tanto sufficiente a spostare il suo equilibrio e lei scivola di nuovo nell'acqua. Dopo circa la decima caduta sente ridere: Electra, con le mani sui fianchi, non più distesa a leggere il libro, ma in piedi nel campo, assieme ad un quartetto di cuccioli, ride veramente di gusto.

Kate immagina la scena come la vede Electra: una donna di mezza età che fa la lotta contro un coccodrillo e che perde! Lo sport più nuovo e di moda in Sicilia!

Può quasi sentire la risata rauca di Edoardo: "La vita può essere futile, ma è anche molto comica" lo può immaginare a cospirare con Electra, battendo i piedi, come faceva tutte le volte che qualcosa lo faceva divertire. "Alzati Nica! Annaffia il giardino!" La voce è così netta come se lui fosse seduto in terrazza, in attesa di un bicchiere di vino, con i semi che sbirciano dal pacchetto delle sigarette nella tasca della camicia.

"Sono le nuvole che si riflettono sul mare colorandolo con sfumature di grigio e bianco oppure è il mare stesso che è agitato?" torna a chiedersi.

Un attimo dopo le nuvole spariscono e la domanda ha la risposta, per quanto, realizza, l'importanza non era nella risposta ma nella domanda.

"**M**amma? Ti dispiace se oggi non ti aiuto a fare la marmellata?"

"No, per niente. Perché?" Kate taglia e apre dei fichi maturi, controllando che nella parte interna piena di tentacoli rosa acceso non ci siano tracce di vermi. Le sue mani e le sue braccia sono appiccicose, fino ai gomiti. "Mi potresti grattare in mezzo alla schiena? Proprio tra le scapole. Proprio lì. Ahhh. Grazie!"

"Bernardo mi ha invitato fuori per la giornata."

"Dove volete andare?"

"Allo Zingaro. Bernardo si è fatto prestare una barca dallo zio ed ha invitato un gruppo di amici."

La Riserva Nazionale dello Zingaro è un lungo tratto di costa tra San Vito Lo Capo e Scopello, accessibile solo via mare o a piedi; la natura incontaminata è al culmine della sua spettacolarità. Kate avrebbe desiderato di esser invitata anche lei.

Electra gira intorno alla madre, fa scivolare un grembiule sopra la sua testa e glielo lega sui fianchi. E' vestita con gli abiti da lavoro. Non c'è bisogno di proteggerli, ma apprezza la premura della figlia.

"Quando viene a prenderti?"

"Mi ha chiesto se potevamo incontrarci a San Vito." Afferra una manciata di mandorle che Kate ha aperto per la marmellata. "Posso prendere la macchina?"

"Certo." E' la prima volta che Electra chiede la macchina per andare da sola in un posto lontano. Ha la patente da un anno. E' prudente e brava, ma non ha avuto occasione di guidare nell'anno in cui era all'Università in Olanda, per cui sa di non aver molta pratica ed anche non si sente sicura su queste strade ripide e piene di curve.

"Prendi la crema solare."

"L'ho già nel mio zaino." Poi prende un'altra manciata di mandorle.

"I cuccioli?"

"Dovrebbero stare qui tranquilli, non credi? Posso portare della frutta?"

"Certamente." Kate raduna le mandorle in una scodella. Tra gli assaggi di Niccolò ed Electra non ne resteranno più per la marmellata. "Ho fatto dei biscotti, se vuoi portarne un po'."

La ripaga con un sorriso di felicità dopo aver rubato le due ultime mandorle rimaste nella scodella. "Pulirò qualsiasi pasticcio faranno i cuccioli, quando torno."

Quando quella sera Bernardo ed Electra tornano, lui viene in terrazza per un bicchiere di thè freddo. E' bruciato dal sole e troppo stanco o rilassato per essere timido.

"Vi siete divertiti con i vostri amici?" Dalla cucina sente che i coperchi della marmellata scoppiettano, quel rassicurante suono che caratterizza la felice conclusione al lungo, e pieno di spruzzi bollenti, processo di preparazione delle marmellate.

"Eravamo solo noi due. Gli altri amici alla fine non sono venuti."

"Avevamo cibo sufficiente per sfamare una flotta!"

"Eh sì!"

"Ho mangiato quasi tutto io." aggiunge Electra "Lui non mangia niente!"

"Ho mangiato due *sandwich*!"

"Sì, due dei più minuscoli *sandwich* che ho mai visto. Io ne ho mangiati almeno sei."

"E' un piacere vedere una ragazza mangiare qualcosa di diverso da uno yoghurt, anche se la barca aveva iniziato a inclinarsi pericolosamente dalla sua parte!"

"Ehi!"

C'è una disinvolta familiarità tra i due, come se si conoscessero da una vita.

"Volete restare qui a mangiare? Noi siamo stati invitati fuori—"

"Fuori?" Electra interrompe "Da chi?"

"Da Renato e Diana. Penso che ci siano anche Ettore e Graziella. Abbiamo già preparato il sugo per la pasta per te e Bernardo, se vuole trattenersi."

"La prossima volta. Grazie. Ho promesso allo zio Carlo di andare a mangiare da lui e dalla zia Anna prima di tornare a casa."

"Ok," Electra dice, "ma prima che tu vada, devi venire a vedere i cuccioli. Vieni!"

Dopo un'ora, non appena Bernardo era uscito dal cancello con la sua macchina e dopo averlo di nuovo salutato, Kate domanda: "Vi siete divertiti?"

"Sì, è stato fantastico," risponde abbracciando un cucciolo e stringendolo al petto. "Abbiamo mangiato ai faraglioni dietro la tonnara di Scopello."

"Proprio sui faraglioni?" Sono delle acuminate colonne verticali, posto ideale per i gabbiani e i loro nidi, ma difficilmente si potrebbe consigliarli per un picnic.

"No. In barca. Ma che dici! Vicino ai faraglioni. Penso che sia il più bel posto del mondo!" dice in modo romantico strofinandosi al cucciolo con il bianco zigzag di Zorro tra gli occhi.

"Ieri sera, quando eravate fuori, ha chiamato Elizabeth." Electra è già alzata e vestita, la macchina del caffè è accesa. Anche la lavatrice sta girando. Di là dalla porta Kate può vedere e sentire quattro cuccioli affamati che aspettano. Clover sta finendo la sua colazione dentro casa. Ha molta pazienza con i cuccioli; non lo disturba che lo vogliano seguire ad ogni passo, che inciampino sulle sue orecchie, che cerchino di succhiare il latte, ma non tollera che provino a spartirsi il suo pasto.

"Oh!—" è dispiaciuta di aver perso la telefonata di Elizabeth. Non parlavano con lei da una settimana. "Dove sono?"

"Stamani partono dallo Zion National Park," racconta versando dell'acqua calda sul cibo dei cuccioli.

"Ha detto dove andranno dopo?"

"Al Grand Canyon! Ci resteranno per un paio di giorni." Aggiunge una scatoletta di pezzetti di carne e li mescola.

"Perfetto!" Per il compleanno di Elizabeth, Stephen aveva comprato i biglietti per andare sul Glass Bridge. Da un anno ogni regalo era stato dedicato al loro viaggio negli Stati Uniti. Niccolò aveva provveduto alle valigie. Kate aveva acquistato i biglietti per la visita dell'Acquario nella Baia di Monterey e organizzato due giorni a Disneyland tramite la nipote della sua amica Carrie. "Mi ricordo che quando Lizzy era una bambina non sapeva quale parco dei divertimenti o acquario fosse il suo preferito. Chissà se ora ha una preferenza."

"Con Stephen è ancora più bambina di sempre." Electra mette a terra la ciotola del cibo e dispone i quattro cuccioli intorno come punti cardinali.

"Meglio così. Era troppo matura da bambina, troppo seria."

"Solo con te Mamma, non quando era con me." I cani sbavano e trangugiano il loro pastone alla maniera di un Charlie Chaplin accelerato, le loro pance si espandono diventando delle palle rotonde e gonfie. "Ieri sera Elizabeth era dispiaciuta di non avervi trovato. Ha detto che ha provato a chiamarvi ogni sera da quando è partita da Grandma Claire, ma non eravate mai a casa."

"Non siamo mai a casa?" si domanda portando il loro breakfast in terrazza e stando attenta a non inciampare sui cuccioli. Si sono sparsi in terrazza, stanno a occhi chiusi, sorpresi dalla beatitudine del sonno provocato dalla digestione. A distanza, celata dentro la siepe di canne, vede per un attimo la sempre presente ma quasi invisibile madre.

"Veramente tu e Daddy di recente uscite abbastanza spesso. A proposito vi dispiacerebbe se oggi uscissi io?"

"Per niente. Che programma hai?"

"Bernardo mi ha invitato ad andare a Levanzo con la barca dello zio e con degli amici."

"Benissimo, perché no?"

"Lui non ha detto niente, ma credo che sia il suo compleanno. Mi potresti aiutare a fare un dolce per lui?"

"Che tipo?"

"Probabilmente di cioccolata, ma non so i suoi gusti. A tutti piace il tuo dolce di cioccolata!"

"Torni a mangiare stasera?"

"Penserei di sì," dice abbassandosi per accendere il forno. "te lo posso far sapere più tardi?"

"Stasera andiamo fuori," lei ride. Effettivamente stanno uscendo molto in questo periodo. "Non mi ricordo se è per mangiare o solo un aperitivo. Devo guardare la mia agenda."

"Ricordati che mi devi accompagnare da Emma domani mattina." Poi tira fuori gli ingredienti per la torta: farina, sale e lievito; olio di oliva, uova e zucchero. Cioccolata.

"Non faremo tardi. Sarebbe bene che anche tu tornassi a casa presto. Hai già fatto la valigia?"

"Quasi finita." Poi apre un cassetto per cercare uno strofinaccio.

"Mamma, posso fare a pezzi questo qui per metterlo con gli stracci? E' così scolorito."

"Preferirei che tu non lo facessi." Kate fa sciogliere dei quadretti di cioccolato con l'olio d'oliva e li mescola finché l'impasto non diventa morbido come un velluto.

"E' anche bucato!"

"Usane un altro se quello non ti piace."

"Perché lo vuoi tenere? Capisco che non si debba sprecare, ma ora si esagera, non ti pare?"

"Lo tengo per motivi sentimentali."

"Uno strofinaccio vecchio e scolorito?" Smette di frullare lo zucchero con il burro. "E' anche bucato?"

"Me l'ha dato Mammacita. Ti ricordi di lei?"

"L'amica della nonna Claire? Quella che quando suonava il pianoforte si sentivano le unghie che sbattevano sui tasti?" Electra sparge la farina sull'impasto: una felice nevicata su una terra ricca e scura.

Kate recupera dall'ultimo cassetto la tazza per misurare le quantità d'ingredienti.

"Misurali Electra. Puoi inventarti le proporzioni per un sugo oppure uno spezzatino, ma non per un dolce." Electra prende la tazza e la posa da una parte. "Mammacita era la direttrice del coro della chiesa quando ero piccola e insegnava anche ai bambini a cantare in coro. Mi permise di sedere accanto a lei per girarle le pagine dello spartito mentre accompagnava al piano i ragazzi più adulti. Lei mi fece cantare il mio primo assolo nel coro quando avevo sei anni."

"Perché ti ha regalato un vecchio strofinaccio?"

"Non era vecchio quando me l'ha regalato."

"Mamma?" Electra ha interrotto i suoi preparativi. Poi solleva la tazza delle misure come se in qualche modo fosse in relazione con la risposta che sta aspettando.

"L'ultima volta che sono andata a trovarla mi regalò un prezioso albero di Natale di cristallo."

"Lo conosco. Quello che mettiamo sempre per Natale come centro tavola."

"Ora che ci penso, lei probabilmente ha dato un ricordino a tutti quelli che andavano a trovarla. Cose che aveva messo da parte durante la sua vita, delle quali non aveva più bisogno. Poi, quando stavamo per salutarla, mi portò in cucina e mi chiese di aiutarla a trovare un canovaccio per avvolgerlo. A quel tempo era già quasi completamente cieca. Questo è quello che trovammo. Certamente allora era colorato e nuovo. Io penso a lei ogni volta che lo vedo ed è molto più spesso dell'albero di cristallo che tiro fuori solo una volta l'anno."

"Vuoi che cucia quello strappo?" Electra chiede mentre versa l'impasto nella teglia prima di metterla nel forno.

"No, il foro non ha importanza," ammette prendendo lo sbattitore e assaggiando l'impasto di cioccolato con Electra. "Il ricordo non scivolerà via da quel buco" afferma, prendendo una delle due fruste dello sbattitore e leccando la cioccolata rimasta, così come Electra sta facendo con l'altra.

E' pomeriggio tardi quando Bernardo e il suo amico Massimo riaccompagnano a casa Electra. Tutti e tre decisamente cotti. Con gioia Bernardo e Massimo accettano l'offerta di una bevanda fredda. Bernardo siede con Electra a tavola in terrazza con il più calmo dei cuccioli, Panda, accoccolato nelle sue braccia. Massimo cammina avanti e indietro; un eccesso di luoghi comuni erompe come la lava dall'Etna quando ammira il panorama, mentre il cucciolo più irrequieto, Macchia, gli corre tra le gambe cercando di mordicchiare i lacci delle sue nuove scarpe da barca. Electra lo alza e glielo mette in mano. Lui guarda questa palla di pelo che si dimena, fa qualche commento critico come se volesse identificare qualcosa d'ignoto poi, si siede sul gradino più alto della terrazza e arruffa il suo pelo ribelle.

"Sei sicura di non cambiare idea?" Massimo chiede a Electra. La sua insistenza è in qualche modo diminuita. Sembra strano, ma anche Macchia si è calmato. Fa un giro testa coda, si raggomitola e si addormenta all'istante.

"No. Te l'ho detto. Domani mi dovrò svegliare molto presto."

"Ti si può accompagnare presto a casa, non c'è problema." Nella sua voce risuona una sottile risatina, mescolata alla chiusura parziale degli occhi.

Sembra che sia una discussione senza fine. Electra non si preoccupa più di rifiutare. Semplicemente scuote la testa; no.

"Ma perché?" Massimo massaggia il cucciolo dietro l'orecchio.

Electra partirà il mattino dopo per una gita organizzata dalla sua amica Emma, la compagna con cui condivideva la casa nel semestre passato a Utrecht. Emma aveva invitato Electra a unirsi al gruppo dei suoi amici.

Lei non ha mai fatto campeggio. Non è neanche sicura di voler passare cinque giorni con ragazzi che non conosce. S'immagina che se non approfitta di quest'occasione può darsi che mai più le si presenti questa possibilità.

"Dove andate a fare campeggio, signore?" Massimo si rivolge a Niccolò.

Niccolò gira la domanda a Electra, "Dove andate?"

"Al fiume Platani, vicino a Eraclea Minoa."

"Lei non va?" Massimo chiede.

Niccolò fa una risata. "No, non ho più fatto camping da quando avevo la sua età. Sono troppo vecchio per stendermi sulla terra dura dentro una tenda. Noi la accompagniamo dai suoi amici."

Massimo si rivolge ancora a Electra, "Quando torni?"

"I miei genitori tornano a riprendermi venerdì."

"Ok, ti lasciamo andare." Poi scuote l'indice in un gesto di rimprovero come fa un vecchio maestro di scuola. "Se prometti di uscire con noi sabato sera."

"Certamente. Ho la lezione di cavallo sabato, ma dopo sono libera."

"Veramente," Bernardo inizia. "Eraclea Minoa non è molto distante da casa mia." Guarda Niccolò. "Se le fa comodo, potrei andare io a prenderla senza che lei vada fino là."

Di nuovo Niccolò rimanda la domanda. "Electra?"

"Se devi andare per conto tuo a incontrare tuo zio, perché no? Grazie!"

"Sei sicura che non cambi idea per stasera?" Massimo insiste ancora appoggiando il cucciolo a terra dopo averlo accarezzato per l'ultima volta. "Ti prometto che sarai a casa in tempo per partire per il camping domani!"

Dopo che gli amici se ne sono andati, Electra raggiunge la madre in camera per aiutarla a scegliere il vestito per la sera. La settimana passata, quando aveva domandato di prestarle una camicetta per non mettersi le stesse cose tre volte di fila, Electra aveva suggerito che forse era il momento di andare a fare shopping insieme.

Aveva proprio ragione e gli sconti esposti nelle vetrine a Trapani avevano reso più facile accettare il consiglio. Kate le sta mostrando un vestito senza maniche, bianco, con delle sfumature color rame che accentuano la leggera abbronzatura. Chiede. "Perché non sei voluta uscire con loro stasera?"

Electra per mettersi comoda si era aggiustata i cuscini dalla parte del letto della madre. "L'invito includeva passare la notte in barca."

"Oh!" prende dagli attaccapanni dietro la porta della sua camera un top color ruggine scuro e crema, senza maniche, con una gonna intonata e li mostra all'esame di Electra. Anche se Electra l'ha aiutata a scegliere questo vestito sportivo, ma classico, scuote la testa negativamente e invece affermativamente in direzione del semplice, affusolato vestito del tipo Jacqueline Kennedy. "Poteva essere imbarazzante."

"Sarebbe stato Ok; so come prendermi cura di me stessa—"

La fiducia in se stessa la diverte.

"—ma non voglio esser stanca per domani." Rovista nel portagioie che aveva portato di sopra, "Poi si sono messi a prendermi in giro quando ho detto che volevo tornare a casa presto."

"Bernardo ti prendeva in giro? O Massimo?"

"No. C'erano altre tre ragazze con noi oggi. Erano proprio irritanti. Ecco—" Tira su un paio di orecchini di ambra che Elizabeth aveva regalato a Electra l'anno scorso a Natale. "Provali. Andranno benissimo."

Prende gli orecchini. "Erano più grandi di te?"

"Sì, sui trenta. E disperate. Ricordami di spararmi se per caso iniziassi a comportarmi così."

"Massimo sembra un tipo gentile." si è infilata il vestito, Electra l'aiuta a chiudere la cerniera lampo.

"Non lo so se è carino, ma si agita tanto." Rovista ancora dentro la scatola delle gioie e trova una collana d'ambra a filo unico, con grani grossi come una castagna che s'intona con gli orecchini e con il vestito. "Diventa noioso dopo un po'. Non andrei mai da sola con lui, ma forse riesco a convincerlo ad adottare uno dei cuccioli! Ha detto che ci avrebbe pensato." Aggiusta il vestito sui fianchi della madre, lo tira dall'orlo in modo che cada diritto dal collo alle ginocchia. "Guarda, sei bellissima. Come la moglie del Presidente."

"A parte le ragazze disperate e un Massimo frenetico, ti sei divertita?"

"Sì. Tanto! Bernardo è molto carino."

"Non posso crederci, vi ho finalmente trovati a casa! Ho anche telefonato al cellulare di Electra per sapere se andava tutto bene."

"Oh Lizzy!" mette giù il suo libro e gli occhiali.

"Speravo che tu chiamassi."

"Ho chiamato ogni sera questa settimana!"

"La nostra vita in Sicilia è molto più sociale di quanto avessimo pensato."

"L'ho notato!" Lei sembra veramente contrariata.

"Spero di non esser stata un genitore così austero quando tu iniziavi a uscire con i tuoi amici!"

"Io non sono mai uscita! Ricordi?"

Questo è vero. Con qualche rara eccezione, Elizabeth stava sempre a casa, preferiva invitare gli amici. Ha sempre avuto una migliore amica invece di tante; tendeva a invitare sempre la stessa persona per passare un fine settimana. Manteneva quasi tutte le amicizie che aveva iniziato, raccogliendo i frutti di questi investimenti a lungo termine.

Lei e Stephen si erano incontrati quando lei aveva diciotto anni, al ballo di Natale che segnava la fine del primo semestre di università. Da allora erano restati sempre insieme ed anche a loro piaceva di solito invitare gli amici a casa.

"Dimmi, dove siete?" chiede.

"A Big Sur." Si accorge che sua figlia inizia a rilassarsi. "Sono felice di non aver seguito il consiglio dello zio Stuart di prendere l'autostrada *One O One* ! Avevi ragione, l'autostrada *One* è splendida."

"Se non avete fretta."

"Noi non abbiamo fretta. Ci siamo fermati lungo la strada. Abbiamo visto tante foche. Erano accanto a noi sulla spiaggia. Non vedo l'ora di mostrarti le nostre foto!"

Elizabeth è una fotografa eccellente. Come lo è Electra.

"Quanto vi tratterrete a Big Sur?"

"Domani partiremo per Monterey. Il giorno dopo saremo a San Francisco, da Carrie."

"Oakland."

"E' lo stesso. Abbiamo deciso di saltare la tappa di Yosemite. Staremo con Carrie tutto l'ultimo nostro week end delle vacanze. Abbiamo deciso che è meglio vedere meno ma apprezzare di più."

Ragazza in gamba, anche se non conosce la differenza tra Oakland e San Francisco. "Immagino che avrete un mare di cose da fare."

"Stephen vuole andare a Napa Valley ad assaggiare il vino, io vorrei vedere Redwoods. Oh, la mia scheda telefonica sta finendo! Ti saluto adesso e continuiamo a parlare finché non s'interrompe."

"Ok. Ti chiamerò quando sarete da Carrie. Mi spiace che non ci hai trovato e che non abbiamo potuto parlare."

"Ora che vi ho trovati sto meglio. Ero in pensiero!"

"Ci stiamo divertendo con i nostri nuovi amici. Sono contenta che vi divertiate negli Stati Uniti."

"Non potrebbe essere meglio. Siamo solo dispiaciuti che stia finendo. Questa è stata la migliore."

La conversazione si è interrotta. La prossima volta che si parleranno dovrà ricordarsi di chiedere com'è Disneyland in confronto all'*Aquarium*.

Una nuova fiammeggiante Audi TT nera entra nel vialetto d'ingresso, un po' troppo veloce, e poi il motore si pianta e si spenge. Electra apre lo sportello lato guida ed esce, ridendo. "Questo è il primo errore che ho fatto! Dillo, ho guidato benissimo fino ad adesso!"

Bernardo emerge dal lato passeggero, anche lui ridendo. "La mia povera macchina!"

Kate era stata a scavare per preparare la terra per alcuni bulbi di tulipano. Si toglie la terra dalle mani pulendole sui pantaloni già infangati e viene avanti per salutarli.

"Ti prometto che non ti darò la mano Bernardo. Non aver paura!"

"Oh Signora!" Lui le porge la mano lo stesso.

"Bentornata Electra." Dà un bacio a sua figlia sperando di non aver della terra spalmata anche sulla faccia. "Ti sei divertita al campeggio?"

"Moltissimo. Gli amici di Emma erano così carini. Intelligenti, divertenti, colti. Era un po' difficile farli muovere la mattina, ma io alla fine ci sono riuscita. Ci siamo divertiti moltissimo."

Così tanti dettagli da Electra? Che cosa è successo? guarda la figlia: molto abbronzata e bionda più che mai. C'è qualcosa di diverso in lei.

Bernardo è sorridente, sicuro di sé.

"E' una macchina nuova?" Chiede.

"Sì, l'ho ritirata mercoledì."

"E hai rischiato di farla distruggere oggi?"

"Mamma!"

"Ha guidato perfettamente."

"Sei proprio un uomo coraggioso!" Niccolò nel frattempo li ha raggiunti. Kate non è sicura se è di conforto o di maggior imbarazzo il fatto che anche i pantaloni di lui siano sporchi come i suoi. "Hai avuto problemi a trovare il camping alla Riserva Naturale della Foce?"

"Se posso essere sincero vostra figlia non ha nessun senso di orientamento."

"Sfortunatamente lo sappiamo." Kate interviene.

"Sfortunatamente l'ha ereditato da me." Niccolò precisa.

"Senza offesa vero?"

"Sì, sì, senza offesa, è così!"

"Per fortuna che ora ci sono i cellulari altrimenti saremmo ancora a cercarci. In quale parte della riserva hai detto che era il campeggio, Electra?" sottolinea Bernardo.

"Ok, Ok, ti ho dato un'indicazione un po' sbagliata!"

"Un po'? Quella di destra o quella di sinistra?"

"La Riserva Naturale è divisa in due parti." Electra spiega con un senso di colpa.

"Ognuna delle quali è di diverse centinaia di ettari."

"Se tu avessi aspettato, sarei venuta fuori a incontrarti."

"Tu l'hai descritta come la più bella spiaggia del mondo, dovevo proprio venire a vederla!"

Il loro modo di prendersi in giro è vivace, ma nessuno sembra veramente irritato. Le loro proteste sono alleggerite da sorrisi di complotto.

"Vuoi entrare a bere qualcosa? Mangiare? Devi essere stanco dopo questa avventura."

"Sfinito!"

"Ehi! Sono io quella che ha guidato!"

"Appunto!"

"Vino o thè?" chiede mentre si incamminano verso la terrazza.

"Oppure whiskey?" Niccolò chiede.

"Un bicchiere di acqua per favore, poi vado a casa."

"Non eri venuto qui per andare a trovare tuo zio?"

"No, per sfortuna lui oggi è fuori città. Ora dovrei proprio andarmene, devo assolutamente trovare un meccanico ancora aperto per la strada…"

"Ehi, smetti di prendermi in giro!"

"Va bene." Bernardo torna serio. "A che ora vuoi che venga a prenderti domani?"

"La lezione di equitazione finisce alle sei. Alle sette dovrei essere pronta."

"Preferisci che venga a prenderti al maneggio? E' sulla strada."

"Non lo è, ma grazie comunque. No, devo fare una doccia dopo aver montato. Non vorrai mica che la tua nuova macchina profumi di cavallo?"

"Vero. Verrò alle sette. Se mi accompagni alla macchina, Electra, ho portato una cassetta di vino per i tuoi genitori."

Electra si è svegliata presto, è già vestita quando i genitori scendono per la colazione. Kate intravede i lacci del costume da bagno intorno al collo. "Matteo mi ha invitato al mare. Stiamo andando a fare immersioni con le bombole."

"Immersioni con le bombole?"

"Sì, lui con le bombole, io con la maschera e le pinne. C'è una àncora medievale al largo di Custonaci e lui me la vuole far vedere. Ha detto che non è profonda." Aveva preparato dei panini e li aveva avvolti con la pellicola. "Quanto vorrei che Elizabeth fosse qui. Mi manca tanto!"

"Manca anche a me. E Tana?"

"La passiamo a prendere mentre andiamo là." Lava un grappolo di uva poi lo avvolge con un fazzoletto di carta e lo mette in un sacchetto. "Lei ha promesso di essere pronta in tempo."

"Stai organizzando tante cose in un solo giorno. Stamani il mare, il cavallo nel pomeriggio, stasera una festa. Non pensi che ti stancherai troppo?"

"L'estate è quasi finita. Devo impegnare bene il tempo che resta!"

Un'ottima filosofia e benché stia finendo anche l'estate di Kate, lei non vuole fare niente di più ambizioso che curare il giardino ed immergersi nella piscina.

"Non posso credere che sto per andare via dalla Sicilia. Questa è stata la migliore estate della mia vita. A parte la perdita di Edoardo naturalmente."

"Anche per me," ripete Kate, "a parte Edoardo."

Per utilizzare al meglio possibile il tempo che resta, accompagna Electra alla sua lezione di equitazione. E' meravigliata da come sia rilassata nel guidare la macchina, da quanto questa estate sia migliorata a cavalcare e di quanto sia elegante e sicura sul cavallo. Tutti i rimproveri perché non stava diritta; bastava farla andare a cavallo prima!

"Lei è nata per cavalcare." Le dice l'istruttore. "L'anno prossimo la facciamo saltare!"

Al ritorno guida Kate perché va più veloce. La lezione di Electra è durata più del solito e Bernardo arriverà fra trenta minuti.

"Avrei dovuto dirgli sette e trenta!" Electra è agitata.

"Non ti preoccupare. Siamo in Sicilia. Sarà certamente in ritardo."

Lei sbaglia. Lui entra dal loro cancello con una nuova, diversa Audi appena Electra sta uscendo dalla doccia.

"Hai fatto un investimento in azioni della Audi?" Niccolò scherza. Bernardo è vestito elegante ma sportivo: pantaloni e maglietta di lino, entrambe già spiegazzate nella parte posteriore.

"La berlina è di mio padre. Ho fatto uno scambio e gli ho dato la TT solo per stasera."

Bernardo accompagna anche un'altra ragazza alla festa di Massimo a Palermo. Carla emerge dalla Audi con un vestito di organza di seta e tulle, come se stesse andando a un matrimonio. I suoi tacchi sono così alti che Kate teme che possa slogarsi una caviglia quando traballa sul pavimento sconnesso dell'ingresso del giardino. Electra, che appare qualche minuto dopo le sette, è vestita in modo troppo sportivo. I capelli sono umidi, ma molto biondi dopo aver passato un'estate al sole. Indossa una corta gonna di lino blu svasata e una camicetta attillata; un paio di sandali che hanno comprato insieme, comodi, con la suola piatta.

Electra e Carla si stringono la mano, si scambiano i complimenti a vicenda. Kate si chiede se Carla è una delle disperate trentenni.

"Mi dovrei cambiare?" Electra chiede a Bernardo dopo aver visto il vestito di Carla.

"No, stai benissimo."

"A che ora pensate di tornare?" chiede Niccolò.

"Direi abbastanza tardi."

"Mi raccomando prudenza nella guida."

"E se sei stanco," aggiunge Electra, "posso sempre guidare io!"

"Chiamerò mio padre per suggerirgli di aumentare i massimali dell'assicurazione!"

Electra appare in terrazza ancora in pigiama mentre Niccolò e Kate stanno terminando il loro breakfast. Lei saluta sua figlia con la domanda di rito: "Com'era la festa ieri sera?"

Ancora addormentata, Electra alza Figaro dall'angolo della terrazza, dove stava riposando al sole, e lo stringe tra le sue braccia. "E' stato più educativo che divertente."

Racconta della festa. Una casa sbalorditiva, a Mondello proprio sul mare, due o tre dozzine di amici, tutti estremamente eleganti. "Carla era una delle meno eleganti, eccetto me."

"E' stata gentile?"

"Sì, abbastanza."

"C'erano le disperate trentenni alla festa?"

"Una c'era, ma ieri sera era meno fastidiosa. Anzi, abbiamo anche avuto una discussione interessante sullo sviluppo edile in Sicilia. C'era anche un ragazzo americano. Non parlava una parola d'italiano per cui mi si è appiccicato. Ho cercato in tutti i modi di farlo interessare a una delle trentenni."

"Ti sei divertita?"

"E' andata bene. Sarebbe stato più divertente se ci fosse stata anche Elizabeth." Gratta Figaro sotto la gola. Le sue fusa incominciano a essere percepibili. "A un certo punto Massimo ha ricevuto una telefonata da un amico che era sul suo yacht ancorato al largo e l'intero party è stato traghettato sulla sua barca."

"Che tipo di barca era?"

"Non lo so. Come quella del film *Overboard* di Goldie Hawn! Ma ancora più grande!"

"Incredibile!"

"Sarebbe stato divertente, ma il ragazzo proprietario della barca era troppo pieno di sé."

Orecchiella salta sulla terrazza, la sua espressione è ancor più sconcertata del solito. Le sue orecchie lunghe dritte, in allerta per un pericolo immaginario. "Orecchiella!" Loro tutti in coro: "Vieni qua!".

Figaro si agita tra le braccia di Electra, il pelo si alza sulla schiena. Vorrebbe saltare giù, ma non è sicuro di farcela con Orecchiella così vicina.

"Vuoi sapere cosa ha detto il proprietario della barca quando mi hanno presentata?"

"Cosa?"

"Ha detto: tu sei troppo giovane per me!"

"Stai scherzando? Che cosa hai risposto?"

"Ho riso." La risata di Electra convince Figaro. Si slancia dalle sue braccia e sfreccia sulla terrazza volando via da Orecchiella con una velocità impressionante per i suoi quattordici anni. "Ho risposto: per mia fortuna! Invece quello che avrei dovuto dire sarebbe stato: e tu sei troppo arrogante per me. Quel povero ragazzo non troverà mai una relazione vera. Arriva con un yacht di quel tipo e poi teme che le persone siano interessate a lui solo per i soldi! Se non fosse stato così arrogante avrei avuto compassione di lui."

"Com'era il resto della festa?"

"Ah, Massimo, una peste. Ha detto che io sono quel tipo di ragazza che un ragazzo vuole sposare, non di quelle con cui uno vuole uscire. Ha seguitato tutta la sera a cercare di baciarmi. Ha anche bevuto troppo. Finalmente mi ha detto che avrebbe smesso se gli avessi dato un bacio sulla guancia. Poi, quando stavo per farlo, ha girato la faccia, allora gli ho dato una spinta e lui dal divano è ruzzolato sul pavimento!"

"Non mi dire!"

"L'ho fatto. E' volato come una piuma, è stato facile. Questo non è il sistema di dare un bacio! Almeno non a me!"

"E Bernardo che ha fatto?"

"E' stato veramente divertente. E' rimasto a bocca aperta per cinque minuti. Poi quando si è ripreso ha detto: Ricordami di non provare mai a baciarti!"

CAPITOLO DICIASSETTE

"**S**ai quale è stata la cosa più divertente del party di ieri sera?"

Electra è vestita con i calzoni da cavallo e gli stivali. Infila il frustino e il chepì nel sacco, assieme agli speroni.

"Dimmi." Kate sta morendo di curiosità.

"Tornando a casa, Bernardo era veramente stanco." Mette nel sacco una quantità di carote e di mele sufficienti per tutti i cavalli del maneggio, non solo per quello che monta. "Allora ho detto: prima di addormentarti fai guidare me. Io sono completamente sveglia. Dopo un minuto si è fermato e mi ha fatto guidare."

"Carla dov'era?"

"Oh, lei si era addormentata sui sedili posteriori non appena era entrata in macchina!"

"Allora ti ha fatto guidare la macchina nuova di zecca di suo padre?"

"Sì! Ho guidato due Audi in due giorni! Dopo la TT mi sentivo più sicura. Sono andata veramente veloce!"

"Non me lo dire! Scommetto che si è svegliato!"

"Sì!" Appoggia i suoi attrezzi da cavallo vicino alla porta della terrazza, pronta per partire. Kate sta aspettando altri dettagli, ma Electra ha già detto quello che per il momento è disposta a raccontare.

Kate pulisce una cipolla e poi la sciacqua prima di tagliarla per diminuire eventuali lacrime. Electra ha tolto tutte le verdure dal recipiente ed ha iniziato a spezzettare gli zucchini. Stanno preparando una versione fine estate di *pasta primavera*.

"Verrà Matteo."

"Quando?"

"Dopo che sarò rientrata dall'equitazione."

"Com'era l'àncora?"

"Non ho potuto vederla, l'acqua era troppo torbida." aggrotta le sopracciglia, poi s'illumina, una momentanea assenza. "Stasera posso usare lo shampoo di Clover?"

"Daddy ed io lo abbiamo lavato ieri."

"Matteo ed io vogliamo lavare *Mica*. E' piena di pulci!"

"Va bene. Ho anche la medicina per le pulci se vuoi. Oltre che il cavallo e lavare il cane quali sono gli altri tuoi programmi per oggi?"

"Andremo a cercare Orecchiella, non si trova più."

"Porta con te della carne." Kate scalda la pentola per friggere e guarda con soddisfazione come diventano trasparenti le cipolle.

"Matteo la sta cucinando ora." Dice Electra, facendo a fette e sminuzzando i luccicanti peperoni rossi e gialli. "Ah, lo sai di cosa mi sono resa conto oggi?"

"Cosa?"

"Che sono una secchiona!"

"L'hai capito solo ora?"

"Il libro che avevo ordinato per il mio corso di Economic Competitive Strategies è arrivato ieri ed io mi sono dovuta trattenere dall'aprirlo prima che il postino andasse via!"

"E' bene che ti piaccia ciò che studi."

"Mamma, ho già letto i primi tre capitoli! E stavo seriamente pensando di cancellare l'appuntamento con Matteo per continuare a leggerlo!"

"Hai ragione. Sei una secchiona. Ti porto il telefono per cancellarlo!"

Ci sono state troppe feste questa estate. Avevano partecipato a troppi incontri di società. Per fortuna, di tanto in tanto, di solito in terrazza dove gli uomini si radunavano dopo mangiato per fumare, oppure con Lorenzo nei pomeriggi in cui parlavano di Shakespeare, di poesia e vita, c'era stato un dialogo vero, uno scambio di pensieri che suscitavano conversazioni, idee e immagini. Nonostante ciò Kate sta aspettando un periodo più tranquillo, con più tempo dedicato a loro stessi.

In ogni caso, prima che possano rilassarsi devono ricambiare gli inviti che hanno ricevuto dagli amici di Eugenio. Niccolò e Kate fissano la data per il primo di settembre. Non diranno agli ospiti che è l'anniversario del giorno in cui si erano incontrati, ma loro lo festeggeranno in silenzio.

La preparazione del menu non è difficile. E' la lista degli invitati che le dà qualche pensiero. Sa che deve invitare tutti quelli che li hanno già invitati, questo è facile, ma ci sono altre persone, che fanno parte del gruppo, che non avevano organizzato ricevimenti. Avrebbe dovuto invitare anche loro? Kate telefona a Eugenio.

"Sto organizzando una piccola festa," dice. Sente sullo sfondo suonare una bossa nova.

"Che bello!" C'è un'eco. Può immaginare Eugenio che balla attraverso le stanze della sua casa con il telefono in vivavoce. "Tutti sono curiosi di vedere la vostra casa!"

"Speriamo che non restino delusi!"

"Sono certo che non accadrà." Lui canticchia seguendo Jobim. "Chi pensate di invitare?"

Legge la lista alzando la voce per farsi sentire sopra la musica che sembra un samba; più complessa da un punto di vista armonico rispetto alla bossa nova, ma con meno percussioni. "Che ne dici?"

"Puoi invitare i Pepoli, ma sarà difficile che vengano. Non vanno mai da nessuno."

"Al tuo party c'erano!"

"Certo che sono venuti da me, vorrei vedere, siamo quasi di famiglia!"

"Ho invitato Carlo Servato con la moglie."

"Anna. Un'altra coppia che non va mai alle feste."

"Come mai li hai invitati?"

"Bernardo, il loro nipote, è stato molto gentile con Electra questa estate."

"Vedo che non avete incluso Aurora e Paolo. C'è qualche motivo?"

"No, solo perché la nostra casa è piccola, sono già state invitate venticinque persone che con noi diventano ventotto."

"Umm!"

"Pensi che li dovrei invitare?"

"Penso che se non lo fai si potrebbero creare delle tensioni. Sono parte del gruppo e se non li inviti si sentirebbero esclusi."

"Pensavo che eventualmente avrei potuto invitarli con qualcun altro in un secondo ricevimento."

"Party di serie B? Orrore!"

"Sarebbe interpretato in questo modo?"

"Temo di sì."

"Non voglio offendere nessuno."

Silenzio.

"Forse è più semplice invitarli e non pensarci più."

"Sono contento che tu sia arrivata alla giusta soluzione."

"Non devo invitare l'altra coppia, vero? Monica e suo marito. Come si chiama?"

"Beppe. No, se non vuoi, anche se ho visto che Monica ti ha corteggiata a tutte le feste, cercando di farti vedere che è una donna interessante."

"Ah, è così che si voleva rendere interessante! Ogni volta fa uno spiacevole commento sulla mia altezza, come se potessi fare qualcosa per modificarla."

"Sei troppo sensibile. Prendi le cose dal punto di vista sbagliato."

Non è la prima volta che sente queste parole, ma sa che non sono vere. "Li devo invitare?" Kate inizia a sentirsi messa all'angolo. Dovrebbe avere lei l'ultima parola su chi invitare in casa sua.

"Non sei obbligata ad invitare Beppe e Monica se inviti Aurora e Paolo. Hai bisogno di qualcosa per la festa? Tavoli? Sedie? Piatti?"

"Grazie, penso di aver tutto. Possiamo invitarli alle sette? I giorni iniziano ad accorciarsi. Così possono vedere il panorama prima che sia buio."

"Puoi provare, ma io dubito che qualcuno arrivi prima delle otto."

Certamente ha ragione. A Firenze ha invitato alcuni amici alle quattro per un thè pomeridiano e tutti sono arrivati alle cinque, l'ora giusta per gli italiani per fare merenda. Se invita le persone alle sette, arriveranno alle otto, che è l'ora normale per la cena.

"Otto e mezza," Niccolò scommette. "Al sud la cena difficilmente è prima delle otto e mezza. Specialmente d'estate."

Ostinatamente invita il gruppo per le sette. Si vedrà chi arriva e quando. Almeno Niccolò, Kate ed Electra saranno pronti, sulla terrazza, per godersi l'ultima luce del giorno.

Le bevande e gli antipasti sono serviti in terrazza. I vassoi del cibo sono stati preparati e accuratamente disposti sul tavolo della sala da pranzo cosparso dei pochi fiori estivi che rimangono nel loro giardino; fiori di oleandro rosa e bianchi abbelliti con rametti di sempreverdi e minuscole pigne. Electra ha aggiunto delle candele per rendere la tavola più decorata, ma Kate ha dovuto toglierle per evitare che le persone si brucino sporgendosi sul tavolo, sulle candele, per riempire i propri piatti.

I due cuccioli, rimasti ancora non adottati sono stati confinati nel seminterrato, nella camera di Electra, con Clover nelle funzioni di babysitter. Alla fine, senza dubbio, ci sarà da ripulire, ma meglio pulire il pavimento che avere i cuccioli sotto i piedi con il pericolo di un femore rotto.

Electra e Kate hanno lavorato in cucina per tutta la settimana. Sono contente del risultato. Hanno preparato qualcosa che vada bene per ognuno: un piatto di carne per Graziella che non mangia il pesce, pesce per chi non mangia carne, verdura fresca, pane, dolce e infine la pasta, l'unico piatto da prepararsi all'ultimo momento. Ognuno dovrebbe trovare sulla tavola qualcosa che gli piace.

"Come mi devo vestire?" chiede a Electra.

"Metti il tuo vestito bianco, risalterà sull'abbronzatura."

"Non credi che sia troppo vistoso?" E' bianco, puro cotone, con un bordo blu scuro, ha un bavero largo, tipo marinaio, ma con la schiena nuda; una gonna attillata che si apre dalla vita.

"No, Mamma. Non c'è niente di osé in quel vestito."

Per essere sicura che il vestito sia appropriato chiede anche il parere di Niccolò. Electra ha buon gusto ma è giovane. Niccolò sarà più in grado di decidere.

"Stai benissimo! Dovresti vestirti così ogni giorno!"

"Non è inappropriato?"

"Per niente!"

Alle otto e dieci arrivano i primi ospiti. Dopo pochi minuti, come uno stormo di uccelli migratori, atterrano tutti. Obbedendo alle avvedute istruzioni di Eugenio, hanno parcheggiato le macchine una accanto all'altra, in maniera precisa a spina di pesce, e vanno in terrazza a prendere qualcosa da bere.

Kate vede emergere degli schemi—Diana, Caterina, Graziella, Silvia e Anna—bevono acqua o succo di frutta; non bevono il vino se non a tavola. Invece gli uomini—Renato, Lorenzo, Ettore, Carlo, Paolo, Bernardo—vuotano il loro primo bicchiere di Prosecco e lo riempiono di nuovo. Le sei bottiglie che ha messo in fresco scompaiono molto più rapidamente di quanto si aspettasse. Spera di non rimanerne senza. Ha in fresco dodici bottiglie di vino bianco, tutte della fattoria della famiglia di Bernardo, e sei bottiglie di vino rosso da servire a cena già aperte per farle ossigenare, ma se sarà necessario le potrà offrire con gli antipasti.

Tutti, senza eccezione, commentano la vista o la sua assenza. Alle otto il panorama è già scomparso, è assolutamente buio ad eccezione delle luci del giardino e di quelle delle stelle che stanno iniziando a mostrarsi. In coro la stessa frase è ripetuta più volte: "Peccato! Abbiamo perso il panorama!"

In coro le donne, commentando il vestito di Kate, le fanno complimenti misti a preoccupazione: "Come sei bella, ma non hai paura di sentire freddo?" Caterina e Anna, la zia di Bernardo, sono già vestite con abiti invernali anche se la serata è calda. Silvia indossa un largo e ampio vestito tipo caffetano e molte signore hanno uno scialle "Come sei bella," ripetono, "ma non hai paura di sentire freddo?"

Essendo la padrona di casa, dovrà correre tutta la sera. E' difficile che senta freddo.

Gli uomini sono più diretti. Renato la saluta. "Principessa! Sei bellissima!"

"Bella come questa notte straordinaria." Lorenzo conferma.

"L'unico elemento mancante per fare di questa una notte perfetta è l'arpa eolia,"

"Come?"

"The lyre" sembra strano che Kate non sappia di cosa lui stia parlando. "Era uno dei grandi simboli nell'Era Romantica. Shelley l'aveva usata nella *Ode to the West Wind*. Coleridge la nomina sia nella *Dejection, An Ode*, che nella *The Eolian Harp*."

"Ah, the Aeolian Harp! Of course!"

Lorenzo va da loro una volta la settimana, talvolta di più, per parlare di poesia con Kate. A turno leggono Shelley, Keats e Shakespeare. L'inglese baritonale di Lorenzo, arricchito da un leggero accento, rallenta sopra ogni cesura così che il significato acquisti un ruolo sia alla fine sia all'inizio del nuovo verso. Kate, nonostante la sua passione, inciampa tra un verso e l'altro anche se conosce molto bene la poesia. Non sarebbe mai in grado di recitarla ad alta voce. Da un punto di vista storico Lorenzo ha un'ottima cultura e può evidenziare il contesto storico di ogni poesia o commedia. Come studioso ha approfondito ogni verso, ogni allusione; è in grado di sostenere ogni affermazione. Lei invece gioca il ruolo dell'avvocato del diavolo, gettando archetipi junghiani come bastoni fra le ruote contro i suoi argomenti più elaborati, come pure manda fasci di luce ad illuminare l'impossibilità di essere obbiettivi nella grotta di Platone. Nonostante i loro diversi punti di osservazione, sono pienamente d'accordo sulla bellezza senza tempo e sull'eterno significato dei versi che leggono.

"Lassù l'arpa ha generato i suoni del vento che scendono dai rami di quei superbi pini," lui indica in direzione degli alberi al cancello d'ingresso, "che in effetti possono esser stati piantati durante l'Epoca Romantica."

"Hai proprio ragione, questo sarebbe il tocco finale perfetto." Lei vorrebbe prolungare questo dialogo. Lorenzo introduce sempre argomenti che vorrebbe discutere a lungo, ma, essendo la padrona di casa, stasera sarebbe già fortunata se potesse partecipare a qualche conversazione. "Vedrò cosa posso fare per avere un'arpa eolia per la festa del prossimo anno." Lei avverte il disappunto di Lorenzo per la conversazione troncata. "Trovi del tempo per scrivere, a parte le distrazioni estive?"

"Qualche cosa. Per lo più sto pensando."

"A cosa?"

"*Paradise Lost – Il Paradiso Perduto*. Sto cercando di determinare chi sia la figura eroica, Dio o Satana?"

"La scelta ovvia sarebbe Dio, no?" dice Kate appoggiando il vassoio delle bevande.

"La descrizione di Dio da parte dell'Arcangelo non è certamente stimolante. Salvo che tu sia in ammirazione di ornamenti burocratici."

"Milton era protestante, se ricordo bene." dice, "Può darsi che contestasse la versione cattolica e romana di Dio."

"Certamente il suo diavolo è intelligente, un tipo determinato—che ha scelto di fare la guerra contro Dio servendosi proprio della Sua Creazione: l'uomo."

"Ottima strategia. Una guerra senza tempo e senza fine!"

"Ti lascio alle tue mansioni di ospite."

"Un'altra guerra senza tempo e senza fine! Continueremo questa conversazione presto, spero!"

"A presto."

"Avete fatto una bella figura stasera." Eugenio commenta, permettendo a Kate di riempire il suo bicchiere. Lei spera che anche Niccolò versi da bere agli ospiti. Tende a essere coinvolto nelle conversazioni e dimentica il suo ruolo di ospite come, anche lei ora, ha appena fatto! Guarda nella stanza e vede suo marito completamente assorto in una conversazione con i Mattarella. Per fortuna Electra sta girando, riempie bicchieri e offre antipasti. Quanto avrebbe desiderato che ci fosse stata anche Elizabeth.

"Grazie!" Sembra che abbiano superato l'esame.

Eugenio appare compiaciuto di se stesso. Dopo tutto è stato lui ad averli presentati a tutte queste persone. Avrebbero potuto metterlo in imbarazzo, farlo diminuire nella stima degli altri se il tenore della serata non fosse stato all'altezza.

"Pensi che sia l'ora di servire la cena? Tutti hanno già mangiato antipasti in abbondanza."

"Ci siamo tutti? Non avevi detto che avevi invitato anche i Pepoli?"

"Sì, li ho invitati e ieri mi hanno anche confermato che sarebbero venuti. Sono quasi le nove. Non credi che le persone vogliano andare a mangiare?"

Eugenio sorride in maniera incomprensibile. "Sarebbe un errore sgradevole iniziare a mangiare prima che arrivino i Pepoli."

"Ma sono in ritardo!"

"Non importa. Se hanno confermato il loro arrivo tu li devi aspettare."

Sa che i Pepoli sono una famiglia importante, la strada principale della città porta il loro nome, ma non sapeva del rango più elevato rispetto agli altri amici. Nel momento in cui si sta chiedendo se debba mettere i petti di anatra di nuovo nel forno con il rischio di renderli troppo asciutti una macchina si avvicina al loro cancello.

Vanno insieme ad accoglierli. Kate spera di portarli velocemente in casa così da poter servire la cena, ma Orlando Pepoli prende dalla macchina un libro per mostrarlo a Niccolò. E' una storia per bambini che il nonno di Niccolò aveva scritto—una delle due sole avventure fuori dal suo campo di storico— dedicata ufficialmente ai nipotini del Conte Pepoli. "Io sono il maggiore dei nipoti," dice Orlando mentre apre la pagina della dedica. Sotto quella già stampata ne legge un'altra, scritta di pugno dal nonno di Niccolò. "Le posso dare il libro, se le fa piacere!"

"Sono veramente commosso della sua offerta," replica Niccolò restituendoglielo, "ma non lo posso accettare."

Teresa Pepoli e Kate erano state tutte e due a fianco dei propri mariti ad ascoltare la conversazione, sorridenti ma in silenzio. Quando iniziano a incamminarsi verso la casa lei improvvisamente la prende sotto braccio, come delle vecchie compagne di scuola. Kate è un attimo imbarazzata. L'ha appena vista una volta, mesi fa, alla festa di Eugenio, dove non c'era neanche stata l'occasione di parlare. Quando arrivano vicini agli altri ospiti

Teresa le stringe forte la mano prima di liberarle il braccio. "Per me tutto è basato sulle sensazioni." Kate sorride. Non sa esattamente di cosa stia parlando e come rispondere. Non importa. Scoprirà solo in seguito le molte affinità che le renderanno buone amiche.

Tutti gli ospiti accolgono Teresa, parlando tutti insieme. Gli uomini le fanno il baciamano, le donne la baciano sulle guance. Orlando e Niccolò si uniscono agli altri, chiacchierando come vecchi amici. Orlando saluta le donne con lo stesso tipo di baciamano; ha un modo di ridere speciale, Kate nota, una sospensione del respiro, quasi un singhiozzo, ma questo non diminuisce per niente il suo stile.

Il Re e la Regina dello *Street Name Club* sono arrivati! Può finalmente servire la cena. Spera anche che i petti di anatra non siano così terribilmente secchi da condannarla a esser imprigionata nella torre reale.

Quando i loro ospiti hanno terminato di servirsi per quella che sembrava essere l'ultima volta, Kate manda Electra da quelli seduti ai tavolini all'aperto per offrire ancora qualcosa. Mentre sta passando i vassoi, Kate va di corsa in cucina, portando con sé quelli quasi vuoti. Prende nota: nessuno ha mangiato troppa pasta, ma sono spariti tutti i porcini farciti. Il risotto con il tartufo è finito, ma è rimasto molto petto d'anatra. Forse era troppo asciutto. Forse troppo difficile da mangiare. Un'altra raccomandazione: qualsiasi tipo di carne servirà il prossimo anno occorre che sia delle dimensioni di un morso.

Aveva fatto bene a mettere vicino al vassoio un cartoncino con l'indicazione di cosa conteneva. Gli italiani sono sospettosi riguardo ai cibi non italiani, che stasera erano tanti. La carta vincente, ne è convinta, è quella di servire delle pietanze che nessuno qui sappia fare. Sarebbe stato un errore se avesse provato a servire per esempio, il *cous cous* che è una specialità trapanese.

Il tavolo da pranzo è quasi completamente vuoto. Tutte le volte che torna in sala da pranzo per togliere un piatto porta con sé un dessert.

E' di nuovo in cucina a sistemare i biscotti dentro un piatto quando sente parlare sulla terrazza. Contrariamente a quello che aveva previsto, gli amici non si erano divisi in piccoli gruppi, qualcuno in terrazza, altri ai tavoli davanti casa; invece, dopo gli antipasti, si erano raccolti in un ampio cerchio asimmetrico, per cui non tutti potevano appoggiare il piatto o il bicchiere sul tavolo. Il tavolo in terrazza, capace di accomodare otto persone, era rimasto vuoto.

Ora sente delle voci in terrazza. Due. La porta della cucina è quasi del tutto chiusa perché non voleva che nessuno vedesse la cucina in disordine. Alzando il piatto dei biscotti si sofferma un attimo involontariamente alla porta, in tempo per sentir dire da una voce femminile "—ma lei chi si crede di essere?—"

Si domanda chi stia parlando in maniera così riservata separata dagli altri.

"Marilyn Monroe?"

Kate può sentire il sangue colare fra i denti della signora che parla, tanto il tono è disgustato.

Di chi stanno parlando? Chi stanno criticando?

"Hai visto come vuole provocare i nostri mariti?"

"Quel suo povero marito" sente dire da Eugenio.

"Questo è quello che può succedere a sposare una straniera."

Sente il sangue avvamparle la faccia non appena diventa chiaro che è lei l'oggetto del loro disprezzo.

Porta l'ultimo piatto di dolci a tavola, sposta il tiramisù per far posto all'ultimo vassoio di dolcini. La tavola sembra troppo piena. Ora non è più attraente. La crostata con la marmellata preparata da lei e meticolosamente intrecciata, di cui era così orgogliosa stamani, ora sembra pretenziosa. Cerca di aggiustare i fiori sulla tavola ma non riesce a farla diventare bella. Ha un nodo alla gola.

La tristezza scende su di lei come polvere, all'inizio solo in maniera leggera, così neanche si accorge che è entrata nel naso, negli occhi, nelle orecchie, che copre la pelle in modo tale che anche i pori hanno difficoltà a respirare; come se perfino il cuore si fosse riempito di polvere, rallentando la circolazione. Ora capisce perché preferisce stare da sola, perché preferisce poche persone ai gruppi. Scende al piano di sotto, prende dall'armadio uno scialle color prugna scuro e copre le spalle nude.

Electra entra in casa con due vassoi vuoti. "Non credo che si possa convincere qualcuno a mangiare di più," la sua voce e chiara e allegra. "Eccetto il dessert. Stanno tutti aspettando il tuo famoso dessert. Specialmente Bernardo!"

"Potresti mettere quei vassoi in cucina?"

"Va bene. Ma senti freddo?"

"No." Kate trema.

Electra appoggia i vassoi sulla tavola del salotto. "Sei pronta per invitare i tuoi amici dentro per il dessert?"

"Tra un minuto." Kate sa che non è logico sentirsi così, quello che deve fare è guardare la faccia allegra di Electra e il suo mondo tornerà a fuoco. Il suo cuore non vuol sentire ragioni, resta pesante e lento, rattrappito.

"Mamma che ti succede?"

"Niente." Sono cose così strane le emozioni, astratte, irreali, ma, con la forza di un'ondata di marea, le tolgono il terreno sotto i piedi, la spingono giù, la tengono a dimenarsi fin quando la sua forza è completamente esaurita e lei deve cessare di combattere, arrendersi alla turbolenza.

"Mamma?"

"Dammi un minuto, Electra." Il dolore che percepisce è soprattutto fisico. Sarebbe stato più facile mettere a posto un'emicrania.

"Ma cosa è successo? Qualcuno ha telefonato? Qualche brutta notizia?"

"No." Ingoia. Kate deve raccontare a Electra cosa è successo per farle smettere di credere che sia morto qualcuno. "Ho solo ascoltato due *amici*—" ride per l'ironia "—che mi criticavano."

"Chi?" A lei non sembra vero.

"Non lo so. Eugenio e qualcun altro che non ho riconosciuto dalla voce."

"Oh," dice Electra non dando troppo peso alla cosa. "Saranno solo un po' gelosi."

Gelosia. Per tutta la vita ha cercato in ogni modo di evitarla.

"Lo sapevo che non avrei dovuto mettermi questo vestito! Sono stata stupida a credere ai complimenti tuoi e di tuo padre."

"Mamma, stai benissimo con questo vestito. Per tutta la serata sono stata orgogliosa di avere una madre come te. Ho ricevuto tantissimi complimenti indirizzati a te. Vuoi farti rovinare questa bella serata da due pettegolezzi? Ma Mamma!"

"Non lo so, Electra, ora come ora mi sento distrutta." Chiunque siano stati *gli amici* avevano infilzato le loro spade nel suo tallone d'Achille. "Solo perché due vecchi pettegoli non sono riusciti a superare le malizie che facevano alle scuole medie, non significa che tu debba tornare alle tue insicurezze dell'adolescenza. Ascoltami! Tu non hai fatto niente per meritare le loro critiche quindi smetti di comportarti come se avessi fatto qualcosa."

Si sente avvampare. Sente un'onda di calore passare sul corpo. Getta via lo scialle. Ha bisogno di una boccata di aria fresca.

"Mi fa piacere che sei tornata in te stessa, finalmente."

"No," ride prendendosi in giro. "Ho avuto un'intensa vampata di calore."

La tristezza giunge al massimo, poi passa. Kate si trova nuovamente sulla riva, coperta di sabbia, con la pelle che le pizzica come fa l'acqua salata; ma salva, non più in pericolo di affogare.

"Almeno ti è tornato il colore in faccia. Dai, Mamma!" Electra insiste. "Dai. Forza, tutti stanno aspettando il dessert."

Electra sta preparando due valigie, una riempita degli oggetti di cui avrà necessità a Utrecht, ancora mezza vuota perché vuole lasciare lo spazio per le cose che le servono per montare a cavallo; l'altra, già piena, è quella che i suoi genitori porteranno a Firenze. Tutti i suoi vestiti estivi sono ben piegati e riposti nei cassetti in modo che saranno in ordine per quando tornerà la prossima estate. Kate è meravigliata. Non ha mai visto Electra così ben organizzata.

"Bernardo mi ha chiesto se poteva venire a prendermi al maneggio stasera."

"Che buona idea."

"Ha detto che vuole vedermi cavalcare."

"Sembra una cosa seria."

"Non lo è."

"Ne sei sicura?"

"Mamma non ha mai provato a darmi un bacio. Una cosa meno seria di così è impossibile. E' solo un ragazzo molto carino, tutto qui."

"Siete stati bene insieme questa estate."

"Questo è vero." Lei si mordicchia il labbro superiore, come masticasse un'idea. "Tu mi hai sempre detto di avere fiducia, di credere che le cose capitano come è supposto che capitino."

"Infatti!"

"Che se qualcosa deve essere, accadrà se siamo disponibili a riceverla."

"Esatto!"

"Allora se deve essere sarà. Altrimenti mi sarò fatta un buon amico." Prende una fotografia sua con i cuccioli e la fa cadere nella valigia. "E' una situazione in cui si vince sempre. Come faccio ad avere dei rimpianti?"

Kate annuisce. Come può controbattere una logica perfetta? Osserva una fila di libri tutti allineati sul cassettone, fermata alle estremità da due piccoli altoparlanti. "Hai letto tanto questa estate."

"E' stata un'estate meravigliosa." Fa scorrere il dito lungo le costole dei libri esaminando i titoli. "Ci sono un paio di libri che vorrei portare." Tira fuori *Nineteen Eighty-Four* di Orwell e *City of Joy* di Lapierre. "Non che avrò tanto tempo per leggere con gli esami di Econometrics e Competitive Strategies da fare in questo semestre!"

"C'è sempre il tempo per leggere, anche se solo per dieci o venti minuti il giorno."

"Mi mancherai Mamma."

"Anche tu."

"Le vacanze di Natale sembrano essere terribilmente lontane."

"Forse si potrebbe venire in aereo a trovarti prima della raccolta delle olive."

"Sarebbe bello. Forse potrei venire a casa a Firenze a metà anno."

"Questo è ancora meglio. Come preferisci."

"A proposito," dice, chiudendo la valigia per Firenze. "Bernardo ha detto che verrà a trovarmi un fine settimana a settembre. Mi puoi dare il nome di quel bed and breakfast che ti piaceva?"

Matteo e Angelica stanno per tornare in città. Quando Edoardo era in vita, la famiglia Oliviero non era mai tornata in città prima di aver finito di raccogliere le olive, a metà dicembre, ma tutto questo è cambiato ora che Edoardo non c'è più. Matteo deve preparare un esame a ottobre. Sta per ottenere la sua specializzazione in archeologia marina. Si riunisce con altri studenti ogni pomeriggio dalle tre fino all'ora di cena; qualche volta continuano anche dopo aver cenato. Perde troppo tempo la sera a tornare in campagna. Sergio invece è già tornato in Libano. Finirà la sua missione alla fine di ottobre; spera che poi possa restare a Trapani. Le Forze Armate italiane saranno sensibili alla sua richiesta di star vicino alla madre, vedova recente.

Angelica le ha detto che loro si trasferiranno a Trapani tra due giorni. La sua voce è rassegnata. Lei segue ciò che le si dice di fare, anche se avrebbe preferito fare diversamente. Kate la invita per un thè. La sua esitazione è un'abitudine. In questi giorni non ha tempo per un thè e neanche la voglia.

Angelica si mette sulle spalle il suo golf nero mentre guarda sul piano della cucina il piatto di carne che Kate sta marinando. "Che stai facendo?"

"Carpaccio. Sto cercando di aumentare la resistenza di Electra per affrontare l'inverno freddo del nord."

"Che cosa metti per marinare?"

"Olio di oliva e limone, sale e pepe, timo, origano."

Lei ride. "Quando ero una ragazzina, mio padre e suo fratello ereditarono un podere da loro padre. Divisero la terra, e questo fu facile, ma mio nonno aveva due animali: una vacca e un vitellino. "Cosa ne faccio di un vitellino?" chiese mio padre. "Prenderò io il vitellino," disse mio zio. "E tu prendi la vacca."

"Allora mio padre prese la vacca, chiamò il macellaio e fissò un appuntamento per venire a prenderla il giorno dopo. Mio padre non aveva una stalla; non aveva mai tenuto animali per cui mise, per la notte, la vacca in un magazzino. Il giorno dopo, quando andò ad aprire il magazzino per il macellaio, trovarono la vacca distesa a terra. Vicino al muro c'era un recipiente di 100 kg. di olio di oliva che la bestia aveva rotto con le corna. Ne aveva bevuto quasi la metà. Il macellaio non voleva più comprare la vacca, ma mio padre gli promise un grosso sconto e disse: "Puoi venderla come carne già marinata!"

Lei ride. "Non mi ricordo perché ti ho raccontato questa storia."

Non è importante. E' bello vedere Angelica ridere di nuovo.

In effetti Angelica e Matteo sarebbero dovuti venire su tutti i giorni. Matteo per dare da mangiare agli animali, Angelica per completare le tante cose non terminate: raccogliere le ultime verdure, le zucche grandi dalle forme strane, gli ultimi frutti sugli alberi e le mele cotogne. Qualche volta Kate e Niccolò li vedono passare in auto, di corsa, Matteo che ha dormito fino a tardi oppure con l'ansia di accendere il fuoco per dare da mangiare ai cani prima che inizi a piovere. Qualche giorno tutto ciò che sentono da parte loro è il doppio bip del clacson che suonano per salutare quando passano davanti al cancello. Qualche volta si fermano un minuto per fare quattro chiacchiere. Ma non è lo stesso. Sentono ancora la mancanza di Edoardo. Kate vaga solitaria nel suo giardino.

Ogni mattina i cani sono nel loro giardino, eccetto Orecchiella che è scomparso. Matteo e Angelica ancora sperano che torni, ma Kate sa che non accadrà. E' passato troppo tempo. E' andato a cercare Edoardo.

Niccolò prova ad attrarre l'interesse dei cani, prova a buttare una pigna per Mica, Sandy o Russ, ma dopo pochi minuti non ne hanno più voglia. Stanno tutti aspettando Edoardo. Non arrivando, loro spariscono. Li può vedere all'angolo della loro proprietà, posizionati in modo strategico per avvistare la sua macchina appena arriva.

Il giorno stesso che Matteo e Angelica sono andati via, sono tornati il pastore e il suo gregge. Il pastore potrebbe appartenere ad ogni epoca; la barba lunga, i capelli tagliati male; forse con le stesse forbici usate per tosare le pecore? Il suo modo di fare, il suo comportamento, invece, è diventato moderno.

In primavera, infatti, aveva portato le pecore dalla pianura alla montagna scortandole in motorino. In autunno Niccolò e Kate lo trovano comodamente sistemato in macchina, una vecchia Renault, col finestrino aperto e la mano fuori mentre fa procedere il gregge.

La pecora con la campana, quella che guida il gregge, è un bell'esemplare barbuto di colore fulvo. Conosce bene il tragitto per andare alla pastura dove passeranno la giornata ma, sia perché la strada subito fuori del loro cancello è ripida, stancante e richiede una pausa, sia perché lei e le sue compagne sono tentate dall'albero di frassino posto nella parte alta del giardino, il gregge, qualsiasi sia la ragione, si ferma a metà tragitto creando un ingorgo cosicché la strada davanti al cancello è intasata di pecore lanose che non vanno avanti. Mentre le pecore brucano le foglie dei rami più bassi del frassino, le capre si alzano in piedi appoggiando le zampe anteriori sul guardrail per assaggiare quelle più tenere.

Se il cancello è aperto, entrano per vedere cosa ci sia di appetibile: il cespuglio di margherite, gioia e vanto di Kate, sarebbe drammaticamente rasato se lei non è proprio lì pronta a scacciarle. Alla fine arriva l'auto del pastore, lui batte la mano contro la portiera e loro iniziano a camminare facendo tintinnare di nuovo le campane; una cacofonia di rintocchi metallici che alla fine si sommano come quelli di un canto Gregoriano stranamente orchestrato. A volte il pastore sorride e fa un cenno con la mano, a volte dice una parola di saluto, ma oggi, mentre sta dirigendo il gregge in discesa verso il rifugio per la notte, ha il cellulare all'orecchio: tra lo scortare il gregge, guidare l'auto e la conversazione, la sua attenzione è completamente impegnata.

Kate continua a dividere le agapanti, preparandosi a trapiantare i nuovi ributti nella parte alta del giardino. E' un lavoro delicato, deve far attenzione a non danneggiare i bulbi. Alla fine dell'operazione, quando alza la testa, si accorge che Monte Cofano è scomparso così come il campo sotto casa! Di colpo è avvolta in un mantello di nebbia, del tipo che non avevano più visto da Pasqua.

Raccoglie il badile e la paletta e sente Niccolò che si muove tra la nebbia per raggiungerla. "La stagione sta cambiando."

"Drammaticamente! Prendi il mio maglione. Porto io gli attrezzi."

Prima che abbia il tempo di indossare il pullover, la nebbia si alza dirigendosi verso Erice. Cofano riappare, immerso in una splendente luce solare.

La sera, dopo cena, seduti in terrazza con un bicchiere di *Ben Ryé* davanti, l'assenza di presenze umane è totale.

"L'estate è passata troppo velocemente" afferma Niccolò. "Vorrei che adesso stesse iniziando luglio."

"Vedrai che dopo domani sarà luglio di nuovo."

Kate nota che lui accenna di sì, ma è questo un conforto? Che il tempo corra così veloce che l'autunno e l'inverno e la primavera scorrano via in un istante? Come la sabbia scaldata dal sole e che hanno fatto scivolare tra le loro dita l'altro ieri a Cornino? Il bicchiere di Niccolò è vuoto. Lo solleva per gustarlo di nuovo, poi lo mette giù, poi lo alza di nuovo, inconsapevolmente. Kate gli versa un dito di Passito di Pantelleria, ma lui lo lascia lì; aspetta che le tracce di sedimento si depositino.

Non sono del tutto circondati dal silenzio. A distanza echeggia il campanaccio di una pecora che si struscia con un'altra nella stalla affollata, sembra un rintocco di una chiesa lontana. Ci sono civette e volpi che chiamano, ma forse non una con l'altra. Qualche volta c'è il vento, che aggiunge una dimensione al suono, come il buio, al di là dalla terrazza, che aggiunge un'altra dimensione alla luce che li circonda, finché Kate non la spenge e sono immersi, divengono una sola cosa con la notte. Non ci sono voci. Non c'è nessun movimento di esseri umani. Siedono nel loro relativo silenzio, non sentendo il bisogno di parlare.

Anche le luci distanti della costa hanno smesso di muoversi. Non ci sono fari di auto che avanzano sulle strade. Non si vedono neanche le strade, solo qualche luce sulla costa, come tante teste di spilli, una collana di colori sbiaditi, come se la luce della luna stesse riflettendo perle di ambra lungo la riva del mare. Questa solitudine è ovviamente un'illusione. Sanno che i ristoranti sono pieni di gente sia a Erice, in cima alla montagna, che a Trapani, ai suoi piedi.

Le stelle sono così vicine e così distanti come le luci sulla costa. Stanotte sono numerose, allegre, scintillanti. Niccolò distende le gambe, si siede più comodo, appoggia la testa indietro sullo schienale e guarda il cielo.

A Kate è dato di vedere un lampo di una stella cadente, ma, per quanto ne aspetti un'altra, questa resta la sola che vede.

Tutti sono d'accordo che *Calvino* fa la miglior pizza di Trapani, ma stasera ognuno ha la sua opinione su dove andare per un vero pranzo.

"Io voto per *Tentazioni di gusto*" dice Renato, appoggiandosi allo schienale del divano, gambe incrociate, disinvolto. Kate è meravigliata ancora una volta di quanto lui le ricordi Cole Porter, non per la somiglianza, ma per il modo di comportarsi: distaccato, calmo, padrone di sé, tranquillo. L'unica cosa che gli manca è un lungo bocchino di avorio.

"I camerieri lo trattano come un Re." Aggiunge Diana, sua moglie. Anche lei potrebbe essere dell'era di Cole Porter, non per il vestito che è all'ultima moda, ma per il suo atteggiamento: preciso, studiato, controllato, uno stile che non è entrato nel ventunesimo secolo. Graziosamente passa un vassoio di attraenti *hors d'oeuvre*, coordinati nei colori.

E' la prima volta che rivede *The Street Name Club*, come oramai chiama questo gruppo di amici, dal tempo del suo party. Dopo la conversazione che lei aveva ascoltato casualmente, non si era sentita di rivederli. Anche adesso, sebbene non possa veramente credere che qualcuna di queste donne potrebbe mai parlare così male di lei, tenta di riconoscere la voce della terrazza. Non è di Diana, che ha le vocali rotondamente articolate, le sue consonanti sono frizzanti e ben definite; il suo modo di pronunciare è perfetto come il suo modo di vestire e la sua educazione.

"*Tentazioni di Gusto* è buono," conferma Niccolò. "Hai ragione Renato, ma a volte può essere troppo innovativo. Salame e fichi come antipasto possono anche essere troppo tradizionali, ma, secondo me, sono molto meglio dei fichi con il salmone che loro servono."

Il giorno dopo il loro ricevimento informò Niccolò della conversazione che aveva sentito per caso. Si era arrabbiato, ma era anche incredulo; non poteva immaginarsi che qualcuno dei loro nuovi amici li avesse potuti offendere, specialmente nella loro casa, in cui erano ospiti. Niccolò ha un temperamento latino: veloce a perdere le staffe, veloce a dimenticare una trasgressione. Lei è più come un elefante anglosassone, non dimentica mai, non perdona mai. Lei ha messo in dubbio il motivo per cui frequentano questo gruppo, ma Niccolò vuol dare loro un'altra possibilità. Hanno fatto un compromesso. Hanno rifiutato con qualche scusa diversi inviti ai party più numerosi, ma hanno accettato l'invito di Diana e Renato per uscire l'ultima sera con le tre coppie che a loro piacciono di più.

"La trattoria che preferisco è *Al Solito Posto*," suggerisce Caterina.

"*Al Solito Posto* è anche il mio preferito," concorda Lorenzo. "I cibi sono tradizionali, ma c'è talmente tanta scelta che non diventa mai noioso."

"Il servizio è veloce, efficiente, e i prezzi sono ragionevoli," aggiunge Caterina, che come un giocatore di bridge, aveva rafforzato il gioco del partner. Guarda Kate e le strizza l'occhio.

No. Non può esser stata Caterina.

"A Ettore e a me piace tanto la *Cantina Siciliana*." Graziella mette giù le sue carte con calma, la sua voce è delicata, un po' ansimante, riconoscibile immediatamente. Sempre perfettamente vestita delle sue più recenti creazioni milanesi, oggi indossa un sobrio abito nero con accessori bianchi; tutto disegnato da lei.

"E' eccellente, senza dubbio," controbatte Diana, "Ma è piccolissimo, solo cinque tavoli, non possono starci più di trenta persone. Temo che non avendo prenotato non troveremo posto."

"Posso provare a telefonare," Niccolò si offre, scoprendo il suo voto. "Il cibo è veramente interessante e i vini eccellenti."

"E' un attimo più caro che *Al Solito Posto*, ma ne vale la pena," dice Graziella.

Kate si è annoiata della trattativa. Dà un'occhiata a Lorenzo che alza un sopracciglio e sorride rassegnato. "Sei sicura di non aver nostalgia per le limitazioni del mondo accademico?" Dice sottovoce nel suo inglese da gentiluomo.

Lei prende la sua domanda in modo letterale invece di gustare la sottile ironia sulla frivolezza della conversazione. "Sento la mancanza di amici che leggono, mi manca il comodo scambio di libri raccomandati. Sono sempre alla ricerca di una buona lettura."

"Il libro più bello che ho letto quest'anno è *The Winter Vault*. Non si può leggere velocemente perché ogni riga è poesia."

"Lo comprerò domani! Io ti potrei consigliare—"

"Io conosco un ristorante eccellente!" interrompe Ettore come se si fosse svegliato da un sonno profondo. "Una enoteca vicina a Torre di Ligny. Costa niente!"

L'affermazione di Ettore recupera l'attenzione di Kate. E' sempre alla ricerca di un ristorante ottimo e a prezzi ragionevoli.

"Per dieci euro ti danno: un bicchiere di vino, sardine su una fetta di pane, quante olive vuoi ed anche un uovo sodo!"

"Ettore!" Graziella gli dà una pacca sulla mano. "Non sono interessati a quella vecchia bettola di pescatori."

"E se non basta," lui continua imperterrito, "ti danno anche un secondo uovo sodo gratis!" E' serio, ma ci vuole qualche minuto per comprendere che sta parlando con entusiasmo sincero e non solamente per prenderli in giro.

Il miglior affare in città!

Renato e Diana si stanno soffocando dalle risate come Caterina e Graziella; nessuno sa cosa rispondere poiché tutti avevano inghiottito quel secondo uovo sodo che si era bloccato in gola e ci sarebbe voluto subito un altro bicchiere di vino per buttarlo giù.

Alla fine Renato li porta in un posto nuovo che lui desiderava provare: *Le Tre Salette*. Questo è ancora più piccolo della *Cantina Siciliana*, tre piccole stanze, una delle quali è la cucina. Nella stanza più piccola c'è un tavolo lungo, apparecchiato per otto. Ettore, che ha l'arte di far sedere le persone a tavola nel posto giusto e non è frenato dalla difficoltà che c'è con otto persone, fa sedere Kate tra Renato e Lorenzo. Kate osserva Graziella e Caterina per vedere se l'assegnazione del suo posto provochi risentimenti, ma entrambe chiacchierano con Niccolò che è seduto fra loro. Ettore si alza per andare a lavarsi le mani e Diana fa un salto in cucina per scegliere il pesce. Ritorna entusiasta.

"Principessa mia," Renato posa una mano su Kate. "Che cosa vorresti mangiare stasera?" Lui l'ha chiamata principessa per tutta l'estate, da quando lei aveva confidato di aver indossato un abito di Escada, stile Grace Kelly, a una sfilata di moda a Firenze organizzata a scopo di beneficenza, un paio di anni prima e, con quel vestito, di essersi veramente sentita come una principessa.

Sta flirtando? Con sua moglie e il marito di lei allo stesso tavolo? La mano di Renato si era appoggiata brevemente su di lei, è vero, ma in piena vista, non su un ginocchio, non sotto il tavolo, un gesto di affetto, sicuramente niente di più.

La cameriera porge a Niccolò la lista dei vini. Automaticamente la passa a Kate. La scorre brevemente e poi la passa a Ettore. Kate conosce abbastanza bene i vini toscani ma è la meno qualificata per scegliere un vino siciliano.

Ettore non guarda neanche la lista e chiede alla cameriera: "Avete *La Segreta di Planeta*? Bianco naturalmente!"

"No."

"*Donnafugata*?"

"Certamente!"

"Bene, allora se ci può portare *Vigna di Gabri*. Molto freddo."

Caterina inizia: "Peccato che non siate venuti alla festa di Aurora e Paolo ieri sera." Guarda dritto negli occhi Kate e poi Niccolò.

"Avevamo altri impegni." In realtà erano a casa a leggere.

"Ci siete mancati anche al party dei Ricci la settimana scorsa!" aggiunge Graziella.

Kate decide di confessarsi. "Stiamo limitando un po' le nostre attività sociali."

Niccolò amplia la confessione. "Stiamo uscendo troppo."

Diana siede più diritta. "Certo, qualcuno del nostro gruppo può essere un po'—come posso dire?"

"—provinciale!" Caterina completa la descrizione.

Ora che conosce meglio Caterina, non vede più la rassomiglianza con la madre di Niccolò.

"Pensi che qualcuno di loro possa essere proprio crudele?" chiede Kate e un attimo dopo se ne pente.

Caterina e Diana si guardano a vicenda, perplesse. "Tutti abbiamo i nostri limiti, ma—"

"—crudele è una parola pesante." Aggiunge Graziella.

"Il solo modo di mantenere relazioni durature in una città piccola come questa, generazioni dopo generazioni," consiglia Diana, "è di lasciar perdere le piccole debolezze degli amici."

"In fondo non sono tanto importanti," aggiunge Graziella, "sono dei pettegolezzi a volte un po' irritanti."

"Come fare a sopportarli?" chiede Kate, guardandoli uno a uno e rivolgendosi a ognuno di loro a tavola.

"Mantieni il contatto."

"Non prendersela personalmente."

"Fare finta di niente."

"*Hai visto come vuole provocare i nostri mariti*" Queste non sono parole facilmente dimenticabili!"

Renato guarda Diana, Lorenzo guarda Caterina, tutti insieme guardano Ettore e poi Graziella. Tutti sono sbalorditi.

"Chi l'ha detto?" domanda Diana.

"Non lo so," ammette. "A me sembra abbastanza grave."

"Scusami, io non capisco." Dice Ettore. "Chi ha detto, cosa e quando?"

"A casa nostra, alla festa, sulla terrazza. Ho sentito per sbaglio Eugenio che parlava con una donna che mi stava calunniando."

"Qualcuno del nostro gruppo?" chiede Caterina. "Impossibile!"

"Tu e Niccolò siete come una boccata d'aria fresca"

"Qualcuno che non ha già sentito raccontare le nostre storie per la centesima volta!"

"Tu ami la Sicilia tanto quanto noi, ma non sei in imbarazzo ad ammetterlo."

"No mia cara, tu stai certamente facendo un errore."

Con la faccia rossa ripete di nuovo quello che aveva sentito alla sua festa e che terminava con: è ciò che capita a sposare una straniera.

Caterina girava e rigirava l'angolo del suo tovagliolo finché questo aveva iniziato a sfilacciarsi. Si schiarisce la voce. "Hai ragione. Quello che hai sentito è crudele."

"Malvagio, ma giustificato." Dice Diana molto chiaramente.

"Non stavano parlando di te, cara." Caterina chiarisce.

"Mio cugino, Giuseppe, sposò anni fa una giovane francese," spiega Lorenzo, "e lei ha portato molta infelicità a quel matrimonio."

"Ha fatto più scandalo in questi ultimi tre anni di quanto sia possibile immaginare!" aggiunge Ettore.

Renato ride. "Non è bello parlare male di Céline, ma lei si merita qualche precisa critica."

Diana si sporge in avanti sul tavolo fino a raggiungere e stringere la mano di Kate. "Siamo tutti felici di avere te e Niccolò come amici."

Dalle ceneri rinasce la Fenice.

"Anche se tu hai un'immaginazione troppo vivace!" Lorenzo aggiunge con i suoi occhi luminosi, color del cielo, accesi dalla cospirazione come Puck in *Sogno di una notte di mezza estate*.

A tavola ora ridono tutti, un suono che la lava come la marea lava le ruvide rocce sulla costa, consumandole fino quando non siano levigate. Non più un pericolo per piedi nudi e delicati; men che meno per i talloni di Achille.

"Ci mancherete quando farete ritorno a Firenze."

"Principessa mia."

Ieri Niccolò e Kate avevano lavorato tutta la mattina in giardino. C'era un pino che cresceva sulla salita vicino al cancello d'ingresso. Niccolò fin da quando avevano preso possesso della casa l'aveva studiato attentamente. Kate paragona i pini ai fiammiferi. Prendono fuoco subito. Una volta che un albero è tagliato non c'è più niente da fare, per questo avevano studiato attentamente la situazione prima di eliminarlo.

Alla fine decidono di tagliarlo. I loro centenari pini gemelli avranno più respiro senza quell'alberello cresciuto proprio alla loro base che li copre per metà.

Come spesso accade quando iniziano un lavoro, quello che hanno in mente, alla fine, è solo una parte del complessivo lavoro che faranno. Per segare l'albero alla base devono togliere la terra, ma c'è la vecchia radice di un fico d'India che bisogna rimuovere con il piccone. La terra tolta è molto fertile, per cui quando scavano Kate crea una base per i rametti di geranio che vuole trapiantare a metà ottobre prima di partire.

Due enormi gerani crescono da ambo i lati della terrazza. Devono essere ridimensionati sia per non farli spezzare dal vento sia perché stanno iniziando a coprire il panorama. Una volta rimosso il pino, uno strato di gerani dalle verdi foglie vellutate starà benissimo su uno sfondo di roccia.

Niccolò tira la corda per avviare la sega a motore e d'un colpo il pino viene giù. Questo è solo l'inizio, la parte più facile. Ora devono tagliare tutti i rami dal tronco e lanciarli, come un giavellotto, giù dalla scarpata. Poi tirarli a mano uno a uno fino al posto in cui li bruceranno. Inoltre devono portare il tronco fino al piano della strada. Matteo lo caricherà sul carrello del trattore e lo brucerà a pezzi nel braciere all'aperto per cucinare i pasti dei cani. Loro non utilizzano questo legno per non rischiare di ostruire il caminetto con la resina del pino.

Davanti a una montagna di rami da bruciare Kate si ferma per staccare una pigna particolarmente bella; poi un'altra egualmente straordinaria ma completamente diversa dalla prima, anche se sono cresciute sullo stesso rametto, come le sue figlie. Pensa a cosa possano mangiare. Non può preparare dei panini perché il poco pane rimasto servirà domani mattina a colazione. Si rende conto di non avere più niente in casa. Deve andare un'altra volta a fare la spesa.

Ma questo non risolve il problema di cosa mangiare ora. Deve andare in casa subito, mettere l'acqua per la pasta sul fuoco così che questa inizi a scaldarsi mentre lei finisce di trasportare i pezzi rimasti. Getta il suo carico di rami sulla catasta che stanno allestendo e, mentre torna per fare un altro carico, Niccolò le passa accanto con un fascio grande il doppio del suo.

"Stai muovendoti così piano come stessi camminando nelle sabbie mobili!"

"Mi sembra proprio di esserci."

"Abbiamo qualche avanzo di ieri da mangiare?"

"Ah, sì, l'abbiamo!"

Lorenzo era venuto ieri pomeriggio per parlare del lungo poetico dialogo di Shelley, *Julian and Maddalo* e all'ultimo minuto lo avevano convinto a restare a cena dato che Caterina era impegnata a preparare un pranzo per raccogliere fondi per beneficenza. Lorenzo le ha aperto il cuore dei Romantici, un regalo che si rinnova a ogni nuovo giorno che inizia, a ogni sublime alba che lei fotografa, a ogni tramonto davanti al quale si ferma per esserne testimone. Prima di questa estate avrebbe potuto dire di aver letto *The Rhyme of the Ancient Mariner*, ma conosceva Coleridge? No. Keats? Di Keats aveva letto *Ode to a Nightingale*, probabilmente aveva scritto una relazione su questa, ma aveva mai capito a fondo quanto bello fosse o quanto si rivolgesse al problema che era diventato parte della sua vita? La volontà di vivere nel dubbio, l'accettazione della presenza dell'incognito nella natura: la presenza del sublime appena dietro la bellezza.

Ha preparato la sua variazione del classico aglio, olio e peperoncino. A questi elementi base ha aggiunto una manciata di prezzemolo e capperi tritati, nonché metà dei pomodori maturi che lei aveva nel cestino sul tavolo di cucina. Già ieri era molto buono e oggi sarà migliore con tutti i sapori amalgamati e mescolati nella pasta.

Non ci sono molti avanzi ma forse saranno sufficienti. Affretta il passo, vuole finire di raccogliere le frasche, si ferma solo per togliere un'altra coppia di pigne veramente speciali prima di sollevare l'ultimo carico di rami.

In famiglia la prendono in giro perché colleziona pigne. Le raccoglie ovunque vadano e dovunque si trovino, nonostante sia un'accanita sostenitrice di tenere in casa solamente lo stretto necessario. Se viaggiano in aereo, lei seleziona il migliore esemplare e lo mette in valigia, ma se sono in auto ed hanno posto, è capace di riempire il portabagagli. Molte pigne vengono bruciate durante l'inverno; nel tardo pomeriggio facilitano il lavoro di accensione della stufa di Firenze. Eppure, anche se sente freddo ed è impaziente di accendere il fuoco, ammira questi coni perfetti. Qualcuno non lo brucia. Ha una piccola ciotola di ceramica, vicino alla stufa, piena di piccolissime pigne raccolte in un fiordo in Norvegia e ne tiene una anche sulla sua scrivania: è quella che Electra le aveva portato dall'Olanda, non più larga di un fiore di calendula in miniatura.

La colazione è pronta proprio quando Niccolò porta l'ultimo carico e si lava le mani. Il pasto è più abbondante perché sono stati aggiunti pomodori, basilico fresco, una mozzarella e alcuni fichi raccolti ieri vicino a casa di Angelica. In aggiunta, le mandorle che Niccolò aveva sbucciato la settimana scorsa e che lei aveva tostato ieri. Kate pensa di portare in tavola la bottiglia di vino bianco che avevano aperto ieri sera, ma decide di non farlo; sono troppo stanchi per bere anche un solo bicchiere di Inzolia.

Nella parte più lontana della tavola, insieme alle forbici per potare e ai guanti che era troppo stanca per mettere a posto, c'è un piccolo rametto di pino che lei aveva salvato dalla catasta da bruciare. Niccolò toglie le forbici e i guanti e li posa su una seggiola e mette il rametto al centro della tavola. Una goccia di resina forma una perla dove il ramo è stato separato dal tronco. Per le loro energie scarseggianti la sua fragranza equivale ad annusare sali aromatici: un centro tavola che ricorda la soddisfazione del loro lavoro.

Mentre stanno mangiando, si alza il vento. Nel pomeriggio non potranno bruciare tutti quei rami. Anche se da qualche settimana occasionalmente è piovuto, il vento può portare lontano le faville e il risultato può essere devastante. Da una parte sono contenti. Sono così stanchi, e bruciare è un altro lavoro duro.

Si appoggia allo schienale della sedia, con i muscoli delle braccia e i polpacci doloranti ma non più esausta. Niccolò ha preso un grappolo d'uva dal vigneto che cresce vicino a dove daranno fuoco. I chicchi sono belli, viola scuro quasi nero, piccoli, fitti e ben attaccati al grappolo. Ne mangiano qualcuno; il sapore è aspro, ma la parte dolce arriva in un secondo tempo. Ogni chicco è pieno di semi che sono disposti sull'orlo del loro piatto insieme alla spessa buccia scura. Molto sforzo per poco succo interno, ma loro continuano a mangiarli.

"Siamo molto distanti dalla perfezione dei grappoli senza semi della California, non ti sembra?"

"Sì, e non si può neanche discutere che il sapore di questi piccolini sia migliore!" Però continuano.

La brezza che sale dal mare è delicata, calda, a colpo distinguibile dal vento carico di nebbia che ha iniziato a scendere a raffiche da Erice. Non conosce i nomi dei venti, ma, dalla loro terrazza, sente che si fondono. Niccolò stacca l'ultimo chicco del grappolo e glielo offre. In ventiquattro anni di matrimonio non ricorda che lui abbia mai preso l'ultimo pezzetto di qualsiasi cibo senza averlo prima offerto a lei. Kate lo ama per questa semplice quotidiana considerazione. Meglio di qualsiasi regalo da una gioielleria. Accetta l'uva; la pulisce tra il pollice e l'indice finché non diviene lucida, poi la infila dentro la bocca di Niccolò. Lui le sorride così dolcemente come se fosse stata l'uva più gustosa del mondo.

CAPITOLO
DICIOTTO

All'inizio della strada che porta al rudere del castello c'è un'altra strada, ripida come la loro ma più stretta, un viottolo che scende verso il mare in direzione del costone di roccia, ma che, come la loro, non arriva al mare. Lungo questa strada ci sono diversi piccoli ruderi. Case di una stanza o due, con muri robusti, occupate da alberi che crescono all'interno sul pavimento di terra. Erbacce e rovi salgono su comignoli deformati e i pavimenti sono cosparsi di piccoli pezzi di tegole frantumate. Più Kate e Niccolò scendono verso il mare e più la strada si restringe, semisepolta da ambo i lati da rovi rigogliosi pieni di more, minuscoli grappoli di sapore agro-dolce intrisi di semi nero-lucidi.

Stamani i pittori sono certamente al lavoro, una pennellata di nuvole senza colore. Sfumature di grigio e color zenzero sono messe in contrasto con una decina di sfumature di bianco.

Kate ha sempre immaginato che il bianco fosse il colore più semplice, l'assenza di colore, uno spazio che lascia riposare l'occhio fra un colore e l'altro. Col finire dell'estate, con l'arricchirsi della sua collezione di fotografie di nuvole, ha cominciato a differenziare il bianco in un'infinità di gradazioni e consistenze che sembrano alterare anche il bianco stesso.

Lei non sa dove stanno andando. Non hanno una meta. Si erano svegliati con l'idea di fare una passeggiata, di esplorare il vicinato, se lo si può definire tale, data la mancanza di vicini. A giudicare dal numero di case abbandonate che osservano passando, questa zona una volta era stata un vicinato.

Una macchina non può transitare per questo sentiero, adesso così stretto, così ricoperto da arbusti. Loro due procedono in fila indiana. E' un giorno caldo e Kate ha una camicetta senza maniche. Sente le spine che le graffiano le braccia come unghie appena tagliate. Ad un passo davanti a lei vede che le spine si attaccano anche alle maniche della maglietta di Niccolò, collaudando la loro forza contro la sua andatura. Lui va avanti, se ne libera; loro vincono strappando un filo.

In prossimità del costone di roccia la strada si allarga perché niente può crescere sulle rocce a picco che precipitano verticalmente sulla destra. La roccia a strapiombo fa paura: si tengono vicini alla parte di strada con tutti i rovi, preferendo le spine al ripido precipizio.

Quando svoltano all'ultima curva s'imbattono in una leggera brezza. Questa asciuga piacevolmente il sudore dalla faccia, come fosse un panno fresco; entra tra i bottoni della sua camicetta, sotto i lembi della maglia. Fluttua fra gli orli dei suoi pantaloni a tre quarti asciugando la traspirazione dietro le ginocchia.

Davanti a loro si stagliano cinque vetusti pini battuti dai venti; l'unica forma vivente in un pezzo di terra altrimenti desolato. Il loro palesarsi è inaspettato, come degli antichi alberi di baobab in una deserta pianura africana.

Ora è più facile camminare, ed anche più fresco. Il vento si è alzato, le ha sollevato i capelli da dietro, ha carezzato il collo con un fresco, gradevole tocco. La strada è finita ma la terra ora è relativamente piana. Camminano attraversando un campo, lontano dal precipizio.

Di fronte, parzialmente nascosto da una collinetta, c'è un altro rudere. Quando superano il poggio si accorgono che non è una casa rurale, ma un grande edificio, arroccato sul bordo del dirupo, come se stesse per tuffarsi.

"Incredibile!"

Anche questa costruzione non ha il tetto. La struttura centrale, forse una torre, ha ceduto su tre lati lasciandone solo una parte all'altezza originale, tre piani sopra a dove sono loro. Le mura, quelle che ancora rimangono, mostrano una elegante lavorazione delle pietre, colonne classiche, davanzali di pietra scalpellata; evidenze di un edificio di pregio.

A lato di questo palazzo c'è un altro fabbricato, di un'unica stanza che ha resistito agli elementi; è rimasto intatto.

Sembra una garitta di guardia; il muro ad ovest ha una grande finestra incorniciata di pietra con la vista di Trapani, della costa e delle saline, di Marsala, delle isole e oltre.

La vista a 360°, è così straordinaria, così estesa, che ci vuole del tempo per coglierne tutti gli elementi. Oltre lo scosceso dirupo, che da sé richiama attenzione, Trapani si stende sulla pianura. Il suo tufo scolorito e la pietra grigia si allargano come un lago che riempie il suo invaso. La costa bordeggia la città in modo armonioso. Curva e si distende lungo rocce sporgenti, spiagge sabbiose, piccoli porti e insenature, saline e mulini a vento: da Pizzolungo che è proprio sotto loro, a Marsala, a circa trenta chilometri in linea d'aria, prima che pieghi e sparisca verso l'interno lasciando alla vista solo il mare, fino a confondersi con l'infinito.

"Scommetto che in una giornata limpida si può vedere Pantelleria."

Questa è l'aspirazione di ogni buon trapanese: a nord, vedere Ustica, a sud, a circa 150 chilometri di distanza, vedere Pantelleria.

Kate oggi può distintamente vedere le Isole Egadi; Favignana la più vicina, così bene che sono anche visibili le cave di tufo che emergono dal chiarore turchese delle acque. Cala Rossa che è piena di barche e imbiancata da una distesa di vele.

Niccolò è andato in esplorazione. Chiama Kate. "C'è un'altra piccola costruzione dall'altra parte di questo rudere."

Le è difficile staccarsi da questa vista sconfinata.

"Vieni a vedere!"

Ci sono delle colonne da superare e deve guardare attentamente dove appoggiare i piedi. L'edificio che Niccolò sta esplorando ha uno dei suoi due piani quasi intatto. Il tetto è parzialmente caduto ma essendo il pavimento solido, non deteriorato, al suo interno non sono cresciute piante.

"Veramente questa costruzione non è così piccola."

"Sembra sottodimensionata rispetto alla massiccia struttura di quella principale."

"La teoria della relatività rivisitata!"

Il vento si è intensificato e lei ha improvvisamente freddo. E' una bella sensazione in un giorno caldo.

"Vorrei sapere a chi appartiene." Niccolò dà voce alla prima delle due domande che la stavano tormentando.

"E poi vorrei sapere chi l'ha lasciato deteriorare in questo modo."

Stanno immobili, perplessi, egualmente turbati dalla sua bellezza e dall'abbandono.

Lungo la strada verso casa hanno escogitato un folle piano. Cercheranno di trovare a chi appartiene per vedere se è possibile comprarlo, e se ciò avverrà, restaureranno la vetusta struttura riportandola alla sua originaria gloria.

La ricerca per trovarne il proprietario è più facile del previsto. Naturalmente è lo Stato! Quello è "Il Faro", ben conosciuto a

Trapani, un punto di riferimento storico. Le sue condizioni di abbandono sono la prova del declino della città dopo i devastanti bombardamenti della seconda guerra mondiale.

Quasi tutta Trapani è stata ricostruita. Il centro storico ora splende per le facciate pulite e rimesse a nuovo. E' anche vero che ci sono parti della città che necessitano miglioramenti. Le zone più a monte, costruite senza regole negli anni 1960/80 non sono belle. Sono state costruite nella fretta di dare un alloggio alle masse invece di pensare a far stare bene le persone. Al contrario lo spartitraffico che divide in due la strada principale che inizia dalla parte alta della città per finire al vecchio centro storico è stato abbellito da oleandri e ibisco. Queste vecchie piante ora sono ben consolidate e sono state nutrite e potate con cura. Gli edifici più moderni hanno un certo stile, anche se non fascino. Complessivamente Trapani si appresta a diventare una bella città, la Santa Monica della Sicilia. E' vero che ci sono ancora case bombardate, lotti di terreno coperti di sterpaglie in mezzo ad alte costruzioni costruite nello stile della Russia comunista, ma tutto ciò sta scomparendo. I magazzini non più utilizzati vicino alla Torre di Ligny, colmi di reti da pesca in rovina e barche infestate dai morsi delle termiti, invendibili fino a dieci anni fa, sono comprati da persone consapevoli del fatto che questi buoni affari non dureranno a lungo.

Ora che Niccolò e Kate ne conoscono il nome, "Il Faro", apprendono anche che fu costruito all'inizio del XIX secolo per essere una stazione di avvistamento militare. Vengono anche informati che muratori di tutta Trapani vengono qui a portar via antiche pietre lavorate per abbellire nuove costruzioni. Più ne scoprono la storia, più si sentono obbligati a salvare questo edificio oltraggiato.

Provare a comprarlo è più difficile.

Chiunque può immaginare le difficoltà burocratiche per comprare una proprietà dallo Stato italiano; la realtà è ancora più complicata.

Prima di invischiarsi nella ragnatela della burocrazia trascorrono molto tempo al Faro, seduti sulle colonne cadute, considerando tutti gli aspetti dell'acquisto. Gli otto venti, se ne accorgono presto, sono attivi quasi in continuazione e presenti con tutta la loro potenza: una folata di vento sale da sotto il precipizio come un geyser; un'altra gira attorno alle sue fondazioni. Una raffica attraversa le finestre senza vetri, come il vento sulle vele. Spesso per non rischiare non si siedono sul parapetto.

"Siamo pazzi a voler comprare questa proprietà?"

"E' probabile."

Ne parlano ancora come di una reale possibilità. Tornano a ispezionarla come se già l'avessero acquistata.

"Occorrerà installare doppi vetri."

"Ciò nonostante non potremo sedere all'aperto per diversi mesi l'anno."

"Potremmo creare uno spazio aperto, all'interno, protetto dai venti."

"La strada può diventare un grosso problema."

"Sarà molto costoso metterla a posto e mantenerla."

"C'è acqua? C'è un pozzo?"

"Elettricità?" Kate ha già compreso che Niccolò si sta immaginando una pala eolica, ma lei teme che ci sia troppo vento qui, da troppe direzioni.

"E' una pazzia!"

Ma la tentazione resta.

C'è qualcosa in quelle pietre angolari ancora in piedi che li sta supplicando di esser riportata al suo iniziale splendore; qualcosa in quelle perfette classiche proporzioni che chiede a viva voce di essere ripristinata; qualcosa nell'anima della costruzione che implora di essere salvata.

In più c'è una vista che non verrà mai a noia, una vista così eterogenea, così diversa, così completa da richiedere d'esser esaminata da generazioni per comprenderne la sua totalità.

"Non siamo più giovani!" Kate ricorda a Niccolò.

"Costruiremo una casa per i figli e per i figli dei nostri figli!"

Kate s'immagina che la possibilità di restaurare "Il Faro" è la risposta di Niccolò all'eventualità di perdere L'Antica. Nel bene o nel male, lui era nato in una famiglia che aveva vissuto in palazzi in città e in ville in campagna. Per Niccolò può aver senso comprare "Il Faro".

Ma per lei? Un'americana di buon senso?

"Già possediamo due case, una a Firenze—"

"Che non è nostra." Niccolò precisa.

"—E una in Sicilia."

"Due in Sicilia," Niccolò la corregge poiché avevano appena acquistato la casetta sopra la loro.

Sono matti per considerare di comprare "Il Faro"!

Niccolò è d'accordo, perlomeno qualche volta. Nei suoi momenti di lucidità le dice: "Lo sai quanto ci costerebbe ricostruire

quella casa!" come se fosse lei a spingerlo a comprarla e a restaurarla e non invece qualche parte nascosta di se stesso.

"Lo so." A dire il vero lei non lo sa per niente. La sua più
stravagante ipotesi probabilmente non si avvicina neanche alla
realtà.

"Sai cosa significa vivere per almeno un anno con i muratori?" Domanda Niccolò, come se di nuovo fosse lei a incoraggiarlo.

Kate si chiede quanto la loro amicizia con lo Street Name
Club conduca Niccolò verso questa decisione. Quando gli amici
vengono a cena a casa loro si compiacciono della loro scelta di
vivere in semplicità, ma quando Niccolò e Kate vanno a un loro
party, i larghi e pesanti cancelli di ferro trasudano di nobiltà.
Cigolano quando si aprono sui lunghi viali che corrono accanto a
statue e fontane, ingressi che alla fine si aprono a incorniciare
una maestosa villa o un castello. Una superficiale chiacchiera
assume un'altra dimensione se seduti su un liso sofà del settecento, sotto un lampadario di Murano a tre piani con sedici eleganti braccia, osservati dall'alto dai ritratti di famiglia e dalle
fotografie color seppia delle loro antenate appena presentate in
società. Anche un'americana può abituarsi a queste escursioni
nel fascino del passato: è come entrare in una scena del regista
James Ivory in un giorno di luce spendente; ha senso aprire un
parasole!

Quando finalmente "Il Faro" è messo in vendita a un'asta
pubblica, su richiesta di Niccolò, lui presenta alle sue figlie la
possibilità di acquistarlo. Era stato tentato di renderle partecipi
anche prima, ma l'esperienza del passato era che, quando si
erano entusiasmati troppo presto e poi il sogno non si era realizzato per un qualsiasi motivo, come la piscina a L'Antica, il disappunto di Elizabeth ed Electra era stato molto più grande di
quello dei genitori.

Niccolò le chiama per discutere la possibilità di partecipare
all'asta e la risposta che riceve da Elizabeth e da Electra non ha
nulla d'improvvisato, come se si fossero consultate per mesi su
cosa dire innanzi a questa domanda.

Espone loro tutti i dettagli e termina col prezzo che offrirà
all'asta.

"Daddy, questo è niente!" esclama Electra. "Conosco quella
costruzione, ci sono andata a piedi con Matteo."

"Quante biciclette sarebbero?" chiede Elizabeth con il suo
inimitabile modo di dare un significato a grandi somme di denaro.

A questo prezzo sarebbe un'occasione unica nella vita. Ci vorrà un'altra bella somma per rimetterlo a posto, ma una proprietà unica nel suo genere, a questo prezzo, è molto difficile che si possa ancora trovare.

"Il Faro", una volta restaurato, è un pezzo unico. Inestimabile. Una di quelle proprietà che si possiedono solo per eredità, che non si trovano sul mercato.

Elizabeth dice: "Senti Daddy. Devi decidere tu cosa fare. Io non lo so. Se vuoi comprarlo e restaurarlo per viverci, penso sia una bella cosa. Per essere sincera vorrei piuttosto che smettessi di fare investimenti e iniziassi a goderti i tuoi risparmi. Avete lavorato duramente; ora fate viaggi, assumete persone per aiutarvi all'Antica. Electra ed io abbiamo tutto il necessario e presto lavoreremo anche noi."

Electra dice: "Avere "Il Faro" sarebbe straordinario. Potremmo farci delle feste eccezionali! Sei certo che vuoi avere i problemi di un altro grande e dispendioso progetto? A me piacerebbe moltissimo abitare al Faro, ma non so dove vivrò nel mio futuro, in Sicilia, a Roma o fuori Italia. Non credi che sia il momento di smettere di investire e iniziare a goderti i tuoi soldi?"

La palla è stata rimandata dalla loro parte.

Ogni giorno Niccolò e Kate percorrono i due chilometri di strada che separano la loro casa dal Faro. Quando vi giungono, non importa quanto il vento scompigli i loro capelli, né come riesca a penetrare dentro i loro vestiti, sono convinti che debbano lanciarsi, offrire abbastanza da garantirsene l'acquisto. La sirena li tiene prigionieri con i suoi canti fino a quando non tornano a casa. Il panorama resta fotografato nei loro occhi. La possibilità li eccita, li provoca, li convince che l'unica scelta che hanno è quella di restaurare "Il Faro".

Di notte, distesi sul letto, nell'oscurità senza vento, Kate ha dei dubbi. Accanto a lei può quasi sentire Niccolò riflettere, il tic tac dei suoi pensieri, come un pendolo, va avanti e indietro. Al contrario di un pendolo, le considerazioni di Niccolò non oscillano liberamente tra le due alternative possibili. Stanno diventando una sola ossessione. Lui ha bisogno di avere "Il Faro".

"Forza, fai un'offerta." Esclama la mattina seguente a colazione. "Alla peggio si può tenere come è adesso, recintarlo per evitare altri vandalismi. Non siamo obbligati a restaurarlo tutto in una volta!"

"Nella peggiore delle ipotesi può diventare un buon investimento."

"Per cui, fai l'offerta," Kate dice. "Oppure no. Ma per favore, smetti di tormentarti."

"Tu cosa vorresti fare se dipendesse da te?"

"A me piacerebbe averlo. Come hai detto, è un'occasione unica."

"Lo è!"

"Allo stesso tempo sarei anche felice se semplifichiamo la nostra vita. Mi piacerebbe aver il tempo di sedermi in terrazza a parlare. Sono felice di prendere un libro dopo mangiato e leggere per un'ora. Non mi trovavo a mio agio quando avevamo l'operaio che stava finendo di rivestire la piscina."

"Eccetto Pino."

"Pino era bravo, ma gli altri due uomini che hanno installato il rivestimento dentro la piscina erano rozzi. Tu ed io saremmo stati meglio se non li avessimo avuti attorno. E loro sono stati qui solo due giorni."

"Erano arroganti."

"Erano terribili. Potremmo avere la fortuna di trovare un gruppo di lavoratori piacevoli per la ricostruzione del Faro, ma potremmo anche essere sfortunati! Di sicuro qualcosa di non gradevole potrebbe accadere. La domanda è: vuoi passare un anno della tua vita e controllare una squadra di operai?"

"No!"

"Vorresti invece, come hanno suggerito le nostre figlie, spendere in viaggi un po' dei soldi che hai guadagnato, per andarle a trovare o scoprire parti del mondo che da sempre avresti voluto vedere?"

"Ho sempre desiderato andare in Nuova Zelanda," lui si arrende. Si accorge che il pendolo oscilla libero. "Tu volevi andare a Bali."

"Nei prossimi dieci anni può darsi che non avremo voglia di fare lunghi viaggi. Nei prossimi dieci anni probabilmente avremo dei nipotini. Prima o poi inizieremo a sentire la nostra età."

"Ci stai descrivendo come dei vecchietti. Siamo ancora giovani!"

"Lo siamo e siamo in salute, ma "Il Faro", incrementa il nostro benessere o lo diminuisce? Ne abbiamo veramente bisogno Niccolò?"

"Puoi guardare "Il Faro" negli occhi e dire che è un'idea sbagliata?"

Lei fa una pausa. Ricorda quando si sono sposati, i giorni dei festeggiamenti, le feste, gli ospiti, la confusione, quando tutto quello che avrebbe desiderato era di scappare via con suo marito per restare in silenzio con lui, per guardare i suoi profondi occhi scuri e ripetere il loro giuramento. Sua madre e sua sorella, Leslie, erano venute per il matrimonio e poiché questo era per la sorella il suo primo viaggio in Italia, le aveva promesso di portarla a vedere Venezia il giorno dopo il matrimonio, prima che Niccolò e Kate partissero per il viaggio di nozze. Sul treno, in un comodo scompartimento per sei con le finestre appannate, l'uomo seduto di fronte a lei, ben vestito e distinto, con un modo di fare di chi ha successo, apertamente la corteggiava, nonostante—oppure a causa—dell'anello nuovo e scintillante. Quando erano scesi dal treno alla stazione di Santa Lucia le aveva preso la valigia dal portapacchi in alto e la sua mano si era appoggiata su di lei un momento troppo a lungo. Invece di guardare su, per confermare ciò che quel gesto avrebbe implicato, quando si salutarono lei tenne gli occhi bassi.

A volte è meglio non guardare le tentazioni negli occhi.

La tentazione è reale e sempre presente: un altro biscotto, un altro caffè, un altro acquisto che in realtà non serve; un profondo sguardo pieno di significati scambiato tra due estranei.

In tutti gli anni di matrimonio è venuta in contatto con altre tentazioni. Lei ha tenuto gli occhi in basso. Ha già quello che l'estraneo sul treno stava cercando. In più sarebbe stato non realistico, non giusto, chiedere a Niccolò di restare fedele a una moglie che approfittava delle possibilità.

Sarebbe stata follia rischiare di rovinare la fiducia tra loro. Sarebbe stata follia cercare di più, quando aveva già tutto quello che lei aveva sempre desiderato.

Ci saranno sempre case più grandi, orizzonti più ampi.

Il suo pendolo aveva finito di oscillare.

"Possediamo due case in questa bellissima valle. Io sono felice Niccolò, veramente felice con quello che abbiamo, nonostante quello che accadrà con L'Antica."

Niccolò decise di non presentare un'offerta per "Il Faro".

Alla fine, sarebbe stato eguale se l'avesse fatto. Avrebbe presentato un'offerta del 30% superiore al prezzo base d'asta. Fu venduto con il 60% di maggiorazione.

Chiunque l'abbia acquistato ha fatto un buon affare.

Chiunque l'abbia comprato, Kate spera che lo riporti alla sua antica dignità.

Spera di poter passeggiare da quelle parti con Niccolò per seguire la trasformazione del Faro. Andrà ad ammirarne la bellezza, ma tornerà fedelmente a casa, dal suo Monte Cofano, come la donna più fortunata del mondo.

CAPITOLO
DICIANNOVE

L'aria è sufficientemente calda da permettere a Niccolò e Kate di lavorare fuori senza felpa, ma abbastanza fresca da richiedere le maniche lunghe. Stanno togliendo la terra della parte alta del giardino per far affiorare la roccia: centimetro per centimetro, carriola dopo carriola. La difficoltà non è togliere la terra, ma ammucchiarla e, una volta rimossa, trasportarla via. Questo richiede tempo e mette alla prova i loro muscoli. Ogni giorno ne portano via un altro po' e fino ad ora hanno scoperto più di sessanta centimetri di roccia.

"Di chi è stata l'idea questa volta?" chiede Niccolò tutto sudato.

"Spero che non sia stata mia!" risponde Kate mentre stende il tubo per annaffiare. Giocare con l'acqua è la grande soddisfazione di fine giornata: schizzare la roccia per togliere le ultime tracce di terra e per farla diventare nera e lucida.

Mentre si alternano in questo gioco nota, e non per la prima volta, una ben definita fragranza come quella del pepe nero che scaturisce dal grande geranio Dichondrifolium. Il suo profumo è risvegliato dall'acqua. E' tenebroso e misterioso, come *Pour Homme,* la colonia per uomo.

Suona il telefono e Kate corre a rispondere rallentata dagli stivali pieni di fango. Per fortuna si è ricordata di portarlo fuori altrimenti, dopo aver risposto, avrebbe dovuto anche ripulire il pavimento.

"Mamma!"

"Lizzy! Bentornata a casa!"

"E' bellissimo essere a casa, ma ho un milione di cose da fare. Quintali di biancheria. Le lezioni inizieranno domani, per fortuna abbiamo quasi completamente disfatto le valigie. Ero in giardino a mettere a posto le piante quando è iniziato a diluviare. Sono bagnata fradicia!"

"Poverina!"

"C'è bisogno della pioggia. Questa estate sono morte tante piante. Sembra che ci sia stata una siccità straordinaria."

"Io pensavo che in Inghilterra piovesse sempre!"

"Sembrerebbe di no."

"Papà tuo ed io siamo ancora in giardino. Lui annaffia ed io controllo!"

"C'è ancora luce da voi?"

"No, veramente no," Kate lo nota per la prima volta. Sulla costa le luci si sono accese. Cofano si sta coprendo con un oscuro drappo vellutato.

"Perché allora non entrate in casa?"

"Ci andremo. Presto. E' ancora bello fuori, è tiepido. Gli odori sono incredibili."

"*Funnily enough*, stavo pensando la stessa cosa. La pioggia ha portato un'esplosione di fragranze anche qui!"

Abbiamo riso. La prima volta che Stephen venne a Firenze, usò l'espressione *funnily enough* che è un modo di dire inglese che gli americani non usano. Kate mise in discussione la correttezza di questa parola. La mattina dopo, quando scese per la colazione, trovò il dizionario inglese-italiano che Elizabeth aveva regalato a Stephen per Natale, aperto alla lettera "F" con l'asta di una bandierina inglese in miniatura che sottolineava la parola *funnily*!

Un profumo dolce e muschiato emana dall'albero Brugmansia Arborea detta anche *Angel Trumpet*. "Hai qualche idea di quando potresti prendere un volo per la Sicilia?"

"Sto chiamando per questo. Che ne diresti del prossimo weekend?"

"Va benissimo." Risponde.

"Arriveremmo all'aeroporto di Trapani giovedì nel pomeriggio tardi e ripartiremmo da Palermo domenica pomeriggio."

"Puoi perdere le lezioni di venerdì?"

"Per una volta all'inizio del semestre sì, ma non ti preoccupare tanto studieremo in aereo."

"Non sono preoccupata." Se c'è una cosa di cui proprio Kate non ha paura è che loro non studino. Quando guardano un film Stephen inevitabilmente ha un libro aperto sulle ginocchia; ripassa anatomia durante le scene lente. Quando sono a tavola nel mezzo di una conversazione, lei chiede conferma a Stephen di dove termini un nervo. Se Elizabeth trova una conchiglia, Stephen dice che assomiglia a *concha*, che è un piccolo osso del setto nasale che ha la forma di una conchiglia. La carriera di medico non è semplicemente un lavoro. E' la loro vita. Non sono solo una coppia, sono un team.

Niccolò ha acceso le luci del giardino. Decine di luci diffuse, nascoste in mezzo alle piante, illuminano i fiori e la roccia che luccica. "Ti passo Daddy, raccontagli il tuo programma."

"Che programma?" Niccolò prende il telefono.

Kate inizia a riavvolgere il tubo ma è troppo pesante, ancora pieno d'acqua. Apre l'effusore e lascia scorrere l'acqua residua su un geranio Princeanum, i cui fiori bianchi con ombreggiature viola scuro imitano vagamente una pansé. Lei è ricompensata con una folata di aroma all'arancio che arriva o dai suoi fiori o dalle foglie. Non lo sa. Non le importa. Qualsiasi cosa stia profumando sa di paradiso.

"Elizabeth ha delle buone notizie da darci," Niccolò dice un minuto più tardi, raggiungendola per aiutarla a riavvolgere l'ultima parte del tubo.

"Hmmm," mormora Kate tenendo il piede sul tubo a terra già arrotolato per non farlo svolgere. "Deve succedere prima o poi."

"Hmmm," ripete Niccolò mettendo a posto la carriola rovesciata perché anche se non piove, la rugiada da sola può far accumulare una quantità di acqua sufficiente per iniziare a farla arrugginire.

"Spero che il tempo regga per la loro visita."

"Spero che i fiori dell'Angel Trumpet si aprano. Ci sono milioni di bocci."

"Almeno cinquanta."

Entrambi fanno un bel respiro e poi ridono. Electra dice sempre che i suoi genitori sono la stessa persona in due corpi diversi. Da un certo punto di vista ha ragione. Le loro sensibilità sono simili: le loro mani s'incontrano quando in auto vogliono abbassare la temperatura o il volume della radio, aprire una finestra, cercare la seconda coperta in fondo al letto. Per altri versi sono differenti. Mentre Kate legge, Niccolò pensa, e i suoi pensieri sono molto diversi dai suoi. E' più facile che lui stia ragionando sulla fattibilità economica di qualche mezzo per la produzione di energia mentre lei sta studiando l'effetto di una luce o cercando il significato di qualche particolare metafora.

"Pensi che questi profumi ci siano anche di giorno, ma non si avvertano perché il senso della vista predomina sull'olfatto?"

"La Bella di Notte non profuma durante il giorno, ho provato."

Lei si piega ad accarezzare quella pianta che chiama Four O'Clocks i cui fiori si sono progressivamente aperti nel corso della sera; mentre li tocca rilasciano più profumo. Sono chiamati Bella di Notte in italiano, un nome appropriato per un fiore che rivela il suo splendore, sia visivo che aromatico al calar della notte. Invece in inglese Four O'Clocks è solo descrittivo. "Vorrei sapere in quale parte del mondo questi fiori si aprono alle quattro del pomeriggio!"

"Vorrei sapere se stasera c'è qualche possibilità di mangiare!"

"Cosa vorresti mangiare?" gli chiede mentre tirano via pezzi di fango dagli stivali. "Io ho gli ingredienti per torte di fango."

"Io preferirei pasta al pomodoro."

Potrebbe fargli la stessa domanda ogni giorno dell'anno e la sua risposta sarebbe sempre eguale. Lui è facile da accontentare, non ha pretese, ma lei non può mangiare la salsa di pomodoro più di un paio di volte la settimana. "Vediamo cosa abbiamo in cucina."

Va da lei, prende uno per volta gli stivali e con forza le libera i piedi. Poi li immerge in una pila vicino ai suoi che erano già nell'acqua. Si lava di nuovo le mani e le muove nell'aria per farle asciugare.

"Vuoi fare la doccia per primo?" chiede Kate. "Io metto sul fuoco l'acqua per la pasta."

"Non devi chiederlo due volte!"

Tutti gli ingredienti per il pesto alla genovese sono sul tavolo: un bel mazzo di basilico profumato, pinoli, parmigiano, aglio, olio di oliva. Frulla tutto insieme velocemente, aggiunge un cucchiaio di yogurt per amalgamare i sapori. Mentre l'acqua si sta scaldando prepara la tavola, poi taglia un melone per dessert; la sua ricca parte interna è color avorio con sfumature rosa.

Non le dispiace preparare da mangiare. La diverte trasformare gli ingredienti in pasti. A dire la verità non le dà neanche fastidio lavare i piatti dopo mangiato, anche se non lo vuole dire ad alta voce per non farlo sentire a Niccolò. Se resta da sola a pulire la cucina può esser certa che è perché Niccolò sta facendo qualcosa d'altro per la famiglia. Non ha il minimo sospetto che lui non si accolli la sua parte di peso. E' vero, Niccolò non si occupa della biancheria, ma lei non lava quasi mai le auto. Ciò che importa è che entrambi remino nella stessa direzione.

"Nicco?"

"Mi sto vestendo, un minuto!"

Kate non metterà la pasta nell'acqua che bolle finché lui non sarà sceso; qualche volta un suo minuto diventano dieci minuti. Gli spaghetti cuociono velocemente e occorre mangiarli subito. Lo aspetta fuori casa e guarda l'oscurità. Sull'orizzonte una nave da crociera sta andando verso sud, le sue luci vivaci viste a distanza invitano a piacevoli fantasticherie. Da qui la nave sembra magica, una creazione mitica, molto diversa dalla realtà del chiasso e delle risate sonore, dei troppo abbondanti buffet e dei divertimenti organizzati. Dove lei si trova, l'aria notturna è così leggera e dolce che sembra impossibile che la loro estate possa mai finire.

Al largo, sul lontano orizzonte, vede una flotta di velieri a vele spiegate, le velature completamente gonfiate dal vento. Il mare dietro di loro spumeggia bianco, sussultando, alzandosi ad altezze notevoli prima di ripiombare in basso. Le vele sono gonfie in modo fantastico, finché si accorge attraverso la lente della sua macchina fotografica che non sono per niente velieri, ma una visione: sono galeoni di nuvole capricciose che attraversano l'orizzonte.

"Nicco!" Vieni a vedere queste nuvole. Sembrano proprio dei velieri!"

Lui studia l'orizzonte. "Velieri, no!" rettifica: "Cavalli!"

Quando guarda di nuovo, si domanda come aveva mai potuto immaginare che quella fosse una flotta di velieri. Si sono trasformate in un branco di stalloni rampanti.

Un'altra parata di nuvole si mostra quando tornano a metà mattina, dopo aver raccolto gli ultimi fichi della stagione. Le nuvole basse sono nere come ardesia; sopra di esse spumeggia una mousse di un bianco lucente, più bianco della schiuma del cappuccino. I due colori sono così distintamente separati che è come osservare i fianchi laterali dello spettro dell'arcobaleno senza i colori interni.

Forse è il peso della pioggia contenuta nelle nuvole più scure a tenerle basse, forse i cumuli bianchi non causano nessun impatto grazie alla loro leggerezza interna, ma è impressionante come si attraversino senza mescolarsi, senza scambiarsi la loro totale mancanza di colore.

E poi inizia lo spettacolo! Una tempesta elettrica proietta i suoi fuochi d'artificio dietro i cumuli delle nuvole bianche illuminandole da dietro con un lampo; poi un bagliore interno fa sembrare che queste stiano per esplodere. Il lampo stesso però rimane nascosto.

Non appena inizia a piovere a catinelle infila la Hasselblad dentro la camicetta mentre scappano per ripararsi in terrazza. Dovrebbero andare dentro a togliersi i vestiti bagnati, stendere i fichi, ma questo spettacolo è troppo drammatico per perderlo, è il capitolo finale per la sua collezione di foto di nuvole. Stanno stretti l'un l'altro, tremando, testimoni del cielo che dà spettacolo dei suoi misteri. Quando Niccolò inizia a starnutire, Kate smette di fotografare ed entrano in casa. L'ultima cosa di cui hanno bisogno è prendere un raffreddore o una influenza proprio ora che stanno arrivando Elizabeth e Stephen per il fine settimana.

Dopo una notte di intenso temporale il sole era ritornato, senza nessun pudore come se non fosse mai mancato. I campi avevano assorbito l'eccesso di acqua e in una sola notte era spuntata l'erba bella verde. Se una colomba fosse passata con un ramoscello di olivo nel becco non sarebbe stato fuori luogo o inaspettato.

Stamani la medesima flotta di velieri era di nuovo allineata all'orizzonte, ma lei questa volta era stata ingannata per un solo istante prima di accorgersi che erano le nuvole. Trattenevano la sua attenzione mentre veleggiavano in avanti, un'intera armata in marcia, finché i velieri non si erano trasformati di nuovo in un cumulo di nuvole che facevano rotta fuori dalla vista.

Kate va a piedi alla casa degli Oliviero per accertarsi che non abbiano avuto problemi con la pioggia, trova Angelica e Matteo che stanno sull'angolo della baracca del trattore e parlano con un lontano parente che vorrebbe prendere due cani. Matteo ha dedicato la sua estate a prendersi cura di tutti i cani, ma da quando lui e la madre sono tornati in città, è scomodo venire su tutti i giorni. In pieno inverno questo lavoro peserebbe ancora di più. Tutti quei cani necessitano di una casa vera.

Mica è così affettuosa, così adorabile che il cugino Guido non esita a prenderla.

Con qualche sforzo Matteo riesce a prendere l'ombroso *Campanellino*, che è un giovane segugio irrequieto e lo mette nella macchina di Guido da dove lo sentono guaire tragicamente.

"Prende anche *Sandy*?" Kate ci prova.

"L'avevo pensato. Appena arrivato ho provato ad accarezzar-la, ma lei mi ha ringhiato."

"*Sandy* è una cagnetta dal temperamento dolce," Matteo prova a spiegare. "Ma ha avuto due cucciolate—"

"—una dopo l'altra."

"Nessuno dei cuccioli è sopravvissuto."

"Perché?"

"Non si sa perché." Matteo aggiunge tristemente.

"Può darsi che non sia una buona madre." Guido ipotizza.

Non le piace ammetterlo, ma anche lei ha avuto lo stesso sospetto. *Sandy* è troppo giovane per avere cuccioli, è quasi una cucciola lei stessa, ma i cani del pastore hanno sentito il suo calore e sono stati implacabili. Kate li ha visti distrarla dai suoi neonati. I cani grandi non sono prede delle volpi, ma i cuccioli sono senza difese.

"Non sarebbe successo se ci fosse stato Edoardo."
Angelica mette voce a quello che tutti stanno pensando.

"Sono contento di aiutare," dice Guido, "ma non voglio problemi. Per il momento prendo solamente questi due cani. Chiederò in giro se qualcuno la vuole."

"Si sterilizza, se può essere utile."

"Vi farò sapere, ma la prima impressione parla chiaro."

Matteo prende in braccio Mica e la stringe forte al petto. Kate ricorda quando era appena arrivata, così minuta da poter esser scambiata per un coniglietto; e che aveva protestato con Edoardo quando le aveva dato il nome. Mica era una buona soluzione, suonava abbastanza bene a quel tempo, anche se "mica" significa un'assenza, una negazione; la mancanza di qualcosa più che la sua presenza.

E ora anche lei se ne va.

E di nuovo la faccia di Matteo è rigata di lacrime.

Nel tardo pomeriggio al largo c'erano stati tre temporali. Kate osservava i fulmini illuminare vaste zone di mare poche ore prima sparite nell'oscurità con il tramontare del sole. Di solito i fulmini sul mare sono inafferrabili, come le interruzioni dei battiti delle ali dei colibrì: li vede con la coda dell'occhio, ma, nell'attimo in cui li guarda davvero, sono cessati. La sua velocità di reazione è precisamente un decimo di secondo più lenta del nuovo lampo. La sola speranza di afferrare il bagliore del fulmine è con la macchina fotografica. Ieri notte invece, i lampi erano frequenti e duraturi. Monte Cofano era stato illuminato a giorno diverse volte assieme a San Vito lo Capo e a tutte le nuvole sullo sfondo. Niccolò e Kate stavano chiudendo casa per andare a cena a Trapani con i Pepoli e rischiavano di fare tardi per guardare questo straordinario spettacolo di saette.

La strada per scendere in città, ripida e piena di tornanti, era parzialmente ostruita da diversi smottamenti. Qualche albero—bruciato in precedenti incendi—era scivolato sulla carreggiata. Scendendo giù dalla montagna verso Trapani il temporale continuava a turbinare nell'entroterra alle spalle di Cofano e di San Vito lo Capo, ma la loro attenzione fu attratta da un altro temporale, questa volta sul mare. Era un po' meno drammatico del primo, tuttavia straordinario. La distesa di mare—oltre Pizzolungo—si allunga sgombra per quasi 300 chilometri in direzione della Sardegna; la prima interruzione è l'Isola dei Cavoli appena fuori della costa sud-est della Sardegna. Queste isole non sono mai visibili perché sono oltre la portata della vista più acuta. Durante il temporale, con i fulmini che lampeggiano molto distanti sul mare e le minacciose nuvole nere basse sopra l'acqua appesantite da un'incredibile quantità di pioggia, appaiono non troppo lontane e mettono alla prova la vista di Kate e la sua immaginazione.

Un terzo temporale più lontano infuriava violento a sud, provenendo da qualche zona dietro Marettimo, illuminando con i suoi lampi tutte e tre le isole Egadi e la costa di Trapani a forma di falce.

Intere parti della città erano inondate. Per tutta via Fardella l'acqua era all'altezza delle caviglie. All'incrocio con via Marsala la strada era chiusa. Le persone procedevano a stento a piedi nudi nell'acqua che arrivava alle ginocchia, con i pantaloni arrotolati, alcuni con gli alti stivali da pesca. Barriere improvvisate e sacchi di sabbia bloccavano l'ingresso dei negozi per arginare l'acqua. Tutta l'illuminazione stradale era spenta, ma le case, i negozi e i ristoranti avevano elettricità.

Stranamente, forse a causa del temporale e dell'inondazione, c'era pochissimo traffico lungo via Fardella così che loro erano arrivati in anticipo al posto concordato per l'appuntamento. Niccolò aveva parcheggiato sotto la statua del *Re Galantuomo*, Vittorio Emanuele II°, la cui mantella scolpita ha un'imbottitura di lana troppo pesante per il clima temperato di Trapani. Nell'attesa degli amici si erano incamminati verso il mare, che è poco distante, per vedere lo spettacolo dei tre temporali. Era caldo, c'era vento, ma non pioveva.

Appoggiata al muretto a guardare i temporali, tentando di fotografarli, ebbe la stessa stressante sensazione che aveva avuto da bambina quando cercava di seguire lo spettacolo in un circo a tre piste. Impossibilitata a concentrarsi su tutte e tre contemporaneamente, si era concentrata su una per qualche minuto, poi su un'altra e poi sulla terza. Quando aveva smesso di fotografare aveva osservato Niccolò; la sua faccia era concentrata, totalmente assorta, illuminata dai lampi. I suoi capelli, da poco lavati e non completamente asciutti, stavano ritti sopra la testa come un migliaio di argentee antenne che ricevevano cariche elettriche dall'alto. Era uno spettacolo assolutamente ridicolo, specialmente per un uomo serio e dignitoso; invece di farla ridere le procurò sofferenza per un'inesorabile inevitabilità. Prese la sua mano, larga, robusta e un po' callosa, nel tentativo di ancorarsi per sempre a questo momento, pur conoscendo bene la futilità della sua presa. Kate è completamente incapace di proteggerlo dai fulmini del destino, come lui lo è per proteggere lei.

CAPITOLO
VENTI

Nella mezz'ora in cui Elizabeth e Stephen erano stati a casa avevano fatto i complimenti per il giardino e avevano ammirato la piccola piscina—anche se loro non avrebbero avuto la possibilità di usarla essendo la stagione troppo avanzata. Niccolò ha aperto una bottiglia di spumante. Stanno seduti fuori sul muretto sotto la chioma degli enormi pini ad ammirare il panorama. I capelli di Elizabeth, color cenere ramato, hanno i riflessi delle mille sfumature dell'autunno. E' rilassata ed in forma, felice di essere con i genitori in Sicilia.

Le nuvole diventano color rosa pompelmo e sorbetto di arancia, all'inizio moderatamente, come un leggero rossore, poi in modo nitido, senza più pudore, uno stormo di fenicotteri in volo, sgargiante, finché tutto il cielo s'infiamma di colori contrastanti.

"Un'esibizione di colori come questa, in qualsiasi altra occasione diversa da un cielo sconfinato, potrebbe essere sgradevole" dice Stephen.

"Il tono dei colori è regolato troppo alto."

"Sembra che il sole tramonti dietro Cofano." Nota Stephen.

"Sembra il tramonto," concorda Elizabeth. "Ma questo non è est? Non è da qui che nasce il sole?"

Non tutti, in famiglia, si alzano presto il mattino.

"Certamente, questo è est." Kate scatta, poi scatta ancora altre foto, le tonalità dei colori si sono attenuate di due sfumature. Il rosso scarlatto è tornato a essere rosa caramella, il violetto sfuma in lavanda. Lei fotografa tanto velocemente quanto le permette l'otturatore, ma è sicura di non riuscire a catturare ogni cambiamento di luce.

"Naturalmente è impossibile, ma l'illusione è così forte che mi fa dubitare dei miei stessi sensi," Kate rivela i suoi pensieri, "è come se l'alba stia sorgendo a un'ora del giorno sbagliata. Oppure che il sole abbia deciso di ritirarsi dove normalmente sorge invece di andare a dormire a ovest."

"*Right then,*" dice Stephen.

"Penso che sarebbe il momento giusto per andare a tavola." Niccolò suggerisce, prendendo il bicchiere della moglie e posandolo sul vassoio.

"Non ho neanche bevuto metà bicchiere!" Kate protesta, poi vede che Elizabeth trema e che Stephen sta massaggiandole le braccia. "Forse è meglio rientrare."

Tuttavia restano dove sono, in piedi, sotto i pini a guardare il cielo, finché tutti i colori si trasformano in nero e grigio, finché le luci della città si accendono, legate fra loro come perle brillanti su un velluto nero.

"Volete vedere le foto del viaggio prima o dopo cena?" chiede Elizabeth.

"Dopo, se è lo stesso. Se volete lavarvi le mani, andremo a tavola tra cinque minuti."

Per ben due volte durante la cena, Stephen si era schiarito la voce come se volesse dire qualcosa. Per due volte erano restati in silenzio per ascoltare, ma lui si era tirato indietro e aveva lasciato che il silenzio fosse interrotto dalla ripresa della conversazione. Avevano raccontato tutto il loro viaggio negli Stati Uniti, gli incontri con la famiglia, le visite ai vecchi amici. Avevano descritto con tutti i particolari l'avvistamento delle balene nella baia di Boston, i giganteschi alberi della Redwoods a Napa Valley e il museo della Amazon Forest a San Francisco.

"Quale è stato il vostro momento più bello del viaggio?" chiede Niccolò.

"Mangiare *Cracker Jacks* guardando il tramonto dalla più alta formazione rocciosa che abbiamo potuto scalare ad Arches National Park."

"Stephen?"

"Sicuramente quando abbiamo bevuto una limonata dopo l'escursione ad Angel's Landing a Zion Park. E' stata una camminata più dura di quanto mi aspettassi!"

"Che altro?" domanda.

"Guardare il tramonto sul Grand Canyon mentre mangiavamo un gelato!"

"Mi sembra che ci sia un tema costante."

La cena era terminata da almeno un'ora, ma erano ancora a tavola, sgranocchiando mandorle ricoperte di cioccolato che aveva preparato al mattino.

"Adesso voglio proprio farvi una domanda importante."

Nervosamente Stephen ed Elizabeth si guardano a vicenda. "Sì?"

"Quale vi è piaciuto di più, Monterey Aquarium oppure Disneyland?"

"Disneyland."

"Anche se l'Aquarium era grandioso," Elizabeth si affretta ad aggiungere perché questo era stato un regalo di Kate. "Purtroppo quando siamo arrivati era pieno di gente. Pieno di ragazzini che facevano un gran chiasso."

"Disneyland era fantastica. Poi, potendoci stare due giorni, non avevamo fretta e potevamo ripetere i nostri giochi preferiti.

"Stephen ha detto che Disneyland si gusta molto di più da adulti che da bambini."

Stephen ride, "Perché non dovevamo più chiedere i soldi ai genitori quando volevamo comprare qualcosa."

"Mi fa piacere che vi siete divertiti tanto."

"E' stato un viaggio perfetto," Elizabeth aggiunge. "Se ci pensi, con tutte le cose che potevano accadere, niente è andato storto. Non ci siamo neppure persi!"

"E' stato eccezionale," dice Stephen.

"Perfetto."

"Deve bastare per tanto tempo."

In questi giorni, l'anno prossimo, Stephen starà lavorando a tempo pieno; le vacanze lunghe saranno un ricordo del passato. Elizabeth, che è un anno indietro rispetto a lui, avrà un'altra estate di relax poi anche lei potrà concedersi solo vacanze brevi. Niccolò e Kate sanno che nei prossimi anni li vedranno poco per Natale, fino a quando raggiungeranno una certa anzianità di servizio.

"Stephen, come stanno i tuoi genitori? Scommetto che erano contenti di averti a casa."

"Lo erano. Anche se erano dispiaciuti perché siamo stati pochi giorni da loro."

"Non siete stati una settimana da loro?"

"Veramente no."

Elizabeth e Stephen si scambiano un'occhiata. "Stephen ha partecipato a un concorso per un posto di lavoro."

"Non volevamo dirvi niente, nel caso fosse andata male."

"La competizione è stata estremamente dura. Hanno concorso studenti di medicina che venivano dall'Imperial College di Londra e da Cambridge ed anche medici in carriera. C'erano più di seicento richieste per dieci posti disponibili."

"Capisco perché non ci contavi tanto!" dice Niccolò.

"Ho pensato che in ogni caso fosse per me una esperienza positiva, anche se non fossi rientrato nei dieci. Un colloquio in più è sempre una buona esercitazione."

"E' un atteggiamento giusto, anche se mi spiace che tu non abbia avuto il posto."

"Ma lui lo ha avuto!" Elizabeth esclama con un sorriso radioso.

"Ti hanno preso?"

"Non solo ha avuto il posto, ma ha ottenuto anche la preferenza della regione in cui vuole lavorare."

"Stephen, questa è una notizia sorprendente!"

Lui sorride felice.

"Per i prossimi due anni lavorerà nel Norfolk."

"Ad eccezione dei primi tre mesi, nei quali ogni giorno dovrò percorrere quaranta minuti in auto per andare a Great Yarmouth al Paget Hospital, poi sarò sempre assegnato agli ospedali di Norwich."

"A dieci minuti da casa!" Elizabeth è ancora più felice di Stephen. "Staremo insieme mentre io finisco il mio ultimo anno di studi!"

Questa è una bella notizia non solamente per la conferma dell'intelligenza di Stephen e per il riconoscimento del suo lavoro, ma anche perché Elizabeth non sarà sola durante il suo ultimo anno di università.

"*Knock 'em dead!*" dice Kate, alzando il bicchiere rivolta a Stephen.

"Veramente," dice Stephen, "non è proprio l'augurio più indicato per un medico o un tassista!"

"**M**amma come hai fatto a sapere che Daddy era la persona giusta da sposare?"

Kate alza lo sguardo. Ha in mano una manciata di erbacce che sta per strappare. Elizabeth, che l'aiuta, guarda lontano come per sminuire l'importanza della sua domanda, studiando il cielo come per seguire il volo di un uccello che Kate non vede. Dal modo in cui Elizabeth ha sollevato il suo mento, appena un grado in più del solito, capisce l'importanza della domanda. Cosa le può rispondere. Non ha una risposta pronta.

"Da un insieme di cose, Lizzy—" mette la manciata di denti di leone dalla testa gialla nella carriola accanto a lei.

"In particolare?" Sembra così adulta quella figlia e nello stesso tempo così giovane. E' impaziente di ottenere una risposta concreta a una domanda su un argomento che dipende più da sensazioni e intuizioni che da qualcosa di reale, come un fatto concreto.

"Ebbene. Veramente ci sono state due cose che mi hanno convinto."

Elizabeth appare piena di speranza, ma Kate non si sente all'altezza per rispondere alla domanda, non è preparata. Si chiede se sua figlia comprenderà il significato di quello che sta per condividere con lei.

"Qualche mese dopo che tuo padre ed io vivevamo assieme, Daddy era andato a Firenze ed io ero a casa per ritoccare delle fotografie. Feci l'errore di mangiare un intero panforte—"

"Quella torta compatta e molto dolce di Siena?"

"Esattamente. Ce ne avevano regalato uno per Natale ed io ne avevo mangiato un pezzettino ogni tanto, una fettina dopo l'altra, finché non era finito. Ebbi un problema di glicemia per aver ingerito troppi zuccheri."

"Oh no!"

"Avevo questo problema, prima che tu nascessi, poi è finito."

"La gravidanza qualche volta può aggiustare alcuni squilibri."

"Sapevo che avrei dovuto mangiare anche qualcosa di diverso per bilanciare gli zuccheri, ma ero presa dal mio lavoro, ero da sola, era delizioso ed ho continuato a mangiarlo, un pezzettino dopo l'altro."

"Che cosa è successo?"

"Non potevo fermare il tremito. Mi sembrava di avere le mascelle bloccate. Sono andata a letto, ho tirato le coperte sulla testa. E' stato terribile."

"Poverina!"

"Quando Daddy tornò a casa, mi voleva portare di corsa all'ospedale, ma io dissi di no, chiesi che mi portasse una bottiglia d'acqua per diluire lo zucchero nel sangue. Ho chiesto anche di portarmi l'apparecchio per i denti, quello che si usa di notte. Non riuscivo ad aprire la bocca e temevo di rompere l'otturazione di porcellana che mi era stata impiantata in un molare proprio prima che arrivassi in Italia.

Ho avuto qualche problema a spiegare a tuo padre che volevo l'apparecchio per i denti—il suo inglese e il mio italiano—in più era difficile parlare chiaramente avendo la mascella bloccata. Finalmente lo trovò e lo misi."

"Tu eri così grata e questo fu il momento in cui decidesti di sposarlo?"

Kate ride, mettendo nella carriola uno spinoso cardo selvatico. "Se questa fosse stata la mia motivazione, probabilmente a questo punto avremmo già divorziato."

"Allora perché?"

"Un paio di giorni dopo, quando il problema degli zuccheri era passato ed io avevo riposto l'apparecchio per i denti, tuo padre mi aveva confessato che lui, quando c'eravamo conosciuti, aveva visto in bagno la scatola di quell'apparecchio e aveva pensato che doveva essere una dentiera."

"Stai scherzando?"

"No. Tutti quei mesi, quando mi lavavo i denti, lui mi aveva studiato, cercando di capire. Mi ha detto che aveva dato per certo che le dentiere negli Stati Uniti erano molto più sofisticate, certamente non una di quelle che la notte si mettono nel bicchiere d'acqua sul comodino. Mi ha anche detto che lui mi ammirava per tutto il resto: per la sincerità, l'intelligenza—tuo padre ha sempre saputo dire bene le cose—e che sarebbe stato proprio stupido buttare via tutto per un'imperfezione così superficiale come dei denti falsi. Come sai gli italiani danno molta importanza all'estetica, il che va anche bene, purché non diventi il solo criterio di scelta. La volontà di tuo padre di accettarmi nonostante i denti falsi mi ha dimostrato che le sue priorità erano giuste, che non avrebbe smesso di amarmi quando il mio aspetto si sarebbe deteriorato, quando il mio corpo avrebbe perso la sua forma, come inevitabilmente succede. E neanche quando mi cadranno i denti!"

"Scommetto che anche a Stephen non importerebbe se io avessi i denti falsi."

"Anche se per lui fosse importante, ha diritto alle sue reazioni, ma ciò potrebbe intaccare i suoi sentimenti per te? Questa è la domanda. Dammi una mano. Andiamo a vuotare la carriola."

"Va bene, ma prima dobbiamo togliere i cardi. Se mettono le radici nel compostaggio è un disastro."

"Per carità." Con cautela tolgono i cardi selvatici stendendoli sul pavimento per farli seccare al sole.

"Peccato tutte queste spine. I fiori sono carini."

"Lo sono. Mamma, avevi detto che erano due le cose. Quale è la seconda?"

"Anche questa è una lunga storia."

"Va bene, abbiamo tempo, tanto c'è molta erbaccia da strappare."

"Allora. Prima che arrivassi in Italia, c'era un altro uomo, un americano, che mi voleva sposare."

"Quell'uomo con la voce bella?"

"No. Brian era stato il mio boyfriend all'università e anche se siamo stati insieme per quattro anni, non credo che nessuno di noi due abbia mai considerato seriamente la possibilità di un matrimonio."

"Mi sembrava una persona veramente in gamba. Molto divertente."

"E' così. Lo era. Eravamo dei ragazzi. Giocavamo a fare finta di essere sposati. Non hai mai incontrato l'uomo di cui sto parlando. Si chiama Gerald."

"Lo volevi sposare?"

"Diciamo che ero lusingata dal fatto che lui mi volesse sposare. Mi piacque l'idea di avere dei figli"

"Stephen ed io parliamo di avere figli. Abbiamo anche scelto i nomi."

"Ma io non ero affatto convinta di sposarlo. Poi una notte ho fatto un sogno. Nel sogno stavo piangendo a dirotto perché avevo capito che Gerald non era per me l'uomo giusto da sposare. Ricordo il sogno così lucidamente come se fosse stato ieri. Quando mi sono svegliata sapevo che non lo avrei mai sposato. Dopo pochi mesi ci siamo separati e dopo altri pochi mesi abbiamo smesso di tormentarci a vicenda e da soli."

"Allora non eri veramente innamorata di lui?"

"Non era così semplice. Lo amavo. Potevo scorgere la sua anima guardandolo negli occhi, ma nella vita di tutti i giorni non eravamo assortiti bene. Anche lui era un fotografo e il suo lavoro era straordinario. Gli piaceva molto quando dicevo che apprezzavo il suo lavoro, ma non altrettanto quando io guardavo nei miei obiettivi invece che nei suoi occhi o sparivo nel mio studio per lavorare. Era diventato troppo competitivo. Una persona magnifica, molto sensibile, un artista nel vero senso della parola, ma non la persona giusta per me, per condividere con lui la mia vita."

"Che cosa ha a che fare questo con il fatto di sapere che Daddy era la persona giusta per te?"

"Dal sogno che feci su Gerald ho capito che i sogni possono rivelare la strada giusta per me; basta che li ascolti. Ho anche imparato che se mi faccio la domanda prima di dormire, spesso, quasi sempre, ottengo la risposta durante la notte. Una risposta da interpretare, ma comunque una risposta. Così quando tuo padre ed io abbiamo parlato di matrimonio, mi sono posta questa domanda: sarebbe una cosa giusta sposarlo? E la risposta che ho avuto in sogno era l'immagine di una coppia anziana che camminava su un sentiero cosparso di sassi, mano nella mano."

"Che significa?"

"Non è evidente? Che avremmo attraversato le difficoltà insieme, mano nella mano. Dalla natura del sentiero ho dubitato che le nostre vite sarebbero state facili, ma l'importante è che saremmo invecchiati insieme, facendo lo stesso percorso."

"E' un sogno straordinario!"

"Sì, lo giudicai così. Poco dopo abbiamo fissato la data del matrimonio e, un giorno o due dopo, tu sei stata concepita."

"Ti sei accorta subito che eri incinta?"

"E' stata la più strana sensazione che mai abbia avuto. Potevo praticamente sentire le cellule che si suddividevano. Così abbiamo cambiato la data del matrimonio per la fine dell'estate e tu sei nata un paio di giorni dopo la data che avevamo fissato all'inizio."

"E voi da allora avete vissuto felici e contenti."

"A parte qualche macigno sulla strada!"

"Non vedo l'ora di andare a dormire. Ho tante domande da fare."

Era piovuto tutta la notte, un martellare continuo sul tetto. Per tutta la mattina il cielo continua a scaricare tonnellate d'acqua. Stephen ed Elizabeth a turno si alzano e vanno sulla porta, sperando in una pausa che non arriva. Non è la vacanza in Sicilia che si aspettavano.

Dopo una tardiva colazione, la pioggia cessa di colpo. Il silenzio inatteso dà la possibilità di uscire.

"Andiamo su a vedere la nuova casina!" suggerisce Niccolò.

Kate guarda il cielo; si è rischiarato con gruppi di nuvole alte a est, ma ancora scure e minacciose a ovest. "Andiamo veloci, prima che inizi di nuovo a piovere."

"Prendiamo la macchina," propone Elizabeth.

"Non è una cattiva idea."

Avrebbero potuto camminare fin lassù, infatti è abbastanza vicino, ma non sanno quanto tempo durerà la pausa della pioggia. Elizabeth, Stephen e Kate aspettano davanti al cancello guardando le nuvole mentre Niccolò va a prendere la macchina.

E' la prima volta che Elizabeth e Stephen vedono la nuova casina. Si complimentano tanto, ma la verità è che c'è tanto da fare prima che sia abitabile.

Comunque, appena Niccolò apre le finestre, le squallide stanze sono trasformate dalla luce. La vista è ancora più bella di quella da casa loro, un centinaio di metri più in basso. Da qui, oltre al mare, è visibile tutta la valle, le colline vicine e la cima di Erice.

"Diventerà meravigliosa."

"Sarà pronta per la prossima estate?" chiede Elizabeth.

"Probabilmente no." Ci sono molte cose da considerare. C'è un altro piccolo rudere nella stessa proprietà e devono decidere se sommare le due cubature per costruire una casa più grande o due case più piccole ma separate. La soluzione si presenterà da sola se sapranno aspettare. Nel frattempo la trasformazione del garage permetterà a tutti di stare nella casa principale.

Stavano incamminandosi di nuovo verso la macchina che Niccolò aveva parcheggiato all'inizio della stradina, quando sentono e poi avvertono un tremendo sussulto. Kate è sicura che la montagna, dietro e sopra loro, stia scendendo a valle come una valanga, ma non vede cadere nessuna roccia.

"Oh, no!" Niccolò è il primo a scoprire l'origine del rumore. "Il nostro pino! No!" Niccolò corre in discesa verso il cancello, senza curarsi del pericolo della strada bagnata e scivolosa.

"No!" Kate è proprio dietro di lui, cercando di evitare il fango e il ghiaino sparso sulla strada.

Il pino più basso, il più inclinato tra i due, è caduto precipitando e ostruendo l'ingresso della strada di accesso, abbattendo una delle colonne e la parte del cancello di ferro che avevano lasciato aperta. Non è più un pino maestoso. Ora assomiglia a un animale preistorico colpito a morte, grande come si conviene a un dinosauro. Il suo ultimo disperato gesto, mentre stava cadendo, è stato quello di aggrapparsi e spazzar via la linea elettrica.

"Potevamo essere schiacciati."

Trenta minuti prima Elizabeth, Stephen e Kate erano proprio lì, ad aprire il cancello e poi ad aspettare Niccolò che arrivasse con la macchina. Due minuti più tardi vi sarebbero di nuovo passati tutti e quattro in macchina. E' proprio il posto dove siedono sempre sul muretto.

Niccolò è il primo a interrompere i loro pensieri. "Ho paura che senza elettricità passeremo un week end al freddo e al buio."

Kate guarda l'orologio. Sono le quattro del pomeriggio. Venerdì. "Sarà meglio chiamare l'ENEL subito."

Elizabeth corre in casa per cercare le candele. Stephen torna su per andare a recuperare la macchina, la porta giù e la posteggia fuori dall'ingresso.

Niccolò chiama l'ENEL. Prendono nota del problema ma non sanno dire quando potranno mandare qualcuno a riparare la linea. Con tutta questa pioggia sono sott'acqua anche loro.

"Vuoi chiamare il Maresciallo?"

"Buona idea!"

Mentre Niccolò lo chiama con il cellulare, lei va in casa ad aiutare Elizabeth che ha già tutto sotto controllo. Ha trovato le candele e le ha disposte per tutta la casa. Ha preparato anche quelle da mettere in ogni camera da letto.

In cucina, approfittando del fatto che è ancora giorno, organizza quello che servirà per la cena. Elizabeth prepara la tavola allineando al centro otto piccole lanterne. Kate trova una scatola di fiammiferi. Una volta scesa la notte ogni semplice cosa da fare diventerà problematica. Per fortuna la cucina è a gas.

"Hai parlato con il maresciallo?" chiede a Niccolò.

"Sì. Lui è fuori città fino a domani, ma ha detto che avrebbe chiamato i suoi colleghi per sollecitare l'ENEL ad intervenire al più presto. Ora non possiamo fare altro che aspettare."

"Nel frattempo chiamiamo Orlando."

"Pensi che lui conosca qualcuno all'ENEL?"

"Probabilmente no, ma saprà come fare con il pino caduto. Ricordi che ad agosto ci disse che ne era caduto uno anche a lui?"

"Giusto. Spero che la batteria del mio cellulare regga."

Circa quarantacinque minuti dopo, arrivano gli uomini dell'ENEL. Tirano giù dal tetto del furgone la lunga scala estendibile, allacciano le cinture di sicurezza prima di salire sul palo. Lavorano a lungo per riparare i fili, fino a notte. Quando finiscono Niccolò li invita a entrare in casa per bere qualcosa, ma loro sono di fretta. "Con tutta questa pioggia dobbiamo lavorare di continuo. Come avete fatto a essere i primi nella lista?"

"Non lo so, ma sono grato che siate venuti subito." Niccolò infila dieci euro dentro la tasca del gilè del lavoratore più anziano. "Per un caffè," dice. Un caffè lo possono accettare.

"Lasciamo le candele," Elizabeth suggerisce. "Speravo in una serata romantica a lume di candela!"

"Tu hai visto troppi vecchi film. Non è per niente divertente vivere senza energia elettrica."

La mattina seguente alle sette e mezza due uomini suonano il campanello anche se il cancello deformato è aperto e avrebbero potuto avvicinarsi alla casa per bussare alla porta. Sono i dipendenti di Orlando che vengono per aiutare a rimuovere il pino. Il più giovane, Enzo, è il fattore della proprietà di Orlando—diverse centinaia di ettari a Paceco—giovane e sveglio, forte e organizzato. Lo accompagna un uomo più anziano, più forte che intelligente, che utilizza una sega a motore con una lama molto lunga, seguendo le istruzioni di Enzo.

"Bravo Zio Ciccio," Enzo si rivolge al lavoratore più anziano di lui con rispetto, anche se Enzo è inquadrato a un livello superiore.

Tagliano a misura il tronco del piccolo pino che Niccolò e Kate avevano recentemente abbattuto e lo portano a spalla fino al cancello. Lo collocano nel punto in cui taglieranno il pino caduto in modo da non danneggiare ulteriormente il pilastro del cancello su cui si appoggia o quell'altro.

Taglio dopo taglio, anello dopo anello, sembra che stiano costruendo sgabelli per i giganti della foresta. Chiunque passi a vedere il pino caduto, il pastore, Rosario, Angelica, Matteo, Gaetano, il Maresciallo, tutti fanno un commento su questa serie di mobili rustici che stanno emergendo.

"Prendeteli se vi fa piacere," dice Kate "non fate complimenti."

A Firenze, in fondo alla terrazza, appena fuori dal loro cancello nella parte più vicina del giardino di Fiammetta, c'è un tavolo dello stesso tipo, grande e rustico. Prima della nascita di Elizabeth ed Electra, Fiammetta e i suoi amici lo avevano utilizzato in estate in occasione di alcuni pranzi all'aperto. Col passare degli anni, l'umidità in giardino aveva iniziato a dare fastidio a Fiammetta e ai suoi amici per cui dopo il cocktail in terrazza, davanti alla villa, erano soliti rientrare per mangiare. Il voluminoso tavolo scolpito a mano, un tempo coperto solo alla fine di ogni estate, restava ora sempre avvolto nella plastica. Quando le bambine erano ancora piccole, in primavera, in occasione di un compleanno, Niccolò aveva chiesto il permesso di usarlo, ma Fiammetta non se la era sentita di chiedere al suo giardiniere di scoprirlo. Neanche aveva voluto che lo facessero loro. Probabilmente temeva che dopo averlo usato non lo riavvolgessero correttamente, ammesso che i suoi pensieri si fossero spinti così lontano. In ogni caso, anno dopo anno il tavolo rimase coperto con plastica nera e con le sedie rovesciate sopra, avvolte dallo stesso tipo di plastica, come se fossero permanentemente occupate da fantasmi. Tutto tenuto assieme con pezzi di spago. Nella migliore delle ipotesi un pugno in un occhio, nella peggiore un rimprovero.

Non vuole certo una replica di questo tipo di mobilio nella loro casa in Sicilia.

Matteo promette di salire nel primo pomeriggio con il trattore e il carrello per portare via i pezzi.

Per mezzogiorno Enzo e Zio Ciccio hanno liberato il cancello. Niccolò prova a pagarli per il loro lavoro, ma Enzo rifiuta, "Assolutamente no. Io sono stipendiato dal Conte Pepoli. Il mio lavoro è già stato pagato. Per favore, non mi metta in difficoltà insistendo."

"Ok, non insisto." Niccolò infila i soldi nella tasca di Enzo dicendo: "Questo è solo per un caffè." Enzo si accorgerà quando arriverà a Paceco quanti caffè Niccolò ha offerto.

Nel primo pomeriggio arriva il fabbro per rimuovere la parte del cancello schiacciata e poi ripararla. Pochi minuti dopo, Matteo e un suo amico, quello carino e timido che studia a Bologna, salgono col trattore per portar via una grossa sezione del pino. Stephen è sbalordito. Anche loro. Quando la Sicilia funziona, supera in efficienza qualsiasi altro posto!

Elizabeth e Stephen girellano in giardino. E' un peccato perdere tutto questo tempo perché possono stare insieme per così poco, ma Niccolò non vuole lasciare le cose come sono. Occorre ripulire e mettere a posto. Elizabeth scatta foto da mandare a Electra. Kate fotografa Elizabeth che sta fotografando.

Tutto è di nuovo a posto per la cena del sabato sera e tutti si rilassano con un secondo bicchiere di vino. La conversazione è caduta sulle malattie cardio-vascolari e Stephen è a suo agio nel suo campo. Spiega a Niccolò con semplicità e chiarezza cosa succede quando il cuore va in fibrillazione. Per la prima volta in dodici anni, da quando Niccolò ha avuto bisogno di cure mediche, comprende esattamente cosa avviene.

"Devi prendere in considerazione l'insegnamento, Stephen, non come alternativa alla carriera medica, ma come un'attività parallela."

"Ho pensato a questa possibilità."

"Hai la predisposizione a rendere semplice e a spiegare in maniera comprensibile una cosa complessa."

"Senza farla cadere dall'alto."

"La funzione del cuore è abbastanza semplice da comprendere—" Stephen inizia.

"E' facile per te," Elizabeth lo contraddice.

"Sembra complicata perché molte funzioni si accavallano e interagiscono, ma il cuore è un'elementare macchina idraulica con qualche elemento elettrico al suo interno."

"Contrariamente a quello che il mio dottore vorrebbe che io credessi." Niccolò è tornato a parlare in italiano. Quando Stephen è con loro, Niccolò parla in inglese, ma naturalmente è uno sforzo e alla fine di una giornata è inevitabile che torni a parlare in italiano. Kate è contenta quando ciò accade. Adora la voce di Niccolò in italiano: l'intricata costruzione delle sue frasi rivela il lavoro elaborato dalla sua mente. In inglese, nonostante si faccia comprendere abbastanza bene, la scelta delle sue parole è limitata e i suoi errori lo fanno sembrare senza istruzione, senza cultura. In inglese zoppica, in italiano vola.

Automaticamente Elizabeth passa anche lei all'italiano. "I medici tendono a mantenere i misteri della loro professione." Poi si rivolge a Stephen e traduce.

Kate nota dall'espressione di affetto nella faccia di Stephen che anche a lui piace sentire Elizabeth parlare in italiano. "Mi dimentico che è bilingue. Ci sono poche occasioni in Inghilterra di sentirla parlare in italiano."

"Il mio italiano si è arrugginito," ammette "non lo parlo mai se non quando sono al telefono con Daddy."

"E' incantevole. Dovresti chiamarla più spesso" Stephen suggerisce a Niccolò.

"Stephen mi prende in giro perché non conosco le parole delle canzoncine che si cantano ai bambini, ma lui non sa che non conosco neanche le parole di quelle in italiano!"

"Qualche giorno fa," racconta Stephen, "Lizzy era a Londra con due amici americani e mi aveva inviato un messaggio sul cellulare." Tira fuori il suo telefono, velocemente trova il messaggio che aveva tenuto, e lo legge: *Dinner tonight at a Mission and Star. So excited! Wish you were here.*

Kate e Niccolò non capiscono finché Stephen non lo spiega.

"Conoscete il libro della Michelin che consiglia e dà una valutazione con le stelle ai migliori ristoranti?"

Elizabeth prova a difendersi. "Ho sempre pensato che fosse Mission and Star, non Michelin Star."

"Purtroppo non sarai mai perfetta in nessuna delle due lingue," aggiunge Kate ridendo "una persona bilingue le può parlare bene entrambe, ma non può essere totalmente precisa in nessuna delle due. Gli errori sono inevitabili."

"E' impressionante come Elizabeth passi senza alcuno sforzo da una lingua all'altra. Come fai?"

"Io le ho sempre parlato in inglese," spiega Kate. "Quando ha iniziato a parlare, se lei mi rispondeva con una parola in italiano, io gliela ripetevo in inglese. Niccolò ha fatto lo stesso in italiano. C'è voluto un po' più di fatica, ma abbiamo voluto che lei—e dopo anche Electra—si sentissero a loro agio nelle due lingue."

"Che lingua parlate tra di voi?"

"Ora che le ragazze non vivono qui, di solito parliamo in italiano."

"Fuorché quando si arrabbia, a quel punto parla in inglese!"

"E' più facile arrabbiarsi nella madre lingua!" Kate mette un piatto di noci al centro della tavola. Ne rompe una per Niccolò poi passa a Stephen lo schiaccianoci. "Il vantaggio inatteso di conoscere due lingue è che il mondo di Elizabeth e di Electra si è ampliato."

"Che cosa intendi dire?" Tiene nel palmo destro della mano una noce perfettamente spaccata a metà. Poi passa lo schiaccianoci a Niccolò e una mezza noce a Elizabeth.

"Se tutte le cose hanno due nomi, non puoi pensare a una cosa in un modo solo."

"Non hai modo di avere una mentalità chiusa o provinciale."

"Si può parlare in inglese per non farsi capire dagli italiani," aggiunge Elizabeth mentre sta tirando fuori con attenzione la noce dal guscio. "E italiano quando siamo negli Stati Uniti."

"Quali sono gli aspetti negativi?"

Ridono tutti e iniziano a parlare contemporaneamente. "Al di fuori della famiglia," dice Elizabeth, "le nostre conversazioni sono un po' difficili da capire a chi non è bilingue." Lei restituisce la noce sbucciata a Stephen, ma trattiene il guscio. Ha una leggera intolleranza alle noci, le fanno prudere le orecchie.

"Sono difficili da capire perché voi passate dall'italiano all'inglese?"

"Anche per questo, anche se cerchiamo di parlare una sola lingua quando abbiamo degli ospiti. Qualche parola suona meglio in una lingua invece che nell'altra, cosicché infiliamo una parola italiana in una frase in inglese e viceversa."

"Lizzy, put your *bambole* and bears into their *carrozzino* so I can vacuum your room."

"Niccolò, potresti portare fuori la *trash?*"

"Lei chiede sempre a me di portare fuori l'immondizia!"

"Electra ha avuto qualche problema nell'apprendere contemporaneamente a leggere e scrivere in due lingue."

"Come avete fatto?" Stephen guarda lei e poi Niccolò, ma è Elizabeth che risponde.

"Ci hanno tolto dalla scuola internazionale e ci hanno iscritto in una scuola italiana." Lei si lamenta. Ha collezionato i gusci meglio aperti dal piatto di ognuno e toglie le membrane; si sta materializzando un progetto artistico. "Questa fu la fine delle feste di Halloween!"

"*E' risolto il problema?*" chiede Stephen facendo pratica con il suo italiano.

"Non completamente."

"Il problema di Electra era peggiorato dalle due lingue, ma non era quella la causa."

Niccolò e Stephen si passano lo schiaccianoci avanti e indietro, entrambi cercando di aprirle senza rompere il guscio. Ogni volta che Stephen riesce a farlo, anche Niccolò riesce, ogni volta che non riesce, anche Niccolò sbaglia, come se stesse seguendo la guida di Stephen.

"Dislessia?"

"Non esattamente."

"Disgrafia?"

"Sarebbe stato più facile da risolvere se avessimo potuto assegnare un nome al problema. Non abbiamo mai potuto identificarlo se non relativo a qualcosa di spaziale. In seguito Electra ha trovato delle tecniche per compensarlo. La sua intelligenza non è mai stata messa in discussione, ma la sua autostima nel frattempo ne ha sofferto."

Kate prende lo schiaccianoci da Niccolò. Stanno aprendo tutte le noci senza mangiarle e le lasciano nei piatti color crema con il bordo d'oro scomparso. Due ragazzi che giocano!

"Specialmente nel sistema scolastico italiano, dove è premiante avere una buona memoria."

"Avresti fatto meglio a lasciarci nella scuola internazionale." Aggiunge Elizabeth.

"Con il senno di poi!"

"Electra ci ha regalato degli errori molto divertenti."

"Ti ricordi quando il nostro primo istruttore di nuoto le disse di trattenere il fiato prima di infilare la testa sotto l'acqua?" chiede Elizabeth.

"Come potrei dimenticarlo!" Kate era sul bordo della piscina. Poteva vedere la scena ma non udire le voci. Quello che vide fu Electra, che aveva allora quattro anni, che si teneva le mani sul petto e poi si gettava in acqua.

"Perché?"

"Lei riferì che l'istruttore aveva detto di tenersi il petto prima di buttarsi in acqua. Lui aveva detto 'hold your breath', trattieni il fiato, non 'hold your breasts' come lei aveva capito!"

"Per fortuna le difficoltà di Electra scomparvero man mano che cresceva."

"Sta andando proprio bene all'università!"

"Chi avrebbe mai scommesso che avrebbe avuto voti migliori dei miei?"

"La facoltà di Medicina non è facile, Lizzy, anche se Stephen la paragona al lavoro dell'idraulico."

"Inoltre non ci danno voti." Dice Stephen. La loro università utilizza un sistema *passi o bocci* per evitare competizioni tra futuri colleghi. *"E' un casino!"*

"Stephen, quella non è una parola da usare."

"Mamma tutti dicono casino per dire confusione."

"Lo so come è usata. Solo credo che tu non voglia che Stephen la usi."

Niccolò le dà un colpetto sotto il tavolo. Stephen è diventato cupo e si è chiuso in se stesso. Kate non sa se sia meglio spiegare il perché non usare quella parola oppure cambiare argomento. Finalmente dopo un momento d'imbarazzo si alza in piedi, "Qualcuno vuole qualcos'altro dalla cucina?"

"Penso che andremo a dormire, Mamma, è tardi, a meno che tu non voglia una mano per lavare i piatti."

"Metteremo a posto noi." Dice Niccolò. "Buona notte Lisabetta. Buona notte Stephen."

"Buona notte"

"Good night."

Kate sta buttando le bucce di pera e i gusci rotti delle noci nel bidone del compostaggio mentre Niccolò porta via i piatti dalla tavola. In silenzio mettono tutto dentro la lavapiatti. Kate copre e mette via gli avanzi, poi raccoglie le briciole dal tavolo di cucina. Stende i canovacci per i piatti per farli asciugare.

"Avrei preferito che non se la fosse presa a male." Finalmente sbotta.

Niccolò le prende le mani, gentilmente. "Devi smetterla di correggerlo!"

"Se vuole parlare in italiano lui deve..."

"Amore." Le bacia le mani. "Anche se il suo italiano è impreciso, non è una cosa che ti riguarda."

"Ma..." lei prova a liberarsi le mani ma Niccolò non le lascia andare.

"Lascialo vivere. Non è perfetto, non importa, nessuno di noi lo è, ama nostra figlia e lei lo ama."

Niccolò è sempre stato un padre meraviglioso. Sicuramente sarà un eccellente suocero. Nei momenti di difficoltà Kate apprezza quanto sia un buon marito: come la sostenga, come sia sempre dalla sua parte anche quando pensa che lei sia in errore. La realtà è che lei vuole tanto bene a Stephen. E' sgomenta che possa aver dato la sensazione di pensare che non lo stimi. Ammira la sua intelligenza e la sua infallibile costanza; ma la cosa più importante è che lei ama la sua onestà, la sua lealtà, la sua intrinseca bontà. Lui è tutto quello che lei avrebbe desiderato per Elizabeth.

"Non intendevo riprenderlo," dice con imbarazzo.

"Lo so." Bacia di nuovo le sue mani, poi strofina gentilmente l'anello nuziale di lei, come se avesse bisogno di esser lucidato. "Lo so."

"Devo scusarmi con lui?" E' imbarazzata e guarda da un'altra parte, focalizzando un punto distante. Prega per avere una parola di conforto.

"No, non con le parole, no. Lascialo essere chi è. Dagli tempo. A chi importa se il suo italiano non è perfetto quando in tutte le altre sue manifestazioni è un compagno ideale per nostra figlia?"

Kate è addolorata per l'assenza del loro pino.

Ora capisce che la sua perdita è stata colpa sua.

A maggio un vento furioso aveva fatto girare su se stesso un ramo, come la mossa del lottatore che torce il braccio dell'avversario, cosicché stava pericolosamente sospeso sopra il cancello. Aveva chiesto a Edoardo se Matteo li avrebbe aiutati a tagliarlo. Nonostante la sua giustificata paura, Matteo era salito sul pino con la sega a motore e aveva tagliato il ramo girato.

Appena terminato, era subito sceso, la camicia tutta bagnata di sudore. "Io, io, io..." balbettava, "E' molto più alto di quanto sembri da qui e, quando segavo, non c'era nessun appoggio per tenersi."

"Occorre ricoprire il taglio con del catrame" Edoardo aveva consigliato. "Ho del catrame in garage." Matteo era così felice di essere tornato sano e salvo a terra che lei non poteva insistere per farlo risalire. Si sarebbero dovuti preoccupare di chiamare qualcun altro per fare questa operazione. La pioggia da allora si era infiltrata nel grosso albero e si era spezzato, come un fiammifero, proprio sotto il taglio.

Con il senno di poi! Quanto avrebbe pagato per aver una dose del senno di prima.

Per fortuna, ora che è solo, resta un pino maestoso e forse, non dovendo più dividere l'attenzione con l'altro, è anche più solenne. I suoi rami stanno già riempiendosi degli stessi uccelli che, senza prevederlo, avevano costruito i loro nidi nell'altro.

Niccolò ha chiamato una squadra che verrà domani per togliere la base residua dell'albero caduto. Teme che l'acqua vi penetri e faccia marcire le radici di quello rimasto. Farà tagliare anche i rami più bassi e deboli. Mentre saranno lassù, e dopo che avranno messo il catrame sui tagli, chiederà di appendere l'arpa eolia.

CAPITOLO VENTUNO

La sera prima, nel loro ristorante preferito, avevano mangiato un antipasto di frutti di mare; un grande piatto ovale fumante sistemato al centro della tavola dal quale si servivano insieme ai loro ospiti, i Pepoli. Avevano invitato Orlando e Teresa come ringraziamento per aver mandato i loro dipendenti a tagliare il pino caduto. Era stata una serata piacevole con conversazioni intellettuali stimolanti. Erano poi tornati a casa tardi. Mentre si preparavano ad andare a letto Niccolò e Kate avevano scambiato considerazioni sulla serata.

"Hai quasi finito?" Niccolò ha appeso i suoi vestiti dietro la porta del suo studio e sta aspettando che si liberi il bagno.

"Quasi" Kate mette a posto lo spazzolino da denti. "Mi sembra di avere un pezzetto di mollusco tra due molari."

"Usa il filo interdentale."

"Non posso, è finito." Gli porge il suo spazzolino, si asciuga le mani ed esce.

La mattina, durante la piccola colazione, sente che la sua gengiva è gonfia. E' troppo sensibile per usare lo spazzolino da denti. Compra il filo ma non riesce a togliere niente. Il giorno dopo la sua gengiva da gonfia è diventata atrofizzata, come se il tessuto che tiene al suo posto il dente avesse perso la sua consistenza. La parte destra della faccia le fa prurito, le duole se la tocca, specialmente intorno all'occhio. Prova a ignorare il problema perché hanno tanto lavoro da fare. Stanno per chiudere casa e si preparano a tornare a Firenze.

Il tempo è cambiato. Non ci saranno più pranzi sulla terrazza la sera. La colazione all'aperto in questi ultimi giorni è stata una prova di perseveranza. Anche lavorare in giardino ha perso un po' del suo fascino. Decidono di fare il formaggio per l'ultima volta prima di partire.

Il pranzo è finito. I piatti sono stati puliti ma non lavati. Hanno chiamato Angelica e organizzato di vederla domani, prima di partire, per darle la ricotta e il pecorino. Niccolò e Kate siedono accanto sul divano. Il legno sta bruciando nel caminetto; l'odore del pino e un filo di fumo rendono la stanza profumata. Non possono ancora andare a letto perché i formaggi stanno assorbendo il secondo strato di sale che deve essere risciacquato a mezzanotte, prima di mettere a letto sia quelli che loro stessi. Kate sta vicina a Niccolò per scaldarsi. Stanno entrambi bevendo il secondo bicchiere di vino come antidoto contro il freddo.

"Che peccato aver costruito questa casa senza il riscaldamento."

"Hanno avuto poca lungimiranza," dice, distendendo la coperta appoggiata sul divano per coprire le gambe.

"Cosa si può fare per installare i radiatori senza riempire di buchi le pareti?"

"Il fuoco nel caminetto è bello da vedere," aggiunge guardando le fiamme che avvolgono un tronchetto. "Ma non è molto efficace."

"Potremmo comprare un inserto, una stufa da mettere dentro il caminetto," propone Niccolò. "per consumare meno legna e riscaldare di più la casa."

"Sarebbe molto meglio, penso, se potessimo venire in Sicilia quando vogliamo invece che solo d'estate o d'autunno."

"Stai pensando di trasferirti qui a tempo pieno e questa è la tua maniera di farmelo sapere?"

"No, mi piace la nostra casa a Firenze, e poi so che bisogna stare anche lì. Avere la possibilità di tornare qui quando vogliamo sarebbe piacevole."

"Chiamerò Pino domani. Vediamo che ne pensa."

Pino, benedetto lui, dice che una stufa appositamente costruita per stare dentro il caminetto sia un'idea eccellente. Prende le misure e li manda in un negozio in città dove, dopo un'accurata analisi, comprano un inserto della *Jøtul*.

Prima di tornare a casa si fermano da Angelica e le riempiono un piano del frigorifero con il formaggio che hanno fatto ieri.

"Grazie, grazie mille! Mi scuso se non vi faccio accomodare, ma devo andare a pranzo da mia sorella e suo marito." Angelica è contenta di vederli e loro sono sollevati dal fatto che lei sia occupata, di nuovo impegnata. Kate è felice di vedere che i vestiti iniziano a starle di nuovo bene e che è tornata ad essere agile come prima. "Vi verrò a trovare domani," dice, accompagnandoli fuori di casa, "prima che partiate."

Pino si ferma da loro nella pausa pranzo e li aiuta a trasportare la stufa *Jøtul* nel salotto. Misura l'apertura del caminetto, misura l'inserto e inizia a preoccuparsi. "Sarà difficile inserirla."

Anche Niccolò aveva preso le misure, tanto per esser sicuri, ma entrambi si erano dimenticati che ci vuole dello spazio dietro la stufa per inserire il tubo di uscita dei fumi in quello del camino. "Sarà possibile connetterli?"

"Non lo possiamo sapere finché non proviamo. Tornerò alla fine del mio lavoro, verso le quattro."

Pino è uno di quei lavoratori orgogliosi di trovare le soluzioni invece di arrendersi alle difficoltà. Quando torna nel pomeriggio mette la sua testa calva dentro il tiraggio del camino. Il suo corpo corto e tarchiato la segue con incredibile agilità: una mongolfiera che si solleva senza peso su nelle nuvole. Le difficoltà lo rallentano ma non lo fermano; al contrario accrescono la sua risolutezza. Nonostante i suoi tentativi delicati, la fuliggine cade dalla canna fumaria, gli annerisce la testa e riempie le sue orecchie. Anche le sue lunghe ciglia sono annerite dalla fuliggine. Impronte di stivali da lavoro appaiono sul pavimento come il disegno dei passi in una scuola di danza.

Kate corre a cercare giornali per proteggere il pavimento, ma è troppo tardi. Appena apre il cassetto dove li tiene, trova una flotta di piccole barche fatte con gusci di noce e stuzzicadenti; le loro vele, tagliate a triangolo, sono verdi bianche e rosse come la bandiera italiana. Su un giornale disegnato come fosse il mare, sono tracciate due linee parallele di onde e in mezzo, con la calligrafia precisa ed elegante di Elizabeth, sono scritte le parole: "Anche noi passeremo attraverso tutte le difficoltà insieme. Anche noi percorreremo la stessa strada. Continua a sognare e ci vedremo presto. E&S."

Il pomeriggio sta diventando sera. Un altro operaio sarebbe andato via da ore. Pino non se ne va finché l'inserto non è installato e aspetta di accendere il primo pezzo di legno per essere sicuro che la connessione dietro non perda fumo.

Niccolò lo invita a restare a mangiare con loro, ma Pino ride.

"Mia moglie penserebbe che ho un'amante, se salto uno dei suoi pasti!"

Niccolò ha scritto la lista delle cose da fare prima di chiudere casa perché, nella fretta della partenza, è facile dimenticare un dettaglio importante. Angelica e Matteo erano già passati per salutarli e per ultimo, *effettivamente* Rosario. Questa sera, in alternativa al lungo viaggio, si sarebbero imbarcati a Palermo su un traghetto che l'indomani mattina li avrebbe sbarcati a Civitavecchia. Da lì ci sono tre ore di macchina fino a Firenze. Dovrebbero arrivare a casa domani a mezzogiorno circa.

Chiusa l'acqua? SI'!

Prese esterne Off? SI'!

Chiavi di Firenze? SI'!

Gas chiuso?

Sembra proprio ieri quando lo avevano aperto la prima volta.

Un ultimo sguardo all'albero delle campanule con il suo centinaio di gemme che stanno per schiudersi; un saluto ai rigogliosi boccioli che, fra qualche giorno, apriranno i loro grappoli di campane color arancio vivo.

E lei non sarà là a guardarle.

Abbottona il suo golf; alza il bavero. Soffre come se stesse dicendo addio ad un amante.

"Cos'è quella cosa all'orizzonte?" chiede Niccolò mentre Kate sta mettendo un cestino con il cibo nell'ultimo spazio libero tra i loro sedili, abbastanza vicino da poterlo prendere ma abbastanza lontano dal cane e dal gatto.

"Potrebbe essere Ustica? Dove ho messo la macchina fotografica?"

Molti giorni d'estate, con il sole splendente, quando la linea della costa è netta, l'isola di Ustica non è visibile. Durante i primi mesi in cui vivevano in Sicilia era diventato uno scherzo fra loro. Tutti, specialmente Edoardo, ne avevano parlato come se Ustica fosse poco lontano dalla costa e visibile il più delle volte; erano solo loro a non averla ancora vista. Per tutta l'estate avevano provato a individuare qualcosa. Kate a questo punto dubitava della sua esistenza.

Per dire la verità, detto così è un po' eccessivo. Sa che Ustica esiste. E' documentata nelle mappe. Un piccolo punto davanti alla costa settentrionale della Sicilia a circa 80 chilometri di distanza. Non era tanto l'esistenza dell'isola che mettevano in dubbio quanto il fatto di poterla vedere dalla loro casa. Se non la possono vedere è come se non esistesse.

Ora, mentre stanno partendo, i loro occhi si adattano alla luce e guarda! Eccola lì! Così vicina! Così larga! Appena dieci centimetri dalla punta di San Vito Lo Capo!

Come avevano fatto a dubitare dell'esistenza di Ustica?

E' lì, posata sull'orizzonte, solida e concreta, per niente materia di leggende!

Cane? Gatto? Gocciole di sedativo? SI'!

Aiuta Clover a salire in auto sul tappetino sul quale dormirà ai suoi piedi. Dentro casa Figaro, che ha già avuto qualche goccia, si nasconde dietro la scrivania, con gli occhi bianchi e vitrei, incapace di camminare in linea retta. Lo mette nel suo box, il cui coperchio sarà aperto solo in viaggio, dopo che si sarà abituato al movimento dell'auto. Lo richiuderà per entrare nel traghetto fino al raggiungimento della cabina.

Niccolò mette il lucchetto al cancello, accende l'allarme.

"Guarda! Ustica è sparita!"

In fretta com'era apparsa.

Avendola vista, ora non possono dubitare della sua esistenza. E' sempre presente, anche quando non la possono vedere.

"Saluta Cofano!" dice Niccolò

"Il nostro costante punto di riferimento!"

Arrivano a casa il 15 ottobre, a metà giornata. Liberano gli animali che rientrano nel loro ambiente come se non si fossero mai spostati. Figaro va direttamente su un tronco d'albero per affilarsi le unghie mentre Clover trova la palla che ha passato l'estate sotto un cespuglio di rosmarino. La deposita ai piedi di Kate, abbaia, pronto per giocare. Niccolò prende le valigie mentre lei prepara qualcosa da mangiare. Si cambiano i vestiti del viaggio e attraversano il giardino per dire a Fiammetta che sono tornati.

In giardino trovano la sorella di Niccolò, Federica. E' sorpresa di vederli, poi contenta, poi irritata, tutto in una manciata di secondi. L'agitazione vince: "Aspetta!" s'incammina verso il portone d'ingresso. "La Mamma è appena andata via, neanche dieci secondi fa. Forse non è ancora partita."

La macchina non c'è più.

Federica la chiama con il cellulare. "Mamma! Aspetta. Niccolò è qui, è appena arrivato."

Niccolò prende il telefono. "Mamma!" Risuona nella sua voce l'entusiasmo di quando era un ragazzo. "Siamo appena tornati."

"Voi siete appena tornati ed io sono appena partita!"

Silenzio.

Federica interviene. "Sta andando dalla sua amica Gaia per il weekend," dice al fratello maggiore. "Torna domenica sera per festeggiare il compleanno di Alessia. Chiedile se potete venire anche voi." Niccolò interrompe il silenzio. "Federica dice che domenica sera siete a cena insieme per festeggiare Alessia, possiamo venire anche noi? Sarebbe bello riunire tutta la famiglia."

"Sarà difficile, Sabina ha già fatto la spesa." Silenzio.

Clover li ha seguiti in giardino. Ha trovato una pigna della magnolia e l'ha depositata ai piedi di Niccolò. Dato che è stato ignorato ha iniziato ad abbaiare.

"Va bene." La voce di Niccolò è ora piena di dignità, ma ha perso la vivacità. "Se fosse possibile sarebbe bello. Altrimenti ci vedremo un'altra volta. Buon weekend."

"Grazie, e per favore fai uscire il tuo cane dal mio giardino prima che lasci delle tracce."

Immediatamente Kate è dispiaciuta di essere tornata a Firenze. Nonostante la sua fermezza, tutta la sua determinazione, si sente di nuovo come se le avessero tolto la terra sotto i piedi. Come può questa donna avere tanta potenza da privarla del suo equilibrio? Niccolò sembra meno turbato, anche se lei è sua madre. Forse si aspetta meno da lei? Nonostante Kate non si aspetti più niente, è ancora ferita. Improvvisamente le manca la Sicilia e si sente come se ne fosse rimasta lontana da anni.

Una buona notte di sonno aiuta. I loro corpi si girano nello stesso momento, una danza consueta, il braccio di lei disteso sul suo petto; il braccio di lui che la circonda. Così finisce il loro ventiduesimo anno di matrimonio. Quando si svegliano, sempre abbracciati, inizia il ventitreesimo.

E' l'anniversario del loro matrimonio—il 16 ottobre—ma questo non evita una lunga lista di cose da fare. Problemi da risolvere come lo sciacquone che perde acqua, la batteria scarica del trattore di Niccolò, una gomma a terra nel trattore di lei. Devono anche ordinare il combustibile per il riscaldamento. Andare dal dottore per le ricette delle medicine. Comprare da mangiare. Fanno un elenco e vanno in città. Tornando a casa si fermano dal macellaio e acquistano una bistecca alla fiorentina che sarà il piatto speciale del pranzo per il loro anniversario.

Il macellaio, Maurizio, con i capelli completamente bianchi nonostante sia diversi anni più giovane di Kate, la guarda male, come se lei lo avesse tradito; poi la sua espressione s'illumina al tornare della memoria. "Siete appena tornati a Firenze?" Dopo esser stati in Sicilia, l'accento toscano sembra ancor più pronunciato. La sua **c** pronunciata come una **h**, la **t** che scivola in una **th** la fanno sorridere.

"Ieri."

"Può trovare della carne buona in Sicilia, ma non la bistecca alla fiorentina."

"Sicuramente no!"

In Sicilia la carne è meno tenera perché gli animali pascolano liberi e i loro muscoli s'induriscono. Invece i pesci sono talmente freschi che quasi saltano dal piatto. Kate guarda un grande pezzo di manzo adulto sul bancone. "Mi può dare una bistecca con il filetto?"

Maurizio scompare nella cella frigorifera e torna con il più bel pezzo di carne di razza chianina che Kate abbia mai visto.

Il filetto è grande come il controfiletto. Lo taglia alto cinque centimetri perché sa bene che a lei piace alto. Lo pesa, è un chilo e settecentocinquanta.

"Perfetto" conferma.

Alla fine chiede un osso per fare felice anche Clover.

Tornando nei loro negozietti preferiti si fermano anche a comprare delle verdure. E' più facile fare la spesa in Toscana dove tutti i supermercati sono in un'unica zona. La metà dei negozi dove vanno in Sicilia è a Trapani e l'altra metà a Valderice; entrambe a una distanza di venti minuti da casa.

L'ultimo negozio nel quale si fermano è la loro gelateria. Ordina del pistacchio per lei, bacio per Niccolò e cioccolato fondente per entrambi da portare via.

Mentre Niccolò sta facendo altre commissioni, lei va in un'enoteca per comprare una bottiglietta di aceto balsamico invecchiato ventitré anni. Una volta a casa lo incarta con cura e lo inserisce in un sacchetto color acquamarina di Tiffany. Poi mentre lui sta preparando la tavola, lo mette sul piatto di Niccolò.

"Non ti ho comprato nessun regalo!"

"Lo so." Lui non le compra mai un regalo nelle occasioni di compleanni o di anniversari, a meno che le ragazze siano a casa e lo portino nei negozi. A lei non dà fastidio. Lui è generoso in una maniera spontanea. Per Natale, per evitare che le figlie brontolino perché non hanno messo regali per loro stessi sotto l'albero, hanno trovato la soluzione di incartare i guanti che servono per lavorare nei campi, una busta del loro caffè preferito, e altri oggetti che avrebbero comunque comprato, solo per aver qualcosa da mettere sotto l'albero. Un anno Niccolò incartò, con della bella carta da regalo e con un fiocco rosso, un barattolo di

25 chilogrammi di grasso e poi, in un altro pacchetto, la pompa che serve per iniettarlo nei giunti snodati del trattore. Incartando e scartando i regali si crea l'atmosfera del Natale, anche se tutti erano d'accordo che il barattolo di grasso aveva oltrepassato il limite di ciò che normalmente è considerato un regalo di Natale.

"Ho comprato questo per noi due."

"Allora aprilo!"

"No, io l'ho incartato. Tocca a te aprirlo."

Lui è in imbarazzo, messo a disagio dal pacchetto di Tiffany, ma sospettoso perché aveva detto che lo aveva incartato lei. Impiega molto tempo ad aprirlo, tagliando il nastro prima, poi il fiocco. Kate comprende il suo piano di salvare quel pezzettino quadrato di carta per usarlo di nuovo. Lo apre con cura, poi vede scritto sulla scatola: *APOTEOSI*.

"Profumo?"

"Aprilo!"

Rompe il sigillo della bottiglia di profumo e annusa prudentemente. "Balsamico?"

"Esattamente." gli porge un cucchiaino. Lui versa qualche goccia di questo nettare denso e scuro, lo porta alla bocca, inspira mentre lo centellina.

"Sbalorditivo!"

Ne versa un altro po' per lei: è agro e dolce, denso e amalgamato.

"Perfetto!" Osserva con attenzione la bottiglia. Un'elegante etichetta riporta tra l'altro, scritta a mano dal produttore con un inchiostro indelebile, la cifra degli anni d'invecchiamento: 23.

"Allora è stravecchio!"

"Quasi. Sarebbe stato più facile comprarne uno stravecchio già confezionato di venticinque anni, ma con un po' di persuasione—"

"Noi italiani siamo così sensibili alle storie romantiche!"

Kate ride.

"Ho convinto il proprietario a travasare un aceto balsamico di ventitré anni invece di vendermi quello già confezionato di venticinque." Niccolò può immaginare perfettamente la scena. Kate continua, "mentre versava con amore il suo prezioso nettare all'interno della piccola ed elaborata bottiglia il creatore dell'aceto aveva detto: 'Quasi un quarto di secolo per ottenerlo. Una lenta osmosi del liquido, legno pregiato e il tempo devono risultare in un perfetto equilibrio.'"

"Come noi."

"Come noi. Buon ventitreesimo anniversario."

La bottiglietta non durerà a lungo, anche se lo useranno con parsimonia, ma Kate ne potrà comprare un'altra a Natale, così da avere qualcosa da aprire sotto l'albero.

Dopo aver vissuto per quasi sei mesi senza oggetti da spolverare è un piacere passare un panno morbido sulle ceramiche antiche, sull'argenteria, sui vasi di vetro e lucidare i mobili antichi. Quando tolgono le ragnatele dagli angoli della cornice, vedono i loro quadri in un modo nuovo; notano dei dettagli che avevano dimenticato o che non avevano visto. I dipinti danno loro così tanta gioia come se li avessero appena acquistati o come quando si ritrova un vecchio amico.

Meno gratificante invece è lavare i pavimenti o passare l'aspirapolvere, ma anche questo va fatto, e presto! Novembre è il mese della raccolta delle olive e una volta iniziata, non ci sarà tempo per mettere la casa in ordine.

Sbattono i tappeti per togliere la polvere accumulata durante la loro assenza, li sistemano sotto la tavola da pranzo, sotto le sedie e i divani, come due uccelli che provvedono ai ritocchi finali del loro nido invernale. Quando accendono per la prima volta la stufa a legna, la casa si scalda e dà una sensazione di piacevole conforto. Figaro ha ripreso il suo posto vicino al caminetto. Clover si posiziona ai loro piedi dovunque si spostino. Sono a casa e organizzati per l'inverno.

Cofano resta al primo posto nella sua memoria: lucidissimo, riflesso in acque immobili e blu, come in uno specchio; un cappello di nuvole gli sta sopra la testa, due volte.

Domenica sera arriva, senza nessuna telefonata da parte della madre di Niccolò.

"Che cosa vuoi mangiare stasera?" Kate chiede con allegria quando diventa evidente che non sono stati invitati. Clover si alza, come se lui fosse stato invitato a mangiare.

"Pasta e pomodoro?"

"Facciamo pancetta e pomodoro"

"Va bene!"

"Abbiamo le verdure cotte sulla griglia avanzate da stamani. Le potrei mettere in un'insalata."

"Con un po' di aceto balsamico per favore."

"Lo puoi mettere tu."

Proprio quando mette l'acqua sul fuoco, suona il cellulare di Niccolò. E' Federica: "La Mamma ha detto che ha provato a chiamarti diverse volte ma il tuo telefono non squillava."

"Il nostro telefono fisso non funziona." Non suona da quando sono tornati. "Lei ha il numero del mio cellulare e poi poteva attraversare il giardino e chiamare."

Federica non risponde alle domande. "Siete invitati a cena."

"Più all'ultimo momento di questo!"

"Venite?"

"Si va?" le chiede.

"Madre tua, decisione tua."

"Saremo da voi in quindici minuti. Il tempo di cambiarci."

"Non arrivate tardi."

I pranzi dalla madre di Niccolò sono una lezione di forma. La tavola allestita è una meraviglia; il bordo color indaco del piatto di porcellana di Ginori è richiamato nel sottopiatto di cristallo color zaffiro e in un sottile ricamo con una linea blu su un tovagliolo di lino bianco altrimenti inadorno. Il centro tavola è costituito da gardenie bianche e vellutate il cui profumo si spande nella stanza quando Sabina, la cameriera di Fiammetta, arriva con un grande vassoio di pasta fumante. La composizione di fiori finisce con tre piccoli gruppi di giacinti azzurri che continuano il richiamo del colore.

Il cibo è molto buono e abbondante: un primo piatto di tagliatelle con i porcini seguito da un secondo di tenera carne con un contorno di patate novelle e spinaci. Tutti mangiano in abbondanza e si complimentano della bontà dei piatti. La tensione nell'aria è palpabile: c'è anche un senso d'indignazione nella voce di Fiammetta quando critica l'ultima collezione di borse di Bulgari. "A cosa avevano pensato quelli che disegnano le borse? Chi mai vorrebbe comprare quelle sacche larghe e volgari? Nessuno ha più gusto al giorno d'oggi?" Nessuno la contraddice, tutti parlano di cose non interessanti—vestiti, vacanze, conoscenze comuni—mantenendo la conversazione leggera e cordiale come deve essere per festeggiare il ventesimo compleanno di Alessia.

Alessia è una ragazza molto carina. Ha un sorriso raggiante che le illumina tutta la faccia. Lei è di qualche mese più giovane di Electra e loro due stanno bene insieme. Le riunioni a Natale e a Pasqua, qualche volta per le feste di compleanno, fanno sperare che il futuro prometta bene per queste cugine.

"Abbiamo un regalo insolito per te." dice a sua nipote.

"Ancor più insolito del solito!" aggiunge Niccolò.

"Ti regaliamo un biglietto, treno o aereo, quello che preferisci—per andare a trovare Electra in Olanda."

Alessia frequenta l'università in Italia. Studia per diventare avvocato, ma ora sta facendo un corso Erasmus a Bruxelles, a un paio d'ore di distanza da Utrecht dove Electra, temporaneamente, si trova a studiare.

Hanno un regalo anche per Vittoria, la sorella minore, visto che non erano a Firenze per il suo compleanno: un altro buono per un biglietto per andare da Electra in Olanda o, se non riesce ad andarci prima che Electra torni a Roma a febbraio, da Elizabeth in Inghilterra. "Dovrete coordinare i vostri programmi ed anche fissare quando Electra non ha esami."

"Forse potrebbe venire anche Elisabetta." Alessia e Vittoria si guardano allegre.

Vittoria, che di solito parla poco, come se fosse una cospirazione aggiunge: "Potrebbe prendere un aereo e passare un weekend con noi."

"Sarebbe più complicato perché tutte voi avete molte cose da fare, ma vi regaleremo il viaggio quando potrete realizzare questa riunione."

La madre di Niccolò ha sopportato anche per troppo tempo questa conversazione. Kate sa che lei identifica l'Olanda con la droga e i quartieri a luci rosse e interpreta questo regalo alle nipoti come un incoraggiamento alla corruzione. Dal modo in cui Federica è accigliata teme che anche lei abbia la stessa idea. "Io non capisco perché Electra è in Olanda quando la sua università è a Roma."

Niccolò inizia a spiegare, anche se entrambi lo hanno chiarito molte altre volte. Alessia interrompe: "E' come il mio programma, nonna, la mia università è a Milano e, come parte del mio corso, devo stare sei mesi a Bruxelles."

Vede bene che la spiegazione di Alessia ha ancor più confuso sua nonna invece di chiarirle le idee.

Fiammetta bruscamente cambia soggetto di conversazione. "Quando iniziate la raccolta delle olive?" E' la prima volta che si rivolge a loro in tutta la serata. Nessuna domanda sulla Sicilia, nessuna sulle loro figlie, nessuna su di loro. Kate tocca con la punta delle dita la sua faccia e freme.

"Il 21."

"Non di martedì o di venerdì, vero?" C'è una superstizione contraria a iniziare qualsiasi cosa in quei giorni, come un viaggio, un matrimonio, una raccolta agricola e anche se nessuno ci crede non c'è ragione di mettere alla prova il destino.

"Il 21 è un giovedì, è tra quattro giorni."

"Sarà una buona annata?"

"Gli alberi sono pieni di olive," aggiunge Niccolò. "Una leggera pioggia adesso farebbe bene, ma senza vento."

"Fai la danza della pioggia!" esclama Alessia.

"Prenderai quello che viene." Fiammetta lo dice con un tono che suona come un rimprovero.

"Ti porterò una bottiglia di olio nuovo il ventidue."

Sono dieci anni che Niccolò e Kate si prendono cura dell'oliveto della madre di Niccolò. Prima che se ne occupassero loro, Fiammetta aveva affidato questo lavoro ad altre persone in cambio di metà del prodotto, ma non controllando niente, le olive erano raccolte ma gli alberi non erano curati. Alberi e operai non seguiti rendevano sempre meno, finché dai suoi tremila olivi ne veniva fuori solo qualche goccia di olio.

Undici anni fa Niccolò e Kate erano in giardino a guardare tre operai che caricavano sacchi pieni di olive in una macchina che scendeva dalla collina, poi quattro sacchi più scarsi in un'altra auto che questa volta saliva per portarli nella loro cantina come produzione dell'intera giornata. "Un altro anno scarso," si lamentava l'uomo togliendosi il cappello per grattarsi la testa. Alla madre di Niccolò non importava poi tanto, le bastava di avere abbastanza olio per la cucina.

Quello che più aveva dato fastidio a Niccolò era la faccia tosta con la quale questi operai rubavano, non si preoccupavano neanche di salvare le apparenze. Chiese alla madre se poteva organizzare lui la raccolta. Lei disse di no. Non voleva peggiorare la situazione; in altre parole non voleva mettersi a discutere con gli operai. Comunque, dopo pochi mesi, quando uno di questi morì e la vedova dichiarò che non intendeva fare la raccolta, la madre di Niccolò trovò conveniente far raccogliere quell'appezzamento a suo figlio. Quando alzarono le scale per raccogliere le olive potevano sentire a distanza gli altri operai deriderli per la loro inesperienza, ma quando portarono a casa da queste 400 piante più olive che gli altri dai restanti 2.600, la madre di Niccolò fu contenta di affittare loro la proprietà a condizione che fossero riusciti a liberarsi dagli operai.

In dieci anni hanno trasformato l'oliveto; se non è diventato proprio un campo da golf, perlomeno gli olivi producono al massimo del loro potenziale. Gli alberi da cui era difficile raccogliere erano stati lasciati inglobare dal bosco. I confini erano pieni di rovi più alti delle loro teste. In diversi campi, oramai abbandonati, potevano vedere le cime degli olivi, piene di frutti, che svettavano da una foresta impenetrabile. Niccolò ha comprato un trattore e si sono tirati su le maniche: hanno tagliato l'erba nei campi, potato gli alberi tagliandoli a un'altezza più comoda in modo che i loro raccoglitori potessero raggiungere più facilmente le olive con le scale. Potando gli olivi ad una giusta altezza avevano messo da parte una scorta di legna da bruciare per almeno dieci anni. Risistemando l'oliveto, la produzione di olio era triplicata.

E' difficile da immaginare, se uno non ha esperienza, ma la terra può svuotare il conto in banca se non si è prudenti. Appena Niccolò aveva intuito il pericolo, avevano deciso che non avrebbero speso, per tenere a posto la proprietà della madre, più del ricavato dalla vendita dell'olio.

Kate organizza il lavoro in modo razionale. In una giornata di pioggia erano andati a comprare le bottiglie percorrendo in macchina le piccole strade vicino a Vinci, attraverso le paludi dove il padre di Niccolò andava a caccia alle anatre quando Niccolò era bambino. In una casa con il giardino pieno di oche, ma anche con un magazzino pieno di bottiglie sterilizzate, ne avevano trovata una bella, alta ed elegante, normalmente usata per la grappa. Erano tornati a casa anche con due oche che facevano parte dello sconto. Avevano poi disegnato l'etichetta utilizzando una stampa del 1800 che rappresenta Villa L'Antica. Per finire avevano deciso di arricchire il prodotto con un piccolo libretto con le caratteristiche dell'olio e le origini della villa, in inglese e in italiano, che, insieme a un elegante versatore di acciaio inossidabile, sono appesi al lungo collo della loro bottiglia. La sera, entusiasti nonostante la stanchezza, Kate si era collegata ad internet per trovare rivenditori al dettaglio. Alla fine il loro olio di oliva aveva trovato posto sugli scaffali di negozi per prodotti speciali in diversi paesi esteri. Avevano poi comprato un secondo trattore, un altro tagliaerba, un secondo carrello così che lei potesse portare dai campi in cantina le cassette di olive mentre

Niccolò portava le olive al frantoio con il suo carrello pieno. Stavano facendo fruttare l'oliveto!

Il terrorismo colpì le Torri Gemelle e l'economia del mondo intero iniziò la sua spirale negativa.

Da allora avevano iniziato a zoppicare. Quello che guadagnavano lo spendevano in miglioramenti. Quando non guadagnavano niente facevano tutto da soli, ad eccezione della raccolta. Quando assumevano qualcuno, questi erano principalmente dello Sri Lanka.

La manutenzione della proprietà richiede più forza e ore di lavoro di quello che loro sono in grado di dare, specialmente ora che stanno per metà anno in Sicilia. Nei sei mesi che sono in Toscana lavorano ogni giorno, tempo permettendo, facendo quello che materialmente possono fare e cercando di essere soddisfatti anche con un risultato non perfetto. E' un po' come far crescere i figli: non importa quanto tempo un genitore possa dedicare loro, hanno sempre bisogno di più. E, come con i figli, se si dedica tempo in maniera costante, i risultati di solito sono positivi.

Prima di partire per la Sicilia, la primavera scorsa, avevano tagliato l'erba per settimane, sapendo che se fosse piovuto durante l'estate avrebbero trovato l'erba alta e sarebbe stato necessario tagliarla di nuovo prima di iniziare la raccolta. L'estate in Toscana, invece, era stata asciutta così non dovettero intervenire di nuovo. Purtroppo gli alberi di olivo avevano sofferto e una piccola parte del prodotto era caduta a terra. Un tempo avrebbero sicuramente recuperato le olive cadute, ma loro non lo fanno. Se la buccia è stata ammaccata o rotta, la fermentazione inizia immediatamente il suo processo e le olive devono essere frante subito. Nessuno sa quanto tempo siano rimaste a terra.

Alessia aveva dimenticato di spengere il suo cellulare durante il pranzo e quando suona, proprio prima del dolce, lo toglie dalla tasca per spengerlo. E' un nuovo modello di iPhone, e Niccolò commenta: "Bello!"

Vittoria che è stata quasi sempre in silenzio dice: "E' un regalo mio e di papà!"

Federica s'incupisce. Lei e suo marito sono divorziati oramai da cinque anni e ancora addossa a lui la responsabilità di ogni eventuale mancanza delle figlie, compreso un telefono che suona durante un pranzo di compleanno. Federica si alza arrabbiata ed esce dalla stanza, probabilmente va a decidere quale champagne aprire; questo permette ad Alessia di alzare gli occhi al cielo.

"Venti anni oggi," dice ad Alessia "la fine dell'adolescenza."

"Per me lo è, ma non so se lo è anche per la Mamma."

Federica torna a tavola con lo champagne sentendo ancora l'ingiustizia del suo divorzio come se fosse appena avvenuto. Fiammetta di colpo diventa gioiosa. Niccolò versa lo champagne a Fiammetta che alza il bicchiere divertita che le bollicine stiano per traboccare.

"Un Cin Cin!" propone in modo magnanimo. "Alle mie due belle nipotine!"

"Ad Alessia, buon compleanno!"

Sabina porta il dolce, sopra ci sono due grandi candele invece di venti piccole e tutti cantano *Tanti auguri a te!* Ad eccezione di Federica che è scura in volto e non si unisce al coro.

Fiammetta canta con un'insolita allegria. Sorride amichevolmente a Niccolò, alza il bicchiere di champagne strizzando l'occhio a Kate. Quando il dolce è tagliato e servito, cospira con le nipoti per farsi dare le istruzioni su come usare il nuovo cellulare, ammettendo la sua inettitudine davanti alla tecnologia moderna. La donna è ora assolutamente affascinante e Kate ricorda quando, tanti anni fa, era questa la donna che lei era abituata a conoscere come l'incantevole madre di Niccolò.

Che cosa le è successo negli ultimi venti anni? Perché è diventata fredda, non solo con loro, ma anche con Elizabeth che per anni era stata la sua nipote preferita? Mentre Federica scende nelle spirali sempre più profonde delle sue illimitate risorse di sofferenza, Fiammetta compensa, s'illumina, diventa spiritosa e espansiva. Alla fine Federica ne ha avuto abbastanza, si scusa di dover andare via, augura la buonanotte a tutti e se ne va.

"Proprio come suo padre." Fiammetta sussurra sotto voce, facendo finta che le figlie di Federica non siano presenti o che non sentano, o che siano d'accordo. Nel caso che il suo commento non sia stato notato, scuote la testa e ripete: "Proprio come suo padre!"

Purtroppo Fiammetta ha ragione. Federica assomiglia molto a suo padre. Dice che è una questione di DNA e che non c'è niente da fare, è tutto nei geni, ma Kate non è d'accordo. Avendo vissuto con Niccolò, ha avuto occasione di notare gli atteggiamenti del padre che affioravano nei momenti che definisce di 'pilota automatico', quando l'abitudine supera il pensiero razionale. Avendo visto che Niccolò è riuscito a liberarsi da questi stereotipi, proprio come si è liberato di qualche vecchio pregiudizio, ritiene che la somiglianza di Federica al padre riguardi esclusivamente la paura di non avere una propria identità.

Entrambi i fratelli avevano sofferto quando Fiammetta aveva lasciato il marito. Insulti le erano stati lanciati dietro, alla presenza dei figli, dei vicini e infine davanti al giudice che aveva affidato i figli al padre. Come loro siano sopravvissuti non si sa. Federica però in tanti versi non ci è riuscita. Al posto di una ragazza piena di fiducia era cresciuta una triste e danneggiata replica di suo padre.

E' un miracolo che Niccolò sia l'uomo che è: positivo, ottimista, pieno di amore; determinato a fare le cose giuste per sé e per quelli a lui vicini.

Quello che la meraviglia, mentre la vede reinventare se stessa, piena di gioia di vivere e di spensieratezza, è che Fiammetta si adatta alle persone che la circondano. Se il suo ex marito era arrabbiato e voleva avere sempre ragione, lei reagiva assumendo il ruolo della divorziata felice e irresponsabile.

Quando il padre di Niccolò era in vita, Fiammetta aveva controbilanciato il modo di fare di lui con la gaiezza e la generosità; un buon periodo per tutti!

Questa era la donna che Niccolò le presentò. La donna che ammirò quando erano sposati da poco; prima che le cose cambiassero. Quando nacque Elizabeth, Fiammetta riversò sulla sua nipotina quell'affetto che Niccolò non aveva mai conosciuto da bambino, facendo guarire vecchi rancori; ricostruendo ponti. Quando non ci fu più il padre di Niccolò, il peso sulla bilancia si era spostato di nuovo. Non c'era più motivo di controbilanciare per dimostrare che il suo ex-marito era il cattivo. Qualche anno dopo morì il secondo marito. Così Fiammetta non dovendo più difendere il suo passato era diventata fredda e centrata su se stessa, indifferente. Li aveva allontanati tutti, pur mantenendo le forme, chiudendosi nella sua infelicità.

Più conosce la storia di altre famiglie complicate, più lei capisce la sua. Kate aveva bisogno di un padre che la amasse e lui non riusciva a farlo. Voleva che lui la facesse sentire sicura, ma lui non riusciva a capirlo. Ora che ha la fortuna di conoscere la famiglia di Niccolò si lamenta meno della propria.

CAPITOLO
VENTIDUE

Nei giorni che precedono la raccolta Kate prepara una grossa pentola di minestrone e numerose dosi di ragù per un pasto sano e veloce. Con il basilico piantato nei vasi che tiene in terrazza, prima che il freddo annerisca le loro foglie, prepara il pesto e lo conserva in piccoli vasetti sotto l'olio dell'anno precedente.

Il giorno prima di iniziare la raccolta Niccolò l'accompagna in città per una visita dal loro dentista Donatello. La gengiva vicina al dente è tornata a essere sensibile, ma la pelle, nella parte destra della faccia, è molto indolenzita e l'occhio è un po' gonfio.

Alle otto del mattino il traffico verso la città scorre lento. Le strade sono piene di gente che va a lavorare. Madri, o padri, che hanno lasciato l'auto in doppia fila per accompagnare i figli fin dentro la scuola, per scambiare due parole con gli insegnanti o con altri genitori. Bisogna passare dalla prima alla seconda, dalla seconda alla prima, frenare, cambiare ancora, non c'è niente da fare se non armarsi di pazienza.

A Firenze gli automobilisti sono più esperti rispetto a quelli di Trapani, ma sono anche meno indulgenti. Suonano il clacson se un motore si spenge oppure al verde di un semaforo per una partenza ritardata di un secondo. Reazioni lente di un guidatore sono ricompensate con gesti d'insulto. Le persone al volante di altre auto non sono alleati, ma dei nemici che danno per scontato che la presenza altrui ostacoli intenzionalmente il loro procedere. Quando più strade convergono in una sola, è sorprendente vedere come i conducenti che si ritrovano nello stesso ingorgo cinque se non sei volte a settimana rifiutino di far passare i loro compagni pendolari senza il regalo di un gesto rude e di un insulto.

Guidare a Trapani è più caotico, ma meno aggressivo. Le strade sono ridotte a una sola corsia perché ci sono auto parcheggiate in doppia, qualche volta tripla fila su entrambi i lati. Questo comporta dover negoziare il diritto di procedere con chi venga dalla direzione opposta. La differenza è che la maggior parte delle auto lascia passare anche gli altri. Ad un incrocio rallentano per permettere di far passare il traffico laterale. Pochi colpi di clacson, nessun commento triviale, e neanche quegli sguardi accusatori che la fanno tanto innervosire a Firenze.

Kate è una guidatrice sicura di sé. E' cresciuta in California dove si dice che i cittadini imparino a guidare prima di camminare. Ha vissuto anche a New York City e aveva la macchina; cosa che sconsiglierebbe anche al peggior nemico. Electra aveva imparato a guidare a Firenze, ma aveva anche fatto molta esperienza a Trapani. Lei, quando era seduta accanto alla figlia, aveva spesso trattenuto il fiato per aiutare il loro passaggio nel traffico, come aveva fatto sui tornanti tra la città e la loro casa. Anche Electra, che ha guidato sia a Firenze sia a Trapani, è d'accordo nel dire che a Trapani è più facile. La maggior parte dei conducenti è conciliante. Se capiscono che hai fretta ti lasciano passare. Se sono loro ad avere fretta, lasciali passare. Ciò non cambia la valutazione dell'importanza del conducente.

Guidare a Firenze è come viaggiare attraverso i secoli. Percorrono al ritmo di cavallo e carrozza gli ampi viali costruiti a metà del 1800, quando Firenze divenne per pochi anni la capitale d'Italia. Poi passano davanti a grandi palazzi del 1600, alla Fortezza da Basso, fatta costruire dai Medici ai primi del 1500 per difendersi da eventuali attacchi ma mai utilizzata; passano da piazza della Libertà con il suo neoclassico Arco di Trionfo per la maggior parte nascosto da alti platani; poi giù, attraverso strette strade medievali, fino allo studio di Donatello, con i suoi soffitti alti, il suo echeggiante salone d'ingresso, le ampie scale di marmo; tutti gli ingredienti per essere fastoso ma senza le giuste proporzioni per renderlo affascinante.

Donatello non li fa attendere, ma perdono qualche minuto per ascoltare la sua estate a Forte dei Marmi. Dopo aver esaminato la bocca di Kate, ascolta il racconto del pezzettino di mollusco rimasto tra i denti, il formicolio della faccia ed il gonfiore del suo occhio. Posiziona la macchina a raggi X, mette un pezzetto di cartone duro dentro la bocca e le dice di stringere i denti.

Tra una radiazione e l'altra ammette che la storia da lei raccontata lo confonde. "Se fosse stato un dente dell'arco superiore forse potrebbe innescare una reazione nell'occhio," spiega mentre mette un altro pezzetto di cartone nella bocca le cui estremità pungono la pelle tenera sotto la lingua, "ma i nervi della mascella inferiore non sono connessi con l'occhio o con la guancia. E' impossibile."

Può aver ragione; sicuramente è così. E' uno specialista. Kate sta solamente mettendo in relazione il corso degli eventi che l'hanno portata qui oggi. Qualunque sia la logica, qualcosa le crea un problema all'occhio.

Donatello torna con le lastre, le attacca sulla teca retroilluminata per mostrargliele e spiega che il lavoro da lui fatto otto mesi fa sul suo molare inferiore è perfetto. "E' tutto a posto."

La preoccupazione di Donatello, Kate realizza uscendo dal suo studio, è che il suo lavoro sia stato eseguito bene.

Nel primo giorno della raccolta si perde del tempo perché sia Niccolò sia Niroshan, il loro aiuto che organizza i raccoglitori, devono spiegare il processo di raccolta agli operai. Ancor più tempo è perso per accertarsi che i loro documenti siano in ordine registrandoli per questo lavoro a termine. Kate inizia il lavoro di collegare nomi, estremamente lunghi, con facce sconosciute, processo reso più complicato dall'uso di vari soprannomi. Per esempio le dicono di chiamare Peiris Malalage Sucilintha Amarasinghe semplicemente Sucil, mentre i suoi compagni lo chiamano Peiris e i suoi amici Amarasi.

E' già mattina tarda quando vanno sui campi, ma una prima giornata più breve non è un errore. La muscolatura usata per la raccolta normalmente non viene adoperata così che una prima giornata più breve sarà apprezzata alla fine della stessa. Mentre Niroshan divide gli operai in squadre, lei si accorge di un gruppo di quei fiori smaltati giallo brillante, lo stesso tipo che Concetta aveva piantato nel giardino a Erice. Una volta che i suoi occhi individuano che non sono affatto denti di leone, ne vede un altro mazzetto e poi ancora; il loro oliveto è punteggiato a intermittenza da queste piccole opere di perfezione.

Nel secondo giorno di raccolta gli operai vanno al ritmo che manterranno finché non saranno raccolte le ultime olive, salvo che siano interrotti dalla pioggia. Arriva alla fermata dell'autobus alle sette di mattina per prendere il primo gruppo di sei operai. Alle sette e trenta scende di nuovo per il secondo gruppo. Alle otto ritorna per l'ultima volta a prendere i ritardatari. Mentre li porta su, Niccolò e il primo gruppo mettono nel rimorchio del trattore piccolo le reti, le scale e le cassette.

Una volta che hanno portato tutti gli operai nei campi, Niccolò e Kate iniziano a caricare il rimorchio del trattore grande con le olive raccolte il giorno precedente e una volta che questo è pieno, venti quintali, Niccolò le porta al frantoio che è a mezz'ora di distanza. Mentre lui segue le operazioni di trasformazione delle olive in olio, lei con il rimorchio piccolo ritorna nei campi per ritirare la prima raccolta della mattina. Per ogni cassetta di 20 kg. di olive dà a ciascuna squadra un biglietto con il numero di cassette che hanno raccolto. Alla fine della settimana scambiano i biglietti con il denaro.

Niroshan la ferma quando sta salendo sul trattore.

"Signora?" La sua pelle d'ebano si stende liscia sul suo volto.

"Sì?" Kate si aspetta che lui le chieda di comprare del pane. Qualche squadra dimentica sempre di comprare il pane—specialmente i primi giorni della raccolta—per cui il loro pasto, composto da una salsa al curry densa e piccante, diventa incompleto, inconsistente. Sta pensando se avrà il tempo di tornare in città a comprarlo, una commissione in più che può rovinare la sua giornata ben organizzata trasformandola in un caos. Forse ne hanno un filone in più nel surgelatore.

"Sta bene?" Le chiede Niroshan.

"Sì, sto bene, grazie. Perché me lo chiedi?"

"Il suo occhio."

"Oh." tocca con le dita la sua tempia e cerca di non trasalire. Niccolò le ha fatto la stessa domanda stamani. "No, non è niente, sono solamente un po' stanca, tutto qui."

"Ma non tanto come lo sarà alla fine della raccolta!"

"Questo è vero." mette in moto il trattore.

"Madam?"

"Sì." mette la prima ma tiene ancora abbassata la frizione. Un grande quantità di nuvole è scesa sopra la valle dell'Arno. Il Duomo e il Campanile di Giotto ora sono nascosti, proprio come Cofano, pensa con nostalgia. Non ha usato la macchina fotografica da quando sono tornati in Toscana.

"Potrebbe portare un filone di pane quando torna?" Fa il gesto di prendere dalla tasca una moneta da un euro. "Una delle squadre ha dimenticato il pane."

Lei rifiuta la moneta. "Vedrò cosa ho nel congelatore. Di' loro di non dimenticarsene anche domani."

Torna in cantina per scaricare le cassette; passa la mano dentro una provando soddisfazione al contatto con le olive: quelle verdi non ancora mature e quelle nere mature. Niccolò e Kate insieme spostano con facilità le cassette, una alla volta; anche lei può farlo da sola se proprio deve, ma questo può procurarle il mal di schiena, motivo per cui ha improvvisato uno scivolo per facilitarne la discesa dal rimorchio. Un certo sforzo per la sistemazione delle cassette è ancora necessario, ma almeno non è come spostare di peso quaranta o cinquanta cassette di venti chili ognuna.

Quando Niccolò torna con l'olio appena franto, Kate ha già messo in tavola qualcosa da mangiare. I loro non potrebbero esser mai classificati come pasti da buongustai. Sono veloci e leggeri, danno il nutrimento sufficiente per affrontare la seconda parte della giornata, ma non tanto pesanti da richiedere un riposino dopo mangiato. E' il momento per stare seduti, rilassarsi, radunare le energie.

Dopo mangiato trasportano l'olio portato dal frantoio in contenitori da 50 litri e lo travasano nel primo dei diciotto contenitori da 500 litri di acciaio inox che stanno sulla sinistra della cantina interna. Una volta svuotati i recipienti di plastica bisogna lavarli e farli asciugare per l'indomani. Niccolò prepara il necessario per il viaggio del giorno dopo e Kate riempie di nuovo il rimorchio con le cassette vuote per le squadre e torna nei campi per prendere quanto già raccolto, lasciando le cassette di cui avranno bisogno fino al termine della giornata.

"Tornerò alla quattro e mezzo." dice a ogni squadra risalendo sul trattore.

"Per favore venga alle cinque signora!"

Tre o quattro operai assieme formano una squadra. I più veloci guadagnano una cifra ragionevole. Quelli più lenti guadagnano appena a sufficienza. Niroshan li organizza, risolve i problemi e traduce le istruzioni. Qualcuno parla inglese, qualcuno italiano, altri solo la loro lingua. Lei non sa come avrebbero potuto fare senza Niroshan.

Aveva iniziato da loro come operaio, ma subito si era dimostrato indispensabile. Insegna agli altri come operare in maniera più efficiente e li rimprovera quando scartano una pianta perché meno ricca di olive per andare subito a quella più carica. Tutte le piante devono essere raccolte in sequenza, senza eccezioni! Non vuole sentire scusanti, dà del furbo a qualcuno, ma Niccolò e Kate che hanno esperienza della raccolta delle olive sanno quanto sia duro questo lavoro. Se loro due avessero dovuto guadagnarsi il pane raccogliendo le olive sarebbero sicuramente alla fame. Niccolò era stato tentato di dare una ricompensa per ogni giorno di lavoro, ma Niroshan lo aveva assicurato che se lo avesse fatto sarebbe andato in cerca di problemi. Gli operai lenti sarebbero stati ancor più lenti dato che il loro guadagno era garantito. Quelli veloci si sarebbero arrabbiati con quelli lenti perché venivano pagati allo stesso modo. Così Niccolò dà loro esattamente quanto raccolgono, né più né meno, ma alla fine lui e Kate premiano la costanza dando un extra a quelli che sono venuti regolarmente per tutto il periodo della raccolta.

Ogni squadra vuole esser l'ultima a esser riportata a casa in modo da poter raccogliere qualche altro chilo di olive e guadagnare un po' di più. Ciò comporta che ogni giorno tornano alle loro case molto tardi. Il rimorchio è pieno delle ultime due dozzine di cassette di olive, delle reti, delle scale e di coloro che sono troppo stanchi per tornare a piedi. E' uno spettacolo che si ripete ogni sera. I Cingalesi senza dubbio sono esausti quando tornano alla fine della giornata di lavoro, ma sul rimorchio c'è buon umore.

E' il momento più magico di tutta la giornata. Niccolò è come al solito alla guida. Kate gli sta accanto, seduta sul parafango del piccolo trattore; con il braccio si tiene allo schienale del sedile, più strettamente a ogni sobbalzo più forte. Le piace sentire il movimento della schiena di Niccolò contro la parte interna del suo braccio. E' un momento di felicità sospeso nel tempo. E' vero che c'è dell'altro lavoro da fare quando arriveranno in cantina; dovrà anche riportare i lavoratori alla fermata e loro, povera gente, avranno ancora un lungo viaggio da fare dopo aver cambiato diversi autobus. Tutti devono prepararsi da mangiare. I più fortunati potranno farsi una doccia calda e mettersi vestiti puliti. Tutti sentiranno il bruciore dei muscoli affaticati. Ma adesso che si procede attraverso l'oscurità ad una andatura lenta e tranquilla, troppo carichi per andare di fretta, troppo stanchi per curarsene, con le stelle che come spilli illuminano il loro tragitto dentro il tessuto nero della notte, il mondo è un posto magico.

Nel tempo in cui il trattore è scaricato e gli utensili messi a posto, i primi operai si sono cambiati i vestiti e sono pronti a esser accompagnati all'autobus. Quando Kate ritorna, il secondo gruppo è già pronto. Niroshan è sempre l'ultimo ad andarsene. Lui si assicura che qualcuno, non sempre gli stessi, spazzi il pavimento per togliere le olive che cadono dai risvolti dei pantaloni o dagli stivali dei lavoratori; le olive calpestate lascerebbero il pavimento della cantina sporco e scivoloso.

Quando lei torna dalla fermata per l'ultima volta, alle otto e trenta o alle nove, Niccolò ha già fatto la doccia. Mette a bollire l'acqua per la pasta e scongela un pacchetto di ragù; ora è la volta di Kate per la doccia. Se hanno ancora sufficiente energia, preparano anche un'insalata. Altrimenti trovano qualche altro modo per godersi il loro olio appena fatto: bruschetta con tanto aglio e olio, pomodori tagliati spessi, annaffiati con olio, un piatto di fagioli bianchi, oppure cavolo nero. Non ha importanza quanto normali siano le verdure o i fagioli, una goccia del nuovo olio li trasforma in una festa di sapori. E' buono da morire. Serve a ricordare il perché di questo lavoro massacrante.

Domani deve rammentarsi di portarne una bottiglia alla madre di Niccolò.

Ai tempi in cui Elizabeth ed Electra vivevano in casa, erano loro a scongelare il ragù e preparare la pasta, ma, come compenso, dopo mangiato, le dovevano aiutare con i compiti. Ora che le figlie sono fuori di casa, finiscono la cena, mettono in ordine la cucina e passano qualche minuto al telefono con loro per scambiarsi le notizie.

Riescono quasi sempre a essere a letto alle undici e a dormire alle undici e un minuto! Il sonno è profondo e i loro sogni sono le olive: raccoglierle, alzarle o spostarle nella rete, togliere le foglie e infine portarle al frantoio. E naturalmente l'olio, con il suo odore pungente e con il colore vivace, scorre nei loro sogni, lentamente, come un nastro liquido e giallo.

Il giorno seguente, proprio prima di colazione e prima che Niccolò torni dal frantoio, riempie una bottiglia di olio nuovo per Fiammetta. Si cambia i vestiti da lavoro per attraversare il giardino e calcola con cura il tempo della sua visita in modo da arrivare quindici minuti prima che Fiammetta vada a tavola. Non ha il tempo per una visita più lunga e non è educato che sia lei a decidere quando è terminata.

Fiammetta si è imprigionata in un orgoglioso isolamento. Quando Niccolò le telefona, a qualsiasi ora del giorno, lei è sempre indaffarata e dice che non ha tempo per parlare; poi, conversando con la sorella di Niccolò, sostiene che loro non la chiamano mai. Se la invita a mangiare con loro trova sempre una ragione per non accettare, poi si lamenta con Federica che non li vede mai. Come il genio della lampada, ogni giorno peggiora la minaccia di ciò che farà alla persona che la renderà libera.

Purtroppo nessuno potrà mai liberarla.

In ogni caso, quando Fiammetta è all'Antica, come fa per due mesi l'anno, proprio dall'altra parte del giardino, Kate cerca di farle visita abbastanza regolarmente. Per dire la verità lo fa sia per se stessa sia per la suocera. Non vuole essere quel tipo di persona che trascura una vecchia donna sola, anche se avrebbe tutte le giustificazioni. Cerca di guardare al di là degli scuri occhiali di antagonismo e superiorità portati da Fiammetta, per scorgere la persona che ha invece tanto bisogno di considerazione. Come faceva con le figlie quando erano piagnucolose: le prendeva in braccio coccolandole invece di spedirle nella loro camera.

Anche se la fa sentire un'ospite non invitata, Kate porta sempre qualcosa per giustificare la sua intrusione, qualcosa che le darà un motivo per iniziare e finire una conversazione: un vasetto di marmellata, una forma di formaggio, una foto recente di Elizabeth o di Electra, una fetta di dolce fatto da lei. Oggi il regalo è semplice da trovare. Fiammetta è orgogliosa dell'olio nuovo, come se lo avesse fatto lei.

Le spezza il cuore vedere Fiammetta seduta alla televisione a guardare una soap opera. Dall'espressione preoccupata e dal modo in cui lei si strappa le pellicine vicino alle sue lunghe unghie verniciate di rosso, Kate vede che è completamente coinvolta dal melodramma. Infatti, dopo aver accettato la bottiglia di olio con entusiasmo e dopo essersi sedute una davanti all'altra in due scomodi divani, il programma televisivo continua ad aggiungere la sua voce alla loro conversazione. Kate è costretta a ripetere le frasi diverse volte e non riesce a sentire le risposte a causa del volume troppo alto. Alla fine Fiammetta maneggia il telecomando per togliere l'audio, ma Kate la scopre a guardare sopra le sue spalle per cercare di seguire di nascosto il muto dramma. Naturalmente c'è un senso di sollievo quando è chiamata a tavola. Prima che oltrepassi la porta il volume è di nuovo alto; il melodramma continua.

CAPITOLO VENTITRE

"Quanto dura la raccolta?" chiede Mark.

Normalmente cercano di evitare che gli amici vengano a trovarli durante questo periodo, ma Mark è un americano che sta viaggiando in Italia con il figlio di undici anni, Joshua, dopo la recente scomparsa della moglie Julie. Kate non se la sente di privarli di un motivo di distrazione.

"Varia di anno in anno," spiega, togliendo con un fazzoletto un goccio di olio caduto sulla tavola. E' sabato pomeriggio. Mark e Joshua erano stati per un'ora a raccogliere le olive prima di pranzo. Tra pochi minuti Kate e Niccolò devono riprendere i lavori del pomeriggio. "In un anno di scarsità la raccolta può finire in meno di un mese. In un anno buono necessitano due mesi. L'anno scorso abbiamo iniziato il venti ottobre e finito due giorni prima di Natale."

"Cinque giorni la settimana?" chiede Mark.

"Di solito si lavora tutti i giorni, inclusi i weekend e ci fermiamo solo quando piove. Lo scorso anno non è mai piovuto."

"Quante ore al giorno raccogliete le olive?"

"I lavoratori iniziano alle otto e terminano alle sei. Il nostro lavoro inizia alle sette e finisce, se va bene, intorno alle nove di sera." Kate fa uno sbadiglio.

"Cinquantotto giorni, quattordici ore al giorno." calcola Joshua, scuotendo la testa per togliere i sottili capelli color sabbia dai suoi occhi. "Per un totale di 812 ore!"

Questo ragazzo se la caverà. Lei guarda il padre, gli stessi capelli delicati che iniziano appena a diventare grigi; anche quelli cadono sugli occhi. La sua attenzione è tutta rivolta all'olio di oliva nel suo piatto. Quando intinge il pane nell'olio, stando attento a non sgocciolare, un barlume di entusiasmo si fa' strada nel pallore dell'intima tristezza; presto entrambi si riprenderanno.

Kate si alza per togliere i piatti dalla tavola ma trova Joshua, accanto a lei, che prende il piatto del padre e con il suo lo porta in cucina. Fa forza su se stessa per non complimentarsi di qualcosa che probabilmente la madre l'ha abituato a fare. Invece lo premia con un sorriso e un veloce "grazie" come fa quando ringrazia Niccolò o le figlie per l'aiuto.

Joshua si ferma al suo fianco; evidentemente vuole qualcosa in più da lei.

"Cosa c'è, amore?"

"Stavo pensando" Joshua diventa improvvisamente timido.

"Cosa?"

"Potrei, se possibile, guidare il trattore?"

Kate esita. Oggi ha concesso loro più tempo di quello che avrebbe dovuto. Niccolò e lei stasera finiranno molto più tardi del solito per essersi concessi il lusso di un pasto rilassato. Dormire meno all'inizio della settimana si farà sentire col passare dei giorni. Sono già stanchi. Sta già iniziando a pentirsi di aver detto di sì alla loro visita. Il ragazzo le ha chiesto di guidare il trattore come se le avesse chiesto di prestargli una penna.

"Tu sai guidare?"

"No. Ti ho guardata e non mi sembra così difficile. Mi potresti insegnare, vero?"

E' la domanda alla fine della frase che la fa decidere, il tremito del dubbio dietro la domanda azzardata. A quel punto è dispiaciuta con se stessa che la compassione sia stata la sua seconda reazione e non la prima. Stava per perdere l'opportunità di dare a questo ragazzino qualcosa che lo poteva rendere felice, e per che cosa? Per lavare dei piatti?

"Certamente, ti insegnerò a guidare. Scommetto che sarai bravissimo."

Mark che era stato in silenzio finora spinge indietro la sedia allontanandola dal tavolo dove stava assaporando l'ultimo goccio del caffè, quasi spremendo la tazzina. "Non ti preoccupare, finirò io di mettere a posto i piatti."

"No, lasciamoli dentro l'acqua. Devi venire con noi."

A questo punto è entusiasta. "Prendi la mia macchina fotografica."

"E il tuo cronometro papà."

Marco monta sul trattore di Niccolò invece Joshua si siede su quello di Kate, accanto a lei. "Per prima cosa non farò niente di pericoloso per cui non devi aver paura."

"Io non ho paura!"

"Bene. Ora tieniti forte perché anche se andiamo piano il terreno è sconnesso per cui devi tenerti bene con la mano dietro al seggiolino. Metti i piedi qui—" indica il parafango "quando andiamo in discesa e qui—" mostra ora un piccolo spazio vicino alla frizione, "quando siamo in salita, ma attenzione a non bloccare il pedale della frizione con i tuoi piedi." "Non tenere le gambe accavallate. Se c'è un'emergenza devi esser pronto a saltare dal trattore senza perdere tempo a scavallare le gambe. Abbassa la testa." Lo avvisa, quando passano sotto un ramo basso di olivo.

"E' meraviglioso! Dimmi quando devo saltare via. *Dai!*"

Kate ride sentendo questa espressione in italiano. Joshua e Mark stamattina l'avevano accompagnata al supermercato. Lei, come al solito, doveva comprare del pane per due operai che lo avevano dimenticato e qualche altra cosa. La porta dell'ascensore stava chiudendosi quando tre ragazzi erano entrati di corsa e a voce un po' troppo alta discutevano se andare prima su al piano superiore o giù a quello inferiore per fare degli acquisti. "Su!" aveva detto quello dall'apparenza trasandata e con la barba incolta, pigiando ripetutamente il pulsante del piano superiore. "E dai! Giù! Dai giù!" avevano insistito gli altri due pigiando altri pulsanti.

Mark allora le si era avvicinato chiedendo: "C'è pericolo?"

"No. Perché?" Lei aveva osservato i giovani, tipici ragazzacci rumorosi, ma per niente pericolosi. Poi li aveva guardati di nuovo per vedere se avesse perso qualche segnale importante.

"Sono anti-semiti? Contro gli Ebrei?"

"No, non credo, ma perché?"

Sempre sotto voce lui aveva detto: "Continuavano a ripetere: *Die Jew, Die Jew.*"

"Ahhh—" lei controlla una risata che le viene naturale e spiega. "*Giù* in italiano significa *down* in inglese, anche se è pronunciato come *Jew* che significa *Ebreo*. *Dai* in italiano vuol dire *fai qualcosa* ed è pronunciato come *Die* in inglese che significa *muori*. No, non c'è niente da preoccuparsi!"

Kate frena mentre stanno attraversando un tratto difficile. "Non penso che tu debba mai saltare, Joshua, ma il segreto di guidare un trattore è che occorre tenere aperti in continuazione sia gli occhi sia le orecchie, anche se ci si abitua all'andatura e anche se conosciamo il terreno a memoria." Erano arrivati a una discesa ripida e stretta; la ruota anteriore sinistra sfiora quello che resta di un originale canale per portare l'acqua ai campi.

"Wow, cos'era quello?"

"Una volta, quando c'erano dozzine di contadini a coltivare questa terra—invece di noi due soli—la proprietà era terrazzata con dei doppi muri nei quali passava l'acqua per l'irrigazione."

"Vedo i muri, là!"

"Josh, tieniti. Sì, restano ancora i muri, ma in mezzo a loro sono cresciuti alberi che non permettono più il passaggio dell'acqua che ora si disperde e che alla fine li farà crollare."

"Perché non rimetti a posto i muri come erano prima? Sarebbe bello!"

"Sarebbe da fare, se avessimo tempo ed energia. E' sulla lista delle cose da fare, anche se non è proprio tra le prime! Testa!"

Lui si piega più possibile e passano sotto i rami bassi di un altro olivo. Lei ha imparato a sue spese a resistere alla tentazione di accompagnare i rami alzandoli, mentre passa sotto una pianta; infatti, ha danneggiato entrambe le spalle, prima la sinistra e poi la destra. Le sue mani sono rimaste impigliate nei rami, qualche volta di più del necessario non riuscendo a liberarsene, mentre il trattore seguitava ad avanzare stirando il legamento. Occorreva troppo tempo per guarirne per cui ora, quando deve tagliare l'erba, passa più distante dal tronco, anche se le dispiace di lasciare una zona erbosa vicino alla base dell'olivo. Kate sospira. Di più non possono fare. Cerca di guardare ai risultati raggiunti piuttosto che alle cose ancora da fare.

"La riapertura del tunnel è in cima alla vostra lista?"

"Non proprio in pole position." C'è un tunnel che inizia sotto il pavimento della loro cantina e che dopo circa due chilometri di distanza giunge sotto la cripta della chiesa del paesino più vicino. Il tunnel è dell'epoca della torre e della fortificazione dell'Antica, qualche centinaia d'anni dopo il mille. Il nonno materno di Niccolò fece murare l'ingresso del tunnel e della cantina all'inizio della seconda guerra mondiale. Loro avevano riaperto solo quest'ultima. Prima, quando preparava da mangiare, aveva sentito Niccolò che confessava a Mark l'intenzione di riaprire anche il tunnel. E' tutta una questione di priorità. Sarebbe bello avere i soldi necessari per ricostruire i muri a secco, riaprire il tunnel e mantenerlo in sicurezza per poterlo fare visitare ai figli degli amici. "In tempi ormai passati" Kate racconta a Joshua "che vanno dal Rinascimento fino alla seconda guerra mondiale, c'erano numerose famiglie che lavoravano in questa fattoria. Padri robusti con forti figli maschi, ognuno dava una mano, mogli e nuore, nonne, tutti contribuivano a mantenere questa terra efficiente e redditizia."

"E bella!"

"Penso che sia la natura la responsabile della bellezza."

"Ma i muri?"

"Sì, i muri a secco sono belli, anche se sono in cattivo stato." Non gli dice quanto triste la fa sentire il loro abbandono. Alla fine dirige il trattore in uno spazio largo, abbastanza piano, che non essendo ben esposto al sole ha pochi olivi.

"Sei pronto per la prima lezione di guida del trattore?"

Scende, così lui può prendere il suo posto sul sedile.

"Mi stai vicino, vero?"

"Certamente." Si siede sul parafango e inizia a spiegare come funziona il cambio. La fa breve: tutto quello che deve sapere è che l'icona della lepre significa una marcia veloce, mentre quella della tartaruga una marcia lenta. Mette le mani del ragazzo sul volante e il piede sul freno mentre lei ingrana la marcia. Mette la leva a mano dell'acceleratore appena sopra il minimo e rilascia lentamente la frizione. Se uno camminasse accanto a loro andrebbe più veloce, ma Joshua è concentrato come se stessero correndo con una macchina sportiva lungo il percorso della Targa Florio. Kate vede a distanza il padre del ragazzo che scatta foto. "Stai andando bene."

"Sì?"

"Credo che ora tu possa guidare da solo."

"Pensi?"

Scende facilmente, data la scarsa velocità della macchina. "Sono qui vicina se hai bisogno." Le sembra di essere come un istruttore di cavalli ma è contenta, per l'autostima del ragazzo, che la corda non si veda. "Ricordati di sterzare e di stare lontano dagli alberi!"

Mark a distanza continua a scattare foto. Kate si accorge che un gruppo di operai si è fermato a guardare la scena; il loro desiderio di guidare un trattore è forte ed è evidente dalla loro espressione anche da lontano.

Per favore non chiedete anche voi di guidare il trattore, mormora sottovoce, altrimenti non finiremo mai. Se non guadagniamo qualcosa, non inizieremo mai a ricostruire questi bei muri a secco.

La raccolta richiede molto lavoro ma dà anche delle soddisfazioni, purché ogni tanto Kate si ricordi di fermarsi a guardare le colline distanti, a fotografare mentalmente le immagini quando si presentano. Nella valle dell'Arno non c'è più l'aria pesante dell'estate, le nuvole sono alte, il sole è splendente e non troppo caldo. A meno che non piova, fa piacere stare all'aperto. Se non avessero dovuto raccogliere le olive, non avrebbero fatta l'esperienza dell'autunno all'aperto e certamente sarebbero rimasti dentro casa, seduti al caldo, comodi davanti al fuoco.

Dopo esser stati in Sicilia per quasi sei mesi, Kate è di nuovo colpita dalla bellezza della Toscana. Per dire la verità non è che ne abbia mai dimenticato il fascino, ma la bellezza è stata compromessa dallo smog della frustrazione. Oggi la nebbia ha invaso l'intera valle, ha coperto tutto quello che l'uomo ha creato lavorando tanto tenacemente; ma le cime delle colline emergono come isole in un mare bianco, come se lei avesse aperto una pagina di una meravigliosa favola illustrata.

Alla fine della seconda settimana di raccolta si sveglia con l'occhio gonfio, impossibile da aprire. Quando si mette i vestiti da lavoro cerca di non dargli importanza e più tardi cerca di ignorare gli sguardi indiscreti degli operai. Quando torna dall'aver portato su l'ultima squadra, trova che i primi hanno già riempito il rimorchio con le olive e che Niccolò ha cambiato i vestiti e si è messo in giacca e cravatta.

"Dove mi porti?" spera che lui percepisca lusinga nella sua voce, non paura.

"Da un oculista all'Ospedale I.O.T."

"Conosco la strada, vado da sola, tu segui la raccolta."

Lui la guarda in modo serio. "Pensi veramente che ti lascerei andare da sola?"

Mentre stanno attraversando la parte sud della vallata dell'Arno, Simona Collura canta *Caruso*; la passione nella sua voce maschera la sua gioventù. Per un momento sembra che stiano facendo una passeggiata invece di andare da un medico, senza alcuna fretta, invece di sottrarre minuti preziosi alla raccolta.

Di solito nella sala di attesa di un medico porta un libro da leggere, ma ora, con il suo occhio gonfio, non riuscirebbe a leggerlo. Niccolò misura la stanza a passi. Hanno metodi diversi di ingannare il tempo. Lei questa volta guarda attraverso una grande finestra, non molto pulita, in direzione di un cortile spazioso e trascurato. Può immaginare come questo dovesse essere stato elegante appena costruito, ma la situazione attuale è ben triste; sembra un capolavoro di abbandono e trascuratezza. Anche i rami degli alberi sono spogli. Le foglie sono cadute e stanno in mucchi bagnati su un pavimento di piastrelle di cemento. Un contesto squallido al centro di un ospedale.

Quando è il suo turno, entra nella stanza dell'oculista che concorda con lei che l'occhio è gonfio, ma non sa determinarne la causa. Poi ipotizza che potrebbe essere un caso di fuoco di Sant'Antonio, dietro l'occhio, a causare il gonfiore. Prescrive un collirio, consiglia che faccia una TAC e la manda via.

"Quando ho i risultati delle TAC a chi li devo far vedere?"

"Se l'occhio è ancora gonfio dopo una settimana di collirio le consiglio di andare da un Otorinolaringoiatra." Scrive un nome. "Non ci sono problemi nel suo occhio. Va tutto bene."

Durante il giorno l'occhio, con il collirio migliora, così, a metà pomeriggio, quando va a prendere le cassette, è quasi normale, appena gonfio. Non può toccarlo con le dita perché le fa male; risolve il problema resistendo alla tentazione. Ha un forte mal di testa, un martellamento costante, come il rumore sordo di un martello di un carcerato che scava per scappare.

Sono in ritardo. Al frantoio sono irritati perché Niccolò si era dimenticato di chiamare. Afferrato un sandwich e un grappolo di uva era partito di corsa per trasportare il pesante e strapieno rimorchio su per la collina, fino al frantoio. Lei siede sulla panchina di pietra davanti alla cantina. Mette gli stivali per ricominciare i suoi giri. Ha un sandwich in mano, ma non ha appetito. Pezzo dopo pezzo lo dà al cane. Clover mangia tutto, perfino le fette di pomodoro, poi si adagia ai suoi piedi con il muso sulla punta degli stivali. Lei guarda Firenze in lontananza. Tutta la valle dell'Arno, da Vallombrosa fino all'Abetone, oggi è pulita e nitida. E' il panorama decantato dagli artisti dall'inizio dei tempi, anche da Leonardo da Vinci. Per quanto forte lei si sforzi, per quanto a fondo esplori l'orizzonte, è cieca alla sua bellezza, come se il problema del suo occhio avesse velato la sua sensibilità interiore.

Niroshan richiama in cantina Sucil e Tangi per togliere le cassette dal rimorchio e loro compiono il lavoro nel giro di pochi minuti. Tornano di nuovo nei campi per caricare le rimanenti. Kate è in ritardo per il suo giro di raccolta e gli operai, avendo lavorato sodo, hanno già riempito altre cassette. Sucil e Tangi la riaccompagnano in cantina, anche se questo comporta che la loro raccolta odierna sarà inferiore avendo perso del tempo prezioso per aiutarla a scaricare.

Per il resto della settimana, tutte le volte che va a prendere le cassette piene, Niroshan la fa riaccompagnare da due operai. Dopo il primo giorno fanno a turno. Nessuno manifesta impazienza, neanche quando sbaglia la manovra di marcia indietro e posiziona il rimorchio lontano da dove le accatastano; ciò comporta uno sforzo aggiuntivo a un lavoro che è già pesante. Sono sempre gentili ed educati. Nessuno chiede quale sia il problema al suo occhio, ma lei sente che ne parlano tra di loro. Non può decifrare le parole, ma dai gesti non ci sono dubbi che il suo occhio è l'oggetto della conversazione.

Tutte le mattine si sveglia con l'occhio gonfio quasi chiuso. Sta andando meglio, peggio? Il collirio fa qualcosa? E' molto difficile da capire. Sicuramente ci mette sempre più tempo nel corso della giornata per sgonfiare. All'inizio era gonfio per tutta la colazione ma quasi normale a pranzo; dopo qualche giorno seguitava invece a essere gonfio fino alle tredici, ma diminuiva la sera. Alla fine della settimana era gonfio per tutta la giornata.

Guidare per andare a prendere i raccoglitori la mattina con un occhio chiuso non è troppo difficile. Anche il persistente mal di testa non la spaventa. La strada per andare alla fermata è larga poco più di una macchina. Sa dove mettersi da parte quando c'è un'auto che arriva in senso opposto. L'occhio gonfio, il destro, non le permette di vedere l'espressione di spavento nelle facce degli operai. Il viaggio verso casa è insolitamente silenzioso, privo dei consueti scherzi. Gli operai scendono dalla macchina a testa bassa, come fossero in lutto.

Tutte le mattine, quando torna dall'aver preso l'ultimo gruppo, trova il rimorchio già riempito. Questa nuova abitudine fa risparmiare a lei e a Niccolò un'ora al giorno di lavoro pesante.

Troppo spesso, al suo ritorno, trova il marito vestito da città; un altro appuntamento medico cui presentarsi.

Carrie, l'amica di Kate, l'ha informata su cosa aspettarsi quando si esegue una TAC. Le ha parlato del rumore, della durata e del leggero senso di claustrofobia. Anche sua madre le aveva accennato al fastidio del rumore.

I preavvisi l'avevano preparata a tutto tranne che ad un infermiere eccezionalmente sgarbato. E' grasso e con la barba non rasata da giorni; il suo camice bianco è vistosamente sporco ai polsi. Stamani si è alzato con il piede sbagliato e se la prende con lei. La fa distendere a pancia in giù e le gira con forza da una parte la testa; la sistema in una posizione che lei assolutamente non potrebbe mantenere se la TAC durasse, come le hanno detto, per quindici o venti minuti. Quando prova a spiegare la difficoltà che lei ha in questa posizione, scorge odio negli occhi dell'infermiere. Neanche le parole sono rassicuranti; le dice infatti che se non può collaborare se ne torni pure a casa.

"Va bene" dice. "me ne vado, basta che mi liberi da queste cinghie."

Un secondo infermiere si avvicina, allenta le cinghie e la aiuta a sollevarsi.

Il sadico si calma, "Faremo l'analisi della sua testa da davanti, se riesce a stare distesa sulla schiena."

Dove è il problema?

Venti minuti dopo è liberata. Lascia la stanza senza dire nessuna delle parole che ha pensato mentre era nel tunnel.

"Com'è andata?" chiede Niccolò, la sua faccia è il ritratto dell'ansia.

"E' andata—non troppo male." Mente. Perché farlo soffrire con i dettagli quando lui non può farci niente?

Sulla strada di casa ascoltano Federico Berto nella canzone *Io Canto!* Kate lascia che l'entusiasmo del giovane cantante scorra dentro di lei, scacciando la rabbia e il risentimento accumulati nel tunnel della TAC. Quando arrivano a casa è felice di mettersi di nuovo i vestiti da lavoro. Non vede l'ora di sapere quante olive hanno raccolto in giornata. Non vede l'ora di salire sul suo trattore.

Mentre sta facendo marcia indietro per uscire dalla cantina, Niccolò la ferma.

"Ha appena chiamato Keiji." Kate si accorge che ha delle buone notizie da dare.

Keiji Tanaka è il loro principale cliente per l'olio; in questo momento l'unico di una certa consistenza. Quasi contemporaneamente a quando loro avevano affittato l'azienda, lui aveva inaugurato un elegante ristorante italiano a Athens, Georgia. Ogni anno ordina dieci pallet di olio, qualcosa come tredicimila bottiglie da mezzo litro che mette in tavola nel suo ristorante per la gioia dei clienti. E' l'unico che non abbia diminuito o cancellato un ordine dopo l'11 settembre.

"Keiji ha chiamato per dirci che sta aprendo un nuovo ristorante."

"Che bella notizia!"

"Ha chiamato perché spera di aumentare il suo ordine da dieci a quindici pallet quest'anno, ma voleva informarsi se noi eravamo in grado di sostenere questo incremento."

Niccolò sa che è possibile. Tutto il lavoro che avevano fatto durante gli ultimi anni aveva portato come risultato un incremento della produzione. Sicuramente hanno l'olio richiesto e la buona notizia è che ora c'è la possibilità di venderlo.

Quasi tutte le sere chiamano le figlie per aggiornarle sulla raccolta. Vogliono avere notizie sui loro studi, i dettagli della loro vita: Electra ha trovato un maneggio appena fuori Utrecht dove può cavalcare due volte la settimana. Elizabeth ha passato il fine settimana piantando ciclamini e pansé sui bordi del suo giardino. Niccolò ha accennato al problema dell'occhio, ma su richiesta della moglie, non ha dato tanto rilievo al fatto; non c'è alcun motivo di allarmarle. Sono lontane e non possono fare niente. La preoccupazione servirebbe solo a distrarle dalla concentrazione necessaria per gli esami che si stanno rapidamente avvicinando. Entrambe sono felici di sentire che Keiji spera di incrementare il suo ordine e promettono di dare una mano a imbottigliare l'olio quando saranno a casa per le vacanze.

Nella terza settimana di raccolta, si sveglia e vede l'occhio non solo gonfio, ma anche scolorito; uno sgradevole colore nero, verde e giallo. Porge a Niccolò una macchina fotografica digitale e chiede di fare una foto da vicino per inviarla via e-mail a Elizabeth. Che motivo c'è di avere dei dottori in famiglia se poi non si possono consultare?

Elizabeth telefona quasi immediatamente. "Probabilmente non è niente di serio, ma ci possono essere diverse possibilità che non sono gradevoli, per cui non perdere tempo. Fatti visitare da uno specialista, *please.*"

Il suo tono è professionale, le parole pronunciate con calma, ma è il *please* alla fine della sua frase, esteso con una extra sillaba come fanno gli italiani, che rivela che è in allarme.

"Non temere, ce ne stiamo occupando."

"Bene. Ti passo Stephen. Ti vuole dire qualcosa."

"Pronto Kate, volevo solo farti sapere che mio zio a Londra è uno specialista in chirurgia maxillofacciale. Lui può avere un'idea del problema con il tuo occhio o perlomeno potrebbe indirizzarti dallo specialista adatto."

"Grazie Stephen, apprezzo molto il tuo interessamento. Vediamo se riusciamo a risolvere il problema in Italia, altrimenti ci metteremo in contatto con tuo zio."

"Vorrei ripetere quello che Elizabeth ha detto: è importante risolvere questo problema prima possibile. Io sono qui, se posso essere utile per ogni evenienza. Ti passo Lizzy. Buonanotte."

"Buonanotte."

"Buonanotte Mamma. Ti chiameremo domani per sapere cosa ha detto il dottore."

Forse il sistema medico in Inghilterra è miracolosamente efficiente o forse loro desiderano che lei si rimetta al più presto, ma, esser visitata da uno specialista il giorno stesso è difficile in Italia. Oppure è possibile? E' vero che a volte necessita troppo tempo per una visita di normale amministrazione, ma quando è urgente, le porte si spalancano di colpo.

Forse dovrebbe curare il suo occhio urgentemente invece di dare per scontato che andrà tutto bene.

"Proviamo a consultare un otorinolaringoiatra?"

"Prendo i cappotti." Anche Niccolò è stato sollecitato dalle parole di Elizabeth. "Andremo al pronto soccorso dell'ospedale, dove hanno tolto le tonsille a Electra. Forse c'è ancora il dottor Spezi, chissà."

Il dottor Spezi è sempre al suo posto e, dopo una relativamente breve attesa in sedie scomode e anatomicamente scorrette, sono ricevuti. Il dottore ascolta la sua storia che si riferisce all'infezione della gengiva intorno al molare e al prurito sulla faccia. Non deve spiegare niente del suo occhio perché alle tre del pomeriggio è gonfio come quando si è alzata stamani. Il dottor Spezi ripete la stessa cosa che il dentista aveva detto: è impossibile che la mandibola inferiore infiammi un nervo nella parte superiore della faccia.

Prima che possa comprendere cosa stia facendo, il dottore aveva inserito nel suo naso giù fino alla gola un lungo tubo con una piccola telecamera. Voleva urlare. Il bruciore era intollerabile. E' il peggior esame clinico che avesse mai fatto e, quando era ormai sicura di svenire, lui lo sfila. Nei momenti in cui lei era in preda alla sofferenza, il medico stava guardando dentro le sue cavità con una micro camera.

"E' tutto a posto. Qui non c'è niente di anormale." Guarda ancora la TAC. "Lei deve farsi visitare da un oculista."

"Sono già stata visitata da un oculista!"

"E cosa ha detto?"

"Ci ha mandati da un otorinolaringoiatra. Da lei!"

Il dottore sembra sia irritato come se qualcuno lo volesse prendere in giro. Guarda di nuovo la TAC. "No, lei deve farsi visitare da un oculista."

La mattina seguente non si preoccupano nemmeno di mettersi i vestiti da lavoro. Kate va alla fermata dell'autobus vestita per andare alla visita dell'oculista ed anche Niccolò dirige il riempimento del rimorchio vestito da città. Niroshan porta gli operai in un campo vicino a casa così da risparmiarle di portare loro e l'occorrente con il trattore. Normalmente i campi vicini a casa sono riservati per i giorni in cui minaccia di piovere, ma oggi Niroshan ha intuito la necessità di mandare Kate e Niccolò a fare ciò che devono.

L'oculista non è sorpreso di vederla di nuovo. Non si ricorda affatto di averla visitata pochi giorni prima. Guardare dentro l'occhio di una persona a distanza così ravvicinata deve essere come guardare in un occhio qualsiasi. Con le gocce fa dilatare la pupilla, poi lo esamina. Di nuovo non trova nessun problema. Guarda la TAC e suggerisce che debba prenotare una visita da uno specialista otorinolaringoiatra.

Che cosa devono fare, piangere o ridere? Devono annuire come se fossero d'accordo oppure protestare? Tutte e quattro queste possibilità hanno delle motivazioni valide; decidono di andare a casa, prendersi cura del loro lavoro nell'oliveto e riflettere su cosa fare.

La domanda su quale sia la prossima mossa li attende a casa. Niccolò è disorientato. Kate lo nota da come sono incurvate le sue sopracciglia mentre si sta infilando i guanti per caricare le restanti cassette sul rimorchio. "Perché ti preoccupi?" chiede.

"A parte tutto il resto, sto cercando di decidere se debba riprogrammare i miei viaggi al frantoio. Non è più il caso di farne uno al giorno."

"Potresti fissare giorni alterni invece che tutti i giorni?"

"Proprio così."

Molti produttori portano le loro olive a frangere solo una volta la settimana. Ai vecchi tempi—prima che loro si occupassero direttamente della fattoria—le olive erano ammassate e tenute sul pavimento della cantina; migliaia di chili formavano una montagna in fermentazione che poi veniva trasportata al frantoio solo alla fine della raccolta. Meglio non conoscere il livello di acidità di quell'olio.

Loro esagerano nel senso opposto. I loro amici, produttori di olive, sostengono che sono fanatici. In tutti i casi, il risultato è che ottengono la migliore qualità di olio di oliva.

"La prossima volta che vado al frantoio," dice Niccolò abbracciandola e pressando la sua guancia su quella non gonfia, "vorrei che tu venissi con me. E' la parte più bella di tutto il processo e tu quest'anno non sei venuta neanche una volta."

Avevano l'abitudine di andare insieme. Era la parte più gratificante della loro giornata, quella che dà soddisfazione per tutto il lavoro fatto. Da diversi anni, ricercando il massimo dell'efficienza, avevano iniziato a dividersi i compiti. "Mi piacerebbe tantissimo accompagnarti." Kate è d'accordo e ricambia la pressione delle braccia di lui che l'abbracciano. Senza esser testimone della trasformazione delle olive in olio, la raccolta resta un lavoro pesante più che un processo creativo. "Potrei portare anche la macchina fotografica!" Potrebbe mettere a fuoco con l'occhio sinistro.

"Se andiamo al frantoio a giorni alterni, avremo più tempo per le altre cose che dobbiamo fare."

"Si potrebbe chiedere ai ragazzi di riempire le cassette a metà—dieci chili ciascuna— in modo da evitare l'inizio della fermentazione sotto il loro stesso peso."

"Si possono mettere dei ventilatori per far circolare l'aria."

"Al frantoio saranno scontenti di un altro cambiamento." In precedenza Niccolò ha cambiato i suoi appuntamenti a metà del giorno, subito dopo mangiato, invece che la mattina. Questo comporta che tornerà a casa nel pomeriggio tardi prima che Kate riporti gli operai dai campi. Verserà l'olio nei contenitori inox dopo mangiato. Non andranno a letto prima di mezzanotte.

Niccolò le dice: "Vai a casa e riposati, le metto a posto io le cassette."

Il riposo non è una soluzione per il suo problema, e se lei non lo aiuta, lui alla fine sarà distrutto. "Sto bene."

"Lo dici sempre!" C'è un sottofondo di rabbia nella sua voce. "Vorrei sapere come esattamente ti senti."

"Preferisco lavorare che demoralizzarmi." Lei è sorpresa dalla presenza di rabbia anche nella sua voce. "OK?"

"OK!"

"E dal momento che lo stai chiedendo, vorrei considerare le nostre alternative prima di fissare un altro appuntamento con un altro medico. Si potrebbe stare in pace per qualche giorno?"

La rabbia diventa disperazione. "Veramente Nicco, ho bisogno di un momento per riflettere."

Kate ha avuto dei problemi di salute in passato, niente di serio, ma tuttavia problemi. A volte occorreva affrontarli con immediatezza, ma a volte, più spesso di quanto si possa pensare, si rimettono a posto da soli se gli si permette di seguire il loro corso naturale. Perciò, a volte, è meglio aspettare. Il problema è individuare quando sia il caso di aspettare o invece il caso di affrettarsi.

Vede chiaramente che Niccolò sta considerando la sua richiesta di una pausa per riflettere. C'è una reale urgenza di risolvere questo problema prima che peggiori, ma correre dietro ad una soluzione potrebbe comportare il rischio di correre in tondo e ritrovarsi al punto di partenza. Lui lo comprende esattamente come lei. Kate osserva le sue sopracciglia che si abbassano, arrivando a una decisione.

"OK. Se tu monti sulla scaletta io ti passo le cassette."

"Bene." Lei lo bacia leggermente tra le sopracciglia, sperando di cancellare la preoccupazione. "Dopo andiamo a riposarci."

Come se qualcuno avesse ascoltato che avevano bisogno di una pausa, quella sera, mentre stavano per andare a letto, il rumore della pioggia sul tetto fa trattenere il loro respiro. All'inizio è un quieto picchiettare; non sanno se è vento o pioggia. Poi, per togliere i dubbi, le gocce diventano più grandi e battono insistentemente sul tetto. In un istante piove a dirotto.

"Pensi che sia troppo tardi per chiamare Niroshan?" Kate guarda l'orologio. Sono le undici e trenta.

Il telefono suona prima che possano trovare una risposta. E' Niroshan. "Madam." Fa una pausa. "State dormendo?"

"No, stavo proprio per chiamarti. Qui sta piovendo."

"Sì, anche qui." Lui vive in centro città, distante da loro solo otto chilometri ma qualche volta –la maggior parte delle volte— non è detto che le condizioni atmosferiche siano identiche.

"Sospendiamo la raccolta. Potresti avvisare gli operai?"

"Senza dubbio. Saranno felici di una giornata di riposo!"

"Bene. Anche noi approfitteremo dell'interruzione." Non era piovuto finora ed erano quasi alla quarta settimana. Tutti sono stanchi. "Buona notte Niroshan. Ti chiamerò domani pomeriggio."

"Grazie Madam, stia bene."

Con gioia Niccolò spenge la sveglia, poi tira le tende in modo che possano dormire anche con la luce del mattino. Kate prende un libro dal suo comodino. Sono passate settimane da quando ha letto qualcosa. Toglie il segnalibro mentre cerca di ricordare cosa era successo nella prima parte; poi nota che Niccolò la sta guardando e che scuote la testa.

"Non stasera, amore mio" le dice gentilmente chiudendo il libro e spengendo la luce.

Sono le nove quando si svegliano il giorno seguente. Sono riposati e ritemprati.

Kate è una cuoca meteo-dipendente. Se è caldo e soleggiato, i loro pasti sono leggeri, preparati per la maggior parte con prodotti freschi, ingredienti non cotti mescolati tra di loro con una pasta o un'insalata; impiega più tempo a spezzettare che a cuocere. Quando invece diventa freddo e piovigginoso le viene l'ispirazione. Le finestre di cucina si appannano. L'aria si riempie di aromi di cannella e noce moscata, del lievito del pane che fermenta, di carne che cuoce lentamente con le cipolle. Decisamente più felice di quanto sia stata nelle ultime settimane prende una spatola dal tavolo e mescola gli ingredienti di una torta; poi nota che ha usato la stessa spatola usata per preparare gli spinaci per la quiche. "Oops!" trova una seconda spatola per continuare a versare la pasta della torta dalla scodella al contenitore da forno.

La tavola al centro della cucina si riempie di pane ben cotto e di panini soffici, di vassoi di biscotti e pane che stanno aspettando il loro turno per andare in forno. Sente la pioggia battere sul tetto. Neanche si ricorda del suo occhio finché Niccolò non le toglie della farina dalla gota.

Ogni tanto lui arriva in cucina per lavare i piatti e vuotare l'acquaio.

"Posso?" Sta per prendere una brioche preparata secondo una ricetta della nonna materna. Il sapore è come deve essere, leggero e fragrante, si dissolve nella bocca prima di essere masticata.

"Certo che puoi!"

"Perché non chiami Costanza e la inviti nel pomeriggio per un thè? E' tanto tempo che non la vediamo."

Costanza è un'amica di famiglia da lunga data. Era amica di Niccolò anche prima di conoscere Kate. Si era sposata giovane con un ragazzo che aveva incontrato alle scuole medie ed ha due figlie. Poi il marito è morto tragicamente. Niccolò la conobbe dopo un anno dall'incidente e Kate arrivò un paio di anni più tardi. Nessuno di loro due ha mai visto o sentito da lei niente che non sia stato improntato a saggezza e forza, meravigliosamente bilanciate da un vivace senso dell'umorismo e di buona volontà. Ha un archivio di aneddoti che li fa ridere e pensare. Nella sua gioventù ha sofferto molto più di quanto una persona soffra normalmente in un'intera esistenza. Non c'è niente di amaro o di tragico in lei. E' una persona che fa quello che può per ottenere il meglio dalla vita che le è stata data. E' madrina di Electra e ricopre il ruolo con serietà. In più ha adottato lo stesso ruolo per Elizabeth perché la vera madrina è negligente.

"**D**ecidi tu quale tipo di thè preferisci."

Costanza sbarra gli occhi per la sorpresa quando entra nella loro cucina. Lei è come un bambino in un negozio di caramelle, si riempie il piatto con pane di zucca, una fetta di torta di cachi, biscotti di farina d'avena e uva passita, una manciata di bucce d'arancia ricoperte di cioccolato. Anche Niccolò si riempie il piatto concentrandosi però su mandorle ricoperte di cioccolato e noci glassate con zucchero di canna. Kate prende solamente il dolce di pere per iniziare, perché non le piace confondere i sapori.

Si siedono in sala da pranzo, tutti da una parte del lungo tavolo. Parlano delle loro figlie, la sua estate, la loro estate. Figaro salta in grembo a Kate ma Niccolò non protesta perché hanno già finito di mangiare.

Costanza è sempre diplomatica ma questa volta senza preamboli chiede: "E tu come stai?"

Nel tempo che impiega per rispondere Niccolò dice: "Stai per darle la tua solita risposta o le dici la verità?"

Le sue parole la sorprendono. Lei di solito è stoica; non vede come i dolori possano diminuire lamentandosene e neanche serve a far rallegrare gli ospiti. Non aveva mai pensato che non dicendo niente potesse passare da insincera.

"Quanto ne vuoi sapere?"

"Vorrei sapere tutto."

E così le racconta la sua disavventura pensando che se non può aver fiducia in Costanza, di chi può avere fiducia?

Prova a dare una versione breve, ma Niccolò seguita a intromettersi completando con dettagli che lei aveva voluto evitare. Quando finisce di raccontare chiede: "Se tu fossi nella mia situazione cosa faresti?"

Senza aspettare un attimo Costanza risponde: "Io andrei al pronto soccorso di Careggi per farmi visitare da uno specialista maxi facciale. Immediatamente. Ma prima che tu vada" dice seriamente "avrei una domanda."

"Dimmi"

"Quale è il significato di una foglia di spinaci nella torta di cachi?"

Invitano Costanza a restare per una cenetta. Dopo gli spuntini nessuno ha fame, ma un piatto di spezzatino, che è stato sul fuoco basso tutto il pomeriggio, è gradito a tutti. Costanza aiuta Niccolò a mettere i piatti nella lavastoviglie mentre Kate va di sopra a fare una doccia e a mettersi vestiti puliti, non si sa mai. Poi fanno il lungo viaggio attraversando la città in direzione dell'Ospedale di Careggi. Appena attraversato Ponte alla Vittoria salutano Costanza che con la propria auto torna a casa sua.

Nell'ora di punta questo tragitto può richiedere più di un'ora invece, essendo già l'ora di cena, arrivano velocemente in meno di mezz'ora. L'ora di cena è anche l'ora in cui ogni paziente è visitato da qualche membro della famiglia per cui impiegano molto tempo per trovare un parcheggio.

Aspettano un'ora nel corridoio del reparto Maxillo Facciale osservando quanti pazienti sfigurati, vittime di incidenti d'auto, cadute, litigi, sono trasportati in questo reparto. Tutti con la speranza che dottori altamente specializzati possano ricostruire le loro facce.

Finalmente vengono introdotti nella stanza delle visite. Kate è visitata da un dottore calvo di mezza età che dopo aver esaminato la TAC comunica che non c'è niente di anormale nella zona dell'occhio. Questa è contemporaneamente una buona notizia e una cattiva. E' chiaro che preferisce che non ci sia un problema al suo occhio, ma vorrebbe che le fosse spiegato il perché del gonfiore e del formicolio. Il dottore le dice di sedersi mentre compila la richiesta di altri due esami.

Mentre la scrive, un altro medico, magro come uno spaventapasseri e giovane sufficientemente per esser un compagno di studi di Elizabeth, le si avvicina e le chiede: "Posso dare un'occhiata?"

Kate gli porge gli esami della TAC. Quando attacca la lastra alla teca retroilluminata, la sua gioventù è controbilanciata dalla sua sicurezza. Parla con un altro giovane medico con i capelli disordinati, simili a paglia, entrambi additando e parlando piano. Dopo qualche minuto vanno a discuterne con il dottore di mezza età che sta scrivendo la ricetta.

A voce bassa lo spaventapasseri dice: "Non mi piace l'aspetto di quest'area opaca."

Il secondo dottore, quello che ha bisogno disperato di lacca per tenere a posto i capelli, anche lui giovane abbastanza da essere in classe con Elizabeth, avanza e aggiunge: "Sembra che l'osso sia deteriorato." Indica un'area più scura. Il primo dottore guarda più da vicino ma lei si accorge che non gli riesce di vedere niente. Gli altri due dottori continuano a mettere le loro dita sulla lastra indicando la zona d'ombra.

"No, non va bene", il dottore più vecchio concorda con loro, o perché ha finalmente visto il pericolo che i giovani dottori hanno segnalato oppure perché vuole che loro pensino che anche lui l'ha visto. "Signora, lei deve fare subito una risonanza magnetica."

Uno dei dottori giovani le dice: "L'amministrazione è chiusa a quest'ora, li deve contattare di prima mattina per fissare un appuntamento."

"Ci sarà una lunga lista di attesa?" osa chiedere.

"Forse è meglio che li contatti io. Riceverà una telefonata appena potranno inserirla nella lista."

Rientrano a casa poco dopo mezzanotte. La pioggia è cessata ma i campi sono bagnati. Gli alberi sono pericolosamente scivolosi. E' concesso loro un altro giorno di dilazione; sono grati di questa piccola fortuna.

Stanno distesi fianco a fianco, al buio, mano nella mano, ognuno lontano nei propri pensieri personali finché il sonno non li sorprende.

Alle sette del mattino seguente suona il telefono. E' Niroshan. E' alla fermata con un gruppo di operai.

"Viene a prenderci Madam?"

Kate guarda dalla finestra; il sole è ormai alto in un cielo senza nubi. I campi saranno ancora bagnati ma è possibile raccogliere se gli operai non salgono sugli alberi.

"Arrivo tra dieci minuti."

"Pantofole!" Niccolò le ricorda quando lei sta afferrando le chiavi.

"Giusto!" corre di nuovo su e cambia le pantofole con le scarpe.

Niccolò prepara la colazione aspettando che torni. La brina è distesa delicatamente tra i filari delle vigne come una leggera coperta. Più in basso avvolge interi campi con un colore argento. In fondo, ai piedi della collina, la macchina scivola su una piccola lastra di ghiaccio. I campi hanno già perso il loro splendore spettrale nel tempo che lei riporta a casa il primo gruppo.

Mangia pane e marmellata e sorseggia il caffè; ora è Niccolò che va a prendere il secondo gruppo. Non ci sono ritardatari perché chi di solito arriva in ritardo, dopo la pioggia non viene certamente a lavorare.

"Hanno chiamato dall'ospedale," riferisce al ritorno di Niccolò. "Ho un appuntamento domani per la risonanza magnetica."

"Chi ha detto che il sistema sanitario non è efficiente in Italia? A che ora?"

"Otto e trenta."

"Otto e trenta." Niccolò ripete.

"Come si può essere dall'altra parte della città nell'ora di punta alle otto e trenta e portare su gli operai?" Kate si chiede ciò che lui sta pensando.

"Si troverà una soluzione, noi la troviamo sempre."

Dal momento che il giorno prima era piovuto, non ci sono olive da caricare sul rimorchio e da trasportare al frantoio, per cui basta accompagnare gli operai sul posto di lavoro e poi sono liberi. Hanno qualche ora a disposizione prima che sia necessario prendere le prime cassette.

"Perché non ci stendiamo sul letto per un'ora?"

"Sì, un riposino mi piacerebbe."

Stanno distesi abbracciati l'uno all'altro come due vecchi cucchiai d'argento un po' ossidati. E poi si addormentano.

Una settimana dopo—una settimana senza pioggia, una settimana in cui hanno portato a casa 2.100 Kg. di olio di oliva nonostante le interruzioni—tornano al reparto Maxillo Facciale dell'ospedale per mostrare il risultato della risonanza magnetica. Arrivano di venerdì pomeriggio. Niroshan aveva condotto gli operai vicino a un capanno dove possono lasciare le cassette, le reti e le altre cose per la notte. In più, è abbastanza vicino alla casa da andarci a piedi alla fine della giornata. Niroshan ha il telecomando per aprire il cancello e le chiavi della cantina, e aveva chiesto a un suo amico di portare a fine giornata gli operai alla fermata. Tutto è organizzato per permettere loro di risolvere il problema dell'occhio di Kate.

Purtroppo in ospedale era cambiato il turno e non trovano nessuno dei dottori che conoscono. Per di più quelli in servizio erano occupati con le vittime di un incidente in autostrada, troppo presi dalla reale e impellente emergenza per leggere la sua risonanza magnetica. Si siede pazientemente e aspetta, Niccolò invece passeggia.

Il pomeriggio diventa sera. Vedono che i dottori cambiano il loro turno, ma nessuno parla con loro. Finalmente, stanchi e affamati—è passata da qualche tempo l'ora di cena—Kate si avvicina nel corridoio a un dottore che per sbaglio aveva commesso l'errore di averla guardata.

"Ci avevano detto di tornare una volta ritirati i risultati della risonanza magnetica, ma non si è trovato nessuno che possa esaminarla. Potrebbe per favore darle un'occhiata?"

E' vestito da chirurgo con il camice verde. Guarda l'orologio, "Stanno anestetizzando un mio paziente, posso solo guardarla velocemente."

Non aveva neanche estratto l'esame dalla busta quando suona il suo cellulare. "Scusatemi. Il paziente è sul tavolo operatorio, devo proprio andare."

"Posso aspettarla?"

"Faccia pure." Lui è già a metà corridoio. "Ci vorranno un paio d'ore."

Così aspettano un paio d'ore. Niccolò va al caffè dall'altra parte dell'ospedale e torna con due croissant e due bottigliette di succo di pera. "Stavano chiudendo. Questo è quello che era rimasto."

Aspettano.

A Kate dispiace per se stessa e per Niccolò di dover stare seduti in quelle scomode seggiole di plastica, in uno spoglio corridoio, senza aver niente da leggere, niente da dire. Quando però vede quanto è stanco il dottore che esce dalla sala chirurgica, rivolge la sua compassione su di lui. Se il dottore è sorpreso di rivederli maschera la sorpresa, cerca in sé una nuova riserva di energia e gentilmente apre la porta della sala delle visite.

Quando studia la risonanza, sta in silenzio e riflette. Ha ancora indosso il camice da chirurgo; invece dell'usuale stetoscopio, al collo pende la mascherina. Con fare stanco rimuove il copri capo e si vedono dei capelli sale e pepe, recentemente tagliati. Dopo quello che è sembrato un lungo tempo, le si avvicina e studia la sua faccia. La guarda solamente. Lei vede che gli occhi di lui saltano da destra a sinistra, anche se c'è meno da vedere a questa tarda ora perché il gonfiore è quasi scomparso. Lui tocca la parte laterale della faccia, vicino alla tempia, poi preme con il suo indice e pollice. "Le fa male?"

"No, non troppo, solo un po' sensibile."

"Qui?"

"Un poco."

"Qui?"

"Qualcosa, non troppo."

"Qui?"

"Ouch!"

Fa scivolare indietro la sedia e studia di nuovo la risonanza, poi la confronta con la TAC. Controlla le date dei due esami stampate sulle buste, poi fa scivolare di nuovo la sedia per mettersi davanti a loro. Ha ancora addosso i copri scarpe un tempo sterili.

"La risonanza magnetica non è incoraggiante. Sembra ci sia qualcosa che cresce dietro l'occhio. A giudicare dalla dimensione che aveva al tempo della TAC e quello della risonanza magnetica sembra che stia crescendo rapidamente."

"Di cosa si tratta? Me lo può dire, lei lo sa?"

"Non potrei dirlo di sicuro ma quello che mi preoccupa, qualunque cosa sia, è che sta mangiando l'osso, consumando la struttura della cavità dell'occhio."

"Cosa dobbiamo fare?" E' Niccolò che ha la presenza di spirito di chiederlo.

"Deve fare una biopsia per determinare di cosa si tratti. Poiché il tumo…—il gonfiore—è in una posizione delicata, c'è bisogno di eseguire un prelievo con agoaspirato quando lei è sotto TAC. Le prenoterò un appuntamento a Padova."

"Padova? Padova è a tre ore e mezzo di macchina. Non c'è nessuno che la possa fare a Firenze, a Careggi?"

"Ci sono molti dottori in Toscana che la possono fare, ma l'unico di cui ho fiducia per un accrescimento in una posizione così difficile e delicata è a Padova. Il suo nome è dottor Borgo. Aspettate. Lo chiamo. Altrimenti ci vogliono mesi prima di avere un appuntamento."

Esce dalla stanza per telefonare.

Kate vede che Niccolò è molto preoccupato. Inizia a passeggiare in questo piccolo e ristretto spazio. Lui le fa venire in mente l'ultima poesia di Hannah Szenes:

One - two - three... eight feet long
Two strides across, the rest is dark
Life is a fleeting question mark

Invece lei si sente inaspettatamente piena di speranza. Finalmente hanno preso una direzione! Finalmente stanno per risolvere il problema. I dadi non sono ancora lanciati. Kate può ancora vincere!

"Per lo meno non mi manda di nuovo dall'oculista!"

Il dottore torna prima che lei riesca a rassicurare Niccolò.

"Giovedì, alle nove di mattina."

"Ci dica cosa pensa che possa essere."

Stringe le sue labbra con forza e quando parla Kate sente la fatica che ha accumulato durante tutta la giornata. "Secondo me ci sono tre possibilità. Può essere un mastocito che è un'infiammazione del fascio di arterie. Causa mal di testa, dolore alla mascella, annebbiamento o vista doppia, tutti sintomi che lei ha."

Niccolò ha tolto la penna dall'astuccio degli occhiali. Scrive sulla parte posteriore di una ricevuta che ha trovato nel suo portafogli. "Che conseguenze può avere?"

"Cecità—qualche volta ictus." Procede velocemente. "Oppure può essere un tumore dell'orbita. Lei ha una protrusione, un rigonfiamento dietro all'occhio. Le cause più comuni da cui deriva sono: tiroide, malattia agli occhi, tumori al sistema linfatico. Può essere anche un emangioma che è un tumore a un vaso sanguigno o a una ghiandola lacrimale."

La mano di Niccolò trema quando prende appunti. La sua scrittura si legge a fatica.

"Terza possibilità è un'idiopatica infiammazione all'orbita dell'occhio, anche conosciuta come un pseudo tumore dell'orbita oculare. Questa forse è la più rara delle tre possibilità ed è anche la più facile da risolvere se è possibile arrivare al tumore."

"L'ipotesi peggiore?"

"Non facciamoci ancora questa domanda." Appoggia la mano sulla spalla di Niccolò. "Fatemi sapere i risultati," aggiunge stringendo saldamente la mano di Kate. "Auguri, spero che tutto si risolva bene."

Ci sono cinque giorni tra la loro visita in ospedale e l'appuntamento di Padova; da una parte troppo tempo e dall'altra troppo poco.

"Che cosa facciamo con la raccolta?" Chiede a Niccolò tornando a casa.

"Credo che sia venuto il momento di smettere. Quello che c'è ancora sugli alberi può restare sugli alberi."

A Niccolò non piace sprecare niente. Chiude l'acqua mentre si lava i denti. La chiude anche quando s'insapona sotto la doccia. Le luci devono esser spente quando si esce da una stanza. La lavastoviglie non si avvia fino a che non è piena. Kate lo trova a cercare nel web nuove sorgenti di energia ad alta tecnologia, uno dei suoi passatempo preferiti. Lui è un conservatore nel vero senso della parola. Cosicché, quando decide di interrompere la raccolta lasciando le olive sugli alberi, Kate ha la prova che è molto preoccupato.

"Lavoriamo finché non si va a Padova. Possiamo fare molto nei quattro giorni che restano. Si può chiedere a Niroshan di portare più persone. In questo modo penseremo ad altro invece che solo al mio occhio."

"Va bene, ma non incrementiamo il numero degli operai. E' già abbastanza stressante avere tante persone intorno tutti i giorni. Quelli che abbiamo sono già abituati a questo tipo di lavoro."

"Potremmo chiedere all'amico di Niroshan se potesse portare gli operai mercoledì all'autobus."

"Oppure mercoledì potrebbero lavorare metà giornata."

"Facciamolo decidere a loro."

"No. Diamo loro due giorni di pausa. Si può ricominciare Venerdì. Così avremo la possibilità di tornare a casa e ricominciare il lavoro."

Nessuno dei due ha intenzione di discutere di eventuali altre possibilità, anche se Kate prepara la valigia prima di partire.

"Non sono mai stata a Padova. Guardiamo in internet cosa ci può offrire questa città."

CAPITOLO
VENTIQUATTRO

L'autostrada tra Firenze e Padova percorre un tratto appenninico. Il tragitto tra Firenze e Bologna è uno dei più pericolosi in Italia. Le due corsie, con i camion tutti in fila, si riducono realmente ad una sola e quando un camion decide di sorpassarne uno più lento, su una forte salita, il traffico sulla corsia di sorpasso è rallentato e pericoloso. Un incidente, anche non grave, può fermare il traffico per ore. Niccolò decide di prenotare un albergo per la notte di mercoledì, piuttosto che viaggiare il giovedì mattina. Faranno una breve vacanza.

Il mercoledì il traffico scorre senza problemi. L'autostrada è stata migliorata, è stata costruita una terza corsia nei tratti in cui si presentavano più problemi. Arrivano a Padova prima del calare del sole.

L'albergo che hanno prenotato è molto vicino all'ospedale. Dall'atmosfera seria che si percepisce nella hall, ognuno di quelli che pernotterà qui ha un appuntamento medico la mattina seguente. Lasciano i bagagli in una camera moderna e impersonale per fare un giro della città.

Padova è una città graziosa. Le strade sono piene di giovani, tutti studenti dell'Università. Kate e Niccolò vanno a esplorarla, preparati a perdersi. Si perdono sempre, ma non importa. Il loro appuntamento è la mattina seguente ed hanno tutto il tempo che vogliono.

Anche se è freddo ed umido, le strade sono piene, molti in bicicletta; molti fermi all'angolo delle strade a conversare, hanno il bavero del cappotto alzato e le sciarpe strette al collo, nessuno si preoccupa del freddo. Niccolò e Kate continuano a camminare, sottobraccio, ma affrettano il passo.

Si fermano alla Basilica di Sant'Antonio. Kate aveva sentito parlare di Sant'Antonio dai Cingalesi. E' uno dei posti che loro desiderano visitare prima del David di Michelangelo o della Nascita di Venere del Botticelli. Inspiegabilmente questi immigranti, non cattolici, sono capaci di rinunciare a un giorno di lavoro e quindi di paga per rendere visita a questo venerato Santo.

Certamente non sono solo i Cingalesi a venerarlo. Una targa conferma che sono più di cinque milioni i pellegrini che visitano ogni anno Sant'Antonio. C'è folla vicino all'altare, davanti, sui lati e specialmente nella parte posteriore. Le persone in ginocchio, immerse in accorata preghiera. Una giovane donna piange in silenzio. Niccolò sparisce dietro un angolo, di lato al Santo, con le sue personali preghiere. Rafforzando la propria fede grazie alla fede che l'attornia, Kate tocca l'altare con le dita e prega che le sia data la forza necessaria per affrontare qualunque cosa le stia per capitare.

La mattina seguente, quindici minuti prima delle nove, sono nella sala di attesa del dottor Borgo, ma c'è un'altra dozzina di persone che come loro sta aspettando. In Italia gli appuntamenti non sono assegnati ogni quindici minuti. A ognuno è fissata la stessa ora per l'appuntamento, poi è ricevuto in ordine di arrivo. C'è una ragione in ciò poiché gli italiani sono notoriamente in ritardo e una programmazione rigida provocherebbe il ritardo degli appuntamenti successivi. Occorre abituarsi. Anni fa aveva ricevuto un appuntamento per le 9:13. Era stata colpita positivamente per la precisione, contenta che l'Italia avesse migliorato a tal punto la sua organizzazione. Poi, quando era arrivata al tempo indicato e aveva trovato una sala piena di persone, aveva chiesto il motivo all'infermiera che si era messa a ridere. "Lei si aspetta troppo da noi, Signora. Gli appuntamenti sono dalle nove alle tredici."

Quando il dottor Borgo la riceve, la prima cosa che lei domanda riguarda la biopsia con l'agoaspirato.

Per cominciare, aggiustandosi gli occhiali da lettura più in basso sul suo lungo naso, legge la cartella clinica che lei aveva dato al suo assistente. La scruta come fanno i miopi. "Non oggi." E' un uomo abbastanza anziano, i suoi capelli sono bianchi come il suo camice perfettamente stirato. Kate conosce la sua fama, hanno trovato le sue pubblicazioni in internet. E' l'esperto che dicono, ma lei vuol vedere se le sue mani sono ferme. "Non funziona così," dice scrivendo qualcosa sulla cartella. "Devo esaminarla, studiare il suo caso, poi fisseremo un appuntamento. La mia segretaria la chiamerà appena si potrà trovare un posto."

"Quando?" Chiede Niccolò. "Dobbiamo fissare un giorno in più in albergo?"

"No, ci vorrà un po' più tempo."

"Mia moglie ha questa cosa che cresce dietro l'occhio," Niccolò protesta.

"Sì, la capisco, ma io ho molti pazienti e solamente una macchina per la TAC. Le fisserò un appuntamento il più presto possibile. Nel frattempo," si rivolge a Kate "lei deve prendere questa medicina. E' un cortisone."

Il Prednisone la fa diventare molto ansiosa, come se ci fosse un filo che tira troppo sotto il cuoio capelluto. Tutte le volte che parla, tutte le volte che qualcuno le parla, la vibrazione si acuisce come una corda di violino pronta a spezzarsi. Per farla breve, Kate si sente come saltare fuori dalla pelle. Se potesse, morderebbe qualcuno, ma poiché il cortisone ha alterato le sue papille gustatorie, tutto ha il sapore del cartone e quindi non vuole mordere niente.

A parte gli effetti collaterali, il cortisone funziona e dopo qualche giorno il suo occhio è meno gonfio.

"Nicco, potresti per favore chiamare Angelica?"

"La potresti chiamare tu?" E' al computer, aggiorna i dati delle spese della raccolta, è circondato da una montagna di ricevute.

"Non mi sento di parlare con nessuno, ma non voglio che pensi che l'abbiamo dimenticata."

Lui sospira, si toglie gli occhiali da lettura. "La chiamo."

Angelica e Niccolò parlano a lungo. Le pecore sono andate di nuovo nei loro terreni. Non è importante se pascolano nei loro campi, ma il pastore non le segue e gli animali salgono nel giardino divorando tutto quello che trovano.

"Matteo ha superato l'ultimo esame," Angelica comunica.

"Ora sono più serena perché Matteo mi può aiutare nella raccolta."

"Noi siamo quasi alla fine, voi a che punto siete?"

"Sarebbe meglio se smettesse di piovere. I campi sono così inzuppati che è quasi impossibile raccogliere," dice Angelica.

Niccolò fa un cenno a Kate chiedendole a gesti se le vuole parlare. Lei scuote la testa per dire di no. Non ha neanche la pazienza di parlare con la sua cara Angelica.

"Cosa diavolo hai fatto a quell'occhio?" Fiammetta la accoglie in questo modo quando porta alla suocera un'altra bottiglia di olio nuovo. Kate aveva evitato di farle visita finché l'occhio era gonfio e in più, sotto cortisone, era troppo agitata per andare dalla suocera. Oggi, occhio gonfio o no, non può evitare la visita. Va con Niccolò, anche se lui in questo periodo non ha neanche il tempo per respirare. L'accompagna per aiutarla a sopportare i commenti che sicuramente riceverà.

"Ho un'irritazione." Dice, baciandole prima una guancia poi l'altra e cercando di alleggerire la situazione.

"Spero che non sia contagioso!" Fiammetta fa un passo indietro.

"No, non credo proprio."

"Probabilmente è colpa di una foglia di olivo," Fiammetta stabilisce. Lei scrive tutte le sue sceneggiature; presumibilmente preferirebbe disporre di attori più adatti ai suoi romanzi nei ruoli elaborati con estrema cura.

"Passerà presto." Kate è contenta di un'innocua spiegazione e può vedere che è condivisa anche dalla suocera.

Forse ha sottostimato l'abilità di Fiammetta di immedesimarsi.

"Va bene, ma spero proprio che non andrai in giro con il tuo occhio in queste condizioni come invece ha fatto quella donna che veniva ai pranzi coprendosi la testa con un berretto di lana per sciare."

Si riferisce alla sua buona amica Gioia che poi è morta l'anno scorso e che per quattro anni aveva combattuto contro il cancro; la persona più coraggiosa che Kate abbia conosciuto.

"Ti riferisci a Gioia Strozzi?" chiede Niccolò.

"Stai solo attenta a non fare lo stesso errore."

Poi le guarda l'occhio e trema di disgusto. "La gente sta ancora parlando di quel berretto ridicolo."

"Non ti preoccupare. Non abbiamo proprio il desiderio di andare a feste in questi giorni. Con la raccolta e tutto il resto!" Aggiunge Niccolò.

"Non c'è niente di male che tu possa accettare degli inviti, Niccolò." Dice a suo figlio. "Ti farebbe bene uscire, socializzare un po'."

"Pensi che voglia andare a dei ricevimenti senza mia moglie?"

"Le persone lo fanno, sai." Sembra annoiata. "Lo fanno di continuo."

Kate sa ciò che pensa sua suocera: com'è successo che una donna moderna come lei abbia un figlio così tradizionale?

"La gente abbandona anche i figli" può sentirlo pensare, ma per fortuna Niccolò resta in silenzio. E' inutile riaprire una vecchia ferita.

"Sto dicendo che almeno poteva trovare un berretto più adatto."

"Mamma!"

"O meglio ancora una parrucca. Ci sono a Firenze dei negozi proprio per queste situazioni. Non è necessario far sapere quando non si sta bene. Vero, Kate?"

Dopo due settimane di cortisone il gonfiore è difficilmente visibile, anche la mattina. Quando il trattamento di tre settimane è terminato ha di nuovo appetito e inizia a sentirsi meno irritabile.

Non appena sta iniziando a stare bene, a ricordarsi come si sente quando è sana, il suo occhio si gonfia di nuovo e non diminuisce nel corso del giorno. Niccolò pensa che debba iniziare a riprendere il cortisone, ma Kate non vuole far niente senza il parere del medico. Il suo occhio diventa sempre più gonfio e rimane così. Il mal di testa torna più forte. Sono punto e daccapo.

CAPITOLO
VENTICINQUE

La raccolta finisce in maniera imprevista. Niroshan aveva preannunziato un'altra settimana; poi a metà di questa annuncia: "Sir, si finisce domani."

"Domani?"

"Sì. Ci sono ancora diciannove alberi. Ognuno dei quali ha almeno 100 kg di olive." Poi, sorridendo come un ragazzino con i suoi denti quadrati di appena un tono più chiaro del thè che beve, aggiunge: "Ho tenuto quelli buoni per gli uomini che hanno lavorato fino alla fine."

Iniziano sempre la raccolta con venti operai. Ne perdono tre o quattro dopo i primi giorni—il lavoro è troppo pesante, la paga troppo bassa, la strada da percorrere con l'autobus troppo lunga—qualunque sia la ragione, i primi giorni sono sempre a rilento; anche gli operai che seguiteranno a lavorare hanno i muscoli indolenziti. Alla fine della prima settimana Niccolò può prevedere abbastanza bene chi resterà con loro e chi non tornerà dopo la prima paga. Niroshan mantiene una lista di riserva in modo che all'inizio della seconda settimana siano di nuovo in venti.

Inevitabilmente, alla fine della raccolta sono ridotti a lavorare con tre squadre formate da quattro persone. Kate comunque fa, tutte le mattine, tre viaggi alla fermata perché qualcuno arriva tardi, ma per riaccompagnarli, a fine giornata, fa solo due viaggi.

L'ultimo giorno il lavoro finisce a metà pomeriggio. Kate li paga, Niccolò li ringrazia e dà loro un premio per la loro regolarità. Tutti chiedono una bottiglia di olio che lei ha già preparato. Non lo usano per cucinare ma per cosmetica: la bottiglia è inviata al loro paese per mogli, madri, o sorelle, che lo usano nei capelli o sulla pelle. E' considerato prezioso, e questi uomini sono fieri di aver avuto una parte nel produrlo.

"Madam?"

"Sì Niroshan?" Lo avevano appena pagato con l'aggiunta anche di una mancia generosa. Niccolò lo aveva salutato ed era rientrato in casa per terminare di inserire gli ultimi dati nello spreadsheet, ma Niroshan sta indugiando.

"Posso farle una domanda?" Sembra imbarazzato e Kate sa cosa sta per chiedere. Se lo sarebbe dovuto aspettare, succede ogni anno.

"Mio cognato, Sucil. Potrebbe fargli un contratto, Madam?"

"Devo parlarne con mio marito."

"Sì, parli con suo marito. E, Madam?"

"Sì?"

"Ha bisogno di un aiuto per mettere a posto i suoi documenti."

"Ho visto il permesso di soggiorno quando lo abbiamo registrato per la raccolta."

"Non ha guardato da vicino la foto, Madam."

Ricorda quella foto, scura, un po' sbiadita; potrebbe essere stata di qualunque persona scura di pelle. "Non siamo propensi a fare un contratto a una persona che ci ha mentito," dice.

"Non aveva altra scelta, Madam. Doveva lavorare altrimenti avrebbe sofferto la fame."

"Non lo potresti aiutare tu?"

"Lo posso fare e lo sto facendo. Lui dorme in casa mia, mangia con noi. Io devo provvedere anche a mia moglie, ai miei figli, al fratello di mia moglie e ai miei due cugini."

La generosa mancia che gli avevano dato a un tratto sembra inadeguata. Che cosa devono fare? Non guadagnano molto con la vendita dell'olio d'oliva.

"Per favore, Madam, se fate a Sucil un contratto non ve ne pentirete. E' un bravo lavoratore."

Sucil è stato estremamente di aiuto durante la raccolta. E' quello che arrivava per primo la mattina e l'ultimo a partire la sera. Ma non possono parlare con lui: non parla inglese né italiano e le due parole che Kate conosce in srilankese—*loku aliya, podi aliya pateya*—grande elefante, piccolo elefante, allusione ai loro due trattori—non le permettono di andare molto avanti in una conversazione. Si era accorta che Sucil aveva compensato con il lavoro la carenza della lingua. Il suo gruppo era sempre quello che portava il maggior numero di cassette e inoltre era il primo ad offrirsi per aiutarla a scaricare il rimorchio anche se perdeva del tempo prezioso per la raccolta. Se avesse avuto il tempo di pensare avrebbe dovuto sospettare che sperava in un contratto. Poverino. Meriterebbe un lavoro migliore. In un mondo più giusto non avrebbe dovuto lavorare così duramente per una ricompensa così piccola, con la speranza di prolungare il lavoro oltre la raccolta.

Niccolò e Kate temono la richiesta di Niroshan di dare lavoro a uno dei suoi parenti. Lui li assicura sempre che suo cognato o cugino—sono tutti parenti in qualche modo—pagherà la sua parte di tasse, ma la promessa svanisce nel momento in cui ricevono il loro primo salario. Così Niccolò finisce per pagare, oltre alla sua parte di tasse per un lavoratore che veramente non avrebbe voluto, anche quella dovuta dallo stesso lavoratore. Inoltre Niccolò perde troppo tempo a fare la fila in uffici in cui altrimenti non avrebbe messo piede.

Avevano dato lavoro controvoglia a molte persone negli anni passati, sempre a causa dell'insistenza di Niroshan. Qualcuno li aveva ricompensati con la costanza di un buon lavoro. Sfortunatamente altri avevano approfittato del contratto annuale ed erano venuti a lavorare sporadicamente, se non mai. Questi erano sempre i più sorpresi dal fatto che Niccolò non rinnovasse il contratto alla scadenza dell'anno. Col passare del tempo era diventato cinico e benché Kate fosse stata ben impressionata nelle ultime settimane, si chiede come lavorerà Sucil una volta assunto.

Appena rientra in casa, Niccolò le comunica una brutta notizia ancor prima che lei proponga la richiesta di Niroshan. "Ho ricevuto una mail da Keiji." Non indolcisce la pillola. "Ha detto che, a causa della recessione, quest'anno non ordinerà olio per il nuovo ristorante."

"Questa è una brutta notizia."

"Per peggiorare la situazione," pausa per esser certo che Kate senta con cura, "riduce il suo ordine da dieci pallet a tre."

"Questa è una notizia ancora peggiore."

Tre pallet non servono neanche per iniziare a recuperare i soldi della raccolta.

"Cosa ne faremo di tutto quest'olio?" Niccolò è preoccupato. Proprio stamani avevano finito di metterlo in cantina, felici per l'abbondanza della raccolta di quest'anno.

"Cercherò nuovi clienti. L'olio è eccellente, qualcuno lo comprerà."

Niccolò fa un respiro, non è convinto ma è troppo stanco per dar voce al suo pessimismo. "Che cosa voleva Niroshan?"

Lei sa che avrebbe dovuto aspettare, non è il momento giusto, ma Niroshan è giù in cantina che attende una risposta. Anche Kate è stanca e scoraggiata.

La collera di Niccolò esplode. "Tutti gli anni la stessa richiesta! Quanti contratti ho dovuto fare in questi anni? Non ho fatto già abbastanza?"

Può vedere le vene delle sue tempie che pulsano pericolosamente. Sa che non deve insistere. "Ok. Relax, nessuno ti forza a fare una cosa che non vuoi, hai tutte le ragioni per dire di no!"

"Allora digli che la risposta è no. Digli che smetta di chiedere. Non capisce quante cose ho per la testa in questo momento?"

Lascia Niccolò nel suo ufficio, scende due rampe di scale e attraversa l'ingresso, la stanza dell'imbottigliamento, la cantina e poi esce sul piazzale davanti. Niroshan è seduto su una fredda panchina di pietra, le mani serrate, la testa reclinata, le sue labbra si muovono debolmente, come stesse pregando.

Tutte le storie dei cingalesi sono spezza cuore; tutti hanno mogli, bambini, madri che stanno male. La storia stessa di Niroshan è così triste che lei si chiede come non lo abbia reso infelice per sempre. Le proprietà della sua famiglia date in pegno per pagare quelli che lo avrebbero dovuto trasportare illegalmente in Italia e che invece lo avevano abbandonato in Kosovo in piena guerra. Era stato costretto a chiedere l'elemosina per mangiare quando gli accompagnatori sparirono dalla circolazione. Ha impiegato due anni a piedi per arrivare dalla ex-Jugoslavia in Italia. Per due volte era stato fermato al confine e respinto. Quando finalmente era riuscito a entrare in Italia, aveva saputo che le proprietà della famiglia erano state vendute perché lui nel frattempo non aveva eseguito regolarmente i pagamenti concordati. Quando Kate e Niccolò lo incontrarono la prima volta era così magro che sembrava malato, ma era anche estremamente fiero e orgoglioso; nonostante ciò lui li aveva pregati di consentirgli di raccogliere le olive.

Per dieci anni hanno aiutato Niroshan e lui ha aiutato loro.

Dopo dieci anni di culturali contraddizioni le arterie dei loro cuori avevano iniziato a indurirsi. Niccolò si arrabbia tutte le volte che scopre che Niroshan o uno degli altri lavoratori dice una menzogna. "Perché non raccontano la semplice verità?"

La verità è raramente semplice.

"Non possono permetterselo. Se tua moglie e i figli avessero fame, anche tu mentiresti se questo servisse per dar loro da mangiare."

Loro due prendono le parti opposte in una discussione inesistente. Kate concorda con Niccolò. Lui è d'accordo con lei. La differenza è che Kate si era formata sui libri del dottor Seuss il cui messaggio nascosto era preciso: ad *Yertle the Turtle* non è permesso costruire il suo regno sulla schiena del povero Mack. Niccolò invece era cresciuto nell'Italia del dopoguerra, quando il capitalismo aveva dovuto lottare per avere uno spazio pari al comunismo e si era creata una generazione stato-assistita i cui vantaggi continuavano anche dopo aver raggiunto la prosperità della classe media.

In tutti i casi lei non può paragonare la situazione dei cingalesi a quella degli italiani. E' una partita tutta diversa che lei non è in grado di arbitrare. Tutto quello che riesce a vedere è povertà, e la povertà è sempre reale, nonostante i fraintendimenti e i tentativi di mascherarla con le menzogne per salvare la faccia.

Niroshan sorride speranzoso quando la vede. Lei non ha il coraggio di dire no. "Dacci un po' di tempo." Dice, "lasciaci riflettere sopra."

Ci sono tre giorni prima dell'appuntamento a Padova e li utilizzano per mettere in ordine la cantina. Rammendano le reti che si sono rotte nei punti in cui le scale di alluminio le hanno forate. Riparano anche le basi delle scale e le mettono in alto, appese al soffitto, dove resteranno fino al prossimo autunno. Gli stivali sono controllati: quelli rotti sono scartati, quelli sani vengono lavati bene per togliere il fango incrostato. Per qualche inesplicabile ragione restano sempre più stivali sinistri che destri, proprio come rimangono più guanti destri che sinistri. Loro chiedono agli operai di riconsegnare alla fine della raccolta tutti i guanti in qualsiasi condizione siano, anche se forati e da buttare via; altrimenti i guanti abbandonati nei campi inceppano il trattore di Kate—*podi aliya pateya*—quando in primavera falcia l'erba alta. Un guanto è capace di bloccare il tagliaerba e quindi di interrompere il lavoro; ancora peggio accade quando passa sopra a un sacco di iuta che i lavoratori avevano nascosto sotto un ammasso di foglie. Una volta che l'erba inizia a crescere, resta tutto nascosto. Il suo piccolo e intelligente elefante trova tutto!

Niccolò arriva con un grande sacco nero di plastica nel quale mettono tutti i vestiti che hanno lasciato gli operai. E' uno spreco che lei non riesce a comprendere. Non uno di loro è ricco—

non starebbero a lavorare per loro se potesse permetterselo—ma tutti sprecano, come se lo fossero. I vestiti che lasciano in cantina sono in buone condizioni. Forse non sono all'ultima moda— lei non può giudicarlo—ma una maglietta messa sotto una camicia per tenere caldo deve essere per forza di marca? Consegnano il sacco a Niroshan per una questione di principio anche se sanno che lui lo butterà via. Lui scuote la testa. "E' uno scandalo." Kate vede sulle sue labbra la domanda riguardo a Sucil, ma a suo onore, non chiede niente. Prende il sacco dei vestiti e lo stringe tra le ginocchia e i piedi sul suo vecchio motorino. Lo getterà dentro il primo cassonetto che incontrerà.

Niccolò e Kate prendono l'idropulitrice e lavano a pressione e vapore tutte le cassette finché non sono pulite e sterilizzate. Poi le mettono in fondo al tunnel, vecchio di perlomeno cinquecento anni, che connette questi magazzini alla loro cantina. La storia che percepisce tra quelle mura l'aiuta a rendere più facile il cammino che devono fare; andata e ritorno fino a quando le circa duecentoventi cassette sono state trasportate, sei per volta, e messe al loro posto. Dopo lavano le venti sedie di plastica che i lavoratori hanno usato a fine giornata per cambiarsi finché non sono tornate pulite come nuove. Una volta asciutte, anch'esse sono trasportate nel tunnel ad aspettare la raccolta dell'anno successivo.

Messe a posto tutte le cose spazzano le due cantine: per prima quella in cui avevano tenuto le cassette e scaricate le olive, il cui risultato dà la soddisfazione del lavoro fatto. L'altra cantina, che è perpendicolare alla prima, è quella dove si sono cambiati d'abito gli operai. E' anche dove conservano il loro olio in diciotto grandi contenitori di acciaio inox posizionati uno accanto all'altro sui loro piedistalli. Lungo la parte opposta della parete di questa seconda cantina ci sono le vecchie botti di legno in cui gli antenati di Niccolò tenevano il vino. Le botti sono molto grandi, troppo per farle passare dalla porta, per cui loro suppongono che siano state costruite sul posto nel secolo passato. Può immaginarsi le centine, ricavate dalle querce che crescevano nella proprietà, piegate con il fuoco nella forma desiderata, come si può dedurre dal soffitto annerito. Entrambe le cantine sono lunghe più di una piscina olimpionica. A loro occorrono diverse ore per spazzarle e lavarle con l'idropulitrice. Il risultato finale dà soddisfazione: il pavimento di mattoni vecchi e consumati diventa così pulito e lucido che sembra sia stato lustrato con l'olio.

Anche questa volta ce l'hanno fatta a superare l'impegno della raccolta!

Quando mette via i vestiti puliti da lavoro Kate si domanda dove sarà il prossimo anno. Spera d'essere presa dai problemi della raccolta, nei campi con tutti gli operai, potendo vedere, partecipando, libera da questo suo dannato problema.

Finalmente arriva il giorno della visita.

Ancora una volta trovano traffico scorrevole verso Padova. Di nuovo vanno a visitare Sant'Antonio. Di notte, nella stessa camera impersonale dell'albergo, si stendono uno accanto all'altra al buio, solo i loro piedi e le loro mani si toccano. La mattina seguente si domanda se nella notte ha dormito, ma deve averlo fatto perché si ricorda di esser stata svegliata bruscamente dal suono della sveglia. Studia l'immagine di Niccolò riflessa nello specchio mentre si rade; le occhiaie scure sotto gli occhi in contrasto con la bianca schiuma da barba sulla sua faccia. Sembra che non abbia dormito per niente.

Alle otto le assegnano una stanza nel reparto day-hospital. Ha portato un libro per lei e uno per Niccolò; stanno seduti vicini, leggendo separatamente o non leggendo affatto. Alle dieci una cordiale infermiera piccolina e un po' grassottella— Rosanna, come scritto sul cartellino—viene a prenderla. Chiama anche la donna nella stanza accanto e insieme la seguono in una serie di corridoi fino a un'altra stanza dove devono attendere di nuovo come se fossero due studentesse disobbedienti convocate dal preside.

Anche questa seconda donna ha un occhio gonfio. Senza scambiarsi i nomi confrontano le loro esperienze nella stessa maniera in cui le persone nelle sale di attesa di tutto il mondo si scambiano racconti personali. Sono entrambe spaventate, ma le loro paure sono diverse. Kate ha paura di ciò che le devono fare, un ago inserito in una zona difficile da raggiungere dietro il suo occhio. L'altra donna invece teme il responso della biopsia. Ascoltando le paure dell'altra si accorge che dentro di sé è in pace con il suo destino. La preghiera di poter avere la forza di fronteggiare qualsiasi cosa le accada, è stata accolta. E' pronta a ricevere qualsiasi diagnosi le diano con dignità e grazia; con filosofia.

Con una costatazione dolce-amara si rende conto di aver realizzato tutto quello che aveva sperato di fare in vita, e forse di più. Se deve finire, che finisca, ma per favore le sia risparmiata la sofferenza.

Più aspettano, più silenziose diventano. Si rifugiano in se stesse e alzano lo sguardo solamente quando qualcuno, con un camice bianco, attraversa la stanza.

Finalmente la chiamano. La portano in una grande stanza bianca e la legano su un lettino; la sua testa è immobilizzata. E' importante che non si muova, neanche per un attimo, le ricordano, specialmente quando stanno facendo la biopsia. Il lettino scivola in un tunnel e lei sente un rumore di acqua tutto intorno. Le sembra di essere in una lavatrice. E' stesa mentre passano i minuti; cerca di trovare un'immagine che la possa mantenere tranquilla. Sorprendentemente si ritrova a cercare di rammentare una poesia che il suo amico Lorenzo le aveva mandato: *Ithacka*.

> *Quando inizierai il tuo viaggio verso Itaca,*
> *prega che la strada sia lunga,*
> *ricca di avventure, ricca di conoscenza.*
> *Lestrigoni e Ciclopi,*
> *Poseidone furioso – non averne timore:*
> *non ne incontrerai mai sul tuo cammino,*
> *se i tuoi pensieri rimarranno alti, se una gentile*
> *emozione accarezzerà il tuo spirito e il tuo corpo.*
> *Lestrigoni e Ciclopi,*
> *Poseidone selvaggio, non li incontrerai mai*
> *se già non li porti dentro la tua anima,*
> *se l'anima non li frapporrà ai tuoi passi.*

Forse non ha compreso bene. Forse faranno prima la risonanza magnetica, poi la biopsia. Si sforza di cercare di ricordare il resto della poesia.

> *Tieni sempre Itaca a mente:*
> *raggiungerla è il tuo ultimo scopo.*
> *Non affrettare però minimamente il viaggio,*
> *meglio lasciarlo durare molti anni;*
> *attraccare alfine all'isola quando sarai vecchio,*
> *ricco di tutto ciò che avrai raccolto per strada,*
> *senza pretendere che Itaca ti offra altri tesori.*

Lei non sa quanto tempo sia passato, ma immagina circa mezz'ora, forse di più. Sta iniziando a sentire freddo e, come spesso capita quando la temperatura del suo corpo scende improvvisamente, i suoi ormoni reagiscono con una vampata di calore. In condizioni normali non è un problema. Si toglie qualche cosa per il minuto o due che ci vuole per farla passare. Ha imparato a vestirsi leggera, con una giacca facile da togliere. Si è accorta che le vampate di calore di solito avvengono quando lei è un po' in imbarazzo o quando è contrariata o ha detto qualcosa di inappropriato. Capita qualche volta se lei, per errore, termina una parola in italiano con una **o** al maschile invece che con una **a** al femminile: il bottiglio, il merendo. E' come un rossore esagerato che le serve per individuare cosa l'abbia fatta sentire a disagio. Stesa e legata sul lettino, non ha altra possibilità se non aspettare che passi da sola. Sta scomoda. Le sembra di stare distesa sotto un sole molto caldo. Sente che sta sudando. Per lo meno non ci sono zanzare!

La vampata di calore passa velocemente come era arrivata, il sudore si asciuga e lei inizia a domandarsi come mai non inizino la biopsia. Ripete di nuovo la poesia ma non è sicura di aver ricordato correttamente le rime. Non si ricorda la fine. Nonostante non la rammenti, ha raggiunto lo scopo di distrarla.

Il rumore della lavatrice finisce. Il lettino esce dal tunnel e il dottor Borgo è al suo fianco che le slega la testa.

"Signora abbiamo deciso che la biopsia non è necessaria."

"Cosa?"

"Il gonfiore è diminuito talmente tanto che è presente in modo non significativo. I miei colleghi ed io riteniamo che sarebbe pericoloso fare una biopsia a un addensamento così minimo. Se diminuisce da solo pensiamo che non sia il caso di infastidirlo."

"E' scomparso?"

"Sì, quasi del tutto."

"Posso andare via?"

"Certamente."

Salta dal lettino. "Questa è la più bella notizia che io potessi mai immaginare!"

"Anche noi siamo molto compiaciuti. Mi creda Signora, non ci fa piacere vedere delle escrescenze come questa in una posizione così difficile."

"Posso andare via?"

"Sì. Torni nella sua stanza. Passerò tra poco per parlare con lei e suo marito."

Non aspetta per la sedia a rotelle che le è offerta, si ferma solo per raccontare alla donna nella sala d'aspetto cosa è successo e per augurarle buona fortuna.

Corre per tornare nella sua stanza. Niccolò sta guardando fuori della finestra, il suo libro abbandonato sul tavolo.

"E' successo un miracolo!" gli annuncia. "Non mi hanno neanche fatto la biopsia. Il gonfiore è quasi completamente scomparso."

Ora i suoi occhi diventano rossi e gonfi e lei si avvede che la sua precedente accettazione—rassegnazione—è stata inconsapevolmente egoistica. Lei aveva pensato a se stessa, accettando il suo destino, ma non aveva considerato la sua famiglia. La sua assenza avrebbe distrutto la sicurezza di Niccolò e arrestato il facile procedere delle sue figlie verso la maturità. Ogni decisione che prenderà, d'ora in poi, dovrà riflettere i desideri della sua famiglia oltre ai suoi. Di colpo le tornano a mente le ultime rime della poesia che le erano sfuggite prima.

> *Itaca ti ha donato il Viaggio meraviglioso.*
> *Se la troverai povera, non credere che Itaca t'abbia*
> *ingannato.*
> *Saggio come sei diventato, con sì tanta esperienza,*
> *avrai già compreso cos'Itaca realmente rappresenti.*

L'infermiera di questa mattina, Rosanna, si affaccia alla porta, pronta per aiutarla. Kate le comunica la bella notizia ricevuta con le lacrime agli occhi. Non importa se si sono conosciute da meno di tre ore. Lei piange come se fosse stata sua figlia. Erano nel mezzo di un miracolo e sciogliersi in lacrime era il minimo che poteva fare per esprimere gratitudine.

Mentre usa il cellulare per mandare un messaggio a Elizabeth ed Electra e poi a Costanza, Niccolò prende il suo e chiama Niroshan. Senza preamboli dice: "Devi dire a Sucil che lo assumo."

Non c'è dubbio. Kate ha scelto Lord Warburton.

C'è un po' di traffico sulla via del ritorno a casa, ma a loro non importa. Niente può interferire con la loro gioia.

Suona il cellulare di Niccolò, ma sta guidando, per cui risponde lei.

"Perché non me lo hai detto?" Fiammetta non si preoccupa di fare complimenti o preliminari.

"Perché non ti ho detto cosa?" C'erano così tante possibilità. Mette il telefono in viva voce così anche Niccolò può sentire la conversazione.

"Che tu eri—che il tuo occhio era—" non riusciva a pronunciare le parole. "Pensavi che non m'importasse niente?"

Di nuovo c'erano così tante possibili risposte, ma un tremore di emozione nella voce di sua suocera mantiene Kate attenta. "Pensavo che non t'interessassero i miei problemi di salute."

"Certamente non voglio sentirli. Chi vorrebbe? Non sopporto i vecchi che stanno seduti insieme per parlare dei loro disturbi intestinali. Tu sei di famiglia. Come hai potuto non dirmi che tu eri...—"

"Hai ragione." Sente che Fiammetta ha tutto il diritto di rimproverarla. "Avrei dovuto dirtelo, ma perlomeno ora ti posso dare una buona notizia. Il problema è risolto, ma a te chi l'ha detto?"

"Federica. L'ha saputo da Costanza. Anche lei non ne sapeva niente."

Per la verità Niccolò aveva fatto cenno del problema a sua sorella per spiegarle come mai ieri non sarebbe potuto andare a una riunione di condominio, ma evidentemente lei non gli aveva dato peso. Kate non supponeva che Costanza ne avrebbe parlato con Federica. Firenze è una città più piccola di quanto lei voglia ammettere.

"Comunque va tutto bene. Ho fatto una visita e non c'è nessun problema."

"Per fortuna. Sono stata fuori della grazia di Dio dalla preoccupazione."

"Non c'è nessun problema." Si accorge di parlare come i tanti dottori che hanno consultato in questa lunga e spiacevole esperienza. "Saremo a casa tra poche ore. Passeremo da te appena abbiamo disfatto le valigie."

Appoggia il telefono di Niccolò sul cruscotto. Nessuno dei due parla. Finalmente Kate dice: "Suppongo che abbiamo sbagliato."

"Che donna complicata è mia madre!"

"Chi avrebbe mai pensato che lei si fosse preoccupata?" Kate è sconcertata.

"Un modo strano di dimostrarlo."

"E' vero, ma io sono commossa, nonostante tutto."

"L'importante è che tu non ti aspetti che lei sia costante."

"Forse è un nostro errore." Copre le mani di lui con le sue.

"Invece di apprezzare i suoi lati migliori, li azzeriamo perché lei non è costante."

"Per questo motivo e per altri." Lui accelera per superare un camion che va piano e poi torna a destra; lei mantiene la sua mano su quella di lui anche quando cambia marcia. "Per lo meno tua madre è affidabile."

"Non mi far dimenticare di chiamare mia madre quando saremo a casa." Stanno in silenzio per un minuto. Kate tiene le mani strette come le avevano insegnato quando era bambina, la sinistra stringe la destra come fossero d'accordo; una strategia per mascherare il nervosismo. "Dobbiamo accettare che questo sia sufficiente—" lei suggerisce, "coerenza da una madre invece che da due. Comunque sono contenta che abbia chiamato."

"Lo sono anch'io." Lui mantiene lo sguardo sulla strada, le due mani sul volante. Il traffico è diventato intenso. La corsia di destra è rallentata da una fila ininterrotta di camion che arrancano in seconda marcia con il loro peso in salita. La corsia di sinistra deve smaltire tutte le auto, veloci e lente, pazienti e impazienti. Niccolò compensa quelli che gli stanno attaccati dietro lasciando maggior spazio davanti. "Mio padre era costante, almeno quello."

Senza carità, Kate pensa: *constant in the darkness, where's that at.* "Perlomeno tu hai conosciuta la costanza. Mio padre non era costante per niente."

"Tuo padre era un genio. Pieno d'interessi, d'idee straordinarie."

"Invece di permettere ai loro difetti di impoverirci," dice Kate aprendo le mani e gesticolando come un italiano, "quanto saremmo fortunati se avessimo potuto approfittare delle loro buone qualità."

CAPITOLO
VENTISEI

"Nicco?"

"Dimmi." Lui solleva la testa, alzando lo sguardo dal computer e, vedendo l'espressione del viso di sua moglie, clicca *save* sul foglio su cui sta lavorando.

"Lo so che abbiamo deciso di restare a Firenze per l'inverno e so anche che devo trovare qualcuno che compri il nostro olio, ma si potrebbe tornare in Sicilia per una settimana o due?"

Lui si toglie gli occhiali, li ripiega e li inserisce nella custodia. "Potrebbe essere molto freddo!"

"Lo so." Kate toglie i molti fogli accatastati sulla sedia dietro la scrivania. "Ci potremmo vestire pesanti." Si siede vicino a lui. "Vorrei vedere Cofano di nuovo."

"Non preferiresti andare in Inghilterra?" Prende le carte da sua moglie e le appoggia sulla scrivania tra le altre pile di documenti che aspettano la sua attenzione.

"Si potrebbe far venire in aereo Electra dall'Olanda." Lui le prende la mano ed è sorpreso per la milionesima volta della fragilità delle ossa delle sue dita. "Si potrebbe passare un lungo weekend con le nostre ragazze!"

"Non ancora." Lei rimuove la mano, come se lui l'avesse stretta troppo forte.

"Prima di vederle vorrei interporre un altro ricordo tra me e l'esperienza con il mio occhio." Avevano detto alle figlie che il problema era risolto, ma non avevano precisato i dettagli. Verrà il momento, l'occasione giusta. "Le ragazze verranno a Natale. A quel punto sarà una storia del passato."

"Vuoi proprio vedere Cofano?"

Gentilmente, come se stesse respirando l'attesa, lei appoggia la mano sopra quella di lui; un'offerta di protezione, nonostante la differenza di forza e di dimensioni.

"Va bene!" dice, accettando il gesto di conforto di cui non sapeva di aver bisogno. "prenota il nostro volo."

Due giorni dopo Rosario va a prenderli all'aeroporto di Birgi. Hanno lasciato una piccola macchina nella casa di Erice, così da poter volare da Pisa a Trapani. Perciò hanno solamente bisogno del passaggio dall'aeroporto fino a casa.

Nonostante l'autostrada tra Birgi e Trapani sia vuota, Rosario guida sempre in terza marcia, costringendo il motore a un alto numero di giri.

"Se metti la quarta," Niccolò suggerisce, "non affatichi il motore e consumi meno benzina e olio".

Rosario segue il consiglio di Niccolò per qualche chilometro, poi rimette di nuovo la terza. Senza il motore su di giri non si sente impegnato.

Quando si fermano a un negozio per fare un po' di spesa, inizia a piovere. Nel tempo in cui ritorna con le uova, il formaggio, il latte e la pasta, piove a dirotto.

Attraversando Valderice la pioggia smette di colpo, così com'era iniziata.

"Rosario, ci potremmo fermare un attimo a comprare della verdura?"

Rosario, sempre servizievole, li porta a una casa di contadini: una piccola stanza accanto al garage, piena di verdure provenienti dal loro orto. Oggi il posto è pieno di gente. Kate prende più del necessario solo perché la verdura è così bella e fresca: lunghi steli di bietola, un cavolfiore verde pallido, pomodorini legati a ghirlanda ed essiccati per i mesi invernali; diverse qualità di carciofi, i gambi ancora lunghi, i petali chiusi a bocciolo. Compra anche una zucca. Lo sa che non ci sarà il tempo di mangiarla, ma la prende perché la sua forma e il suo colore pastello giada verde, spruzzato di grigio, è così bello, così delicato da sembrare una natura morta orientale.

Si mette poi pazientemente in coda aspettando il suo turno. L'uomo davanti a lei, che ha finito di scegliere la frutta e la verdura, va avanti trascinando i piedi, ma, quando arriva il momento di pagare, sembra paralizzato; bloccato con il suo portafoglio mezzo aperto. Il padrone del negozietto, l'agricoltore che ha coltivato tutta questa verdura, ha una carnagione scura dovuta agli anni passati sotto al sole. Le sue unghie sono scheggiate e nere.

"Hai finito di fare la spesa?" Chiede all'uomo, ma non gli fa fretta.

C'è un'altra donna che non è in fila, sembra avere molta urgenza. Il negoziante fa un gesto d'intesa a Kate per farla partecipe della sua intenzione di far passare la donna per prima. La sua gentilezza è innata, anche se la sua voce è brusca e la sua canottiera non proprio pulita.

Com'è bello, esser di nuovo in Sicilia!

La pioggia è cessata, le nuvole già passate. Il sole sta tentando di risplendere. Kate chiude gli occhi per non vedere Cofano mentre stanno salendo per la montagna.

"Ti danno fastidio le curve?" Chiede Niccolò. Rosario guida veloce e queste strade sembra che siano ancora più piene di curve.

"Sto bene." Lei non vuole essere in compagnia di estranei quando rivedrà Cofano per la prima volta dopo tanto tempo.

Salutano Rosario davanti al cancello e promettono di portare lui e Franca a cena una sera, prima della loro partenza. Niccolò apre il cancello, che è stato riparato e riverniciato con antiruggine ma che ancora deve essere dipinto di nero.

Prendono i sacchetti della spesa e la loro valigia. Sono di nuovo nel loro giardino.

Poi si gira per vedere cosa Cofano ha da raccontarle.

Il mare per se stesso è scuro. Un tetro blu che sembra ancora più cupo in contrasto al quasi bianco della corrente sottomarina. Sembra che ci sia un fiume sotto il mare, separato dal resto, come se un pittore, creando la scena, non avesse ancora amalgamato i colori.

Il bianco vicino alla costa è immacolato, come se l'acqua si fosse sollevata per ricoprire la sabbia pura e bianca, schiarendo il suo corpo blu con un leggero tono di trasparente turchese.

Ogni volta che lei lo guarda di nuovo, un colpo di pennello lo ha allargato, allungato.

Nel mezzo di questo drammatico scenario, Cofano si staglia orgoglioso, maestoso; un unico addensamento di nubi forma una corona sulla sua cima in un altrimenti sereno, monotono, cielo blu.

"Guarda, c'è un arcobaleno!" dice.

Niccolò si avvicina da dietro a sua moglie, la circonda con le sue braccia e le sussurra. "Ce ne sono due."

Ha ragione. Uno luminoso e nitido, come disegnato dalle matite di un bambino, l'altro incompleto, finito per metà, ma senza dubbio un arcobaleno. "Non ti aspettare che qualcuno creda ai due arcobaleni. E' troppo un cliché per esser credibile."

"Non c'è alcun cliché in un miracolo."

Seduti l'uno accanto all'altra sul divano, dopo cena, Niccolò e Kate sono scaldati dall'irraggiamento del fuoco. Le fiamme prendono vita, una dimensione propria. Stanno vicini l'uno all'altra come se avessero ancora freddo, lasciandosi ipnotizzare dal fuoco. Hanno sistemato la casa per l'inverno. Si sono fatta una casa per tutte le stagioni.

Per domande e commenti
visitate Lynn Rodolico
@
www.lynnrodolico.com